Une famille idéale

*

Séduite par un chirurgien

*

Passion dans les Caraïbes

SUE MACKAY

Une famille idéale

Traduction française de
EVELINE CHARLÈS

BLANCHE

HARLEQUIN

Collection : Blanche

Titre original :
THE FAMILY SHE NEEDS

Ce roman a déjà été publié en 2015.

HARPERCOLLINS FRANCE
83-85, boulevard Vincent-Auriol, 75646 PARIS CEDEX 13
Service Lectrices — Tél. : 01 45 82 47 47

www.harlequin.fr

ISBN 978-2-2804-4697-6 — ISSN 0223-5056

1.

Le conseiller bancaire mit fin à l'entretien en se levant brusquement.

— Malheureusement, la banque refuse de vous accorder ce prêt, mademoiselle Brown.

Karina réprima la repartie cinglante qui lui brûlait les lèvres. Mademoiselle Brown ? Dans une ville où tout le monde s'appelait par son prénom, du milliardaire au SDF, elle se sentait insultée. Elle habitait à Motueka depuis un peu moins d'un an et, pour tout un chacun, elle était Karina Brown, point à la ligne !

Elle l'était depuis qu'elle avait quitté Auckland sous les flashes des appareils photo, quand des journalistes arrogants brandissaient leurs micros sous son nez et lui posaient des questions auxquelles elle n'avait nullement l'intention de répondre.

Ce jour-là, elle avait repris son nom de jeune fille et abandonné son ancienne vie pour s'en réinventer une nouvelle.

— Merci de m'avoir accordé un peu de votre précieux temps, monsieur Pederson.

Lorsqu'elle se mit debout, elle s'aperçut que ses jambes tremblaient. Après avoir lissé sa jupe étroite et enfilé sa veste de tailleur, elle sortit du bureau avec tout l'aplomb de son ancien « moi ».

Elle ne s'humilierait pas pour obtenir cet argent dont elle avait désespérément besoin afin d'acheter la seconde moitié de la maison… En tout cas, pas encore.

— Comment ça s'est passé ? chuchota Becca.

Son amie Rébecca, plus communément surnommée Becca, se tenait derrière le guichet de la banque.

— C'est l'échec complet… Apparemment, je ne suis pas assez solvable pour qu'on me prête de l'argent.

C'était assez drôle, si l'on considérait son origine sociale. Autrefois, pour elle, plusieurs centaines de milliers de dollars représentaient une bagatelle. Désormais, elle se contentait du salaire qu'elle touchait en tant qu'infirmière au cabinet médical dont elle était l'une des deux associés dans la petite ville rurale de Motueka. Elle avait fait quelques économies en prévision d'éventuels coups durs, mais pas suffisamment pour racheter la part de Logan Pascale.

— Ne dis pas une chose pareille ! marmonna Becca.

— Je lui ai montré l'évaluation qui a été faite de la propriété et je lui ai même proposé un remboursement sur trente ans.

A cette époque, elle aurait soixante-quatre ans et elle serait proche de la retraite, mais cela valait le coup.

Becca se pencha vers elle.

— Je suis certaine qu'ils refusent parce que tu n'es pas originaire de la région. Ici, les gens du Nord pourraient aussi bien venir de la planète Mars.

— On me l'a assez répété pour que je croie que c'est vrai.

Mais cela n'expliquait pas cette lueur ironique, dans les yeux de Pederson, quand il lui avait dit non.

— Tu ne pourrais pas emprunter cette somme à un membre de ta famille ?

Pour que son père en déduise qu'il avait raison de penser qu'elle était incapable de se débrouiller seule ?

— Non !

— Je me doutais bien que tu ferais cette réponse. Mais ne laisse pas ton orgueil t'empêcher de faire ce qui est bien.

— Je ne pense qu'à protéger les intérêts de Mickey.

Mickey… Le petit garçon qu'elle aimait comme s'il était son fils. Elle n'était que sa tutrice, au même titre que Logan Pascale, mais elle ferait tout son possible pour qu'il continue de vivre dans la seule maison qu'il connaissait.

— Comment va-t-il ? Je ne l'ai pas vu depuis un certain temps.

— Très bien. Toujours les mêmes petites réclamations… Je ne mets pas assez de miel sur sa tartine, ou alors, je ne lui donne pas le T-shirt qu'il veut pour aller au jardin d'enfants.

— Je parie que tu exécutes ses quatre volontés.

— Comment lui refuser quoi que ce soit quand il me fait son sourire édenté ? Mais ce matin, il a refusé d'aller à l'école, ce qui est plutôt inhabituel. Il a prétendu avoir mal au ventre.

— Tu as insisté pour qu'il y aille ?

— Jonty le garde, dit Karina avec un haussement d'épaules.

— Qu'est-ce que tu vas faire pour racheter la moitié de maison qui revient au Dr Pascale ?

— Tu connais un millionnaire ?

— Il faudrait qu'il soit sexy ?

— Riche et sexy ? Le tout dans un même homme ? Où est le piège ?

De ce côté-là, Karina avait déjà donné… Elle ne savait que trop bien ce que cachait un tel emballage.

— En fait, je ne connais aucun type qui corresponde à cette description.

— Tant mieux.

— Tu sais quand le bon docteur arrive ?

— Je n'en ai pas la moindre idée. Je ne sais même pas s'il a déjà quitté l'Afrique.

Avec un peu de chance, Logan Pascale travaillait toujours dans la brousse où il aidait les personnes qui avaient besoin de ses compétences médicales.

— Moins il me donne de nouvelles, plus j'ai de temps pour trouver une solution, ajouta Karina.

Mais les jours filaient vite…

— Je me demande à quoi il ressemble. Sans être riche, il peut être canon.

— Pour la différence que cela fera !

La situation était déjà suffisamment compliquée…

Outre le fait que tous les deux, elle-même et Logan Pascale, étaient les tuteurs de Mickey, ils étaient propriétaires à parts égales de la maison et du cabinet médical adjacent. Ils ne s'étaient jamais rencontrés, ce qui convenait parfaitement à Karina. Depuis la mort de Maria et de James, elle s'était chargée de tout.

Le Dr Pascale ne s'était même pas déplacé pour assister à l'enterrement de son frère et de sa belle-sœur. Il ne lui avait pas non plus parlé, ne serait-ce que par téléphone. Les notaires avaient été leurs seuls intermédiaires, et ce dans l'intérêt exclusif de Mickey.

Quand une lettre était arrivée, annonçant que le Dr Pascale souhaitait vendre la maison afin de garantir l'avenir du petit garçon, Karina avait eu l'impression qu'une fois de plus, on lui assenait un coup de poing au creux de l'estomac.

Mais, cette fois, elle avait refusé de céder… Mickey ne serait pas arraché au lieu qui contenait tous ses souvenirs.

Quand Maria et James lui avaient demandé d'être la tutrice de Mickey s'il leur arrivait malheur, elle avait promis de tout faire pour qu'il soit heureux. Maria, sa meilleure amie, l'avait serrée dans ses bras, affirmant que c'était exactement ce qu'ils lui demandaient.

Maintenant, elle devait tenir sa promesse.

— Il faut que je rentre à la maison, Becca, dit-elle.

Jetant un coup d'œil aux murs vitrés, elle frissonna. Lorsqu'elle était arrivée, il ne pleuvait pas autant.

— Malheureusement, j'ai laissé ma voiture dans mon allée. Elle a besoin de nouveaux freins.

Becca lui tendit un grand parapluie portant le logo de la banque.

— Avec les compliments de la maison, dit-elle. Nous les réservons à nos meilleurs clients.

Une grosse boule dans la gorge, Karina sourit à la femme qui était devenue une amie puis sortit.

Alors qu'elle descendait High Street en direction de la maison avec le vent de face, il ne fallut que quelques minutes pour que sa jupe, son chemisier et sa veste soient trempés par la pluie. La fraîcheur de l'air ne fit rien pour apaiser sa colère. Elle aurait voulu demander pour quelle raison on lui avait refusé ce prêt, mais elle n'aurait pour rien au monde donné à M. Pederson la satisfaction de savoir qu'il l'avait bouleversée. Maintenant, elle devait trouver le moyen de rassembler la somme dont elle avait besoin.

Pour oublier sa déconvenue, elle tenta de se focaliser sur les tâches qui l'attendaient. Avant le déjeuner, elle devait changer le pansement de Jonty qui s'était blessé au bras en tombant dans le poulailler sur un morceau de métal.

Cher vieux Grincheux-Jonty Jones !

Secrètement, elle l'adorait. Sous des dehors ronchons, il cachait un cœur d'or et il était très serviable. Sans lui, elle n'aurait pas eu le temps de bêcher le jardin pour y planter des pommes de terre. Il n'arrêtait pas de se plaindre, mais quand elle voulait lui prendre la pelle, il lui passait un savon.

Un coup de vent retourna le parapluie et l'averse eut raison de ses cheveux bien coiffés pour sa visite au banquier.

Après avoir refermé le portail derrière elle, elle se tourna vers la maison et laissa échapper un grognement. Le trou, dans l'asphalte, débordait d'eau de pluie qui formait des ruisseaux s'écoulant le long de l'allée.

— C'est trop tentant ! murmura-t-elle.

Malgré la fureur qui bouillonnait en elle, un sourire malicieux étira ses lèvres. Autant s'amuser un peu et se conduire comme la délinquante que M. Pederson voyait en elle…

Prenant son élan, elle sauta en plein milieu du nid-de-poule. Des éclaboussures d'eau boueuse jaillirent dans toutes les directions et aspergèrent ses jambes.

Elle sauta de plus belle… Plouf ! Plouf !

Bien entendu, les larmes qui lui brouillaient les yeux étaient dues au plaisir, non à l'exaspération causée par son incapacité à gérer son problème.

— Je veux faire ça ! s'écria Mickey depuis la véranda.

Apparemment, il n'avait plus mal au ventre… Un peu anxieuse, Karina le vit dévaler les marches du perron. Elle n'aimait pas qu'il se croie invulnérable.

Plouf ! Le visage rond de Mickey se fendit d'un large sourire et ses hurlements heureux résonnèrent. Sa joie était si communicative que Karina ne put s'empêcher de rire.

Au diable l'argent, la banque et tout le reste !

Là était la vraie vie ! Il fallait profiter des petites choses et, en particulier, s'amuser avec l'enfant qu'elle aimait tant.

Quand Mickey fut trempé, elle le prit par la main et l'entraîna vers la maison.

— Rentrons nous sécher, ensuite on boira un bon chocolat chaud.

— C'est vrai ? demanda Mickey.

— Promis. M. Grincheux est dehors ?

— Non. Il est dans la maison.

Une fois à l'intérieur, elle retira ses chaussures puis elle défit les lacets de Mickey et lui ôta ses baskets.

— Va dans la salle de bains, s'il te plaît, et déshabille-toi.

— Et mon chocolat chaud ?

— Tu l'auras quand tu te seras changé.

Elle ébouriffa les cheveux du petit garçon et claqua la porte derrière eux. Après avoir posé le parapluie et son sac dans un coin, elle s'apprêtait à gagner sa chambre lorsqu'elle vit un homme qui venait vers elle.

— Qui êtes-vous ?

Karina frissonna car elle en avait déjà une petite idée. Elle qui avait espéré qu'il n'arriverait que quelques semaines plus tard…

— Logan Pascale, dit l'homme mince et bronzé en lui tendant la main. Vous êtes Karina Brown ?

Lui prenant machinalement la main, elle tenta en vain de croiser son regard car il fixait quelque chose, juste sous son menton. Lorsqu'elle baissa les yeux, elle s'aperçut avec horreur que son chemisier trempé ne laissait rien à l'imagination. Elle aurait aussi bien pu se promener toute nue ! Ses seins pointaient sous son soutien-gorge de dentelle… Tout à fait transparent.

Karina attendit un instant que le plancher s'ouvre sous ses pieds pour l'engloutir à tout jamais.

Comme rien ne se passait, elle rassembla ce qui lui restait d'orgueil.

— Oui, dit-elle. Je suis Karina.

Elle scruta le visage de cet homme qui tenait l'avenir de cette maison au creux de sa grande main chaude.

— Jonty m'a laissé entrer, expliqua-t-il.

Se libérant de son emprise, elle recula pour mieux l'examiner. Une douce chaleur se répandit alors dans son corps, gagnant peu à peu son ventre, ses orteils et ses joues. Logan Pascale avait beau être un peu trop mince à son goût, sa propre réaction lui disait tout autre chose.

Il avait un visage émacié, comme s'il avait besoin d'être gavé de nourriture, et ses yeux perçants exprimaient un mélange d'humour et de compassion.

Une combinaison troublante…

— Karina ! cria Mickey. Je veux mes habits !

— J'arrive, répliqua-t-elle.

— Je vais vous attendre dans la cuisine, dit le visiteur. Vous voulez que je prépare le chocolat chaud ?

— Avec de la guimauve, tatie !

Cet homme se comportait comme s'il vivait dans la maison… Mais après tout, il en possédait la moitié. Il pouvait donc aller et venir à son gré.

Logan Pascale avait tous les atouts dans son jeu.

Il voulait vendre cet endroit qui était devenu le foyer de Karina, là où elle pensait rester pendant de nombreuses années. Tout comme elle, il avait le droit de prendre des décisions concernant l'avenir de Mickey. Mais avait-il entendu parler de ce qu'on appelait « la concertation » ?

Parce que s'il pensait agir pour le bien de son neveu en bradant cette maison, il se trompait lourdement !

Il connaissait à peine Mickey. Il ne l'avait pas vu grandir, il ignorait ce qu'il aimait et détestait et il ne pouvait pas comprendre de quelle manière la trisomie 21 affectait le petit garçon.

Il souhaitait certainement en finir au plus vite pour reprendre l'avion, lui laissant le soin de réparer les dégâts qu'il aurait commis.

Eh bien, cela ne se passerait pas ainsi !

Il ne savait pas encore à qui il avait affaire.

2.

Un petit sourire aux lèvres, Logan gagna la cuisine. Il ne voyait plus Karina, pourtant son image restait gravée dans sa mémoire… Son petit corps, ses vêtements mouillés moulant ses jolies courbes, ses yeux immenses de la couleur de la boisson qu'il s'apprêtait à préparer.

Pour autant qu'il le sache, elle avait abandonné une vie très confortable pour s'installer à Motueka. Lorsqu'il l'avait aperçue dans l'allée, avant que Mickey la rejoigne, il l'avait prise pour une adolescente en train de faire l'école buissonnière.

Il avait éprouvé une délicieuse surprise en prenant conscience que ces formes ravissantes appartenaient sans nul doute à une femme adulte… Une femme très séduisante, au demeurant.

Bon sang ! Ce n'était pas le moment de se laisser distraire. Il avait beau avoir vécu comme un moine, ces derniers temps, il devait se focaliser sur sa priorité : assurer l'avenir de Mickey et vendre la maison.

— Où tu es, Karina ? Je suis prêt ! hurla Mickey.

— J'arrive, mon grand, répondit Karina.

Elle avait une voix douce, presque caressante…

Logan rentra dans une pièce d'une propreté impeccable. Rien à voir avec les cuisines en désordre du Nigeria auxquelles il était habitué. Toute l'énergie du personnel médical passait dans les soins prodigués aux patients. On n'avait pas le temps de ranger les choses dans des placards, sachant que quelqu'un les en sortirait un instant plus tard.

Le changement était agréable… On se sentait chez soi.

Il trouva facilement la poudre chocolatée, le lait et les

paquets de guimauve. Tout en faisant chauffer le lait, il en mit une dans sa bouche et savoura son goût sucré.

Karina fit irruption dans l'espace réduit, débordante d'énergie. Chaque fois qu'elle se déplaçait, c'est-à-dire souvent, elle le heurtait du coude ou de la hanche. Elle portait maintenant un pantalon et une chemise de batiste qui masquaient ses formes. Ses boucles humides, commençant à sécher, voletaient autour de son visage et lui donnaient un air enfantin.

Elle jeta un coup d'œil à la casserole.

— Servez Mickey avant que ce soit trop chaud. Il n'aime pas attendre que sa boisson refroidisse.

S'efforçant d'ignorer le parfum de rose qui flottait autour d'elle, Logan prit le mug qu'elle lui tendait.

— Il a bien grandi, depuis ma dernière visite.

— En un an, les enfants changent énormément, commenta Karina en posant deux chopes de plus sur le comptoir. Je suppose que vous allez vous joindre à nous ?

Il savait qu'elle n'avait pas eu l'intention de le blesser, mais ses paroles le frappèrent en plein cœur.

— Sans des circonstances exceptionnelles, je serais venu il y a deux mois, expliqua-t-il. Je suis désolé que vous ayez dû vous charger seule de Mickey, après la mort de James et de Maria.

Elle haussa les épaules.

— Pas de souci.

— C'est un euphémisme, non ?

A elle seule, la maison posait de nombreux problèmes dus au manque d'entretien. Les notaires l'avaient mis au courant dans les moindres détails. Du moins était-ce une question qu'il pouvait régler. Il avait d'ailleurs rendez-vous le lendemain avec l'agent immobilier qui devait mettre la propriété sur le marché.

Karina sortit une boîte d'un placard. Après l'avoir ouverte, elle disposa quelques biscuits sur une assiette.

— Pas à ma connaissance, répondit-elle. Je suis désolée que vous n'ayez pas été là pour l'enterrement. Nous avons attendu le plus longtemps possible, mais nous ignorions où vous étiez.

Waouh ! Elle avait une façon bien à elle de vous culpabiliser sans même le faire exprès.

— Pendant la saison des pluies, il y a des jours, voire des semaines, où l'on est complètement coupé du monde extérieur, dit-il.

Il n'allait pas lui expliquer que dans la situation critique où il se trouvait à l'époque, il était dans l'impossibilité de contacter qui que ce soit.

Une petite main se posa sur son bras. Chaque doigt était une source de chaleur qui se diffusait dans son corps, lui rappelant des temps plus faciles et insouciants.

— Je ne voulais pas être indiscrète, répliqua-t-elle doucement. James nous a expliqué combien il était difficile de vous joindre au Nigeria.

Si seulement la raison avait été aussi simple ! Plongeant dans les yeux de Karina, il n'y vit qu'une sympathie sincère. Il aurait sans doute dû se blinder contre cette gentillesse, mais elle minait sa détermination à régler la situation très vite avant de regagner un monde qu'il comprenait.

Ou du moins qu'il comprenait autrefois…

Il s'étonna que le regard de Karina éveille en lui une telle envie de faire une pause ici, dans cette ville paisible où les gens étaient vraiment en sécurité. Il pourrait jouir de chaque journée, retrouver sa forme physique, s'éclaircir les idées et apprendre à connaître son neveu.

Peut-être même apprendre à connaître Karina Brown.

Il s'écarta d'elle.

— Si cela avait été possible, j'aurais été là, rétorqua-t-il sèchement. Mais ce n'était pas le cas.

S'il avait posé un pied hors de la cabane qui lui tenait lieu de prison, son corps aurait été criblé de balles, puis abandonné aux mouches et aux vautours.

En versant le lait, il aspergea le comptoir. Karina essuya vivement les éclaboussures avant de déposer deux guimauves sur le chocolat dans chacune des chopes.

— Assieds-toi, Mickey. Tu peux manger un seul biscuit avant le déjeuner.

Après s'être installée près du petit garçon, elle prit sa

chope entre ses deux mains et parut réfléchir. Etait-elle en train de se demander s'il avait dit la vérité ? Elle devait voir en lui un oncle absolument désastreux !

— Comment ça s'est passé, à la banque ? demanda-t-il pour changer de sujet.

— Comment savez-vous que j'y suis allée ?

— Jonty m'en a parlé quand je me suis présenté.

— Cela me surprend… Je ferais mieux d'aller voir si on a besoin de moi au cabinet, ajouta-t-elle en se levant brusquement. Vous voulez bien garder un œil sur Mickey ?

Logan la retint en la prenant par le bras.

— J'y suis passé. Tout se passe à merveille.

— Vous avez visité mon cabinet ?

Lorsqu'elle les écarquillait de cette façon, ses yeux ressemblaient à des soucoupes.

— Je me suis seulement fait connaître.

Elle lui arracha son bras avant de s'asseoir lourdement sur la chaise qu'elle venait de quitter.

— Oui, je suis allée à la banque. Non, ils ne m'accordent pas le prêt dont j'ai besoin pour vous acheter votre part de la propriété. Pas d'autres questions ?

— Pourquoi persister dans cette voie ? Vous ne trouveriez pas plus raisonnable de vendre cette vieille demeure en ruine avec son terrain immense pour vous installer dans une maison neuve plus confortable et bien entretenue ?

— Pas le moins du monde. C'est ici que Mickey a tous ses souvenirs de ses parents et je ne l'éloignerai pas de cet endroit !

— Je vois.

— Vraiment ? Et que faites-vous du cabinet ? Si nous vendons la maison, où recevrons-nous les patients ?

— Je supposais que ce serait le cadet de vos soucis. Je crois que vous avez du mal à trouver un médecin qui puisse travailler à plein temps.

Elle aurait pu lui dire ce qu'il savait déjà, à savoir que jusqu'à maintenant, elle s'était arrangée pour engager des remplaçants. Au lieu de cela, elle l'attaqua de front :

— Vous n'êtes pas intéressé par le poste ?

Lui ? Soigner des rhumes, des gastro-entérites ou des hypertensions ? Jamais de la vie ! Il voulait s'occuper de gens qui n'avaient pas le choix et qui vous étaient reconnaissants de la moindre chose que vous faisiez pour eux… Des gens qui apparaissaient et disparaissaient si vite que vous n'aviez pas le temps de trop vous impliquer.

Mickey posa son mug vide sur la table.

— Je veux jouer avec M. Grincheux.

— Qui est M. Grincheux ? demanda Logan.

— Il m'apprend des choses, expliqua le petit garçon en glissant à bas de sa chaise. Hein, Karina ?

Elle se leva à son tour.

— C'est vrai, mon cœur. Et j'aurais déjà dû changer le pansement de Jonty.

Décidément, elle cherchait tous les prétextes pour le fuir !

— Est-ce que cela peut attendre quelques minutes ? demanda Logan. Je présume que Jonty et M. Grincheux sont une seule et même personne et je souhaiterais vous accompagner.

Elle eut un petit sourire qui l'excita au plus haut point. Décidément, cette jeune femme avait le don de le troubler…

— Bien sûr… Mickey, M. Grincheux devrait être dans la resserre, en train de planter des graines de tomates. S'il n'y est pas, reviens ici et nous le chercherons ensemble, d'accord ?

— Oki doki, répliqua le petit garçon.

Le cœur un peu serré, Logan le suivit des yeux tandis qu'il se précipitait hors de la pièce. La trisomie n'empêchait pas Mickey de jouir intensément de la vie.

— Est-ce qu'il a conscience de ce qui est arrivé à ses parents ?

Les yeux de Karina exprimèrent une profonde tristesse.

— Autant que n'importe quel enfant de son âge. Parfois, il demande quand papa va revenir du travail ou si maman va lui préparer son dîner. Certaines nuits, je l'ai trouvé en train de pleurer dans son oreiller, mais il a eu la même réaction lorsqu'il a perdu son jouet préféré. En fait, j'ignore s'il sait pourquoi il vit maintenant avec moi.

— D'après ce que mes parents m'ont dit, vous vous occupiez souvent de lui avant l'accident.

Elle n'était pas pour l'enfant une parfaite étrangère, comme lui. Il se sentit de nouveau coupable à la pensée que Mickey ne se souvenait pas de lui, le matin même. Ce n'était pas vraiment étonnant puisqu'il n'avait que trois ans lors de la dernière visite de son oncle. Par bonheur, James avait eu la bonne idée de faire de Karina la cotutrice du petit garçon. Du coup, Mickey pouvait compter sur une présence constante et affectueuse, pas seulement sur un homme qui préférait travailler et vivre dans des contrées exotiques.

Cet enfant avait besoin de sécurité.

Il lui fallait auprès de lui les mêmes personnes, jour après jour. Chaque fois qu'il se rendait au jardin d'enfants, il devait rencontrer des camarades qu'il connaissait, et il n'aurait rien de tout cela s'il suivait son oncle dans des lieux désolés du continent africain.

Ce n'était d'ailleurs pas une option après ce qu'il lui était arrivé lors de sa dernière mission.

Bien trop dangereux !

— Je travaillais ici depuis quelques mois quand l'accident est arrivé, expliqua Karina d'une voix douce. Mickey et moi étions déjà de grands copains, ajouta-t-elle, les larmes aux yeux.

— Vous êtes originaire d'Auckland, à ce qu'on m'a dit. Vous n'avez pas eu de mal à vous adapter à une si petite ville ?

— C'était rafraîchissant. J'ai connu Maria pendant mes études d'infirmière, à Auckland, et nous sommes devenues des amies inséparables.

De nouveau, le regard de Karina exprima une tristesse qui donna à Logan l'envie de la prendre dans ses bras.

Il n'en fit rien pour de multiples raisons… D'abord parce qu'il n'aurait plus jamais voulu la lâcher, ensuite parce qu'il aurait eu besoin de tendresse, lui aussi, et enfin parce qu'il s'en voulait de ne pas avoir été là pour la soutenir, ainsi que Mickey.

— Vous étiez la demoiselle d'honneur de Maria. Je me rappelle vaguement avoir vu une photo de mariage.

— C'est un bien grand mot, si l'on considère que ces deux-là sont sortis déjeuner et sont rentrés mariés. Ils m'ont traînée dehors en prétendant qu'ils avaient une surprise.

— Il y avait aussi un homme, sur la photo.

— La loi requiert deux témoins, répondit froidement Karina, le visage impassible.

— Qui était-ce ? demanda Logan malgré lui. Je n'ai pas reconnu en lui l'un des amis de James.

Récemment, il avait vécu sans parler à personne pendant des semaines. Apparemment, il avait perdu son tact pendant cette période.

— Il s'agit de mon ex-mari.

Jamais deux aussi petits mots n'avaient été prononcés avec une telle émotion. La voix de Karina vibrait d'une colère contenue mêlée de déception, de désespoir et de chagrin. Elle fixa un point sur le mur pendant un long moment avant de hausser les épaules.

— Nous avons brusquement rompu et j'ai souhaité changer d'environnement. A la même époque, Maria a décidé de devenir mère au foyer et elle m'a demandé de la remplacer au cabinet. Je pense qu'elle faisait ça pour moi, parce que jusqu'alors elle s'était très bien débrouillée. Quoi qu'il en soit, je suis arrivée quelques jours plus tard et je n'ai nulle intention de m'en aller.

— D'autant que maintenant, vous avez un petit garçon.

Elle possédait aussi un grand cœur. Apparemment, elle semblait venir à bout de toutes ses activités sans peine, pourtant ses journées devaient être bien chargées, voire chaotiques parfois. En raison de sa trisomie, Mickey exigeait certainement beaucoup d'attention.

— Un petit garçon pour qui je ferais n'importe quoi.

Logan reçut le message cinq sur cinq. Il avait intérêt à bien se comporter envers elle et Mickey. Il poursuivit, désireux d'en savoir davantage sur elle :

— Vous avez une vie sociale, à Motueka ?

— Je bois quelquefois un verre avec une amie le vendredi soir dans un bar et ça me suffit amplement. Je n'ai pas l'intention de me remarier et je ne suis donc pas sur le marché.

Elle était incroyablement directe.

— Je peux le comprendre.

Au coup d'œil acéré qu'elle lui lança, il comprit qu'elle était capable de lire entre les lignes et devinait qu'il ne cherchait pas plus qu'elle l'âme sœur.

— Pourquoi voulez-vous vendre la maison ? demanda-t-elle.

— Les notaires m'ont remis le rapport de l'entrepreneur. Cette vieille demeure nécessite d'énormes travaux onéreux. Il me semble que vous seriez mieux dans une maison confortable n'exigeant aucun investissement.

— Vous n'oubliez pas quelque chose ?

— Quoi donc ?

— Cette solution vous permettrait de vous envoler au soleil couchant, sachant que votre neveu est entre de bonnes mains et que vous n'avez aucun souci à vous faire pour lui. Vous partiriez la conscience tranquille, certain de vous être acquitté de vos devoirs envers votre famille.

Sa famille ? Cette jeune femme savait comment remuer le couteau dans la plaie. Il ouvrit la bouche pour se justifier, mais elle ne lui en laissa pas le temps.

— Ecoutez-moi bien, dit-elle en lui enfonçant un doigt dans la poitrine. Je ne signerai jamais un contrat de vente. Cette maison restera celle de Mickey jusqu'au jour où il n'en aura plus besoin, ajouta-t-elle d'une voix vibrant d'émotion contenue.

3.

De tous les hommes têtus, superficiels et égoïstes qui pullulaient dans le monde, Logan Pascale occupait le haut du panier. Réprimant les paroles qui lui brûlaient les lèvres, Karina se dirigea vers la resserre, l'homme têtu, superficiel et égoïste sur les talons.

A genoux sur le sol, Jonty tentait de dévisser le manche cassé d'une bêche.

Ignorant la présence de Logan, Karina s'adressa au vieil homme :

— Je dois changer votre pansement.

— Ces manches ne sont plus fabriqués comme autrefois, marmonna Jonty.

Près de lui, Mickey était assis par terre, une paire de pinces à la main.

— J'aide M. Grincheux, expliqua-t-il.

— Je n'ai pas besoin qu'on change mon pansement, dit Jonty sans lever les yeux. Celui-ci va très bien.

Cédant brusquement, une première vis tomba. Aussitôt, Mickey rampa dans sa direction.

— Je l'ai !

Karina s'accroupit près de Jonty.

— Vous ne voudriez pas que la plaie s'infecte ?

— Peuh ! Je suis en parfaite santé.

La seconde vis semblait lui causer plus de difficultés que la première. Logan s'agenouilla de l'autre côté.

— Comment s'est-elle cassée ? demanda-t-il.

Karina pria le ciel pour qu'il s'en aille et les laisse tranquilles.

— Fichus cailloux ! grommela Jonty.

— Laissez-moi voir ce bras, intervint Karina qui n'abandonnait pas la bataille.

Le vieil homme jeta un coup d'œil à Logan.

— Les femmes sont toutes les mêmes... Elles sont tyranniques et elles croient tout savoir.

Logan émit un rire bref... Un son chaleureux qui remonta un instant le moral de Karina.

Il gagna ensuite des points en ajoutant :

— Je comprends ce que vous voulez dire, Jonty, mais, en l'occurrence, Karina a raison. Si la plaie s'infecte, vous serez handicapé pendant un certain temps et vous ne pourrez plus bêcher.

Le vieil homme s'acharnait sur son manche, les articulations de ses doigts blanchies par l'effort.

— C'est possible, commenta-t-il.

— Je peux vous aider ? reprit Logan.

— D'accord. Pendant ce temps, la patronne fera son boulot d'infirmière.

Connaissant l'entêtement du vieil homme, Karina avait emporté sa trousse à pharmacie. Réprimant un sourire, elle enleva le pansement puis nettoya la plaie. Il aurait mieux valu le faire dans la maison, mais Jonty n'aurait jamais accepté.

— Tout va bien, dit-elle. Vous avez de la chance que ce clou ne se soit pas enfoncé plus profondément.

— J'ai ramassé deux douzaines d'œufs, ce matin, marmonna Jonty.

— Tant mieux ! Nos poules sont plutôt productives, si on considère que nous sommes en hiver.

— C'est bon, annonça Logan en rendant le tournevis à Jonty.

Ce dernier lui pressa l'épaule.

— Vous ressemblez à votre frère. Je suis désolé, mon garçon. Lui et Maria nous manquent.

Karina nota que M. Grincheux avait prononcé en dix minutes plus de mots qu'il n'en disait souvent en un jour.

— C'est fait, dit-elle en tapotant le pansement.

— Merci, jeune fille.

— Je peux vous confier Mickey pendant que je vais préparer le déjeuner ?

Levant les yeux au ciel, Jonty reprit la lame de sa bêche des mains de Logan.

— C'est oui, si je comprends bien ?

Karina pensait que Logan resterait dans la remise, mais il lui emboîta le pas. Maintenant qu'il lui avait parlé de l'entretien de la maison, elle ne pouvait s'empêcher de remarquer que la peinture des murs s'en allait par plaques ou que les châssis des fenêtres étaient pourris. A certains endroits, le mastic qui maintenait les vitres en place était crevassé... Quand il n'avait pas complètement disparu.

— C'est vrai qu'on aurait besoin de faire des travaux, dit-elle à mi-voix.

Malheureusement, Logan avait l'ouïe fine.

— C'est un euphémisme... Il faudrait une restauration complète.

En faisant volte-face pour riposter, elle glissa sur l'herbe mouillée, et Logan la prit par le bras pour l'empêcher de tomber. Dès qu'elle eut recouvré son équilibre, il la lâcha.

Frottant l'endroit que les doigts puissants avaient agrippé, elle redressa le menton.

— Cette vieille bâtisse aurait fière allure avec un bon coup de peinture !

Logan eut un petit sourire blasé.

— Vous avez beaucoup d'imagination.

— Quels sont vos projets ? Vous comptez rester longtemps ?

— Aussi longtemps qu'il le faudra pour vous ramener à la raison et mettre cette propriété sur le marché.

— Dans ce cas, vous pourriez attendre longtemps. J'achèterai un billet de loterie dès demain.

— Pourquoi ne pas admettre qu'il vaut mieux vendre ?

Ouvrant la porte de derrière, Logan lui fit signe d'entrer la première. Karina se rendit directement dans la salle de bains pour jeter le petit sac contenant le pansement de Jonty dans la poubelle.

Son esprit fourmillait de répliques cinglantes, mais elle

se contint. Logan ne devait pas savoir ce que cette maison représentait pour elle…

Ici, son opinion comptait.

Ici, son mari et sa famille ne lui dictaient pas leurs volontés…

De retour dans la cuisine, elle sortit du pain, du beurre, des œufs durs et de la salade, après quoi elle entreprit de confectionner des sandwichs. Le temps ne s'était pas arrêté à cause de Logan et son travail attendait.

Il s'assit sur un coin de la table, visiblement décidé à ne pas bouger avant de l'avoir convaincue. Elle connut un instant de panique. Que ferait-elle s'il gagnait la bataille ? Serait-il si pénible de s'installer avec Mickey dans une autre maison de Motueka ?

Oui ! Ce serait terrible !

Jonty ne vivrait plus tout près, ronchonnant et grognant tout en arrosant les légumes ou se plaignant qu'il détestait les carottes cuites encore plus que les petits pois en conserve… Ce qui ne l'empêchait pas de vider son assiette chaque fois qu'elle lui préparait son repas, c'est-à-dire presque tous les soirs. Sa défunte épouse était de la vieille école et pensait que cette tâche lui revenait, si bien qu'il n'avait jamais appris à faire la cuisine.

Elle avait un autre argument contre la vente… Si la maison était vendue, le cabinet médical devrait être déplacé. Pire encore, s'il fermait, les patients seraient contraints de trouver un autre centre.

— Vous pensez vraiment que je pourrais quitter tout ça ? demanda-t-elle en désignant le mur qui les séparait du cabinet. Allez donc le dire aux patients ! Les gens n'aiment pas le changement, Logan.

— Vous parlez de vous, je suppose ?

Cet homme avait le don de lire en elle comme dans un livre ouvert !

Elle fit semblant de ne pas l'avoir entendu.

— Surtout les personnes âgées, poursuivit-elle. Elles ont confiance en leur médecin et leur infirmière qui n'a nul besoin de consulter leur dossier pour savoir qui est leur fils ou bien où habitent leurs petits-enfants.

— Vous oubliez que le praticien remplaçant n'est là que depuis trois mois et doit partir dans à peu près le même délai. Où est donc la continuité à laquelle vous faites allusion ?

Décidément, il était au courant de tout !

— Je ne changerai pas d'avis !

— C'est ce que je vois.

— Où comptez-vous habiter pendant votre séjour à Motueka ? demanda-t-elle pour changer de sujet.

— Ici. Si vous ne me jetez pas dehors, j'aimerais occuper la pièce libre, à l'arrière de la maison.

— Elle est remplie de cartons et glaciale.

— Elle me convient parfaitement.

— La chambre voisine de celle de Mickey est plus spacieuse et mieux chauffée.

— Je vous gênerai moins au rez-de-chaussée. Je déplacerai les cartons après le déjeuner.

— Ils contiennent les affaires de Maria et de James. Je n'ai pas encore eu le courage de les trier. En fait, ce serait plutôt à vous de le faire.

— Je m'en chargerai éventuellement avant de repartir. Pour en revenir à mon installation, cette petite chambre sera plus confortable que ce que j'ai connu récemment.

— Je vais chercher des draps.

— Karina, je n'attends pas de vous que vous vous occupiez de moi. Je peux faire mon lit.

— Qu'est-ce que vous attendez de moi, alors ?

— Que vous examiniez sérieusement ma proposition de vendre cette maison. Vous pourriez rencontrer l'agent immobilier avec moi.

— Quoi ? Vous n'avez donc pas écouté ce que je vous ai dit ?

— Et vous ? M'avez-vous écouté ?

— J'ai entendu chacune de vos fichues paroles !

Karina s'exhorta au calme. Ce n'était pas le bon moyen de traiter avec lui. Elle devait avant tout penser à Mickey.

— Il vaudrait peut-être mieux que vous alliez au motel, au bord de la route, reprit-elle.

Logan ne semblait pas perturbé par son éclat.

— Je souhaite passer le plus de temps possible avec mon neveu avant mon départ.

— D'accord, mais je vous demande de ne pas parler de cette vente quand vous êtes à la maison.

— Karina, je suis venu pour voir Mickey et m'occuper de la succession. Réfléchissez ! Quand je serai de l'autre côté des mers, je ne pourrai pas vous aider. Mais si vous habitez dans une maison neuve, je ne m'inquiéterai plus pour vous.

— Je vois...

Les propos de Logan semblaient si raisonnables !

Mais ce n'était pas pour autant qu'elle changerait d'avis... A ses yeux, cette maison ne représentait pas seulement des frais d'entretien, c'était un véritable foyer. Auparavant, elle avait vécu dans des manoirs et elle savait combien ils pouvaient être froids et impersonnels. Elle était venue à Motueka pour trouver un véritable sens à sa vie et elle l'avait trouvé.

— Vous n'avez pas à vous soucier de moi, reprit-elle. Le bonheur de Mickey doit être votre seul objectif.

— Justement ! Si vous êtes heureuse, il le sera aussi.

— Eh bien, sachez que je le suis ici. Et si vous vous inquiétez à propos du cabinet, pourquoi ne pas y exercer vous-même ? Mickey serait aux anges, si vous restiez dans la région. Je vous demande de patienter un mois et je vous écouterai à la fin de ce délai. Je ne dis pas que je serai d'accord avec vous, mais nous pourrons en discuter.

S'il acceptait, elle disposerait de trente jours pour le persuader qu'il se trompait.

— D'accord.

Les lèvres de Logan frémirent. Lisait-il en elle aussi facilement ?

Karina profita de ce qu'il fixait ses pieds pour l'observer. Son visage mince était triste et préoccupé, comme s'il ne savait pas trop lui-même où il en était.

Elle ne devait pas se laisser aller à la compassion !

Logan réprima un petit rire, ce qui le surprit lui-même. Karina était aussi transparente que de l'eau de source. Il devinait qu'il allait être harcelé durant les semaines à venir. Il aurait pu aller au motel, mais il préférait jouer le jeu. Il n'était dans cette maison que depuis quelques heures et, déjà, il n'avait plus envie de la quitter. Elle était vieille et pleine de courants d'air, les fenêtres grinçaient quand le vent soufflait, il y avait un seau dans la buanderie pour recueillir l'eau de pluie et les tapis étaient élimés, mais, ainsi que Karina le soulignait, c'était un foyer, pas seulement une maison.

— Le déjeuner est prêt, annonça Karina en poussant vers lui un plat débordant de sandwichs.

— Vous voulez que j'aille chercher Mickey ?

Elle acquiesça.

— Et aussi Jonty.

— Pourquoi ne suis-je pas étonné ?

Tout en remplissant la bouilloire, elle secoua la tête, ce qui eut pour effet de faire voler ses boucles autour de son visage.

— Il s'occupe du jardin et des poules. En échange, je le nourris.

— Bien entendu. Rien à voir avec le bon cœur ou l'amitié ?

Il ne put résister à l'envie de lui adresser un clin d'œil.

Cette jeune femme était bien trop amusante pour son propre bien. Les sourires de Mickey avaient déjà gagné son cœur. Quant à Karina… Elle le désarçonnait avec son exubérance et son ardeur. Il n'avait rien connu d'aussi normal depuis longtemps.

En Afrique, il savait qu'il n'y aurait pas de suivi des patients. Les femmes avec qui il travaillait, les endroits où il vivait, tout cela était provisoire. Il était là pour aider les gens moins fortunés que lui qui avaient besoin d'être soignés.

C'était évident et simple.

Mais des militants extrémistes avaient pensé qu'il pouvait représenter une source d'argent et ils l'avaient kidnappé.

Pas étonnant si cette maison lui apparaissait comme un havre de tranquillité, avec sa normalité quotidienne.

La chambre qu'il avait choisie contre l'avis de Karina lui convenait parfaitement. Il aurait pu prétendre qu'il avait besoin d'espace après avoir partagé des logements exigus avec ses collègues.

Mais il ne lui avouerait pas pourquoi il avait besoin d'intimité pendant la nuit… Finalement, il ferait peut-être mieux de s'installer au motel. S'il avait ses problèmes nocturnes habituels, elle risquait de lui poser des questions gênantes.

— Je croyais que Mickey restait au jardin d'enfants toute la journée ? demanda-t-il avant d'aller chercher le petit garçon.

— C'est exact, mais, ce matin, il avait mal au ventre. Maintenant que je l'ai vu sauter dans la flaque, je dirai qu'il peut y aller cet après-midi.

— Vous voulez que je l'accompagne ?

— Volontiers, merci.

En revenant de la remise, Mickey et Jonty sur les talons, Logan questionna de nouveau Karina :

— A quelle heure sortez-vous du travail ?

— Vers 17 h 30.

— Ensuite, vous rentrez préparer le dîner ?

Hochant la tête, Karina lui adressa un sourire qui chassa un instant ses sombres souvenirs.

— J'espère que vous aimez le risotto ?

— Absolument !

— On me ramène Mickey au cabinet vers 16 heures. Si vous le souhaitez, vous pouvez en profiter pour passer un peu de temps avec lui…

Elle sourit plus largement, ce qui eut pour effet de réchauffer Logan des pieds à la tête.

— Il en sera ravi. Vous êtes sa famille, oncle Logan…

Il éprouva une bouffée de désir inattendue.

— Mickey ne comprend peut-être pas la raison de ma présence, mais je suis là pour lui, bien que je ne sois pas habitué aux petits garçons.

— J'aurais cru que vous en aviez beaucoup parmi vos patients.

— Il m'est arrivé de jouer au ballon dans la poussière avec quelques-uns d'entre eux, mais à l'idée de faire connaissance avec Mickey, je suis un peu intimidé.

Terrifié, plutôt.

Il n'y aurait pas de seconde chance et il allait devoir jouer serré dès le début. L'enjeu était d'importance puisqu'il devait assurer le bonheur de Mickey malgré la perte de ses parents.

Le rire de Karina illumina la pièce. Maintenant qu'elles avaient séché, ses boucles formaient une véritable jungle et elle avait cette expression insolente qui n'appartenait qu'à elle. Que dirait-elle s'il glissait les doigts dans sa chevelure ?

— C'est réglé, alors, à moins que vous ne préfériez que Mickey manque le jardin d'enfants et reste avec vous ?

— Comment les petits garçons de quatre ans s'occupent-ils, dans l'après-midi ?

Bon sang ! Il n'avait pas eu l'intention d'exprimer ses doutes à voix haute !

— Croyez-moi, Mickey saura se montrer suffisamment despotique pour ne faire de vous qu'une bouchée !

Fallait-il vraiment qu'elle arbore ce sourire satisfait ?

Hélas ! L'air moqueur de Karina se révéla justifié. Logan fit la grimace en évitant de justesse un nouveau jet d'eau boueuse. Pourquoi les petits garçons adoraient-ils à ce point les flaques ?

— Je veux voir Karina.

Mickey se tenait devant lui, le fixant de ses yeux si semblables à ceux de James.

James. Le cœur de Logan se serra. Son frère aîné et lui n'avaient jamais été proches, mais ils savaient qu'ils pouvaient compter l'un sur l'autre.

Logan avait été touché quand James lui avait demandé d'être le tuteur de son fils si son épouse et lui venaient à disparaître, mais il n'imaginait pas que cette échéance surviendrait si tôt. C'était juste une assurance censée ne jamais être utilisée…

S'il avait su que l'impensable se produirait quelques mois plus tard, il aurait demandé à son frère de trouver quelqu'un d'autre.

Evidemment, James ne l'aurait pas écouté.

Une petite main agrippa la sienne.

— Karina est au travail.

— Je suis au courant, bonhomme, c'est pourquoi nous devons l'attendre ici.

— Non ! Je veux la voir. J'ai besoin de faire pipi.

— Rentrons dans la maison.

Mickey secoua la tête.

— Non ! Je veux aller à son travail ! Viens ! ajouta-t-il en tirant la main de son oncle.

Un homme au visage souriant se trouvait à l'accueil lorsqu'ils franchirent la porte du cabinet.

— Salut, Mickey ! On dirait que tu t'es bien amusé. Vous devez être Logan, ajouta-t-il en se tournant vers lui. Je suis David Maxwell, le médecin remplaçant. Désolé de vous avoir manqué quand vous êtes passé.

— Bonjour. Ravi de faire votre connaissance. Je ne voulais pas vous déranger en pleine consultation, mais ce jeune homme veut aller aux toilettes. Apparemment, elles lui plaisent davantage que celles de la maison.

— Ici, nous avons Karina, répliqua David en riant.

Visiblement, Mickey et Karina entretenaient un lien privilégié et c'était tant mieux pour le petit garçon qui était vraiment adorable. Logan ne le connaissait que depuis quelques heures, pourtant il savait déjà qu'il aurait beaucoup plus de mal à le quitter qu'il ne l'avait cru.

— Comment se comporte-t-il, au jardin d'enfants ?

Karina répondit depuis une autre pièce :

— Il y a de bons et de mauvais jours. Son institutrice est plutôt stricte, mais elle me permet parfois de m'installer dans un coin de la salle. Mickey s'assied près de moi et fait du coloriage.

— Il faut que je fasse pipi ! cria le sujet de cette conversation.

Dans la salle d'attente, tout le monde se mit à rire.

— Vous feriez mieux de vous dépêcher, Karina, sinon nous allons avoir un accident, dit David avec un sourire.

Elle apparut quelques secondes plus tard.

— Viens, Mickey.

Entraînant l'enfant par la main, elle lança à Logan par-dessus son épaule :

— On dirait que vous avez subi une attaque en règle ?

Il frissonna. En comparaison de ce qu'il avait supporté en Afrique, l'attaque en question était inoffensive.

— Vous vous y habituerez, ajouta-t-elle avant de disparaître au fond du couloir.

— Vous habituer ? répéta David. Vous ne comptez pas vous installer définitivement ici, par hasard ? demanda-t-il avec espoir.

Logan préféra se montrer honnête.

— Non. J'ai toujours un contrat avec l'organisation qui m'emploie. Mais si je devais revenir au pays, je privilégierais ce genre d'endroit. Je déteste les grandes villes.

Revenir au pays ?

Pourquoi l'envisager ? Rien ne le retenait ici…

Même pas un petit garçon qui l'appellerait tonton ? Un enfant qui avait besoin d'un homme dans sa vie ?

Un rire féminin lui parvint depuis le couloir. D'accord, il aurait eu une autre raison de s'attarder, mais il ne pouvait modifier ses projets pour une femme.

— Des projets ? Quelle foutaise !

— Pardon ?

Il avait oublié que David était toujours là, le fixant avec des yeux pleins d'espoir.

— Je me parlais à moi-même.

— Je devine que, pour l'instant, vous avez d'autres sujets de préoccupation. Nous pourrons en reparler dans quelques jours… Enfin, si vous êtes encore là…

— Je vais être là quelque temps.

Restait à définir la durée de ce « quelque temps ».

Regardant autour de lui, il balaya du regard les patients qui se trouvaient dans la salle d'attente. Un bébé poussait un camion de bois en hurlant de toute la force de ses poumons.

Ces cris lui rappelèrent ceux d'un des otages que leurs gardiens battaient. Ils exprimaient la peur, la rage et la douleur.

Soudain, il se sentit si fatigué qu'il eut du mal à se tenir debout. L'épuisement le gagnait, vidant son corps de toute énergie… Un épuisement que le sommeil ne guérirait pas.

Cela recommençait.

Il ne pouvait mettre son état sur le compte du décalage horaire.

La cause de cet éreintement se trouvait en Afrique, sous la forme d'hommes dangereux et armés, incapables d'entendre raison. Des individus qui s'imaginaient que le moyen le plus rapide d'être riches était de retenir prisonniers des innocents pour obtenir une rançon.

— Vous vous sentez bien ?

David le fixait avec la même inquiétude qu'il avait vue trop souvent dans les yeux de ses collègues, après sa libération.

— Tout à fait, répliqua-t-il d'une voix rauque. J'ai besoin d'air frais. Vous voulez bien prévenir Karina que je vais marcher un peu ?

Il était désolé de lui laisser Mickey alors qu'elle avait du travail. Il aurait aussi voulu s'excuser auprès d'elle de ne pas avoir réussi à chasser les démons embusqués dans son esprit avant de venir à Motueka.

Il courut vers la porte.

4.

Karina se retourna dans son lit en retenant son souffle.

Quelque chose l'avait réveillée, mais quoi ?

La maison craquait… Rien d'inhabituel.

Elle se pelotonna sous ses couvertures et ferma les yeux.

Et puis, cela recommença… Un gémissement sourd, suivi d'un cri. Sautant à bas du lit, elle glissa les pieds dans ses pantoufles et enfila sa robe de chambre. Une fois dans le couloir, elle tendit l'oreille, mais ne perçut aucun bruit.

Mickey l'avait-il appelée ?

Poussant lentement la porte de sa chambre, elle constata que l'enfant dormait profondément. Au moment où elle retournait dans la sienne, un nouveau cri troubla le silence, faisant dresser ses cheveux sur sa nuque.

Logan ? S'était-il blessé en tombant ?

Parvenue devant sa chambre, elle hésita un instant. Si elle se trompait et qu'elle le réveillait pour rien, elle aurait vraiment l'air d'une idiote. Posant l'oreille contre la porte, elle l'entendit marmonner de l'autre côté comme s'il parlait dans son sommeil.

Elle s'apprêtait à s'éloigner, quand Logan se mit à hurler :

— Ne me touche pas, espèce de porc !

Etait-il agressé par un cambrioleur ?

Ouvrant la porte à la volée, elle alluma la lumière.

Logan était seul… Il était étendu sur le dos, les draps entortillés autour de ses jambes. Bien qu'il ruisselât de sueur, il frissonnait et ses yeux écarquillés fixaient le plafond. Il se tourna vers elle puis vers le mur. Il était clair qu'il ne la voyait pas… Savait-il seulement où il se trouvait ?

— Qui êtes-vous ? Sortez de ma cabane !

Seigneur ! Il faisait un cauchemar.

— Réveillez-vous, Logan, dit-elle en lui touchant l'épaule. Vous faites un mauvais rêve.

Comme elle le secouait gentiment, il agita les bras en tous sens, l'obligeant à reculer d'un pas. Lorsqu'elle sentit le poing de Logan lui effleurer la cuisse, elle lui saisit le poignet et l'immobilisa du mieux qu'elle le put.

— C'est Karina, Logan. Vous êtes à Motueka, en sécurité.

Il battit des paupières et regarda autour de lui.

— Où avez-vous dit que je suis ?

— Dans la maison de James. Vous vous rappelez ? Là où Mickey habite.

Une lueur dans ses yeux gris indiqua à Karina que la réalité se faisait jour dans son esprit, et il se détendit peu à peu.

— Motueka, Mickey, Karina…, ajouta-t-elle lentement. Logan, je vais remonter la couverture sur vous. Il fait un froid glacial, dans cette pièce, et vous avez la chair de poule.

Des cicatrices rougeâtres zébraient sa poitrine et il n'avait que la peau sur les os comme s'il sortait d'une longue maladie. Ce cauchemar avait-il quelque chose à voir avec l'état de son corps ?

Et que ferait-il si elle le serrait dans ses bras comme elle en avait envie ? Si elle l'embrassait pour chasser cette souffrance qui donnait à ses yeux la couleur de l'ardoise ? Hurlerait-il si elle frôlait du bout des doigts ces lignes pourpres qui couraient sur son torse ?

Ramassant le plaid qu'il avait rejeté sur le sol, elle le couvrit jusqu'au menton.

— Je vais vous chercher une couverture électrique, dit-elle.

Logan aurait voulu se rouler en boule et mourir… Ou au moins se cacher sous ce plaid de façon que Karina ne voie plus jamais son visage.

Mais le mal était fait et les questions n'allaient pas tarder à se succéder… Pourquoi ? Quand ? Est-ce qu'il faisait souvent des cauchemars ?

Le psy lui avait dit qu'ils faisaient partie du processus de guérison. Il devait les accepter, voire en parler. Ils cesseraient peut-être un jour.

Mais pour rien au monde il ne se confierait à Karina !

Il leva lentement les yeux jusqu'à son visage et ne vit rien d'autre que de la sollicitude à son égard.

Il n'en voulait pas, aussi préféra-t-il passer à l'attaque.

— Est-ce que j'ai crié ?

— Oui. Deux fois.

Elle se pencha et il l'entendit farfouiller près du lit jusqu'à ce qu'elle ait branché la couverture.

— Ne vous inquiétez pas pour ça, continua-t-elle. Je dors toujours d'une oreille, au cas où Mickey se réveillerait.

— Vous n'aviez pas besoin d'entrer dans ma chambre. Je ne suis plus un enfant.

Il se montrait agressif dans le seul but de lui faire oublier les questions qui lui brûlaient certainement les lèvres.

— J'ai pensé que vous étiez peut-être tombé et que vous aviez besoin d'aide.

— Pouvez-vous éteindre la lumière ?

— Bien sûr.

L'obscurité recélait toutes sortes de démons, mais il la préférait au regard trop perspicace de Karina. Par bonheur, le plafonnier du couloir était allumé. C'était parfait. Cette pénombre suffisait à repousser la peur et préservait ce qu'il lui restait d'orgueil.

— Vous voulez une tasse de thé ? ajouta-t-elle.

— Non, merci.

— Je vais m'en faire.

— Karina... Pardonnez-moi de vous avoir dérangée. Je ne sais pas ce qui s'est passé.

Elle soupçonnait sans doute qu'il mentait, mais que faire d'autre ? Elle lui sourit comme elle le faisait toujours... Sauf quand elle parlait de son ex-mari.

— Vous êtes certain de ne pas vouloir quelque chose à boire ? Un chocolat chaud ?

— Vous me traitez comme l'un des copains de Mickey, maintenant ?

Comme elle ne répondait pas, il se força à se montrer plus aimable :

— Je prendrai volontiers un chocolat. Avec trois guimauves, cette fois.

— Je reviens dans une minute. Ne vous rendormez pas.

Cela ne risquait pas d'arriver ! Il savait d'expérience qu'il pouvait lutter pendant des heures contre le sommeil et l'horreur qui le guettait dans l'ombre.

Dès qu'il fut seul, il extirpa son corps endolori des draps puis il enfila un jean et un pull. Il avait vu le regard de Karina sur ses côtes qui saillaient sous sa peau et sur les balafres qui hachuraient son torse.

Il n'avait pas besoin qu'on lui rappelle à quoi il ressemblait après des semaines à ne manger qu'un bol de gruau par jour. Et il n'avait pas besoin de voir ses cicatrices pour se souvenir de sa douleur quand on le frappait du plat d'une machette. Il lui avait fallu des semaines avant de pouvoir se regarder dans un miroir et il lui faudrait des mois avant qu'il recommence.

Ses jambes le soutenaient à peine. En s'asseyant lourdement sur son lit, il sentit la chaleur de la couverture chauffante… Un luxe ! Ce n'était rien, pourtant il sentit qu'il se détendait et remercia intérieurement Karina.

Peut-être trouverait-il la paix dans cette maison où la bonté semblait être le mot d'ordre.

Karina entendit Logan fourrager parmi les bûches qui brûlaient dans la cheminée du salon. Elle prit les tasses de chocolat et de thé, prenant garde à ne pas les renverser dans la pénombre.

— Voilà ! dit-elle en posant le chocolat sur la table basse, prête à retourner se coucher.

Un million de questions tourbillonnaient dans sa tête, mais elle savait qu'il valait mieux s'abstenir de les poser.

— Restez près de moi pendant que vous buvez votre thé, suggéra-t-il d'une voix hésitante.

Son embarras la toucha davantage que son assurance habituelle.

— Bien sûr…

Elle prit place dans l'un des deux fauteuils qui faisaient face au feu.

— Je prendrai une chambre au motel dès demain, reprit Logan.

— N'en faites rien, s'il vous plaît. Le propriétaire ne vous servira pas un chocolat à 1 heure du matin.

Il ne répondit pas. Cela signifiait-il qu'il était d'accord ?

— Demain, c'est mercredi, reprit-elle. Mickey a son cours de gym à 15 h 30. Vous voulez l'accompagner ?

— J'espère que je saurai déjouer le stratagème du pipi.

— Il n'y a pas de stratagème, mais vous devez vous montrer ferme. Il vous a adopté plutôt vite, mais je suis une présence constante, dans sa vie. Tout ce qui est nouveau l'incite à se réfugier auprès de moi. Je peux m'arranger pour être ici plus tôt, si vous voulez.

— Comment faites-vous ? Vous devriez dormir debout, pourtant, ce n'est pas le cas. Rien que de penser à tout ce que vous parvenez à caser en un seul jour, je suis fatigué. Est-ce que Mickey a toujours passé la journée entière au jardin d'enfants ?

— Au début, il n'y allait que le matin, mais maintenant qu'il est plus âgé, il peut y rester plus longtemps. Il aime jouer avec les autres enfants et son meilleur ami s'appelle William.

— Vous m'avez dit que vous ne dormiez que d'une oreille, la nuit. Il se réveille souvent ?

— Il va mieux, mais après la mort de ses parents, cela lui arrivait trois ou quatre fois. Maintenant, c'est beaucoup plus rare.

Logan mâchouilla sa guimauve et avala quelques gorgées de chocolat.

— Je n'en avais pas bu depuis mon enfance, dit-il.

— Cela réconforte, vous ne trouvez pas ?

— En effet…

Quelle imbécile elle faisait ! Il allait encore penser qu'elle le traitait en enfant.

— Je ne voulais pas dire…

— J'aime les boissons réconfortantes.

— Tant mieux.

Qu'aurait-elle pu dire d'autre ? Lui demander s'il appréciait les câlins ? S'il aimait faire l'amour ?

Karina s'incita au calme… Mais elle devait admettre qu'elle aurait aimé qu'il la serre contre lui. Même amaigri et couvert de cicatrices, le torse de Logan l'attirait.

Depuis combien de temps un homme ne l'avait-il pas prise dans ses bras parce qu'il l'aimait ?

Et si Logan le faisait, que se passerait-il ensuite ? Sans même la toucher, il éveillait déjà des parties de son corps dont elle avait oublié l'existence…

— Qu'est-ce que ça vous fait, de vous occuper à plein temps de Mickey ? demanda Logan. Cela n'a pas dû être facile.

D'accord… Elle était la seule à avoir des pensées lascives. Elle se secoua mentalement.

— Je n'ai pas eu le temps d'y réfléchir. On m'a appelée pour m'annoncer l'accident et je suis allée aussitôt chercher Mickey chez la baby-sitter qui le gardait pour la nuit. Dès cet instant, je suis devenue son père et sa mère de substitution puisque personne d'autre ne pouvait jouer ce rôle.

Bien sûr, le petit garçon aurait eu besoin d'un modèle paternel, de préférence permanent. Pas d'un homme qui disparaissait pendant un an pour vivre à l'autre bout du monde.

— Vos parents m'ont rendu visite deux fois, poursuivit-elle. Ils sont formidables avec Mickey.

Avec elle aussi. Adèle et Mark Pascale ne semblaient pas lui en vouloir d'élever leur petit-fils. Au contraire, ils l'encourageaient de toutes les façons possibles.

— Qu'avez-vous éprouvé quand Maria et James vous ont demandé d'être la tutrice de Mickey ? Est-ce que vous avez eu conscience de ce que cela impliquait ?

Elle aurait pu lui poser la même question. La seule différence, entre eux, c'était qu'il appartenait à cette famille et pas elle.

— Au début, j'ai été choquée. Ensuite, je me suis sentie

honorée, mais, bien sûr, je ne m'attendais pas à ce qui allait suivre.

Encore aujourd'hui, la requête de ses amis lui réchauffait le cœur, surtout quand elle doutait de sa capacité à faire du bon travail.

— Quant à votre autre question… Oui. Je savais à quoi je m'engageais. Je n'ai jamais regretté d'avoir signé ces papiers. Pas une fois.

— Ce n'est pas ce que j'insinuais. Pardonnez-moi si je vous ai donné cette idée.

— Est-ce que vous cherchez à comparer ma réaction à la vôtre ? demanda-t-elle.

— Cela m'était facile d'accepter parce que, comme vous sans doute, je croyais ne jamais avoir à remplir ce rôle. Je m'efforce d'être honnête, ajouta-t-il en la regardant droit dans les yeux.

Karina hocha la tête.

— Vous êtes un oncle génial. Je sais que James était ravi de votre accord.

— Vous ne trouvez pas étrange qu'ils aient organisé cette tutelle juste quelques mois avant l'accident ? s'enquit-il d'une voix triste.

— De nombreux parents agissent ainsi, de nos jours. Mais vous avez raison… Le timing est bizarre.

— Ça ressemble bien à mon frère. Il ne laissait jamais rien au hasard.

Il se détourna pour fixer le mur. Ce n'était pas bon… A peine sortait-il d'un cauchemar qu'ils avaient cette conversation. Il était temps d'alléger l'atmosphère, sinon ils ne parviendraient ni l'un ni l'autre à retrouver le sommeil.

— Donc, vous êtes d'accord pour emmener Mickey à son cours de gymnastique ? Les mères vont vous adorer.

— Ah bon ?

Ignorait-il combien il était beau ?

— Dans une petite ville, un nouvel homme fait toujours sensation…, expliqua Karina en se levant. L'heure est venue pour moi d'aller me coucher.

Le regard de Logan étincela, mais il ne dit rien. Redressant les épaules, elle se dirigea vers la porte. Elle avait besoin de réfléchir à propos de Logan et de comprendre pourquoi elle retenait son souffle chaque fois qu'elle le regardait.

Elle ne voulait pas d'un autre homme dans sa vie. Ian l'en avait dégoûtée à jamais avec son infidélité et sa belle-famille rangée à ses côtés. Une famille à laquelle il semblait davantage lié qu'à elle.

Elle avait fini par prendre conscience qu'elle se pliait docilement à toutes les exigences de son mari, ce qui lui avait permis de la contrôler complètement... Tout comme le père de Karina l'avait fait avant lui.

Elle avait compris qu'elle ne voulait pas mener la grande vie et être seulement une parfaite épouse. Tout ce qu'elle souhaitait, c'était gagner honnêtement son salaire et prendre ses propres décisions, qu'il s'agisse de savoir où elle allait dîner ou à quel endroit elle habiterait.

C'était ce qu'elle avait aujourd'hui.

— Bonne nuit ! lança-t-elle par-dessus son épaule.

Tout en s'enfuyant, elle refusa d'admettre que Logan ne la quittait pas du regard ou que ses yeux avaient étincelé lorsqu'elle avait parlé de se coucher.

Ils n'avaient besoin ni l'un ni l'autre de devenir proches. Quant à Logan, il semblait avoir déjà suffisamment de problèmes pour ne pas l'ajouter au tableau.

On frappa à sa porte.

— Réveillez-vous, Karina !

Elle ouvrit difficilement les paupières.

— Logan ?

Quoi, encore ? Avait-il fait un autre cauchemar ? Son réveil indiquait 5 heures du matin.

— Je peux entrer ?

— Bien sûr.

Karina alluma sa lampe de chevet.

— Qu'est-ce qui se passe ?

— Nous avons un patient qui attend dans la cuisine... Steve Garret.

— Steve ? Que lui arrive-t-il, cette fois ?

— Il a glissé sur le sol gelé à côté de la conserverie de poissons et il s'est tordu la cheville. Il rentrait chez lui après une nuit de travail.

— La pluie s'est transformée en glace ? La journée commence bien !

— Il refuse d'aller à l'hôpital pour passer une radio.

— C'est tout à fait Steve ! Il déteste faire des histoires. Il veut certainement qu'on lui bande la cheville. Ensuite, il rentrera chez lui pour dormir un peu avant de s'occuper des enfants pendant que Faye ira au travail.

Glissant les pieds dans ses pantoufles, Karina enfila sa robe de chambre par-dessus son pyjama de coton puis elle prit son téléphone portable et les clés du cabinet. En sortant de sa chambre, elle frôla Logan au passage.

— C'est ainsi que nous pratiquons la médecine générale à Motueka. Bienvenue parmi nous.

— J'ai été un peu surpris quand il a frappé à la porte.

— Comment se fait-il que vous l'ayez entendu et pas moi ?

— J'étais encore dans le salon.

Steve était assis devant la table de la cuisine, le visage crispé par la douleur. Il contemplait son pied droit avec rancœur.

— Désolé de débarquer de cette façon..., dit-il.

Karina poussa une autre chaise vers lui.

— Posez votre pied là-dessus.

— J'ai mal à la poitrine quand je respire trop profondément.

Lui prenant immédiatement le bras, Logan posa un doigt sur son poignet.

— Dites-nous-en davantage sur cette chute.

— Je me dirigeais vers ma voiture et je me suis retrouvé par terre, sur le dos. J'ai dû tomber sur le côté droit parce qu'il me fait mal.

— Vous vous êtes peut-être froissé un muscle au niveau des côtes, suggéra Karina.

Steve retint son souffle lorsqu'elle tira sur sa botte.

— Désolée, c'est sûrement un peu douloureux.

— Pas de problème.

— Le pouls est bon, annonça Logan. Laissez-moi

examiner vos yeux… Les pupilles sont normales, Karina. Je peux prendre un stéthoscope au cabinet ?

— Allons-y tous les trois, dit-elle. Je vais devoir bander cette cheville, de toute façon. On laissera la porte ouverte au cas où Mickey m'appellerait.

— Il faudrait vraiment qu'on vous fasse une radio, Steve, dit Logan lorsqu'ils furent installés dans la salle de soins.

— J'ai bien marché jusqu'ici, non ?

— Vous appelez ça marcher ? J'ai vu des canards traverser la route d'une démarche plus élégante.

Karina ouvrit un placard et en sortit une bande.

— Je préfère ne pas savoir comment vous avez réussi à conduire votre voiture, poursuivit Logan. Je vous ai juste entendu freiner devant le portail avant que vous frappiez à la porte. Mais je pense que vous avez raison : si vous aviez une fracture, vous souffririez encore davantage.

Karina entreprit de bander la cheville et le pied de Steve.

— Si vous changez d'avis, David vous organisera un rendez-vous en radiologie à Nelson.

— Relevez votre pull et votre chemise, dit Logan lorsqu'il eut trouvé le stéthoscope.

Il ausculta Steve et palpa délicatement ses côtes et son sternum avec beaucoup de soin.

— Je vous fais mal quand je vous touche ici… Ou ici ?

— Non. C'est juste quand je prends une profonde inspiration, alors je vais cesser de respirer un moment.

— Brillante idée ! commenta Logan en posant le stéthoscope. Vous voulez des antidouleurs pour tenir le coup aujourd'hui ?

— Non, merci, docteur.

Logan eut un petit sourire.

— Vous savez que pour traiter une foulure, il faut rester tranquille pendant quelques jours, le pied surélevé ?

— Pas de problème.

— Ce qui veut dire que vous allez continuer comme d'habitude, intervint Karina avec un petit rire.

— Vous pensez vraiment que mes gosses vont me laisser tranquille ? Dès qu'ils sauront que je suis immobilisé et que je ne peux pas les attraper, ils vont courir en tous sens.

Un instant plus tard, Karina regarda Logan accompagner Steve jusqu'à sa voiture, prêt à le rattraper s'il tombait.

En retournant dans la cuisine, elle ne put s'empêcher de sourire. Avec son pyjama et ses pantoufles, elle n'était pas vraiment sexy. A Auckland, elle ne portait que des peignoirs de soie…

Mais peu lui importait puisqu'elle était heureuse. Les salons de coiffure et les esthéticiennes ne lui manquaient pas le moins du monde !

Elle entendit la porte d'entrée se refermer quand Logan rentra. Elle avait aimé l'observer en mode médecin. Il était consciencieux, attentif et délicat.

A quoi étaient dus ses cauchemars ?

Car elle aurait parié que ce n'était pas le premier… Elle aurait voulu l'aider, mais il était clair qu'il était bien trop fier pour la laisser approcher.

Logan secoua la tête.

Motueka n'était pas le trou somnolent auquel il s'attendait. Steve lui avait dit que Karina avait aidé sa femme à accoucher lorsqu'elle avait perdu les eaux alors qu'ils étaient au parc. Le bébé était arrivé très vite et Karina avait dû se débrouiller seule.

— Elle est fantastique, doc ! Surtout, n'allez pas la convaincre de s'en aller !

— Je n'emmènerai Karina nulle part, avait répondu Logan.

Elle ne quitterait jamais Motueka… Elle ne voulait même pas s'installer dans une maison plus chaude et plus confortable parce qu'elle considérait que la place de Mickey était dans cette vieille demeure.

L'espace d'un instant, Logan se demanda à quoi cela ressemblait, de vivre vingt-quatre heures sur vingt-quatre au même endroit… Avec la même personne.

Il ne le saurait sans doute jamais. Trop de gens avaient besoin de lui en Afrique.

Dans la cuisine, Karina avait branché la bouilloire électrique.

— Thé et toasts, annonça-t-elle. Inutile de nous recoucher. M. Grincheux ne va pas tarder.

— Il est à peine 6 heures…

— Je sais qu'il est tôt, mais que diriez-vous d'œufs pochés ? J'ai un petit creux.

— J'ai moi-même une faim de loup.

Une autre habitude acquise en Afrique : il mangeait chaque fois qu'il le pouvait parce qu'il ignorait quand l'occasion se représenterait.

Un instant plus tard, Karina l'observait avec étonnement.

— Où mettez-vous toute cette nourriture ?

Evidemment, elle l'avait vu à moitié nu et elle savait ce que cachait son T-shirt.

Il se força à sourire.

— Question de métabolisme, sans doute.

— Bien sûr.

Ainsi, elle ne le croyait pas ? Désolé, mais il ne lui en dirait pas davantage et se contenta donc d'une demi-vérité.

— Quand on travaille comme moi dans certaines régions, on profite de toutes les occasions parce que plusieurs heures peuvent s'écouler entre les repas.

— Pourquoi avoir choisi l'Afrique ? C'est bien loin de chez vous.

— Je suis d'abord allé en Angleterre. Ma mère est anglaise et j'ai un passeport anglais. Après mes études, j'ai un peu travaillé à Londres.

Mais pourquoi lui racontait-il tout cela ?

— Je l'ignorais.

— Ne me dites pas que James ne vous a jamais parlé de son rebelle de frère.

Karina rougit, ce qui l'embellit encore.

— C'est arrivé… Le plus souvent après plusieurs whiskies.

— Aïe !

— Ne croyez pas qu'il vous en voulait de ne pas être là, ajouta Karina en lui posant une main sur l'épaule. Il savait que vous faisiez ce que vous aimiez.

Elle paraissait tellement sérieuse, tellement inquiète pour lui ! Sans compter qu'elle était vraiment mignonne, emmitouflée dans cette robe de chambre épaisse, avec ces pantoufles qui ressemblaient à des opossums en peluche.

Logan sentit son corps attiré par elle, comme s'il était aspiré dans un tourbillon… S'il s'abandonnait dans cette spirale, il ignorait complètement où cela le conduirait.

Il recula d'un pas, puis d'un autre. Bientôt, la distance qui les séparait fut suffisante pour qu'il ne se laisse plus distraire.

Comme Karina se détournait pour faire griller des toasts, il suivit des yeux chacun de ses gestes avec une sorte d'avidité. Elle était belle… Pas seulement physiquement, mais parce que son âme l'était. Elle aidait les autres, elle s'efforçait de soulager leurs angoisses. A l'instant même, elle venait de dissiper sa culpabilité vis-à-vis de James, du moins pour un temps.

Elle était très dangereuse pour son équilibre, aussi recula-t-il encore d'un pas…

— Merci de me le dire…

— Combien d'œufs ? demanda-t-elle.

— Deux. A quelle heure Mickey se réveille-t-il ?

— Après 7 heures, du moins je l'espère. Et toujours en pleine forme, Dieu merci !

— Vous vous inquiétez pour sa santé ?

— Trop, sans doute. La trisomie 21 s'accompagne de quelques problèmes. Jusqu'à maintenant, il a eu de la chance.

— Je sais qu'on a dû l'opérer après sa naissance pour fermer le canal artériel. Lorsqu'il était à son chevet, James m'a envoyé plusieurs mails. Il craignait plus que tout que son fils ne survive pas à l'intervention.

— Pauvre chou ! Par bonheur, il n'y a pas eu de problèmes par la suite.

— Vous pourriez vous dire qu'il a eu sa part d'ennuis et que, désormais, tout va bien se passer.

Leurs regards se croisèrent. Hochant la tête, Karina versa de l'eau bouillante dans la théière. Après avoir posé deux chopes sur la table, elle servit les œufs.

— Vous parlez sérieusement ? Ce raisonnement n'est pas très professionnel, pour un médecin.

— C'est exact, mais à quoi bon s'inquiéter pour ce qui *pourrait* arriver ?

— Merci, dit Karina avec un sourire. Maintenant, profitez de votre petit déjeuner.

Un cri perçant leur parvint depuis le couloir.

— Ka-ri-na ! Je suis réveillé !

Karina leva les yeux au ciel avant de repousser son assiette.

— J'avais dit 7 heures ? Ce sera pour une autre fois !

Se levant d'un bond, Logan posa une main sur son épaule.

— Permettez-moi de m'occuper de lui pendant que vous mangez vos œufs.

Le visage de Karina exprima une surprise comique.

— Donnez-moi juste quelques indices, ajouta-t-il. Est-ce que je dois l'habiller pour la journée ou le pyjama et les chaussons suffisent-ils pour le moment ?

— Mickey vous le fera savoir, répliqua-t-elle en souriant.

5.

Le lendemain, en retournant au cabinet après le déjeuner, Karina fit un détour par l'allée pour regarder le trou que Logan avait réussi à agrandir.

— Pourquoi ne pas l'avoir comblé avec du gravier ? demanda-t-elle.

— Ne vous mêlez pas du travail des hommes, marmonna Jonty en mettant une pleine pelletée de terre dans une brouette.

Cessant de creuser, Logan s'essuya le front du dos de la main. Pourquoi faisait-il cela ? Dès le matin, lorsqu'elle l'avait trouvé dans la cuisine en train de faire du porridge, Karina avait noté combien il paraissait épuisé.

— Cela me rappelle mon enfance, lui avait-il dit. Ma grand-mère nappait les céréales avec du sucre et de la crème.

Il avait fait claquer sa langue et elle avait eu envie de rire, mais elle avait cessé de respirer lorsqu'il s'était léché les lèvres. Elle avait dû se forcer à se détourner pour préparer les tartines de Mickey, sinon elle aurait tendu la main pour frôler le contour de ses lèvres.

Pour autant qu'elle sache, il n'avait pas fait de cauchemar la nuit précédente, mais à voir les cernes qui soulignaient ses yeux, elle le soupçonnait de ne pas dormir.

— Il y a une fuite dans le système d'écoulement, expliqua Logan. C'est elle qui cause l'infiltration.

— Le trou s'agrandit à chaque grosse pluie, mais ce n'est pas un gros problème, dit Karina.

— Détendez-vous ! Jonty et moi allons nous en occuper. Cela ne vous coûtera rien.

Il avait deviné la raison de son inquiétude !

— Quand allez-vous faire réparer vos freins ? intervint Jonty.

Elle le maudit intérieurement d'avoir posé cette question en présence de Logan. Si cela continuait, il allait la trouver trop incompétente pour prendre soin de son neveu.

— Je vais le faire d'ici quelques jours. Rien ne presse.

Sauf qu'elle avait besoin de sa voiture pour faire les courses et qu'une remorque remplie de bois l'attendait chez le frère de Becca.

— Vous ne devriez pas conduire un véhicule dangereux ! dit Logan. Que se passera-t-il s'il pleut quand vous conduisez Mickey à son cours de gym ?

— Vous n'auriez pas une voiture, par hasard ? Ne me dites pas que vous êtes venu en car !

— J'ai loué un 4x4. Il est garé près du portail.

— Parfait ! J'ai quelques corvées pour vous.

Elle devait absolument ignorer ce sourire qui la bouleversait ! Qu'est-ce que cet homme avait de particulier pour qu'elle soit aussi excitée en sa présence ?

— C'est quand vous voulez, répliqua-t-il en donnant un coup de pelle dans le trou.

Apparemment, l'excitation n'était pas partagée…

Les yeux de Jonty allaient de l'un à l'autre tandis qu'il écoutait leur conversation. Lorsqu'il ouvrit la bouche pour mettre son grain de sel, Karina nota son regard malicieux, et elle aurait voulu poser la main sur ses lèvres pour le faire taire, quoi qu'il dise.

Mais les propos du vieux jardinier la surprirent.

— Venez avec votre engin chez mon neveu, demain. Il réparera vos freins.

Elle le ferait, mais une fois qu'elle aurait touché son salaire.

— Je prendrai rendez-vous plus tard, Jonty, merci.

Jonty avait sorti son téléphone portable de sa poche et appelait déjà son neveu.

— Demain, marmonna-t-il. Kevin ? Il faudrait que tu changes les freins de la voiture de Karina. Tu peux t'en occuper demain ? D'accord. Je le lui dirai. Tu mets ça sur mon compte.

Puis il raccrocha.

— Il viendra la chercher vers 8 heures, annonça-t-il.

— Jonty, vous ne pouvez pas payer la facture à ma place !

Très gênée, Karina jeta un coup d'œil à Logan, dont les yeux gris retinrent les siens. Elle n'y vit aucune condamnation, seulement de la compréhension.

— Je paye ce que je veux.

Karina prit le vieil homme dans ses bras.

— Merci beaucoup.

— Ne faites pas la sotte, dit-il en se dégageant de son étreinte. C'est seulement pour que vous fassiez les courses qui servent à préparer nos repas.

— Dans ce cas, je préparerai votre pudding préféré pour demain soir, répondit-elle en riant. Pommes et framboises du jardin que j'ai congelées.

— Vous pouvez y ajouter de la glace à la vanille ? demanda Logan avec espoir.

— Si vous avez de la chance ! Je ferais mieux d'aller au travail avant qu'on parte à ma recherche. Jonty, j'apprécie vraiment ce que vous faites pour moi.

— Filez, jeune fille, et cessez de babiller.

Tandis qu'elle s'éloignait, elle perçut le rire des deux hommes. Maintenant qu'il était à la retraite, Jonty devait rechercher une compagnie masculine.

C'était sûrement aussi le cas de Mickey car elle avait eu le plus grand mal à l'éloigner des deux hommes pour le faire déjeuner. Ensuite, il avait fait une crise de colère quand il avait été l'heure d'aller au jardin d'enfants. Elle avait cédé un peu trop facilement, mais elle se montrerait plus ferme la prochaine fois.

Après avoir franchi le seuil du cabinet, elle s'arrêta devant la porte de David.

— Bonjour ! Vous allez bien ?

Assis derrière son bureau, le médecin se tenait la tête dans les mains. Il leva vers elle un visage verdâtre.

— Pas vraiment.

En s'approchant de lui, elle remarqua la poubelle rouge placée à ses pieds.

— Vous avez envie de vomir ?

— Oui.

— Quoi d'autre ? De la fièvre ? Des maux d'estomac ? demanda-t-elle en lui posant une main sur le front. Vous avez de la température, en tout cas.

— Mes gamins sont rentrés de l'école hier avec la gastro. Je suppose qu'ils me l'ont transmise.

— Vous feriez mieux de rentrer vous coucher. Si vous restez, vos patients risquent d'être contaminés.

— La salle d'attente est pleine de monde !

— Je vais demander à Logan de vous remplacer, ensuite, je vous raccompagnerai chez vous. Je reviens tout de suite.

Karina sortit du bâtiment et rejoignit Logan pour lui expliquer la situation. Il accepta immédiatement de recevoir les patients à la place de David.

— J'arrive dans dix minutes, le temps de me laver et de me changer.

— Mickey, tu vas devoir aller au jardin d'enfants, maintenant. Tonton Logan va travailler.

— Non ! cria-t-il avant de courir se cacher dans la remise.

— Qu'est-ce qui lui prend ? s'étonna Karina.

— Il préfère jouer à la maison, tout simplement, dit Logan en haussant les épaules.

— Je vais le chercher, intervint Jonty. Karina, trouvez-lui des vêtements propres.

Karina suivit Logan jusqu'à la porte de derrière.

— Je peux vous emprunter le 4x4 pour ramener David chez lui ?

— Les clés sont sur mon lit, répliqua-t-il en ôtant ses bottes boueuses.

Karina soupira.

— J'espère que Mickey ne va pas tomber malade…

— En tout cas, il était en pleine forme ce matin.

Logan entra dans la maison avec ses chaussettes humides, laissant des traces de pas derrière lui. Karina fit la grimace. Elle avait lavé le sol le matin même, avant d'aller au travail.

Jonty ayant récupéré Mickey, celui-ci se débattit comme un beau diable lorsqu'elle tenta de le déshabiller.

— Pourquoi je peux pas rester avec M. Grincheux ?

— Parce que je l'ai décidé, d'accord ?

C'était ainsi que sa propre mère lui parlait, autrefois. Bizarrement, ces paroles fermes calmèrent Mickey qui enfila docilement son pull.

Le prenant dans ses bras, elle l'embrassa.

— Brave petit !

Lorsqu'elle revint au cabinet après avoir conduit David et Mickey jusqu'à leurs destinations respectives, les patients attendaient calmement leur tour. Leeann, la réceptionniste, lui dit que Logan leur avait expliqué la situation et qu'il se familiarisait maintenant avec le logiciel installé sur l'ordinateur.

Leeann avait préparé du café pour les patients qui en voulaient.

— Il faut qu'ils soient contents, dit-elle avec un sourire.

— Merci.

Karina trouva Logan dans le bureau de David.

— Vous avez besoin d'aide ?

— Je ne trouve pas les formulaires de laboratoire.

Ses sourcils froncés lui donnaient un air studieux. Il avait mis une chemise blanche qui lui conférait une élégance nonchalante.

Se penchant par-dessus son épaule, elle lui montra le fichier qu'il recherchait. Ses cheveux étaient encore humides, après sa douche rapide, pourtant elle réussit à ne pas lui caresser le haut du crâne.

Se redressant vivement, elle inspira profondément.

— Karina ? Vous n'allez pas tomber malade, vous aussi ?

— Je vais très bien, dit-elle en gagnant la porte. Appelez-moi s'il vous manque quelque chose.

Elle se réfugia dans sa salle de soins et entreprit de plier des serviettes tout en espérant que Logan n'avait pas remarqué son comportement peu professionnel.

Réagir de cette façon en présence d'un homme ne lui ressemblait pas, d'autant plus s'il s'agissait d'un collègue de travail.

Elle fut arrachée à ses pensées par un appel du laboratoire. Le taux d'hémoglobine de la jeune Sarah Young était trop bas et le frottis sanguin révélait une déficience sévère en fer. Karina allait devoir en parler avec Logan quand il aurait remis à John Gainsborough son ordonnance de statines et avant qu'il reçoive Colleen Murphy qui s'était déchiré un muscle derrière le genou pendant une partie de netball.

— Sarah a besoin d'une transfusion, mais on doit aussi trouver la cause de cette anémie, commenta-t-il un peu plus tard. Je me demande si elle fait un régime. Elle est trop jeune pour faire un ulcère hémorragique, mais on ne sait jamais.

Après lui avoir indiqué qui il devait contacter à l'hôpital pour demander des examens supplémentaires, Karina ajouta :

— Je vais prévenir votre patient suivant qu'il va devoir attendre un peu.

Logan devait téléphoner sur-le-champ à la mère de Sarah.

Quand le dernier patient quitta le cabinet, Karina devina que Logan était épuisé. Les ombres, sous ses yeux, s'étaient muées en larges auréoles sombres et les petites rides, aux coins de sa bouche, étaient plus profondes.

Elle sentit son cœur se serrer.

Le manque de sommeil avait rattrapé Logan.

— Il est temps de fermer et d'aller voir Mickey, dit-elle. Jonty est allé le chercher au jardin d'enfants et il doit piétiner en nous attendant.

— Je suis surpris qu'il n'ait pas tambouriné à la porte pour retrouver sa Karina.

Elle l'entraîna vers la porte. Dès qu'ils furent sortis, elle brancha l'alarme.

— Et son oncle Logan, rectifia-t-elle.

— Il ne m'a pas encore appelé ainsi.

Logan réprima un bâillement. A la lueur des lampes de sécurité, Karina remarqua la tension révélatrice de sa bouche et de sa mâchoire.

— Il y a du poulet rôti, au dîner. Ça vous va ?

— Et comment ! Je n'en ai pas mangé depuis des années, dit-il en la prenant par le bras. Pourquoi passer par l'extérieur puisque vous avez une porte de communication avec la maison ?

— C'est une exigence de la compagnie d'assurances. De toute façon, je préfère que la vie privée et le travail soient des domaines bien distincts.

— Vous avez raison.

Dès que Logan ouvrit la porte d'entrée, Mickey se rua dehors et se jeta sur Karina qui faillit perdre l'équilibre.

— Où tu étais, Karina ? J'aime plus le jardin d'enfants !

— Doucement, chéri !

— Attention, mon bonhomme ! s'exclama Logan.

Posant une main sur le dos de Karina, il l'empêcha de basculer en arrière.

— Tu dois être plus doux, avec les dames, ajouta-t-il.

Karina battit des paupières.

— Ah bon ?

Aussitôt, il laissa retomber son bras.

— Il n'est jamais trop tôt pour apprendre comment on doit se conduire avec les femmes.

Par bonheur, Mickey se tortilla pour qu'elle le pose par terre, ce qui évita à Karina de trouver une réponse adéquate.

— Logan, est-ce qu'on peut encore creuser l'allée ?

— C'est *tonton* Logan, mon chéri. Et non, il fait trop sombre et froid pour rester dehors. Vous recommencerez ce week-end.

— Je veux y aller tout de suite.

— C'est impossible.

— Pourquoi ?

— Parce que je suis fatigué, intervint Logan.

Mickey le fixa un instant.

— Il faut que tu ailles au lit, dit-il avant de s'éloigner pour regarder la télévision.

Karina gagna la cuisine, Logan sur les talons.

— Il a encore du mal à comprendre que sa maman et son papa ne joueront plus jamais avec lui, dit-elle.

— C'est très difficile à admettre. James avait trente-sept ans et un fils à élever. J'en ai deux de moins et je suis célibataire. La vie est très injuste.

Sans réfléchir, Karina lui posa une main sur le bras et le pressa légèrement.

— C'est ainsi, parfois.

Il se pencha vers elle pour la regarder dans les yeux.

— Vous avez vécu de durs moments, n'est-ce pas ?

Etouffée par les larmes, incapable de répondre, elle se détourna pour ouvrir le four et voir où en était la cuisson du poulet et des légumes, programmée avant d'aller au travail.

Tout semblait doré à point et l'odeur délicieuse de la viande rôtie emplit l'atmosphère.

— Je vais mettre la table, murmura Logan.

— N'oubliez pas Jonty…

Ce dernier était dans le salon. Assis devant la cheminée, il lisait son journal tout en gardant un œil sur le feu.

— Je suis désolé si je vous ai blessée par inadvertance, Karina, dit Logan.

— Il n'y a pas de problème, répondit-elle en refermant le four.

D'où venaient ces larmes ? Cela faisait bien longtemps qu'elle n'avait pas pleuré sur son mariage brisé. Mais en rentrant à la maison avec Logan pour y retrouver Mickey, elle avait éprouvé une nostalgie qui l'effrayait. Nostalgie de ce qu'elle avait cru posséder avec Ian : un amour réciproque, un enfant, une famille…

C'était parfaitement stupide puisqu'elle avait un petit garçon qui avait tellement besoin d'elle que cela faisait mal, parfois.

Mickey était sa famille.

— C'est à moi de m'excuser, poursuivit-elle. Je ne sais même pas pourquoi je pleure.

Menteuse !

La prenant par le coude, Logan la força à se tourner vers lui.

— Vous n'avez pas à avoir honte de vos émotions. Vous avez le droit de pleurer, d'être triste ou en colère. Vous n'êtes pas obligée de rire ou de sourire tout le temps.

— Merci.

Elle devait le repousser car plus il se rapprochait d'elle, plus il risquait de la frapper en plein cœur.

— Le poulet rôti est prêt ! annonça-t-elle.

— Je meurs de faim, répliqua Logan avant de porter un torchon sale dans la buanderie. Depuis quand le toit fuit-il dans cette pièce ? ajouta-t-il en revenant. Le plafond est pourri par endroits.

— Cela date d'avant mon arrivée. C'est la pluie…

— Je vais mettre ce problème sur la liste des travaux à faire, dit Logan en se dirigeant vers la salle à manger.

L'émotion de Karina se mua en colère.

— Bien sûr ! marmonna-t-elle. Ensuite, vous appellerez l'agent immobilier, il vous trouvera un acheteur et vous mettrez Mickey dehors ? Je peux vous assurer que vous ne ferez rien de tout cela, Logan Pascale.

Logan disposa les sets de table et mit le couvert. Complètement épuisé, il serait un paquet de nerfs demain s'il ne parvenait pas à dormir.

— Ça sent délicieusement bon, dit-il.

Très occupée à remuer la sauce, Karina ne répondit pas.

— Karina, je veux un bisou, intervint Mickey. J'ai été sage.

Elle tourna vers lui un visage radieux.

— Viens là, dit-elle en le soulevant dans ses bras.

Logan aurait voulu les serrer tous les deux contre lui, les protéger, mais il s'abstint et gagna sa chambre pour y déposer son portefeuille et son téléphone. Leurs voix et leurs rires le poursuivirent dans le couloir.

Karina… Il avait perçu sa souffrance, vu les larmes qui perlaient aux coins de ses grands yeux bruns.

Elle avait enduré un divorce et la perte de sa meilleure amie. Ajoutez à cela la responsabilité d'un petit garçon qui n'était pas son fils.

Il y avait de quoi craquer de temps en temps…

Logan serra les poings, maudissant les terroristes qui l'avaient empêché d'assister à l'enterrement. Il aurait pu aider Karina, se tenir auprès d'elle.

Le front ruisselant de sueur, il évoqua le jour de son enlèvement, se demandant ce qu'il aurait pu faire pour s'échapper…

C'était un peu difficile, avec un pistolet-mitrailleur enfoncé dans le dos.

Il avait été incapable de se sauver lui-même ou de sauver ses collègues, entraînés comme lui dans le lieu le plus hostile qu'il avait jamais connu.

— Tonton Logan, regarde mon livre de contes.

Logan battit des paupières.

— Comment m'as-tu appelé ?

— Tonton Logan… C'est ce que tu es puisque tu es le frère de mon papa.

— C'est vrai, Mickey.

Ils échangèrent gravement une poignée de main.

— Je vois que la coalition masculine est en train de s'installer dans cette maison, dit Karina depuis le seuil de la pièce. Je déteste rompre ce moment chaleureux, mais il faut que tu te laves les mains avant le dîner, Mickey.

— Viens te laver les mains, tonton Logan, sinon Karina ne te laissera pas manger.

— Est-ce qu'il tient de vous son côté autoritaire ? demanda Logan en se levant pour le suivre dans la salle de bains.

— Bien sûr, répliqua Karina avec un sourire contraint.

— Je crois plutôt qu'il a hérité des gènes de James, dit Logan en lui entourant les épaules d'un bras.

Il s'attendait plus ou moins à ce qu'elle s'écarte de lui, ce qu'elle fit, le visage fermé.

— Qu'est-ce qui ne va pas, Karina ?

— Rien du tout… Je me demandais si David serait en mesure de travailler, demain.

Il était clair qu'elle improvisait, mais il décida de jouer le jeu.

— Je peux le remplacer jusqu'à ce qu'il aille mieux.

— Si vous faites ça, il va espérer que vous décidiez de rester.

— Quand vous lui en parlerez, vous préciserez que je compte repartir dès que j'aurai recouvré la forme.

Bon sang ! Les mots étaient sortis malgré lui.

— Vous n'êtes pas en forme ?

— Disons plutôt que je suis éreinté.

Le regard de Karina exprima un certain scepticisme.

— Je comprends… Ce doit être très fatigant de travailler par de grandes chaleurs et sans l'équipement qu'un hôpital moderne met à votre disposition.

Il devina qu'elle essayait de lui en faire dire davantage sur sa vie en Afrique. Elle voulait savoir pourquoi il n'était pas en bonne santé et pourquoi il faisait des cauchemars.

— Au moins, je fais des pauses. Contrairement à vous qui passez d'un job à l'autre sans jamais avoir un peu de temps pour vous.

— Mickey n'est pas un job, dit-elle sèchement. Comme tout le monde, je vais au travail et je rentre à la maison pour m'occuper de mon garçon.

— Vous avez fait de ce lieu un havre de paix, mais combien de temps pensez-vous pouvoir vivre ainsi en prétendant que c'est normal ? Parce que ça ne l'est pas ! Vous vous occupez de l'enfant d'une autre et vous gérez un cabinet alors que vous n'êtes pas médecin. Et je ne parle même pas de la maison.

Bon sang ! L'épuisement le faisait parler à tort et à travers !

— Vous êtes sûrement le plus fort, quand il s'agit de parler ! répondit Karina. A mon tour ! Pourquoi passez-vous votre vie dans des contrées éloignées, loin de votre famille ?

Elle croisa les bras sous ses jolis seins qui tendirent le tissu de son chemisier blanc. Logan en oublia momentanément le sujet de la discussion.

Après un bref silence, il la regarda dans les yeux.

— J'ai quitté la Nouvelle-Zélande parce que je ne me sentais lié à rien ni personne. Ma famille vaquait à ses occupations et, après mes études, j'ai décidé de travailler à Londres. C'est là que j'ai entendu parler de l'Organisation africaine de la santé et j'ai immédiatement envoyé ma candidature. C'était comme une révélation : je voulais aider des gens désespérés.

Le visage de Karina s'adoucit.

— Vous n'avez pas envisagé d'en faire autant dans votre propre pays ?

— Bien sûr que si ! Mais sur le continent africain, la maladie et la pauvreté sévissent sur une plus grande échelle. Il n'existe aucun organisme d'aide sociale ou médicale… Euh… Est-ce que nous ne devrions pas nourrir Jonty et Mickey ?

— Et éviter les confidences ? Vous avez sans doute raison, mais je pense quand même que vous faites erreur sur un point : il y a beaucoup de gens dans le pays qui auraient besoin de vos talents.

Logan ne souhaitait pas argumenter avec elle.

— Je vais les prévenir que le dîner est prêt.

Il avait besoin de s'éloigner de Karina un instant… Pour cesser de lui dire des choses dont il n'avait jamais parlé à personne, même pas à son psy.

Qu'y avait-il en elle qui le poussait à être aussi bavard ? Elle avait suffisamment de soucis pour ne pas se charger des siens…

S'il lui confiait ce qui le minait, ils se rapprocheraient, ce dont ils n'avaient besoin ni l'un ni l'autre.

C'est pourquoi lorsqu'il revint dans la salle à manger, tenant Mickey par la main, il posa une question qui ne manquerait pas de la fâcher :

— Avez-vous réfléchi à un endroit où vous aimeriez vivre, si cette maison était vendue ?

— Pas une fois.

— J'ai entendu dire que de nouvelles résidences vont voir le jour. Elles comporteront de grandes maisons.

— J'en ai déjà une, répliqua-t-elle d'une voix glaciale.

Logan creusa délibérément un abîme entre eux :

— Une bâtisse en ruine qui a besoin d'être entièrement restaurée et remeublée ?

Karina l'ignora et servit les convives.

— Mickey, ne mets pas ton couteau dans ta bouche.

Jonty se concentrait sur son assiette, enfournant d'énormes bouchées comme s'il n'était pas sûr de manger le lendemain.

Songeur, Logan mâchonna un morceau de poulet. Le problème, quand on faisait ce qu'on voulait, c'était que cela ne vous rendait pas nécessairement plus heureux.

Maintenant qu'il avait repoussé Karina, il souhaitait désespérément qu'elle rie avec lui et qu'elle ne le regarde plus comme s'il avait l'intention de voler le toit qui abritait la personne qu'elle aimait.

Il était clair qu'il la blesserait mortellement s'il poursuivait son projet.

Il allait devoir réfléchir sérieusement.

Après le dîner.

Il ne put s'empêcher de bâiller et se promit d'y penser après une bonne nuit de sommeil. Epuisé comme il l'était, il avait une petite chance de ne pas faire de cauchemars.

C'est alors que Jonty posa son couteau et sa fourchette de chaque côté de son assiette.

— Qu'est-ce que vous mijotez, Pascale ? Vous voulez vendre la maison ? Il faudra me passer sur le corps, mon gars.

Logan faillit s'étouffer.

Décidément, la journée n'allait pas en s'améliorant.

6.

— Eloignez-vous de moi ! marmonna Logan.

Son gardien lui décocha un coup dans le dos avec la crosse de son arme et la douleur se répandit dans son corps. Personne ne connaissait la modération, en ce lieu. Le seul langage de ces hommes était la violence.

— J'ai besoin d'aller aux toilettes. Tu as compris, pauvre crétin ?

Une large paume s'abattit sur son épaule, le faisant trébucher. Il ressentit un élancement dans son mollet, là où une blessure causée par une machette suppurait.

— Ne me touchez pas ! hurla-t-il.

Une main lui prit le bras et le secoua.

— Logan !

— Ah, vous avez finalement appris mon prénom ! Lâchez-moi.

— Logan…

Cette sacrée voix s'entêtait.

— Réveillez-vous, Logan. Vous faites un cauchemar. C'est moi, Karina ! Vous êtes en sécurité, dans la maison de James.

Soulevant à peine les paupières, il aperçut Karina.

Un cauchemar ?

Très lentement, la terreur s'estompa et il se sentit suffisamment hors de danger pour ouvrir les yeux. Elle était assise sur un tabouret bas, près du lit, et elle lui tenait le bras. Son ravissant visage exprimait la sollicitude et, dans la pénombre, elle lui parut plus petite et plus douce.

Se redressant péniblement, il s'adossa à son oreiller. La

transpiration ruisselait dans son dos et sur son front, lui piquant les yeux.

— Je vous ai encore réveillée.

— Non. Mickey avait besoin d'aller aux toilettes. Il a dû boire trop d'eau avant de se coucher… Vous voulez un chocolat chaud ?

La douce voix chassa les cris rauques qui hantaient son esprit.

— Très volontiers.

— Je reviens tout de suite.

Se levant d'un bond, Karina se dirigea vers la cuisine, emportant toute la chaleur avec elle. Frissonnant, Logan se frotta les bras pour réchauffer sa peau glacée. Comme cela ne marchait pas, il ramassa son pull abandonné sur le sol et l'enfila avant de mettre son jean.

Il en avait fini avec le sommeil.

— Pourquoi vous êtes-vous levé ? demanda Karina depuis le seuil de la chambre.

Il lui jeta un coup d'œil par-dessus son épaule.

— C'est ce que je fais toujours, quand ça m'arrive.

Elle le fixait, les yeux écarquillés. Il eut l'impression qu'elle regardait ses fesses et, apparemment, la vue ne lui déplaisait pas…

A cet instant, elle croisa son regard et le rose lui monta aux joues.

— Euh… Votre chocolat vous attend !

Puis elle tourna les talons et s'enfuit.

Lorsqu'il la rejoignit dans la cuisine, elle se préparait du thé. A sa rougeur, il devina qu'elle était toute retournée…

Par lui ?

Tant mieux ! Il adorait cette idée !

Non ! N'avait-il pas décidé d'éviter tout engagement ? Il ne pouvait se permettre un rapprochement avec Karina… Dans tous les sens du terme.

Affichant un sourire amical, il prit sa chope et la regarda remuer son sachet de thé dans sa tasse.

— Si vous continuez, ce ne sera pas très bon, commenta-t-il.

Bam ! Le sachet et la cuillère atterrirent dans l'évier.

— Vous devriez retourner au lit avec votre boisson, dit-elle. Cela vous détendra peut-être suffisamment pour que vous vous rendormiez.

Exactement. Et il n'avait nulle envie de se retrouver face à face avec des brutes armées.

— Je préfère m'asseoir un peu près de la cheminée.

Acquiesçant d'un signe de tête comme si elle s'attendait à cette réponse, elle le précéda dans la grande pièce.

— Je vais ajouter quelques bûches.

Il la suivit lentement tout en sirotant son chocolat. A la vue des hanches de Karina qui se balançaient sous l'épaisse robe de chambre, il se détendit.

Elle lui faisait cet effet sans même le faire exprès…

Lorsqu'elle eut terminé d'alimenter le feu, elle se tourna vers lui en souriant.

— J'adore votre sourire, Karina.

Il le réchauffait de la tête aux pieds… Sans oublier la partie centrale. La situation devenait de plus en plus complexe et il aurait certainement dû éviter de caresser l'une de ces joues si roses…

C'était pourtant ce qu'il était en train de faire !

— Je vous propose un marché, répliqua-t-elle. Je sourirai davantage si vous en faites autant… Au moins dix fois par jour.

Posant sa chope, il lui souleva le menton d'un doigt léger pour mieux déchiffrer son expression.

— Ça ne m'arrive pas assez souvent ?

— Non.

L'espace d'un instant, elle se rembrunit.

Etait-elle triste pour lui ?

Il se pencha vers elle.

— Je ferai des efforts, murmura-t-il.

Elle chuchota quelques mots inaudibles juste au moment où il posait sa bouche sur la sienne. Elle n'était visiblement pas contre puisqu'elle pressa son corps tiède contre le sien.

Il répondit en glissant sa langue entre les lèvres offertes et quand celle de Karina s'enroula autour de la sienne, il en oublia le monde extérieur pour se focaliser sur la femme merveilleuse que ses bras venaient d'enlacer.

Elle était exquise… A la fois délicate et forte, douce et pourtant farouche, sucrée et néanmoins acide.

Il laissa échapper un grondement sourd. Rejetant la tête en arrière, Karina le fixa, les yeux emplis d'une étrange émotion. Du bout de la langue, elle suivit le dessin de ses lèvres comme si elle en savourait le goût.

— Logan, on ne peut pas faire ça, dit-elle en s'écartant de lui.

— Vous avez raison… On ne peut pas.

Mais ils venaient de le faire et Logan n'avait pas envie d'arrêter.

— Cela ne résout rien, continua-t-elle. Cela risque même d'empirer les choses. Nous n'envisageons pas l'avenir de la même façon, qu'il s'agisse de cette maison ou de Mickey. Nous devons continuer de discuter, apprendre à nous connaître et comprendre d'où nous venons et où nous allons.

Elle se détourna pour s'asseoir dans un fauteuil.

Elle avait certainement raison, mais où trouver l'oubli sinon entre ses bras ? Hélas, Karina semblait bien plus capable que lui de refréner ses pulsions !

— J'étais justement en train d'apprendre à vous connaître, dit-il en s'asseyant en face d'elle.

Ses lèvres sentaient encore la pression de cette bouche si charmante, elles en gardaient la saveur.

Et il en voulait davantage.

Le visage de Karina se durcit.

— Ne vous moquez pas de moi.

— C'est la vérité, je vous assure.

— Parlez-moi de vos cauchemars.

Soudain glacé jusqu'aux os, il se leva et alla se planter devant la cheminée.

— Vous avez dit quelque chose sur une arme, l'autre nuit. Ce soir, vous avez injurié quelqu'un. Vous sembliez très en colère.

Reprenant sa tasse de thé qu'elle avait déposée sur la table basse, elle avala quelques gorgées.

— Vous avez parlé d'eux à quelqu'un ? demanda-t-elle.

Eux ? Faisait-elle allusion aux cauchemars ou à ses

gardiens ? Le psy lui avait dit que seuls le temps et la parole le guériraient. L'horreur était logée dans son cerveau, atteignant parfois sa gorge où elle bloquait les mots qui auraient voulu sortir… Sauf quand il dormait. Alors, seulement, il paraissait capable d'exprimer sa colère.

— Oui.

— Cela vous a-t-il aidé ?

— Non.

Pourtant, lorsqu'il regardait Karina, il sentait les fils chauffés à blanc qui nouaient ses entrailles se desserrer et refroidir. Karina avait fait pour lui plus que quiconque.

Les paroles qu'il prononça jaillirent avant même qu'il ait terminé de les penser :

— Je n'ai jamais connu personne qui possède un aussi grand cœur que vous…

— C'est une façon polie de me dire que je dois me mêler de mes affaires.

Au bout d'un long moment, elle ajouta d'une voix fatiguée :

— Il est temps que je dorme un peu.

Elle allait se coucher.

Dans son lit.

Seule.

Là où il ne pouvait ni la prendre dans ses bras ni l'embrasser.

Quelle sagesse !

— Karina, dit-il très bas lorsqu'elle atteignit la porte. Je ne suis pas encore prêt à parler.

Mais il le pourrait peut-être un jour… Avec elle.

Une fois couchée, Karina ferma les yeux et attendit le sommeil qui tarda à venir.

Elle avait posé trop de questions à Logan, comme si le baiser qu'ils avaient échangé lui en donnait le droit.

Du bout de l'index, elle frôla ses lèvres.

Mais pourquoi y avait-elle mis fin ?

Parce que trop de choses restaient en suspens, entre eux.

Parce que pour elle, embrasser un homme, ce n'était pas

rien. Il fallait qu'il l'émeuve d'une façon indéfinissable, et, justement, Logan la troublait sans qu'elle sache pourquoi.

Mais d'après le peu qu'elle savait de lui, il n'y avait aucune chance qu'il envisage une relation basée sur le long terme.

Parfois, cet homme souffrait tellement que la douleur semblait se diffuser tout autour de lui. Et lorsqu'il s'agissait de ses cauchemars, ses yeux étincelaient d'une colère mêlée de peur. Il avait détesté qu'elle soit le témoin de sa vulnérabilité parce que, comme beaucoup d'hommes, il était orgueilleux.

Qui lui avait infligé une telle torture ? Et où ?

En Afrique, certainement, car il n'était en Nouvelle-Zélande que depuis peu de temps et ces cauchemars ne dataient visiblement pas d'aujourd'hui.

Lorsqu'elle avait posé ces questions, elle avait deviné, à la vue de son visage fermé, qu'elle n'était pas près d'en savoir davantage. Pourtant, elle aurait tant voulu le soulager, ne serait-ce qu'un tout petit peu !

— Ka-ri-na !

Mickey.

Elle sortit du lit en soupirant, puis elle glissa les pieds dans ses pantoufles et enfila sa robe de chambre.

— J'arrive, mon chéri !

— J'ai envie de faire pipi.

Lorsqu'elle alluma la lampe de chevet, Mickey se frottait les yeux. Comme toujours, elle le trouva adorable.

— Il va falloir que tu boives un peu moins avant de te coucher, si nous voulons que tu cesses de te réveiller ainsi.

Après avoir accompagné le petit garçon dans la salle de bains, elle revint sur ses pas pour refaire son lit.

— J'ai fini, déclara Mickey en surgissant près d'elle. Je veux un verre d'eau.

— Ce n'est pas une bonne idée.

— J'ai soif.

— Tu te sens bien ? demanda-t-elle en posant une main sur son front pour vérifier qu'il n'avait pas de fièvre.

— Oui. Je peux boire, maintenant ?

— Couche-toi pendant que je vais te chercher un petit verre d'eau.

En longeant le couloir, elle jeta un coup d'œil dans le salon et aperçut Logan, affalé dans un fauteuil, ses longues jambes étendues devant lui.

— Vous ne retournez pas vous coucher ? murmura-t-elle trop bas pour qu'il l'entende. C'est votre façon d'éviter les cauchemars ?

En revenant auprès de Mickey, elle le trouva profondément endormi. Il était si mignon qu'elle en eut le cœur tout attendri.

Jusqu'à maintenant, sa trisomie ne lui avait valu aucun ennui avec les autres enfants, mais ce jour viendrait. Elle voulait qu'il soit fort et heureux pour affronter d'éventuelles moqueries.

De retour dans son lit, tous ses soucis affluèrent dans son esprit. Elle n'avait pas eu le temps de s'adresser à d'autres banques et elle devrait s'en occuper dès le lendemain. Si on lui refusait son prêt, il lui faudrait trouver une solution.

Mais laquelle ?

Evidemment, elle aurait pu appeler son père et lui dire qu'elle souhaitait utiliser un peu de l'argent qu'il avait déposé pour elle sur un compte.

Mais jamais elle n'admettrait qu'elle ne pouvait pas se débrouiller sans l'aide de sa riche famille.

— Pipi, Karina !

Une sonnette d'alarme retentit dans l'esprit de Karina. Mickey avait eu régulièrement des infections urinaires, mais pas récemment…

Etait-ce le cas cette nuit ? Pauvre petit bonhomme ! Il ne méritait pas cela.

Après s'être occupée de lui et l'avoir recouché, elle gagna la cuisine. Il était 6 heures du matin et il semblait inutile de chercher encore à trouver le sommeil. Elle se prépara une tasse de thé et ouvrit sa boîte mails. La facture d'électricité était plus élevée que d'habitude, mais en hiver, elle utilisait davantage le sèche-linge. Elle devait aussi payer les impôts, mais grâce à Jonty, elle n'aurait pas à régler le remplacement des freins.

— Hé ! Vous vous levez de bonne heure ! dit Logan en entrant dans la cuisine, l'air aussi peu en forme qu'elle.

— Je crois que Mickey souffre d'une infection urinaire. Il est allé aux toilettes trois fois, cette nuit.

— Je l'examinerai dès qu'il sera réveillé. Il a de la fièvre ?

— Je ne crois pas.

— C'est plutôt bon signe, commenta Logan.

Il brancha la bouilloire et mit du café soluble dans une chope. Karina l'observa discrètement. Il se conduisait comme s'il était chez lui… Cela venait-il du fait qu'il était habitué à changer constamment de lieu d'habitation ? A moins que cette maison soit pour lui ce qu'il y avait de plus proche d'un foyer…

Dans ce cas, était-il possible qu'il change d'avis ?

Elle en doutait… Mieux valait qu'il la lui vende !

Elle scruta le visage de l'homme qui lui causait tant de problèmes.

— Est-ce que vous accepteriez de me vendre la maison à crédit ? Je ferais des virements réguliers sur votre compte.

Fallait-il vraiment qu'elle prenne cette voix suppliante ? Oui, parce que c'était exactement ce qu'elle faisait.

Enfourchant une chaise, Logan l'observa à son tour attentivement.

— Si vous n'avez pas besoin d'être payé comptant, ce serait vraiment la meilleure solution, insista-t-elle.

— Quand cette idée vous est-elle venue ?

— A l'instant, répondit-elle en rougissant.

— Donc, vous n'y avez pas vraiment réfléchi ?

— Pour quoi faire ? Ce serait à peu près pareil si je faisais un emprunt auprès d'une banque. Je vous rembourserai avec les intérêts.

— Pourquoi la banque vous a-t-elle refusé ce prêt ?

— Ça ne vous regarde pas.

Sauf si elle voulait qu'il accepte sa proposition…

— Excusez-moi, reprit-elle. J'ai l'impression que le conseiller ne m'apprécie pas ou qu'il a un préjugé contre les femmes. J'ai quelques économies que j'utilise uniquement en cas d'urgence, mais mon compte courant est quasiment vide.

— Qu'entendez-vous exactement par « vide » ?

— Le cabinet médical me paie tous les quinze jours et,

quand mon salaire tombe, j'ai presque entièrement dépensé le précédent.

— Vous recevez bien la somme hebdomadaire prévue par Maria et James pour l'entretien de Mickey ?

— Les notaires m'ont dit qu'il fallait attendre que le testament soit homologué.

— Il l'est depuis un mois… Vous l'ignoriez ?

— Je pensais qu'ils me téléphoneraient ou du moins qu'ils me préviendraient par courrier. C'est difficile… Je ne voudrais pas avoir l'air d'attendre cet argent.

— Pourquoi ne suis-je pas surpris ? commenta Logan en souriant.

— Vous trouvez que je réfléchis trop, c'est ça ?

— Vous êtes une jeune femme dévouée et généreuse, qui place les intérêts des autres avant les siens. Cependant, vous devez aussi vous montrer pragmatique. James serait très fâché s'il savait que vous n'avez pas réclamé les fonds qu'il a mis de côté en cas de catastrophe… Et elle s'est produite.

— Je n'avais pas envisagé les choses sous cet angle.

— Je vais appeler les notaires aujourd'hui.

— Merci.

Cette conversation n'avait pas résolu la question de la vente de la maison, mais mieux valait ne pas insister. Ils avaient encore plus de trois semaines pour trouver une solution.

Karina se leva et posa sa tasse dans l'évier.

— Il est temps que je me prépare pour la journée qui m'attend.

Logan l'imita.

— Pour ce qui est du rachat de votre part, je ne dis ni oui ni non pour l'instant. Mais si j'accepte, je refuserai que vous me payiez des intérêts.

— Mais…

— Nous étions censés attendre un mois avant de prendre une décision, vous vous rappelez ?

— C'est vrai.

— Autre chose, Karina… Avez-vous envisagé que vous pourriez vous remarier un jour ? Votre futur époux sera-t-il d'accord pour vivre ici ?

— Moi ? Me remarier ! C'est parfaitement impossible !

— Vous n'en savez rien, voyons ! Que se passera-t-il si demain, vous rencontrez quelqu'un dont vous tombez amoureuse ? Vous êtes en train de me dire que vous ne souhaiterez jamais vivre avec cet homme ?

— Absolument !

— Votre divorce a dû être extrêmement pénible pour que vous en arriviez à de telles extrémités.

— J'ai eu le cœur brisé.

Mais cela l'avait aussi obligée à réfléchir.

— Je suppose qu'il n'est pas facile de pardonner.

— Oui, mais mon mari n'avait pas tous les torts. Je l'ai laissé contrôler ma vie comme mon père l'avait fait avant lui.

Les yeux de Logan exprimèrent une grande bienveillance.

La gorge serrée, Karina eut du mal à continuer :

— Je suis issue d'une famille riche. J'ai fréquenté les meilleures écoles, je suis devenue une icône de la mode et mon mariage a été l'événement de la saison. Tout ça pour rien.

Logan sembla surpris.

— Dans ce cas, pourquoi devez-vous faire un emprunt ?

— J'ai fui tout cela.

Comme il ouvrait la bouche pour poser une autre question, elle leva une main.

— Ian s'était mal comporté à mon égard, mais à toute chose malheur est bon. J'avais mon diplôme d'infirmière, même si je n'avais jamais pu exercer. Pour satisfaire ma famille, je devais me contenter de mon rôle de parfaite épouse et maîtresse de maison. Ma sœur s'en délectait.

— Mais pas vous ?

— Jusqu'alors, je m'étais soumise à la volonté familiale, mais quand j'ai découvert que Ian me trompait, j'ai compris que j'étais en droit d'espérer autre chose. Il y avait une part, en moi, que je n'avais jamais explorée, et c'était la personne que je souhaitais être.

— Je suis plus qu'impressionné. Il vous a fallu beaucoup de courage, mais je sais que vous en avez à revendre.

— Merci.

Oui, elle était forte… Ce qui impliquait qu'elle ferait

tout ce qu'elle avait à faire pour Mickey. Cela signifiait aussi qu'elle devrait combattre cet homme pour conserver la maison du petit garçon.

Quelle ironie du sort !

— Je suis heureux que vous m'ayez parlé, dit Logan. Cela m'aide…

— Ka-ri-na ! J'ai fait pipi dans mon lit.

Elle battit des paupières. Rien de tel qu'une bonne dose de réalité pour commencer une journée.

— Allez vous doucher, dit Logan. Je m'en occupe.

Sans attendre son accord, il se dirigea vers la chambre de l'enfant.

Elle n'y trouvait rien à redire, en fait…

Du bout des doigts, elle toucha les lèvres qu'il avait embrassées…

Il n'avait rien de commun avec son ex-mari.

7.

Mickey tapa du pied sur le carrelage de la salle de bains.

— Je veux pas aller sur le pot.

Karina tendit les bras pour lui faire un câlin, ce qui ne l'aiderait pas à recueillir l'échantillon d'urine qu'elle devait envoyer au laboratoire.

On frappa à la porte et Logan entra.

— Je peux vous aider ?

— Oui. J'ai un problème.

— C'est ce que j'ai cru comprendre, dit-il en souriant. Toute la rue a pu vous entendre, d'ailleurs. Alors, mon bonhomme, je voudrais que tu fasses pipi dans le pot pour qu'on fasse des analyses. Si tu refuses, on ne pourra pas te guérir, tu comprends ?

— Mais je suis grand !

— Bien sûr, mais, parfois, les grands garçons doivent faire ça.

— Même toi ? s'enquit Mickey avec scepticisme.

— Oui, s'il le faut.

— Je veux pas que Karina regarde.

On progressait à pas de géant !

— Je dois justement suspendre le linge dehors, dit-elle. On se revoit au cabinet à 10 heures, Logan. Mickey, c'est M. Grincheux qui t'accompagne au jardin d'enfants, ce matin. Sois gentil avec lui, s'il te plaît.

Lorsqu'elle sortit, Jonty se tenait sur le perron, ses clés de voiture à la main.

— Pourquoi le gamin hurle-t-il de cette façon ? demanda-t-il.

— Logan s'en occupe, répliqua Karina avec une petite grimace.

— Vous avez de gros cernes sous les yeux… Tout va bien ?

Charmant ! Elle avait pourtant appliqué une double dose de fond de teint, ce matin.

— Je n'ai pas très bien dormi, cette nuit.

— J'ai vu de la lumière, en effet. Il y a un problème ?

Pas question de lui parler des cauchemars de Logan, mais…

— Vous avez bien un lit pliant, dans votre seconde chambre, je crois ?

— Vous le voulez ?

— Je peux vous l'emprunter pour quelques semaines ?

— Je ne dors que dans un seul lit à la fois.

— Merci ! Vous êtes un amour ! Je demanderai à Leeann de m'aider à le transporter pendant la pause déjeuner.

— Je peux le faire ! Je vais voir ces fichues poules pour leur parler dans les moustaches ! ajouta Jonty en descendant les marches du perron. Je n'ai eu que six œufs, ce matin. Stupides femelles !

C'était pour cette raison qu'elle adorait M. Grincheux ! On ne savait jamais ce qu'il allait dire, mais c'était toujours divertissant.

— Je passerai prendre le lit, dit-elle. Pas question que vous vous en chargiez.

Impossible d'en parler à Logan. Il prétendrait que c'était totalement inutile, mais maintenant qu'elle avait eu cette idée d'installer un lit dans le salon, elle n'en démordrait pas. La prochaine fois qu'il aurait un cauchemar, il pourrait s'étendre devant la cheminée et, avec un peu de chance, se rendormir.

Tandis qu'elle portait son panier de linge, la glace crissait sous ses pas. Levant la tête vers le ciel bleu, elle sourit. La journée allait être belle, quoique froide.

Lorsqu'elle eut terminé d'étendre son linge, Mickey l'appela depuis le porche.

— Je peux donner des coups de poing dans ta lessive ?

Karina tâta la première serviette qu'elle avait suspendue.

— Elle n'est pas prête. Attends encore un peu.

— J'arrive ! Regarde-moi, Karina !

Mickey adorait taper dans le linge gelé. Honnêtement, elle avait été elle-même très excitée la première fois que c'était arrivé. A Auckland, la température n'était jamais aussi glaciale. Maria s'était moquée d'elle et l'avait traitée de grande enfant.

— Tu me manques, Maria, dit-elle à voix haute. Ton fils grandit de jour en jour. Tu serais fière de lui.

Elle écrasa une larme sur sa joue.

— Toc, toc, qui est là ? demanda-t-elle à Mickey.

— M. l'Hiver, répondit-il en donnant un coup de poing dans une taie d'oreiller. Il l'a pas fait comme il faut ! ajouta-t-il d'une voix déçue.

— Donne-lui le temps. Le linge ne pend que depuis quelques minutes.

— Qu'a-t-il de si fascinant ? demanda Logan en approchant.

Le cœur de Karina battit plus vite à sa vue. Il portait une belle chemise à carreaux bleus et blancs. Il devait avoir acheté son pull bleu marine en arrivant dans la région car l'étiquette dépassait du col.

— Ce n'est pas n'importe quel linge, n'est-ce pas, Mickey ?

Le petit garçon expliqua très vite son jeu et parut mécontent de ne pouvoir en faire la démonstration.

— Viens, tonton Logan, j'ai envie de casser de la glace, lança-t-il en courant vers une flaque gelée.

— Je l'aime si fort que cela me fait peur, parfois, dit Karina avec un gros soupir.

La prenant par un bras, Logan la détourna de l'enfant.

— Ça se voit dans tout ce que vous faites avec lui. Il a de la chance, de vous avoir.

— Il en aurait encore plus s'il n'avait pas besoin de moi… Ou de vous.

Seigneur ! Elle n'allait pas éclater en sanglots devant Logan !

— C'est dur, n'est-ce pas ? reprit-il en lui pressant légèrement le bras. Vous êtes entourée par des souvenirs de Maria. Ce qui est bon pour Mickey ne l'est pas forcément pour vous.

Pourquoi fallait-il qu'il soit aussi perspicace ? Comment allait-elle retenir ses larmes, maintenant ? Inspirant profondément, elle se concentra sur le trou de l'allée jusqu'à ce que cet instant d'apitoiement sur elle-même prenne fin.

— Vous avez le droit de connaître des moments de déprime, murmura Logan.

— Bien sûr.

Mais pourquoi aujourd'hui, juste au moment où elle s'amusait avec Mickey ?

La compréhension de Logan la touchait profondément. Il lui rappelait que son corps pouvait encore être ému par un homme. Malheureusement, ce ne serait pas lui qui ferait tomber ses défenses…

Il n'était là que pour un temps très bref.

Par ailleurs, son seul but était d'assurer à son neveu une vie agréable… Après quoi, il pourrait s'en aller, libre de toute contrainte.

S'écartant de lui, elle parvint à esquisser un sourire.

— Vous ne savez pas qu'on doit retirer les étiquettes des vêtements neufs avant de les porter ?

Se penchant vers elle, il lui passa un index léger sous le menton.

— Je peux vous faire confiance si vous prenez des ciseaux pour me l'ôter quand nous serons rentrés ?

— Vous ne le saurez que lorsque ce sera fait !

Puis elle courut vers le cabinet pour fuir cette caresse qui la faisait fondre comme cela ne lui était jamais arrivé avec un homme.

Pas même avec Ian.

La salle d'attente débordait de patients.

— On dirait que nous avons une épidémie sur les bras, commenta-t-elle.

— Le téléphone n'arrête pas de sonner depuis que j'ai ouvert la porte, répondit Leeann. Un quart des patients souffrent de gastro et les autres ont la grippe.

Karina fouilla dans un tiroir du guichet pour trouver des ciseaux.

— Croisons les doigts pour qu'aucun de nous ne tombe malade.

— Je suppose que David ne revient pas aujourd'hui ? s'enquit Leeann.

— Je lui ai dit de rester chez lui, répliqua Logan. Le pire est derrière lui, mais il a besoin de se reposer. Je suis ravi de le remplacer un jour de plus et, ensuite, il aura tout le week-end pour se remettre complètement.

Un autre jour à travailler avec Logan… Karina allait devoir se montrer professionnelle et faire abstraction de l'attirance qu'il exerçait sur elle.

Ensuite, ils rentreraient ensemble, ils dîneraient avec Mickey et regarderaient la télévision jusqu'à l'heure du coucher…

Un tableau tout à fait familial…

— Excusez-moi, j'ai quelques coups de fil à passer, dit-elle.

Après avoir pris deux rendez-vous avec des conseillers bancaires, elle sortit de son bureau.

— Robyn Jenkins ? Entrez, je vous prie.

La jeune femme se leva aussitôt et la suivit dans la salle de soins.

— Merci de me recevoir la première. Je vais de toute façon arriver en retard à l'école.

— Comment va William ? Je voulais l'inviter à jouer à la maison, ce week-end, mais des événements imprévus m'en ont empêchée.

Le fils de Robyn, William, et Mickey fréquentaient le même jardin d'enfants et aimaient se retrouver.

Alors qu'elle secouait la tête, Robyn gémit.

— Que se passe-t-il ?

— Rien… Un peu de migraine.

Karina observa Robyn qui s'assit sur une chaise. Elle venait régulièrement pour faire vérifier sa tension.

— Où avez-vous mal, exactement ?

— Derrière l'œil gauche, répondit Robyn en relevant sa manche. Est-ce que Mickey apprécie le jardin d'enfants ?

— Je pense que oui.

Pourtant Mickey lui avait dit récemment qu'il ne voulait plus y aller…

— William n'arrête pas de parler de Ben.

— Qui est-ce ?

— Le nouveau. Il est arrivé depuis quelques semaines et William semble beaucoup l'apprécier.

Ce qui expliquait peut-être le comportement de Mickey. William avait un nouvel ami et il se sentait exclu. C'était inévitable… William était très intelligent, alors que Mickey avait des difficultés d'apprentissage.

— Depuis quand souffrez-vous, Robyn ?

— Depuis que j'ai quitté la maison.

— Votre vision n'est pas trouble ? Vous ne voyez pas double ?

— C'est drôle que vous me le demandiez, parce que je me suis aperçue que je voyais mal en garant ma voiture.

— Restez là, Robyn, je reviens tout de suite.

Sans perdre une minute, Karina alla frapper à la porte de Logan.

— Il y a une urgence !

Logan la rejoignit immédiatement.

— Que se passe-t-il ?

Après l'avoir mis rapidement au courant, elle ajouta :

— Est-ce que ça ne pourrait pas être une rupture d'anévrisme ?

— C'est possible. Quel est son passé médical ?

— Une hypertension traitée avec des diurétiques.

En entrant dans la salle, Logan alla droit vers Robyn.

— Je suis Logan et je remplace David. Karina m'a dit que vous aviez eu une migraine très soudaine et brutale. Je sais aussi que vous voyez double. Il y a autre chose qui sorte de l'ordinaire ?

Lorsqu'elle mit le brassard autour du bras de Robyn, Karina sentit que la jeune femme tremblait.

— Je me sens un peu endormie, dit Robyn dont les paupières battirent plusieurs fois.

— Avez-vous pris de l'aspirine ces deux derniers jours ?

— Non.

— Je vais examiner vos yeux.

Logan regarda autour de lui en quête d'un ophtalmoscope. Devinant ce qu'il cherchait, Karina le lui remit aussitôt.

— Surtout, ne bougez pas, Robyn, dit-elle. La lumière va

vous éblouir, je suis désolée. La tension est élevée, ajouta-t-elle à l'intention de Logan.

Tout en examinant sa patiente, il hocha la tête.

— Je vais devoir vous faire hospitaliser… Karina, vous pouvez appeler tout de suite une ambulance ?

Pendant que Karina téléphonait, il se concentra de nouveau sur sa patiente.

— Ce brusque mal de tête, cette vision déformée et ce que je vois dans vos yeux suggèrent que vous pourriez souffrir d'une petite hémorragie à l'intérieur du cerveau.

— Je vais mourir ? demanda Robyn en pâlissant.

— Vous êtes venue tout de suite, ce qui est très positif. A l'hôpital, on va vous faire un scan et un examen de coagulation sanguine pour découvrir s'il y a bien un saignement.

Après avoir appelé le service d'ambulance, Karina se tourna vers Robyn.

— Vous voulez que j'appelle Tony pour qu'il vous accompagne ?

Les joues de Robyn ruisselaient de larmes.

— Oui, s'il vous plaît. Il faudrait aussi prévenir l'école.

— Je m'en charge. Je leur dirai juste que vous êtes malade.

De retour à la réception, un peu plus tard, Karina retrouva Leeann.

— Tu peux m'aider à transporter un lit, pendant la pause de midi ?

— Pas de souci.

En retournant dans le bureau de Logan, elle aperçut Luke Browning qui attendait son retour.

— Ce ne sera pas long, Luke.

— J'ai pris ma matinée, de toute façon.

— Comment vont les bébés ? Ils vous réveillent toujours la nuit, Liz et vous ?

Luke et sa femme avaient eu des triplés grâce à une fécondation *in vitro* et ils adoraient leurs bébés. Karina leur faisait des câlins lorsqu'elle passait chez eux pour examiner les nourrissons. Chaque fois, elle se demandait si elle avait tort de penser qu'elle resterait célibataire et n'aurait jamais d'enfant.

Elle aimait pourtant Mickey de tout son cœur, alors où était le problème ?

Alertée par le son des sirènes, Karina quitta Luke pour accueillir les ambulanciers devant la porte et les amener directement dans la salle de soins.

Pendant qu'elle aidait Robyn à s'installer sur le brancard, Logan fit son rapport aux infirmiers.

— A très bientôt, dit-elle à la jeune femme.

Quelques minutes plus tard, le cabinet avait recouvré son calme. Logan reprit sa consultation là où il l'avait laissée, mais quand le dernier patient s'en alla, il était plus de midi.

Karina se sentait vidée après une demi-journée de travail ! A force de se lever la nuit pour Mickey, elle finissait par être épuisée.

Logan s'immobilisa sur le seuil du domaine de Karina.

Assise derrière son bureau, elle était penchée sur un dossier et lui parut minuscule. Sa générosité et son exubérance lui faisaient parfois oublier combien elle était petite. Il n'était pas au meilleur de sa forme, pourtant il aurait facilement pu la soulever dans ses bras, la serrer contre lui et l'embrasser passionnément avant d'explorer chaque centimètre de son corps.

Auparavant, il l'aurait déposée sur son lit, bien sûr.

Un lit… Oui, c'était la raison de sa présence ici.

— Pourquoi est-ce que je viens de voir M. Grincheux transporter un lit sur une brouette et le rentrer dans la maison ?

Karina se leva d'un bond.

— Il va voir ce qu'il va voir ! Je lui avais interdit de le faire ! Ce lit est bien trop lourd pour lui.

— Je n'y crois pas ! Interdire quelque chose à Jonty, c'est l'inciter à la transgression ! Dès l'instant où vous avez ouvert la bouche, il savait qu'il le ferait.

Très rouge, Karina se mordit la lèvre inférieure.

— Mon cerveau devait être endormi.

Karina endormie… Un lit… Bon sang ! Il était obsédé par l'envie de lui faire l'amour !

— Vous n'avez pas répondu à ma question, marmonna-t-il. Pourquoi avez-vous besoin d'un nouveau lit ?

— Il sera installé dans le salon.

Logan cessa aussitôt de penser au sexe.

— Vous voulez que je dorme devant la cheminée ?

De quoi se mêlait-elle ? Ces cauchemars étaient son problème, non le sien.

— Oui.

Sous les longs cils chargés de mascara, les yeux bruns le défiaient.

— C'est inutile, parce que je ne l'utiliserai pas.

Retournant s'asseoir, Karina rangea ses dossiers avant de se lever de nouveau.

— Il est l'heure de déjeuner. Que diriez-vous d'une soupe ?

Sans attendre sa réponse, elle quitta la pièce.

— Vous refusez d'en parler..., lança-t-il en la suivant.

— Pas du tout, mais nous ne disposons que d'une demi-heure avant de reprendre le travail. Je ne peux pas rester assise là, à discuter toute la journée.

— Pourquoi détournez-vous la conversation chaque fois qu'elle ne va pas dans le sens que vous souhaitez ?

C'était la même chose lorsqu'il s'agissait de la maison ! Une fois que Karina avait une idée bien arrêtée, on ne pouvait pas la faire changer d'avis.

Bien entendu, elle ne se donna pas la peine de répondre.

Quand Logan parvint sous le porche, Jonty sortait de la maison. Il était pâle et il bâillait. Le lit avait-il été trop lourd pour ce vieil homme entêté ?

— Vous vous sentez bien ? demanda Logan.

— Bien sûr.

— Jonty, il y a une gastro-entérite qui fait des ravages dans le coin. Si vous êtes malade, cela vaudrait la peine que je vous examine.

— Je n'ai pas besoin d'un médecin !

— Allons ! Je prendrai juste votre température et je vous promets de ne pas dire à Karina de passer votre nourriture au mixeur avant de vous la servir.

— Hum... Cette gamine fait ce qu'elle veut, que ça vous

plaise ou non. Cette maladie… Elle ne dure que vingt-quatre heures ?

— Oui, mais il faut un jour de plus pour se reposer.

— Bon, c'est d'accord, grommela Jonty.

Une fois dans la salle de consultation, Logan lui désigna un siège.

— Asseyez-vous. Est-ce que vous avez des nausées ?

Comme Jonty acquiesçait d'un signe de tête, Logan continua :

— Vous avez de la fièvre ? Vous transpirez ? Le jour ou la nuit ?

— Un peu de tout ça, répondit Jonty en tournant sa casquette entre ses doigts noueux.

Il était clair que le vieil homme avait peur. Il craignait d'être très malade et il ne voulait pas le savoir.

— Quoi d'autre ? demanda Logan.

— J'ai mal au ventre et ce qu'il y a dans la cuvette des toilettes n'est pas beau.

— Il y a du sang ? Vos selles sont très noires ?

— Un peu.

— Installez-vous sur la table d'examen, je vais palper votre ventre.

Jonty le regarda fixement.

— Je ne veux pas que vous trouviez quelque chose que je ne pourrai pas gérer, vous comprenez ?

— Absolument, mais laissez-moi envisager les choses autrement… Si je trouvais quelque chose qu'on peut traiter ?

— Quelles sont les chances ? Je suis vieux.

— Vous êtes aussi en forme et très vif, répliqua Logan avec un sourire.

Les prunelles d'un vert délavé croisèrent son regard et, finalement, Jonty acquiesça.

— Merci, mon gars, dit-il en grimpant sur la table. Ne soyez pas trop long. Je dois aller chercher ces tuyaux pour que nous réparions l'allée demain matin.

Logan se lava les mains tout en réfléchissant aux symptômes de Jonty. Le vieil homme ne serait sans doute pas d'accord pour subir tous les examens nécessaires, mais Logan avait un atout dans sa manche… Karina. Ces deux-là s'adoraient. Elle était son talon d'Achille.

Ce mal de ventre, ces selles noires, la perte de poids et la fatigue lui faisaient penser à la maladie de Crohn.

— Vous avez souvent des aphtes ?

— Un ou deux.

— Très bien.

Maintenant, il savait quelles cases cocher sur le formulaire de laboratoire.

En fin d'après-midi, Karina le rejoignit dans la salle de repos.

— Mickey est très calme depuis qu'il est rentré du jardin d'enfants. J'espère qu'il n'est pas malade.

Assis dans un coin, le petit garçon coloriait un éléphant.

— Arrêtez de vous faire du souci ! Je vous rappelle qu'il a cessé de demander les toilettes à tout bout de champ.

— Comment ne pas m'inquiéter ? Dites-le-moi, Logan.

A cet instant, Leeann entra dans la pièce.

— Becca a appelé pour te rappeler qu'on est vendredi soir.

— Je lui ai déjà dit non.

— Qu'y a-t-il de particulier, le vendredi soir ? demanda Logan.

— On boit quelques verres au pub. Mais je suis trop fatiguée, aujourd'hui.

— Je trouve au contraire que c'est une excellente idée. Qui veille sur Mickey quand vous sortez ? Jonty ?

Karina hocha la tête sans répondre.

— Becca a dit que tu devrais amener le docteur dont tout le monde parle, ajouta Leeann.

— Vous voyez ? Je suis officiellement invité, dit Logan en riant.

— Je vais tuer Becca, marmonna Karina. Ce sera une mort lente et douloureuse.

— Merci de me faire comprendre à quel point vous m'appréciez, répliqua Logan. Par bonheur, j'ai la peau dure.

— Il est vraiment canon ! s'exclama Becca pendant que Logan s'approchait du bar pour commander une autre tournée. Tu voulais le garder pour toi toute seule ?

— Pas du tout, mais il me suffit de le voir tous les jours.

— Allons ! Ne me dis pas qu'il te laisse de glace !

— Ce n'est pas le cas, malheureusement, répondit Karina en rougissant.

— Ah ! s'exclama Becca, visiblement ravie. Il t'intéresse, alors ?

— Voilà, mesdames, dit Logan en posant les bières sur la table.

Lorsqu'il s'assit près de Karina, Becca décocha un coup de coude dans les côtes de son amie.

— Sympa…

— La ferme ! chuchota Karina.

Prenant son verre, elle se concentra sur la foule pour voir s'il y avait des personnes qu'elle connaissait.

— Vous êtes bonne, au billard américain ? demanda Logan en se penchant vers elle.

— Elle vous damera le pion, intervint le frère de Becca.

Se levant, Logan prit la main de Karina.

— Vraiment ? Je n'ai pas joué depuis un certain temps, mais je parie que je peux vous battre. Le perdant paie les boissons.

— C'est un défi ?

Se libérant de son étreinte, elle se dirigea vers la table de billard et commença à disposer les boules en triangle.

— Pile ou face ? demanda Logan.

— Face.

Il sortit une pièce de sa poche et la plaqua sur le dos de sa main.

— Face.

Karina choisit une queue puis elle se plaça à l'extrémité de la table non sans croiser les doigts mentalement. Elle savait jouer et elle gagnait parfois une partie, mais elle était loin d'être une championne… Ainsi que le démontra sa première faute.

— Laissez-moi vous montrer comment on fait, jeune fille.

Levant les yeux au ciel, elle se mit à rire.

— Vous n'êtes pas du genre prétentieux, à ce que je vois !

— Sachez que j'ai battu chaque fois mes collègues du centre de santé nigérian… Et ce n'est pas parce qu'ils utilisaient des baguettes en guise de queue et des pommes en guise de boules.

Sur ces mots, il empocha trois boules coup sur coup.

— Quel genre de table utilisiez-vous ? demanda Karina.

Après avoir repéré la boule qu'elle allait viser, elle se pencha par-dessus la table et parvint à l'envoyer dans le trou.

— Prenez ça ! dit-elle en riant. Et encore ça… Et ça !

— Elle était en tôle, avec des chapeaux cloués aux quatre coins.

Karina éclata de rire juste au moment où elle déplaçait sa queue qui dérapa légèrement, lui faisant manquer son coup.

— Regardez ce que vous m'avez fait faire !

— Toutes mes excuses ! Et maintenant regardez le champion.

Se couchant sur la table, il plaça sa queue si loin du bord que Karina s'émerveilla que ses pieds restent collés au sol. A cet instant, ses yeux se posèrent sur les fesses de Logan, bien moulées dans le pantalon.

Seigneur ! Un vrai plaisir pour les yeux.

— On dirait que vous allez devoir payer la tournée, dit-il en se redressant.

— Hein ? Pourquoi ?

Un coup d'œil à la table lui fournit la réponse.

— C'est votre tour, mais avant, j'ai besoin de ma bière, ajouta-t-il. Cela donne chaud, de jouer franc jeu avec une dame.

Elle vida les poches et disposa de nouveau les boules dans le triangle de bois.

— Vous appelez ça « franc jeu ? » Me distraire et ensuite glisser les boules dans les trous quand je ne regarde pas ?

— Il s'agit de gagner par tous les moyens, bien sûr !

Savait-il combien il l'avait distraite ? Elle l'observa par-dessus le bord de sa bouteille. Peut-être l'avait-il fait exprès.

Elle pouvait le battre à son propre jeu…

— A vous de casser le triangle, dit-elle.

Elle le regarda ensuite empocher cinq boules.

— Voyons si vous êtes capable de faire mieux, reprit-il.

Etudiant les boules éparpillées sur la table, elle trouva celle qu'elle voulait toucher en premier puis elle se mit à l'endroit où elle devrait se pencher le plus possible sans perdre l'équilibre.

Bam !

Son adversaire demeura silencieux et elle n'osa regarder de son côté pour s'assurer qu'elle avait réussi à le distraire.

Après avoir trouvé une autre boule à viser, elle recommença la manœuvre et l'empocha. Quand elle eut réussi à envoyer toutes les boules dans les trous, elle se tourna vers Logan et lissa son haut qui dévoilait quelque peu sa taille.

— Nous sommes à égalité, dit-elle d'un ton léger.

Il battit des paupières et secoua la tête.

— Vous pensez ?

Elle s'abstint de lui dire qu'elle en était certaine.

8.

— Encore une belle journée !

On était samedi matin et le ciel était d'un bleu lumineux. En regardant par la fenêtre de la cuisine, Karina étira les bras au-dessus de sa tête.

A la vue de ses seins qui tendaient le tissu de son T-shirt, Logan sentit sa bouche s'assécher. Ensuite, elle posa les mains sur ses hanches et se pencha d'abord à droite puis à gauche. Elle était si souple qu'il aurait voulu la saisir par la taille et passer les mains sur chacune de ses courbes délicieuses, depuis ses seins jusqu'à ses fesses.

Ces fesses qui avaient attiré son attention la veille, lorsqu'elle s'était quasiment couchée sur la table de billard pour viser une boule. Cette vue l'avait ébloui au point qu'il avait perdu la deuxième et la troisième partie.

Elle se redressa et lui fit face.

— Vous êtes retourné vous coucher, après votre chocolat chaud ?

Rien de tel pour éteindre le feu de la passion !

Un autre cauchemar avait amené Karina dans sa chambre vers 3 heures du matin. Il aurait été ravi d'être réveillé pour le plaisir, mais pas pour qu'elle l'arrache à l'enfer.

Encore qu'il lui en soit reconnaissant…

— Non, et avant que vous me le demandiez, je n'ai pas utilisé ce lit. D'ailleurs, on exagère beaucoup l'importance du sommeil.

Les yeux chocolat s'emplirent d'un tel désarroi qu'il regretta aussitôt son sarcasme.

— Pardonnez-moi, reprit-il très vite. Puis-je vous

demander de ne plus parler de mes cauchemars si je promets de m'abstenir de ce genre de commentaires ?

Elle eut un petit sourire.

— Bien sûr. Je ne veux pas être indiscrète, mais j'aime bien aider quand je le peux.

— Malheureusement, vous ne pouvez pas me réparer.

Il l'aurait bien voulu, pourtant. Mais pour que cela arrive, il faudrait qu'il lui parle du syndrome de stress post-traumatique et elle perdrait tout respect pour lui.

Pour changer de sujet avant qu'elle ne pose une autre question, il ajouta :

— Est-ce que Mickey a fait sa nuit ?

— Pas un seul pipi nocturne. Je me demande ce qui s'est passé, l'autre fois.

— En tout cas, je suis content que les analyses aient montré qu'il ne souffre d'aucune infection. Que faites-vous d'ordinaire, le week-end ?

Karina but une gorgée de thé bouillant.

— Je coache l'équipe de foot de Mickey, mais, aujourd'hui, nous avons quartier libre. Hé ! On pourrait aller sur le Mount Arthur ! Mickey n'a jamais vu la neige.

De l'Afrique au Mount Arthur ?

De plus de cinquante degrés à moins de zéro ?

En tout cas, aucun homme armé ne se cacherait parmi les arbres.

— Vous êtes douée pour confectionner des bonhommes de neige ?

— Pas du tout, mais j'ai des carottes et des bananes dans le cellier.

— Pour quoi faire ?

— Le nez et la bouche, dit-elle avec un sourire malicieux. A quoi pensiez-vous ?

A rien, c'était bien le problème.

— Est-ce qu'on demande à Jonty de se joindre à nous ? suggéra-t-il. On devait terminer l'allée, ce matin, mais il préférera peut-être cette excursion.

— J'avais complètement oublié ! C'est une très bonne

idée. Il cessera de se faire du souci pour sa santé pendant un moment.

— Je crois qu'il est inquiet, moi aussi. Vous pensez qu'il se rendra aux rendez-vous que j'ai pris pour lui au Nelson Hospital ? Il a eu l'air de m'en vouloir. Je pourrais peut-être lui proposer de l'accompagner ?

— Je suis certaine qu'il ira, si vous êtes avec lui.

— Très bien, je le lui proposerai. Pour l'instant, je vais seulement lui demander s'il veut faire cette excursion avec nous.

— Vous le trouverez sans doute dans la remise…

— D'accord.

Ouvrant la porte de derrière, il prenait ses bottes quand il y eut un coup de feu. Se laissant tomber sur le plancher de la véranda, il roula sur le côté et balaya le jardin du regard.

D'où cela venait-il ?

Qui l'attendait dehors ?

— Arrêtez ! Fichez le camp, salauds !

Karina surgit dans l'encadrement de la porte.

— Qu'est-ce que vous faites, Logan ? Vous allez bien ?

— Baissez-vous !

A cet instant, Logan perçut le bruit d'un moteur puis une voiture passa sur la route en pétaradant. Au prix d'un énorme effort, il parvint à retenir les jurons qui se formaient sur ses lèvres.

Karina s'accroupit près de lui.

— Logan ? Parlez-moi ! Vous me faites peur. Vous avez glissé ?

Logan respira lentement et compta jusqu'à trois.

— J'ai cru entendre un coup de feu, murmura-t-il.

— On vous a tiré dessus ? En Afrique ?

Il s'assit et hocha la tête avant de se relever et de prendre ses bottes.

— Oui. Croyez-moi, le Nigeria est le pays approprié, quand on veut s'amuser, dit-il en les enfilant.

— Vous avez été blessé ? Avec une arme à feu, je veux dire ?

Logan se redressa et la regarda droit dans les yeux.

— Non.

Il disait la vérité. Un otage mort n'avait aucune utilité. Les fusils avaient été pointés sur lui, les balles avaient frappé le sol si près de ses jambes qu'il avait senti la brûlure des cailloux sur ses mollets et il avait compris le message : « Ne pense pas que tu pourras t'échapper. »

Le regard de Karina exprimait une profonde compassion.

— Mais vous avez vécu de durs moments ?

— En effet.

Se penchant brusquement, il posa les lèvres sur les siennes pour la faire taire. Il n'avait pas prévu qu'il lui en faudrait immédiatement davantage…

Voulant se perdre en elle, il la prit dans ses bras et attira le corps tiède et consentant contre sa carcasse glacée et apeurée. L'espace d'un instant, Karina lui ferait oublier l'horreur de sa captivité.

Son baiser se fit plus passionné et elle le lui rendit, venant à la rencontre du moindre de ses gestes. Nouant les bras autour de son cou, elle se pressa contre lui et il se sentit en sécurité.

— Bonjour, tous les deux. J'espère que vous avez donné son petit déjeuner à Mickey ?

Karina s'écarta précipitamment de Logan et fixa M. Grincheux comme si elle ne l'avait jamais vu.

— Mickey ? répéta-t-elle d'une voix aiguë.

— Il fait la grasse matinée, intervint Logan.

Se plantant à côté de Karina, il posa une main sur son épaule tout en dévisageant Jonty qui affichait un sourire stupide.

— Je pense qu'on ne va pas s'occuper de l'allée ce matin, alors ? s'enquit le vieil homme qui grimpa lourdement les marches.

— J'allais justement vous chercher, dit Logan.

— Hum !

Ignorant l'interruption, Logan continua :

— Nous comptons passer la journée au Mount Arthur avec Mickey pour voir la neige. Vous voulez venir avec nous ?

— Je n'arrive pas à comprendre que les gens adorent se rouler là-dedans, grommela M. Grincheux.

— Allons, Jonty, on va bien s'amuser. Vous pouvez vous

imaginer Mickey en train de lancer des boules de neige ? demanda Karina.

— Oui, malheureusement. A quelle heure partez-vous ?

— A 10 heures. Je m'occupe du pique-nique et des boissons.

— Pas de soda pour moi ! dit Jonty en redescendant les marches. Uniquement du thé chaud.

— Ça veut dire que vous acceptez, alors ? lança Karina dans son dos avant de se tourner vers Logan.

Son visage était rose… Comme d'habitude, songea-t-il. Ses yeux exprimaient une espièglerie teintée d'interrogation.

Se penchant vers lui, elle lui caressa brièvement le torse.

— Je suis désolée que vous ayez eu à subir tout ça. Mais aujourd'hui, prenons un peu de bon temps !

C'était justement ce qu'il venait de se passer ! Quoi de plus agréable que d'embrasser une belle femme ? Il n'avait rien connu de meilleur depuis bien longtemps.

— Vous voulez que j'aille réveiller Mickey et que je lui annonce la bonne nouvelle ?

— Bien sûr. Vous trouverez des vêtements chauds sur l'étagère du haut, dans son placard.

Puis elle rentra dans la maison.

Qui aurait pu penser qu'un événement aussi ordinaire qu'une voiture pétaradant sur la route le ferait l'embrasser ? Ils avaient franchi une frontière invisible… Ils n'étaient plus seulement les tuteurs de Mickey. Les problèmes demeuraient, mais, désormais, Karina en savait un peu sur lui. Lui-même savait ce qu'elle était capable de faire pour ceux qu'elle aimait… Elle pouvait aller très loin !

Ce n'était pas ce qu'il attendait d'elle. C'était à lui seul d'intégrer et de gérer les drames qui avaient mis son univers sens dessus dessous, et cela incluait la mort de James.

Assise près de Logan, Karina lui donnait parfois des indications tandis qu'ils traversaient la vallée et roulaient le long du fleuve Motueka. Le gel faisait étinceler l'herbe des prés et les plantations de kiwis tandis que le soleil tentait vainement de réchauffer le monde.

Elle aurait voulu oublier ce baiser, mais c'était peine perdue. Si seulement il avait eu une signification pour l'avenir ! Mais c'était arrivé quand Logan connaissait la détresse et la peur.

L'avait-il embrassée pour dissiper son angoisse ?

Ou bien pour qu'elle oublie ce qu'elle avait vu ?

— Qu'est-ce que c'est, la neige ? demanda Mickey, derrière elle.

— C'est comme de la glace, mais elle est toute cassée, comme si on l'avait mise dans un mixeur, répondit-elle.

Logan lui jeta un coup d'œil amusé.

— D'où tirez-vous ces idées ?

— Vous avez une meilleure explication ? répliqua-t-elle avec un sourire moqueur.

Il releva aussitôt le défi.

— C'est comme de la crème glacée, mon bonhomme, mais ce n'est pas aussi bon.

— Youpi ! Je vais manger de la glace toute la journée ! cria Mickey.

— Chut ! dit Karina. Tu nous perces les tympans. M. Grincheux doit regretter d'avoir accepté notre invitation.

— Non ! cria l'enfant un peu moins fort. Il est content d'être avec moi.

Jonty se frotta les oreilles en grimaçant.

— Qu'est-ce que tu dis ? Je suis devenu sourd !

Mickey savait attraper une perche quand on lui en tendait une.

— Toi et moi, on s'amuse bien ! hurla-t-il.

— Mickey, intervint Logan. Arrête de crier ! C'est parfaitement inutile.

— Mais j'aime bien ça !

— Peut-être, mais cesse immédiatement. Ce n'est pas sympa pour nous.

— D'accord.

Karina lâcha le soupir qu'elle retenait.

— Bravo ! murmura-t-elle. J'ai cru qu'on allait devoir se lancer dans une discussion.

— Qui est-ce qui fait la neige ? demanda le petit garçon d'une voix normale.

— Répondez à cette question, Karina, dit Logan.

Après lui avoir tiré la langue, elle commença son explication.

— Tu sais que la pluie vient des nuages ? Eh bien, la neige, c'est un peu comme des nuages glacés qui atterrissent par terre.

— Parfait…, chuchota Logan.

— Je pourrai sauter dedans ? demanda Mickey.

— Oui, et tu seras mouillé, mais cela n'éclaboussera personne autour de toi. Nous ferons aussi un bonhomme de neige.

— Je pourrai faire le mien ? hurla de nouveau Mickey.

— Du calme, bonhomme, intervint Logan. Et oui, tu pourras. M. Grincheux a apporté une luge pour que tu puisses glisser en bas de la pente.

Puis il tourna sur la route indiquée par Karina.

— Il ne risque pas de se faire mal, sur cette luge ? s'inquiéta-t-elle.

— Au pire, il basculera, mais vous m'avez dit qu'il n'y a pas de falaises et que la pente est peu inclinée. Il est bon qu'il repousse ses limites dans un environnement sûr.

C'était pour cette raison que la présence de son oncle Logan était si importante pour Mickey.

— Je suppose que oui…

Levant les yeux vers les arbres enneigés, Karina ressentit un frisson d'excitation. Elle n'avait rien fait de tel depuis longtemps.

Derrière elle, elle entendit la voix de Jonty qui s'adressait à Mickey :

— Il va faire très froid et tu seras aussi mouillé qu'un poisson. C'est ce que ces deux-là appellent « s'amuser ».

Karina sourit et jeta un coup d'œil à Logan qui souriait aussi. Impulsivement, elle posa une main sur son bras.

— Je savais qu'il serait ravi de venir, murmura-t-elle.

— Exactement.

— On ne doit pas chuchoter devant d'autres personnes, marmonna l'intéressé.

— Oui, Jonty.

Enfin, Logan se gara dans un parking et regarda autour de lui.

— On dirait que la moitié des habitants de Motueka sont ici.

Il y avait des enfants qui couraient en tous sens tandis que les adultes s'efforçaient de ne pas perdre de vue leur progéniture.

— Joignons-nous à eux ! s'écria Karina.

Dès qu'il fut sorti de la voiture, Mickey courut vers le plus gros monticule de neige qu'il put voir et sauta en plein milieu. Son expression surprise, quand ses pieds disparurent, valait le déplacement. Craignant de rater une seule de ses mimiques, Karina se mit à le photographier frénétiquement.

— Venez vous amuser avec nous ! lança Logan.

Il tendit le bras pour lui prendre l'appareil, mais elle lui échappa et prit une photo de son beau visage. Pour une fois, il semblait heureux…

— Allez courir avec Mickey, dit-elle. J'en prends encore quelques-unes et je vous rejoins.

Jonty surgit auprès d'elle.

— Les idiots ! Ils vont être trempés.

— C'est pour ça que j'ai apporté un sac de serviettes et des vêtements de rechange pour tout le monde.

— Donnez-moi ce machin et allez avec eux.

— Vous savez comment ça marche ?

Les doigts noueux se refermèrent sur le petit appareil photo.

— Sur quel bouton j'appuie ? J'ai compris, jeune fille, alors laissez-moi faire, ajouta-t-il deux minutes plus tard.

Les clichés ne seraient sans doute pas bons, mais quelle importance ? Elle garderait de beaux souvenirs de cette journée et elle pourrait prendre d'autres photos plus tard.

Se penchant, elle prit une poignée de neige et en forma une boule.

— Hé, Mickey ! Regarde ça ! dit-elle avant de la jeter sur les jambes du petit garçon.

— A mon tour ! hurla-t-il. Je vais en faire une très grosse.

Elle l'était, en effet, au point que lorsqu'il voulut la soulever, elle tomba sur ses pieds.

— Fais comme moi, bonhomme, dit Logan. Fabriques-en de plus petites que tu pourras lancer sur Karina. Ça la fera rire.

En un instant, elle fut bombardée par trois mâles qui se coalisaient contre elle car Jonty avait cessé de les photographier pour se joindre à eux. Il rit même une fois quand Mickey l'atteignit au ventre.

Deux heures plus tard, ils regagnaient le parking pour déjeuner.

— La luge, c'est ce que je préfère, déclara Mickey, les yeux brillants d'excitation.

— Même quand tu as basculé en avant et que tu t'es retrouvé la tête enfouie dans la neige ? demanda Karina.

— J'y ai goûté et c'est pas bon ! Ça ressemble pas du tout à la crème glacée ! J'ai faim !

— J'ai fait un pâté en croûte au bacon et aux œufs.

Le visage du petit garçon s'illumina. Elle ne mentionna pas les beignets à la crème qu'elle avait achetés à la boulangerie, sinon il les réclamerait tout de suite.

Elle savait qu'elle le gâtait, mais en quoi était-ce mal ? Par ce froid, tout le monde avait besoin d'une bonne nourriture. Bien sûr, si Jonty avait la maladie de Crohn, ainsi que Logan le supposait, mieux valait qu'il ne mange pas trop d'aliments aussi gras.

Elle aurait dû y penser…

La voix de Logan l'arracha à ses remords.

— Où est ce pique-nique ? Je crois que j'ai besoin d'une boisson chaude, moi aussi.

Elle le vit frissonner.

— Je devine que c'est un sacré changement pour votre corps.

— C'est exact, mais je m'amuse bien. Qu'est-ce que tu en penses, Mickey ? On n'est pas bien, ici ?

— Oui, mais j'ai le nez froid.

Une fois à la voiture, Karina sortit rapidement le repas car « ses » trois hommes étaient affamés. Mais lorsqu'ils eurent dévoré le pâté et les beignets, cette immobilité leur avait donné encore plus froid.

— Qu'est-ce qu'on fait ? demanda-t-elle. On joue encore dans la neige, ou on rentre à la maison ?

— Je veux encore glisser sur la luge ! cria Mickey.

Logan posa l'engin sur la neige.

— Monte ! Je vais te tirer jusqu'en haut.

Parvenus au sommet de la pente, ils tournèrent le nez de la luge vers le bas. Aussitôt, Mickey se mit debout dessus.

— Je veux faire pareil que lui ! cria-t-il en montrant un enfant plus âgé juché sur une planche.

— Non, Mickey, assieds-toi !

Trop tard… La luge avait entamé sa descente et Mickey s'efforçait de garder son équilibre. Logan se lança à sa poursuite, prêt à le saisir au vol s'il glissait.

Très angoissée, Karina les suivit. Tout alla bien jusqu'à ce que la luge heurte l'extrémité d'un ski dont le propriétaire dévalait la pente à toute allure. Mickey fut projeté en l'air.

— Mickey ! hurla Karina en courant.

— Ka-rina ! geignit le petit garçon.

Arrivés près de lui au même moment, Logan et elle se jetèrent à genoux. Immédiatement, Logan palpa habilement la poitrine de l'enfant.

— Tout va bien, bonhomme. Tu as juste une petite coupure au menton.

— Je veux pas de coupure, ça fait mal !

Mickey se frotta le menton et poussa un cri perçant en voyant ses doigts rougis de sang.

Karina prit le petit corps dans ses bras.

— Chut, mon cœur… Tu as juste fait une chute de rien du tout.

Mickey se blottit contre elle.

— Je voulais faire comme le garçon.

Logan récupéra la luge qu'il posa à côté d'eux.

— Tu t'en es très bien tiré, mais il faut de la pratique.

— Je veux pas recommencer maintenant.

Logan sortit une pelote de ficelle de sa poche.

— Je comprends, mais si tu t'asseyais et que je nouais cette corde de façon que tu n'ailles pas trop vite ?

— J'ai peur de tomber !

— Pas si je te retiens.

— C'est…, intervint Karina.

— Essaie, Mickey, l'interrompit Logan. Si tu n'aimes pas ça, on arrêtera.

Mickey se tortilla dans les bras de Karina dont le regard croisa celui de Logan lorsqu'elle posa l'enfant par terre.

— On se remet en selle, dit-il tranquillement. Tout va bien se passer.

Bien sûr, ils retournèrent sans encombre jusqu'au parking. A quelques mètres de la voiture, Logan se tourna vers Karina.

— Vous êtes une sacrée petite bonne femme…

S'emparant de ses lèvres, il glissa la langue dans sa bouche et elle goûta de nouveau la saveur de la sienne.

9.

A la fin de la semaine suivante, Karina avait deux propositions de prêts bancaires à étudier et une allée en bon état.

Elle avait aussi un vase plein de roses d'hiver sur la table de la salle à manger… Un cadeau de Logan et de Mickey pour la remercier de leur avoir fait vivre une si belle journée.

Ian lui faisait envoyer des fleurs chaque vendredi par sa secrétaire, mais ces bouquets raffinés ne lui avaient jamais réchauffé le cœur comme celui-ci, accompagné d'un message écrit de la main de Logan.

En sortant de la banque qui n'était plus la sienne puisqu'elle venait de vider tous ses comptes, elle vit son amie Becca.

— Je n'arrive pas à croire que Logan est à la maison depuis près de deux semaines, dit-elle.

— Et…

Karina sentit son cœur faire un bond dans sa poitrine.

Que pouvait-elle dire ?

Les baisers qu'ils avaient échangés ne changeaient rien, pas plus que les heures qu'elle avait passées à penser à lui.

— Et rien !

— Il est venu boire un coup avec nous, vendredi.

— Il voulait faire une pause, je suppose.

Pourvu que Becca ne lui demande pas ce que le mot « pause » impliquait !

— Il a adoré jouer au billard avec toi, reprit malicieusement Becca. C'est à peine s'il pouvait détacher les yeux de ton ravissant postérieur. Si je n'étais pas aussi généreuse, je me serais sentie insultée.

— Ecoute… Il est là pour Mickey et ils s'entendent très bien. C'est « tonton Logan » par-ci, « tonton Logan » par-là.

Quand Logan partirait, Mickey aurait le cœur brisé, mais elle n'y pouvait rien.

— Et Logan a proposé de travailler tous les matins pour permettre à David de se reposer, la semaine prochaine, ajouta-t-elle.

— C'est gentil, mais… Est-ce qu'il te plaît ? Tu le trouves sexy ?

Karina n'avait jamais été capable de mentir.

— Un peu… Enfin, beaucoup. Il est attentif, généreux et canon. Mais il s'en va dans un peu plus de deux semaines, alors je ne peux pas me permettre d'avoir une liaison avec lui.

Becca la regarda attentivement.

— Il vient avec toi au bar, ce soir ?

— On est déjà vendredi ? Comment ai-je pu oublier ?

— Ce Logan te distrait sérieusement.

— Il pourrait garder Mickey pendant que je vous rejoins. C'est la raison de sa présence ici… Etablir un lien avec son neveu, pas sortir avec moi.

Parfois, les yeux de Logan étaient rieurs et heureux, parfois ils étaient mornes et désespérés. Mais chaque fois qu'il était avec Mickey, son expression était gaie.

Le signal de son téléphone retentit, lui indiquant qu'elle venait de recevoir un SMS. Il lui fallut un moment pour le trouver dans son sac, encombré par tout un bric-à-brac.

Est-ce que vous rentrez pour le déjeuner ? Vous nous manquez. Logan.

— Je dois y aller. On dirait que mes hommes ont besoin de moi.

— Tes hommes ? répéta Becca en riant. Ce gars-là t'obsède !

Karina ouvrit la bouche pour nier, mais à quoi bon ?

— Je t'enverrai un texto pour te prévenir si je viens ce soir, dit-elle avant de quitter son amie qui riait toujours.

Elle devait se rendre au supermarché en voiture, mais, auparavant, elle envoya un message à Logan.

Pourquoi Mickey est-il à la maison ? Il devrait encore être au jardin d'enfants.

Logan répondit immédiatement.

La maîtresse a appelé pour dire qu'il était dans tous ses états.

Pourquoi son petit garçon détestait-il soudain le jardin d'enfants alors qu'il avait toujours adoré y aller ? Etait-ce parce qu'il voulait rester avec Logan ?

Lorsqu'elle arriva à la maison, une demi-heure plus tard, elle trouva Logan et Mickey étendu sur le lit pliant, devant la cheminée. L'émotion lui serra la gorge…

Le petit corps de Mickey était blotti contre Logan, son mignon visage tout pâle et ses yeux fermés. Les bras de Logan l'enveloppaient, comme pour le protéger.

Essuyant ses larmes, elle vint s'asseoir près d'eux… Quoi qu'il arrive par la suite, elle n'oublierait jamais ce spectacle.

Lorsqu'elle voulut parler, Logan posa un doigt sur ses lèvres.

— Il vient juste de s'endormir, chuchota-t-il.

— Vous voulez quelque chose, avant que je reparte au cabinet ? A boire ? A manger ?

— Je ne refuserais pas une tasse de thé et un sandwich.

Il semblait tellement plein d'espoir qu'elle ne put s'empêcher de rire.

— Vous mangez comme un ogre sans pour autant prendre un gramme. Si j'avalais moitié moins de nourriture que vous, je serais énorme. Votre visage est un peu moins hâve.

— Parce qu'il est hâve ? Charmant !

Jetant un coup d'œil à Mickey, Karina perdit toute envie de rire.

— Il a l'air très fatigué, ce qui n'est pas normal.

— Il est souvent allé aux toilettes, ce matin, alors j'ai repris un échantillon d'urine pour le faire analyser.

Karina frissonna.

— Vous ne pensez pas que c'est le début de quelque chose de pire ? Une maladie sous-jacente ?

— Calmez-vous, Karina, et écoutez-moi.

Le ton tranquille de Logan l'apaisa immédiatement.

— Je sais que je m'inquiète trop, mais je ne peux pas m'en empêcher.

— Malgré son mal de ventre et la fréquence de ses séjours aux toilettes, je ne crois pas que Mickey soit malade. Il est fatigué, certes, mais pensez à toute l'énergie qu'il a dépensée dans la neige et lorsqu'il a réparé l'allée avec Jonty et moi.

Karina dut reconnaître que Logan était plus qualifié médicalement qu'elle le serait jamais.

— C'est peut-être parce qu'il est de plus en plus proche de vous et qu'il veut rester à la maison ? suggéra-t-elle.

A son sourire un peu triste, elle comprit qu'il savait le vide que son départ causerait dans la vie de son neveu.

— Désolé, mais je reconnais que j'aime bien passer du temps avec lui.

C'était bien et mal à la fois…

Une autre personne qui sortirait de la vie de Mickey…

— Je vais chercher le thé.

— Et un sandwich ?

Lorsqu'elle revint du travail, en fin d'après-midi, elle trouva Logan et Mickey en train de jouer au jeu de l'oie. Le dîner qu'elle avait préparé avant de partir chauffait dans le four et Jonty regardait les informations.

— C'est ce que j'appelle un spectacle familial, commenta-t-elle en soupirant.

Logan leva les yeux vers elle.

— On est vendredi… On va boire un verre au bar, ce soir ?

En réalité, elle aurait préféré rester à la maison et garder un œil sur Mickey.

— Jonty est d'accord pour garder notre garçon, ajouta Logan.

Notre garçon ?

— Comment va-t-il ?

— Je veux pas que tu sortes ! intervint Mickey. J'ai mal au ventre et ma tête…

— Est-ce que tu ne viens pas de passer les dix dernières

minutes à te plaindre parce que tu avais faim et que tu ne voulais pas attendre pour avoir ton dîner ? l'interrompit Logan. Sans compter la séance de gymnastique sur le canapé !

— Je veux pas que vous vous en alliez.

— Karina et moi allons sortir et tu seras sage avec M. Grincheux. Tu as compris ?

— Oui, tonton Logan, mais…

— Le dîner est prêt ! annonça Karina.

Elle s'affaira pour servir Jonty et Mickey, prévoyant que Logan et elle dîneraient en revenant.

— Il n'y a pas un restaurant thaïlandais, dans le coin ? demanda Logan lorsqu'ils eurent fini leurs bières, au bar.

— Un peu plus loin, sur la route, répondit Karina. Ils font de la très bonne cuisine.

— Je rêve d'un plat au curry. Si on y dînait ?

— J'adorerais ça, mais vous oubliez Mickey.

— Je vais appeler Jonty et lui demander s'il serait d'accord pour le garder un peu plus longtemps.

Levant la main, il anticipa une éventuelle objection :

— Non, Karina, je ne lui demanderai pas si Mickey va bien. Jonty ayant élevé ses enfants, il saura s'il y a lieu de s'inquiéter et il nous préviendra.

Karina se força à respirer lentement tandis qu'il composait le numéro de téléphone.

— D'accord.

Becca lui décocha son habituel coup de coude dans les côtes.

— Vous sortez ensemble depuis combien de temps ?

— Tu te trompes complètement ! Nous avons faim tous les deux, c'est tout.

— Il me semble qu'un repas vous attend dans le four.

— C'est que… Tu sais parfaitement que je ne sors avec aucun homme !

— Eh bien, c'est le cas maintenant. Et tu n'aurais pas pu dénicher un type plus canon dans tout Motueka. Non que je sois intéressée, ajouta Becca avec un petit sourire. Il est trop intelligent pour moi.

Logan raccrocha son téléphone.

— C'est réglé, allons-y.

Becca se pencha pour embrasser Karina et murmura :

— Je veux tous les détails.

Près d'une heure plus tard, Karina se lécha les lèvres pour ne pas perdre la plus petite goutte de sauce.

— Ces brochettes sont géniales. Et votre curry ?

— Un délice.

Ce devait être vrai car il n'avait pas prononcé un mot depuis sa première bouchée.

— Et le vin n'est pas mauvais non plus, continua-t-il. J'espère que vous êtes d'attaque pour rentrer à pied car il est hors de question que je conduise.

Un instant plus tard, ils cheminaient sur la route. Quand Logan la prit par les épaules pour la serrer contre lui, ce fut pour Karina le meilleur moment de la soirée. Glissant un bras autour de sa taille, elle se sentit vibrer de désir.

Le rêve prit fin dès qu'ils franchirent le seuil de la maison. Jonty et Mickey se disputaient pour savoir qui avait triché au jeu de l'oie.

Secouant la tête, Karina souleva le petit garçon dans ses bras.

— C'est l'heure de se coucher.

Aussitôt, de grosses larmes jaillirent des yeux cernés du petit garçon.

— Je veux pas aller au lit !

— On n'a pas toujours ce qu'on veut, mon chéri.

L'enfant était épuisé, mais le sommeil ne vint pas facilement, et lorsqu'il finit par s'endormir, plus d'une heure avait passé.

Le feu qui avait bouillonné dans les veines de Karina s'était éteint… Cela dit, il n'aurait pas fallu grand-chose pour le ranimer.

Dans le salon, Jonty et Logan discutaient du match de rugby retransmis à la télévision. Dépitée, Karina gagna la cuisine pour y mettre un peu d'ordre.

Elle pouvait oublier ce rendez-vous prétendument galant !

Elle s'était trompée sur la signification de ce dîner au

restaurant. En la prenant par les épaules, Logan n'avait aucune intention particulière.

Sans compter qu'un éventuel rapprochement entre eux ne faciliterait pas les négociations quand ils aborderaient de nouveau la question de la maison.

Fâchée contre elle-même, elle posa violemment les casseroles dans l'évier et tourna le robinet si brutalement que son corsage fut aspergé.

Logan tourna la cuillère de bois dans la soupe de potiron qu'il avait trouvée dans le congélateur et vérifia la température du four. Il avait aussi sorti des petits pains surgelés et tout était prêt pour le déjeuner quand Karina rentrerait.

Mais c'était samedi et, le cabinet étant le seul ouvert, il devait y avoir beaucoup de monde.

La veille, il avait passé des instants merveilleux en sa compagnie, à partager des entrées avec elle ou à la regarder mordre dans un rouleau de printemps. Il avait été très excité pendant tout le repas.

Mais ce n'était rien comparé à ce qu'il avait éprouvé lorsqu'ils étaient rentrés à pied. Il aurait été facile de s'arrêter pour l'embrasser passionnément. Il en avait eu envie dès qu'ils avaient quitté la maison pour se rendre au pub. Le parfum de Karina flottait dans sa voiture, obsédant. Elle avait bavardé non-stop tout en agitant ses petites mains et il avait brûlé d'envie de les sentir sur sa peau.

Mais au retour, une petite voix l'avait dissuadé de la prendre dans ses bras pour la couvrir de baisers. Que se passerait-il si Karina s'imaginait qu'ils avaient un avenir commun ? Si elle croyait qu'il allait changer ses plans pour rester avec elle ?

Bien sûr, il avait quand même failli céder à la tentation, mais ils étaient arrivés à la maison et ils avaient été confrontés au tohu-bohu causé par Mickey.

Le petit garçon ne voulait avoir affaire qu'à « sa » Karina. Du coup, Logan avait rejoint Jonty dans le salon. D'une certaine façon, c'était une bonne chose puisqu'il avait eu le temps de se calmer. Il avait aussi pris conscience qu'en attirant Karina dans son lit, il modifierait profondément leur relation. Il n'était pas prêt à la gâcher sous prétexte qu'il la désirait désespérément.

La porte de derrière s'ouvrit, faisant entrer une bouffée d'air frais dans la cuisine.

— Cela sent délicieusement bon, dit Karina en entrant.

— J'ai pillé votre congélateur. Rien de meilleur qu'une bonne soupe, quand il fait froid dehors.

— J'avais justement envie d'un plat chaud. Où est Mickey ?

— Dans le salon. Il fait un tableau pour reporter nos scores au jeu de l'oie.

Pendant que Karina rejoignait le petit garçon, Logan ouvrit le four et plaça les petits pains sur la grille.

— Ce sera prêt dans cinq minutes, annonça-t-il.

Karina parut sur le seuil, Mickey dans les bras.

— Ce jeune homme dit qu'il a faim.

— J'espère que cela ne vous ennuie pas, mais j'ai aussi sorti un ragoût de bœuf de votre congélateur. Je n'en ai pas mangé depuis que j'ai quitté la maison de mes parents, et dès que j'ai vu le contenu du récipient, mon estomac a fait un looping.

Tout en parlant, il avait commencé à remplir les bols.

— C'est parfait. Si je comprends bien, je suis de congé ce soir.

Karina assit Mickey sur une chaise et tandis qu'elle lui repoussait les cheveux en arrière, elle posa machinalement une main sur son front pour vérifier sa température.

— Je suis un génie quand il s'agit de réchauffer les plats, dit Logan en souriant.

Karina ébaucha un sourire avant de se rembrunir.

— Le labo nous a envoyé quelques résultats, pour Jonty. Il semble que votre diagnostic soit juste, bien que nous n'ayons encore rien concernant l'examen des selles. Son taux de globules blancs est un peu élevé, avec une prédominance de neutrophiles incluant des cellules immatures.

— C'est à cause de ses nombreux aphtes. Qu'en est-il des vitamines B12 et de l'acide folique ? Et du fer ? demanda

Logan en posant un bol devant Mickey. C'est chaud, ajouta-t-il. Souffle sur ta cuillère avant de la mettre dans ta bouche.

— Pour le fer, c'est presque normal. Les vitamines B12 et l'acide folique sont en faible quantité. Je me demande pourquoi je n'ai pas remarqué sa perte de poids.

— Cela arrive souvent, avec les proches. Vous auriez fini par vous en apercevoir… Il m'a dit avoir perdu sept kilos depuis Pâques.

— Il vous a expliqué pourquoi il prenait autant d'aspirine ?

— Pour soulager ses migraines, ses maux d'estomac et ses genoux douloureux. L'aspirine n'a fait qu'exacerber son mal de ventre et a aussi accentué les aphtes.

Après avoir fait glisser les petits pains dans une assiette, Logan la posa sur la table et s'assit en face de Karina.

C'était agréable… Un homme pouvait facilement s'y habituer.

— Fais attention, Mickey, dit Karina en poussant le bol plus près du bord de la table.

— Vous pensez que Jonty acceptera de faire un régime ? Certains aliments lui seront définitivement interdits.

— On ne l'appelle pas M. Grincheux pour rien.

— Exact…

La soupe, délicieuse, exigeait une totale concentration.

— A la façon dont vous avalez cette soupe, je devine que vous n'en aviez pas mangé depuis longtemps, commenta Karina.

Levant les yeux, il constata qu'elle l'observait attentivement.

— J'avais oublié à quel point une simple soupe de potiron peut être savoureuse.

Un silence plana.

— Vous êtes pressé de retourner en Afrique ? demanda soudain Karina.

— Oui, répliqua-t-il, parcouru par un frisson.

— Vous m'avez envoyé des messages contradictoires.

Elle était un peu trop perspicace.

Il devait vite trouver quelque chose qui ne révèle pas la vérité, sans être un mensonge pour autant.

— Je serai content de repartir. Il y a énormément de

choses à faire, là-bas. C'est sans fin… En même temps, je n'étais pas revenu en Nouvelle-Zélande depuis longtemps et j'ai vraiment envie de me détendre.

Et puis, Mickey s'était habitué à lui et il avait besoin de son oncle dans sa vie. C'était à la fois formidable et très compliqué.

— Vous retournerez au même endroit ?

Il aurait voulu rester impassible, mais il ne put réprimer un autre frisson qui n'échappa pas aux yeux observateurs de Karina.

— Non, marmonna-t-il.

Repoussant sa chaise, il alla se resservir de la soupe dans l'espoir qu'elle cesserait de l'interroger.

— J'irai probablement en Ouganda, la prochaine fois, bien que je ne sois pas arrivé au terme de mon précédent contrat.

— Vous serez de nouveau engagé pour douze mois ?

— C'est la durée habituelle.

Elle le rejoignit devant la casserole et lui tendit son bol.

— Ce n'est pas ce que je vous demandais.

Il le savait bien… Haussant les épaules, il la servit.

Lorsqu'ils furent de nouveau assis face à face, elle reprit :

— Je sais que je vous ennuie, mais j'ai besoin de savoir de quoi l'avenir sera fait. Si je peux dire à votre neveu quand vous viendrez le voir l'an prochain, ce sera plus facile pour lui.

Le raisonnement était imparable.

— Ce ne serait pas juste de ma part si je vous laissais gérer Mickey toute seule pendant plus d'une année.

— La situation me convient tout à fait. Ce qui me dérange le plus, c'est de ne pas savoir comment vous joindre en cas de problème. Que ferai-je s'il tombe gravement malade et qu'il a besoin de vous ?

— Mickey va très bien et je soupçonne que ses migraines et ses maux de ventre sont destinés à attirer l'attention.

Karina tapota sa lèvre inférieure avec sa cuillère, ce qui donna à Logan une furieuse envie de l'embrasser et d'effacer tous les soucis qui assombrissaient son regard.

Si c'était en son pouvoir, il voulait tout faire pour lui faciliter la vie.

— Comment le prendriez-vous, si je vivais ici ? Si j'étais disponible à chaque instant ? Est-ce que vous auriez l'impression que j'empiète sur votre domaine et vos relations avec Mickey ?

La cuillère claqua contre le bord du bol.

— Vous n'êtes pas sérieux ? demanda-t-elle en le regardant droit dans les yeux.

Ce n'était pas la réaction qu'il espérait…

— Et si je l'étais ? Je suis le tuteur de Mickey au même titre que vous. D'ailleurs, je n'ai pas envie de le quitter aussi longtemps.

Il était clair qu'elle préférait qu'il ne reste pas dans les parages. Sans doute ne voulait-elle pas partager les responsabilités parentales.

— Désolée si je me suis mal fait comprendre, reprit-elle. Ce serait formidable pour Mickey si vous viviez à Motueka.

— Mais si je comprends bien, pas dans la même maison que vous deux ?

Cela faisait mal aussi. Il s'était habitué à la présence de Karina. Il aimait prendre ses repas avec elle, veiller avec elle sur Mickey et travailler à ses côtés au cabinet.

Apparemment, elle n'éprouvait rien de semblable.

En outre, elle avait raison : cette cohabitation serait déraisonnable si elle devait se prolonger. Karina pouvait rencontrer un homme avec qui elle souhaiterait s'installer. Elle était bien trop jolie pour rester célibataire toute sa vie.

Cette idée était détestable, mais il n'avait aucun droit sur elle ! Elle avait déjà été gravement blessée par son ex-mari et elle n'avait pas besoin d'un cas désespéré comme lui.

— Ne vous en faites pas, dit-il en ramassant les bols vides pour les poser dans l'évier. Je serais bien incapable de rester au même endroit toute ma vie.

Inutile de lui faire savoir qu'il commençait à se sentir chez lui dans cette maison…

« Comment le prendriez-vous, si je vivais ici ? Si j'étais disponible à chaque instant ? »

Karina ressassait les paroles de Logan.

Il les avait réfutées presque immédiatement, mais on aurait dit qu'il la testait pour savoir ce qu'elle pensait de cette éventualité.

En réalité, il était le seul à pouvoir répondre à ces questions. Elle n'était tout de même pas censée lui dire ce qu'il devait faire de sa vie !

Si Logan restait, ce serait la meilleure chose qui pourrait arriver à Mickey. Et la pire pour elle… Même s'il habitait dans une autre maison. Elle était déjà trop proche de lui et redoutait le jour de son départ.

Des rires masculins l'arrachèrent à sa réflexion.

Elle jeta un coup d'œil en direction de la remise où Jonty et Logan ponçaient les encadrements des fenêtres qu'ils avaient achetés à Nelson durant la semaine.

Logan paraissait tirer une immense satisfaction des travaux qu'il entreprenait dans la maison.

Il aimait aussi passer du temps avec son neveu et apportait son aide au cabinet chaque fois que c'était nécessaire.

S'il restait… Elle serait sans doute transportée de joie, en dépit de ses craintes. Il faisait tomber les barrières qu'elle avait érigées autour de son cœur. Elle se surprenait souvent en train de penser à lui à des moments où elle aurait dû se concentrer sur autre chose : les dossiers des patients, par exemple.

Que se passerait-il si elle tombait amoureuse de lui ?

Elle avait aimé Ian de tout son être et elle devinait qu'il en serait de même avec Logan, si elle le laissait pénétrer dans son cœur.

C'était ainsi qu'elle aimait Mickey.

C'était ainsi qu'elle aimait, point à la ligne.

Après tout, beaucoup de parents adoraient leurs enfants inconditionnellement… Quoi de plus naturel ?

Mais se prendre de passion pour un homme, sachant combien la fin pouvait se révéler douloureuse, serait une folie. Elle ne voulait pas sombrer une seconde fois dans cet abîme. Et la seule façon de l'éviter était de ne pas se laisser entraîner dans une liaison avec Logan.

Il était merveilleux avec Mickey, mais il avait aussi une nette tendance à vouloir tout contrôler. Par exemple, il voulait vendre la maison. Si l'on suivait son raisonnement, il avait raison et il était inutile de discuter.

En cela, il lui rappelait son ex-mari et son père.

Mais plus jamais elle ne se plierait aux désirs des autres dans l'espoir d'être aimée.

Certainement pas ! Elle connaissait les suites et elle avait déjà donné... Qu'elle éprouve ou non de l'amour pour Logan, elle ne céderait pas à l'attraction qu'il exerçait sur elle.

10.

Un cri arracha Karina au sommeil.

Jaillissant hors de son lit, elle enfila sa robe de chambre et glissa les pieds dans ses pantoufles.

Un second cri retentit.

— Logan ?

Les cauchemars n'avaient pas diminué. Parvenue dans sa chambre, elle le secoua pour le réveiller puis elle lui rappela où et avec qui il se trouvait.

Elle se redressait pour aller lui préparer un chocolat chaud, lorsqu'il la retint.

— Ne partez pas ! Restez un peu avec moi, dit-il d'une voix rauque.

Il se décala un peu et tapota le matelas.

— Asseyez-vous… Je ne mords pas.

Il s'adossa ensuite aux oreillers, visiblement exténué. Il n'avait pas l'air d'un homme qui a une idée derrière la tête.

S'allongeant près de lui, elle lui pressa légèrement la main.

— Merci, murmura-t-il.

Il frissonnait par intermittence et, pour la centième fois, elle se demanda ce qui hantait ses rêves… Une question qu'elle n'avait jamais eu la hardiesse de lui poser.

— J'ai été capturé par des guérilleros, au Nigeria.

Karina laissa échapper une exclamation de surprise. Avait-il lu dans son esprit ? Le corps de Logan était parcouru par des spasmes de plus en plus forts.

— C'est terrible ! dit-elle platement. Mais pourquoi s'en sont-ils pris à vous ?

— Pour l'argent. Ils sont entrés dans notre camp pendant

la nuit et ils ont emmené trois d'entre nous en nous menaçant avec des armes. C'est la raison pour laquelle je n'étais pas à l'enterrement de James et de Maria. Je n'ai appris leur mort qu'après ma libération.

— Pourquoi n'a-t-on rien su, en Nouvelle-Zélande ? L'enlèvement a bien dû être rapporté dans les journaux ? Vos parents n'étaient pas non plus au courant ?

— Non. Comme j'ai un passeport anglais, les médias locaux n'ont pas su qu'un Néo-Zélandais avait été enlevé. Par ailleurs, on m'a confondu avec le fils d'un lord qui travaillait dans le camp voisin. C'est seulement après que cet homme a été expédié hors du pays que les guérilleros ont su que leur prisonnier n'était pas le bon.

Pour quelqu'un qui ne parlait jamais de ce qu'il lui était arrivé, Logan paraissait soudain intarissable.

— J'ai eu de la chance, ajouta-t-il. Enfin... Une chance toute relative ! Six semaines après ma capture, j'ai sauvé un enfant qui était tombé dans la rivière près de laquelle nous campions. Cliniquement, il était mort, mais j'ai réussi à ranimer le garçon qui était, en fait, le fils du chef. Après avoir passé deux semaines de plus dans la cabane, on m'a fait partir avec un homme d'un village tout proche. Au début, j'ai cru qu'il allait me tuer et abandonner mon corps aux hyènes, mais après quatre jours, j'ai commencé à reprendre espoir. L'espoir est une chose étrange... Il vous empoigne, il vous tourmente, il vous raille, il joue avec votre esprit. Nous marchions toute la nuit et une grande partie de la journée, nous arrêtant sous un arbre chaque fois que la température devenait insupportable. Le sixième jour, j'étais si faible que je doutais de parvenir à destination, où que nous allions, mais, soudain, une petite ville s'est dessinée à l'horizon. Ensuite, mes souvenirs sont confus jusqu'à ce que je me retrouve à la base.

Karina lui caressait le dos de la main.

— Dieu merci ! Et les deux autres ? Vous disiez que vous étiez trois.

— Aux dernières nouvelles, ils sont encore en captivité, mais je sais que des négociations sont en cours.

Karina frissonna. C'était incroyable ! Son histoire ressemblait à un film à l'intrigue extravagante et irréaliste.

Sauf que c'était vrai.

— Ces cicatrices, sur votre corps…

— Ces brutes adoraient nous frapper avec le plat de leur machette. A la moindre pression d'un côté ou de l'autre, votre peau était tailladée. Les infections étaient monnaie courante.

Le cœur empli d'admiration, Karina se tut. Comment un homme pouvait-il supporter de telles épreuves et rester bienveillant et généreux, comme l'était Logan ?

Depuis son arrivée, il apprenait à connaître son neveu, il travaillait dur pour améliorer l'état de la maison… Qu'elle soit vendue ou non. Pourtant, il persistait à vouloir retourner dans ces régions dangereuses.

C'était insensé !

Se tournant vers lui, elle vit qu'il la regardait avec circonspection. Craignait-il de voir du dégoût dans ses yeux parce qu'il estimait avoir échoué dans sa mission ?

Posant la tête sur l'épaule de Logan, elle réprima une forte envie de pleurer, sachant qu'il aurait détesté cela.

— Combien de temps êtes-vous resté à la base, avant de quitter le Nigeria ?

— Trois jours. On m'a expédié dans un hôpital californien, où j'ai été soigné et où je me suis entretenu avec des psychiatres.

— Ensuite, vous êtes rentré chez vous ?

— Chez moi… Ce ne sont pas des mots que j'utilise souvent. Je me suis toujours concentré sur les lieux où l'on avait besoin de moi au lieu de penser à m'enraciner quelque part.

C'était incroyablement triste. Karina avait eu des problèmes, mais elle avait toujours su où était sa place.

— Et maintenant ? demanda-t-elle très bas.

— Je n'en sais rien. Il me faut toujours aider les gens, cela fait partie de moi. Mais dois-je le faire en Afrique, en Asie, ou même ici, à Motueka ? Je n'en ai aucune idée…

— Ne soyez pas trop exigeant avec vous-même et commencez déjà par vous débarrasser de ces cauchemars.

La prenant dans ses bras, Logan l'attira contre lui et

posa le menton sur le crâne de Karina. Des mèches de ses cheveux se soulevaient à chacune de ses respirations et lui caressaient ensuite le visage.

Elle se sentait bien. Si elle pressait davantage sa joue contre la poitrine de Logan, elle sentait ses côtes saillir sous sa peau et, maintenant, elle savait pourquoi. Elle percevait aussi les battements rapides de son cœur. Parfois, il était parcouru par un long frisson.

Levant la main, elle lui effleura le torse, puis le menton, avant de se blottir de nouveau contre lui.

Ils restèrent un long moment ainsi, écoutant la maison craquer pendant que, dehors, la température se refroidissait de plus en plus.

Puis Logan se déplaça lentement. Ses lèvres frôlèrent le front de Karina, déposant une pluie de baisers aussi doux que des plumes d'une tempe à l'autre, puis sur la joue, sur le menton et le long de sa mâchoire. Il atteignit sa gorge, descendant lentement vers l'ouverture de sa veste de pyjama.

Submergée par le désir, Karina sentit sa respiration s'accélérer. Elle glissa les doigts dans l'épaisse chevelure de Logan et retint sa tête contre sa poitrine tout en traçant doucement des cercles à la base de sa nuque.

Laissant échapper un gémissement, Logan l'écarta un instant de lui pour l'étendre sur le dos. De ses doigts tremblants, il s'attaqua aux boutons de la veste.

— Aide-moi, marmonna-t-il.

Lui posant une main sur la poitrine, elle le repoussa et s'assit pour ôter d'abord sa robe de chambre. Elle s'immobilisa ensuite un instant pour s'abreuver de la vue de Logan qui faisait passer son T-shirt par-dessus sa tête et l'expédiait par terre.

Après cela, il la couva d'un regard affamé.

— Karina ? Si tu veux qu'on arrête, dis-le-moi.

Elle secoua la tête.

Au diable les boutons !

Faisant à son tour passer la veste de pyjama par-dessus sa tête, elle s'allongea sur le dos puis se souleva pour faire glisser son pantalon le long de ses cuisses.

Logan reprit les choses là où il les avait laissées : quittant la gorge de Karina, il prit la pointe d'un sein entre ses lèvres et la taquina avant de s'attaquer à l'autre sein. Il passa ainsi de l'un à l'autre jusqu'à ce qu'elle gémisse de désir.

Lorsqu'il parvint à son ventre tendu par l'attente, elle se sentit prête à l'accueillir.

— Je veux te toucher, Logan !

— Pas encore ! Si tu me frôles, c'est terminé. Laisse-moi te faire ce cadeau.

— Mais j'ai besoin de te sentir en moi !

C'était pour elle une véritable torture de recevoir sans rien donner !

— Ton tour viendra, dit-il d'une voix rauque.

De nouveau, la belle bouche de Logan déposa des baisers sur son estomac avant de descendre plus bas, et toute pensée abandonna Karina lorsqu'il cessa de l'embrasser pour lécher le petit bouton en fusion.

A cet instant, elle sut ne plus pouvoir tenir bien longtemps avant d'exploser.

— J'ai besoin de te sentir en moi ! répéta-t-elle.

Logan hésita.

— Est-ce que tu as… ?

— … Un stérilet, oui.

Elle avait choisi ce moyen de contraception lorsqu'elle était mariée parce que Ian ne voulait pas d'enfants.

Logan se plaça entre ses jambes. A la vue de son sexe dressé et magnifique, Karina tendit les mains pour les refermer sur toute sa longueur, le caressant jusqu'à ce que Logan s'enfonce profondément en elle.

Comblée, elle faillit pleurer de bonheur et d'amour. Lorsqu'il commença de lents mouvements de va-et-vient, elle retint son souffle, le corps entier frémissant de désir.

Puis l'orgasme l'emporta, éclipsant tout le reste pour ne laisser place qu'aux sensations exquises qui parcouraient son corps.

Très loin, elle entendit Logan crier son prénom au moment où il la rejoignait dans le plaisir.

Lentement, la respiration de Karina revint à la normale,

tout comme son rythme cardiaque. Logan était en partie couché sur elle et elle le serra très fort contre elle, profitant au maximum de cet instant.

Il respirait vite et fort et son dos ruisselait de sueur. Elle tira sur les couvertures pour le recouvrir.

— Merci, murmura-t-elle.

— C'est à moi de te remercier.

Roulant sur le côté, il l'attira contre lui de façon que les fesses de Karina se logent contre son sexe. L'un des bras de Logan reposait sur sa taille et sa main emprisonnait l'un de ses seins.

— Disons que c'est réciproque, alors.

Karina sourit dans le noir. Du bout des doigts, elle dessina le contour de ses lèvres gonflées. Il lui semblait qu'une partie d'elle dont elle ignorait qu'elle lui manquait lui avait été restituée.

Pourtant, elle gardait suffisamment de raison pour savoir que cette nuit ne changeait rien. Elle souhaitait toujours rester dans la maison et lutter pour le bien de Mickey. Quant à Logan, il n'avait pas chassé les démons qui le hantaient.

Fermant les yeux, elle se colla davantage au corps chaud derrière elle. Elle profiterait de cet instant le plus longtemps possible.

Logan tenait Karina comme un cadeau précieux tout comme l'était l'intimité qu'ils venaient de partager. Bien sûr, il avait envie de recommencer, mais pas tout de suite. Pour le moment, il voulait juste choyer cette femme extraordinaire qui avait montré aux bourreaux qui hantaient son esprit où ils pouvaient aller… Provisoirement, en tout cas.

— Tu les as envoyés au diable, murmura-t-il.

— Tant mieux. Tu sais maintenant qu'il y a un remède.

Il eut un petit rire… Comme si c'était aussi facile ! Mais il ne voulait pas y penser. Auprès de Karina, tout semblait possible.

— Tu m'as rendu mon cœur, dit-elle au bout de quelques minutes.

— Ton ex ne te l'a pas rendu quand vous vous êtes séparés ?

— Je croyais en tout cas qu'il n'avait rien laissé pour un autre homme. Maintenant, je n'en suis plus si sûre.

Elle remua légèrement contre lui, ce qui réveilla aussitôt le désir de Logan. Bien entendu, elle s'en aperçut et s'immobilisa aussitôt.

Logan sourit dans l'obscurité.

Avoir Karina dans ses bras était la meilleure chose qui lui soit arrivée depuis longtemps. La serrant plus fort, il enfouit son visage dans les cheveux soyeux et respira son parfum.

Elle sentait le sexe, la transpiration et la femme. Il aurait été millionnaire s'il avait pu mettre cette odeur en bouteille... Mais pour rien au monde il ne l'aurait partagée. Cet instant lui appartenait... Leur appartenait.

Remontant délicatement les couvertures sur leurs cous, il bougea un peu pour adopter une position plus confortable. Ils avaient encore plusieurs heures devant eux avant de sortir du lit.

Il faisait froid, mais, pour la première fois depuis des mois, il ressentait une chaleur intérieure qui se diffusait jusque dans les coins où il cachait sa peur et sa vulnérabilité.

Et il le devait à Karina.

Il pouvait facilement s'y habituer, alors ce qui venait de se passer ne devrait pas se reproduire.

Il ne partagerait qu'une seule nuit avec Karina.

Pour elle comme pour lui, il ne serait pas juste d'entamer une liaison pendant son séjour à Motueka, puis qu'il s'en aille comme si cela n'avait pas d'importance.

Car il ne pouvait pas s'installer définitivement dans cette maison avec Karina... Cela ne marcherait pas.

Il devait toujours affronter ses peurs.

Un frisson le parcourut. Ces hommes démoniaques dominaient encore son esprit et sa vie. Aussi devait-il se prouver que ces derniers n'avaient pas gagné et qu'il était capable de les chasser à jamais.

Pour redevenir ce qu'il était, il lui fallait retourner en Afrique. Il n'y parviendrait pas en se réfugiant dans une petite ville de Nouvelle-Zélande.

Non ! Cette métamorphose exigeait une visite en territoire ennemi.

Alors seulement, il pourrait envisager de mener une vie normale, peut-être même de fonder une famille.

Il avait déjà Mickey, et Karina compléterait le tableau.

Mais n'était-il pas en train de délirer ?

Qu'ils aient fait l'amour une fois n'impliquait pas que Karina ait envie de vivre avec lui. Elle s'était fait un nid pour Mickey et elle, et elle n'avait sûrement pas besoin d'une coquille vide auprès d'elle.

Il ne lui restait qu'à jouir de l'instant présent, sachant qu'il ne durerait pas.

Karina avait tant fait pour lui qu'il devait lui rendre la pareille.

Malheureusement, il savait exactement en quoi cela consistait.

11.

Karina sortit de la douche en fredonnant.

Rien de tel qu'une bonne nuit d'amour pour vous mettre d'attaque…

La pluie tambourinait sur le plancher et elle était au comble du bonheur !

La pluie… Où étaient les seaux ?

Après avoir enfilé sa robe de chambre, elle se précipita dans la buanderie où elle prit une bassine qu'elle plaça sous les gouttes, à côté de la chambre de Mickey.

— Quand cette fuite a-t-elle commencé ?

Appuyé à l'encadrement de la porte et les mains dans les poches, Logan la regardait faire. Avec cette barbe naissante, il ressemblait à une vedette de cinéma fatiguée.

— Les efforts de la nuit dernière ont eu raison de toi, beau gosse ?

En effleurant son menton râpeux, elle frissonna et sentit des picotements à la base de sa nuque.

Lui saisissant la main, il passa la langue sur le bout de son doigt.

— Tu ne réponds pas à ma question…

L'allégresse de Karina baissa d'un cran.

— Il y avait une tache sur le tapis après la dernière averse.

— Je suppose que tu as acheté des seaux supplémentaires, cette semaine ? Tu aurais dû m'en parler.

Elle s'écarta de lui.

— Si on se faisait du thé et des toasts ? Je suis affamée. Tout cet exercice a brûlé les calories du dîner. Tu dois avoir faim, toi aussi.

Le petit déjeuner fut silencieux jusqu'à ce que Mickey se réveille. Au moment du départ, il cria haut et fort qu'il voulait rester à la maison.

Au lieu de discuter avec lui, Karina le prit sous son bras pour le porter jusqu'à la voiture et l'installer sur son siège. Cette autorité la surprit autant que Mickey.

Le petit garçon hurla pendant tout le trajet jusqu'au jardin d'enfants, si bien qu'en arrivant au cabinet, elle avait une grosse migraine.

Durant toute la matinée, elle perçut la voix de Logan qui parlait avec ses patients de l'autre côté du mur. Cela lui rappela les mots qu'il lui avait chuchotés à l'oreille pendant qu'ils faisaient l'amour.

Ou plutôt pendant qu'ils prenaient du bon temps parce que faire l'amour aurait signifié qu'ils allaient quelque part ensemble.

Et nul besoin d'être très intelligente pour lire dans les yeux de Logan que le seul endroit où il voulait aller se trouvait très loin de Motueka.

Ce qui lui était arrivé le hantait toujours, et la seule façon pour lui de contrôler sa vie était d'organiser la sienne et celle de Mickey.

Jetant un coup d'œil par la fenêtre, elle vit des ouvriers qui remontaient l'allée avec des échelles et des caisses à outils.

Elle courut vers la porte et les rejoignit.

— Excusez-moi, mais qui êtes-vous ?

L'un d'entre eux s'arrêta pour la regarder.

— Vous êtes Mme Pascale ?

Pas vraiment, non !

— Je m'appelle Karina Brown et je suis la propriétaire de cette maison. Que faites-vous ici ?

— Il doit y avoir une erreur. Je pensais qu'elle appartenait au Dr Pascale.

— C'est bien le cas, intervint Logan en surgissant derrière Karina. Je suis Logan Pascale. Vous êtes Harry ?

— En effet. C'est le toit que nous devons réparer ?

Les yeux du dénommé Harry allèrent de Logan à Karina.

— C'est exact, dit Logan en la contournant. Entrez, je

vais vous montrer où est la fuite. Pendant que vous y êtes, je voudrais que vous examiniez toute la toiture et que vous me fassiez un devis pour toutes les réparations à faire.

— Pardon ? fit Karina entre ses dents serrées.

— Je suis à toi dans un instant, répliqua Logan.

Seigneur ! Il allait le regretter !

Comme il s'éloignait, elle se lança à sa poursuite.

— Tu n'étais pas censé me parler de ces travaux ?

— Je n'avais pas compris qu'il me fallait forcément passer par toi.

— Il aurait pourtant été raisonnable de le supposer. J'habite ici toute l'année, contrairement à toi, et j'ai le droit de savoir ce qui se passe dans ma maison. Je crois aussi que j'ai mon mot à dire s'il s'agit de prendre une décision.

— J'ai appelé cette entreprise ce matin seulement et nous avons été très occupés, au cabinet.

— Je suis bien certaine que tu y pensais avant d'aller au cabinet. Est-ce que j'apprendrai de la même façon que tu as contacté une agence immobilière ? Leurs employés entreront dans la maison en propriétaires ?

— Calme-toi. Il y a une marge entre faire réparer le toit et vendre la maison.

— Donc, tu n'es pas en train de la préparer pour la vente ?

— Je croyais que nous devions avoir cette conversation à la fin de mon séjour ?

— Alors, tu as le droit de faire faire des travaux en vue de vendre la maison, mais je ne dois pas y penser et encore moins formuler des objections ?

— Respire, Karina, et calme-toi. Nous…

Elle frappa du pied la terre humide.

— Il me dit de respirer ! C'est trop facile ! Je n'ai aucune intention de me calmer et je vais te dire le fond de ma pensée.

Les yeux gris prirent un éclat métallique.

— Je t'écoute…

— Dès ton arrivée, j'ai dû entendre ce que tu comptais faire de la maison de Mickey. Pas une seule fois tu ne m'as proposé d'étudier d'autres possibilités, s'il y en avait. Oh non ! Tu voulais boucler cette affaire de façon à t'en aller la conscience tranquille. Tu es persuadé que c'est ce qu'il y a de mieux pour Mickey et moi. Très bien, je te le dis en face, tu te trompes ! Je ne déménagerai jamais, et mon petit garçon non plus.

Au chagrin mêlé de colère qu'elle lut dans le regard de Logan, elle comprit qu'elle était allée trop loin. Il était le tuteur de Mickey au même titre qu'elle, même si elle était la seule à s'en occuper jour après jour.

— Tu as fini ? dit-il calmement.

— Je me fiche que le toit fuie ou que la moquette doive être remplacée, reprit-elle. Peu importe si je jongle avec les remplaçants pour que le cabinet reste ouvert. C'est ma maison et tu ne peux pas m'en chasser… Nous chasser, je veux dire.

Ses joues ruisselaient de larmes, mais elle s'en moquait bien. Qu'il en déduise ce qu'il voulait, pourvu qu'il ait reçu le message.

— Laisse-moi ! ajouta-t-elle. Laisse-nous vivre tranquillement. Avant ton arrivée, nous étions heureux. Je n'ai pas besoin que tu me dises ce que je dois faire.

— Tu vas devoir affronter la réalité.

— La tienne, ou la mienne ?

La dominant de toute sa haute taille, il l'observa un instant.

— Il vaut sans doute mieux que je m'installe ailleurs pendant toute la fin de mon séjour, dit-il d'une voix morne.

— Je suis d'accord.

Mais qui le réveillerait lorsqu'il ferait ces cauchemars ? Karina ouvrit la bouche pour dire que s'il restait, ils trouveraient une solution, mais elle pinça les lèvres et se tut.

— Je viendrai voir Mickey tous les jours, annonça-t-il.

Elle n'en attendait pas moins de lui.

— Bien sûr.

— Je prendrai mes affaires à la fin des consultations.

— Très bien.

— J'irai chercher Mickey au jardin d'enfants et je resterai avec lui jusqu'à l'heure du dîner, si tu veux bien.

— Oui.

Seigneur ! Ils ressemblaient à un couple divorcé qui se partage la garde des enfants.

— C'est sûrement mieux, reprit-elle. Il est devenu trop proche de toi et son petit cœur se brisera quand tu partiras. En quittant la maison maintenant, tu atténueras le choc.

Pour Mickey et pour elle.

Logan pâlit.

— J'ai compris. Je suis resté trop longtemps. Mais n'oublie pas qu'il *est* mon neveu et que je *suis* sa famille.

Tendant la main, il lui caressa la joue.

— Ce n'est pas fini, Karina.

— Il le faut, pourtant.

Elle aurait dû se réjouir de son départ, mais son cœur battait à coups sourds dans sa poitrine tandis qu'elle le regardait disparaître au coin de la maison.

Elle souffrait horriblement de le voir s'en aller, mais la séparation aurait été encore pire une semaine plus tard.

Il ne lui restait plus qu'à reprendre sa vie telle qu'elle la connaissait… C'est-à-dire tranquille et heureuse, mais aussi solitaire et ennuyeuse.

Du moins, elle savait où elle en était.

Vraiment ?

Ce n'était pas parce que Logan quittait la maison qu'il n'allait pas poursuivre ses manigances ou qu'elle allait l'oublier… Après ce qu'il s'était passé la nuit précédente, c'était impossible.

Jurant sourdement, Logan fourra ses quelques affaires dans son sac.

Que s'était-il passé ?

L'instant d'avant tout allait pour le mieux, et la minute suivante il était chassé du paradis. Il ne pouvait pas le reprocher à Karina puisque c'était lui qui avait parlé de s'en aller. Mais, auparavant, elle lui avait lancé à la tête toutes ces accusations injustes.

Il ne lui restait plus qu'à trouver une chambre de motel suffisamment isolée pour qu'on ne l'entende pas crier dans son sommeil.

Personne ne se montrerait aussi patient et compréhensif

que Karina. Personne ne lui témoignerait autant de sollicitude… Grâce à elle, il avait eu deux nuits sans cauchemars.

Une première.

Une fois dehors, il appela Harry et se mit d'accord avec lui sur le prix d'un nouveau toit. Il gagna ensuite sa voiture sans un regard en arrière. Karina était sans doute en train de soigner un patient, ou bien elle se faisait une tasse de thé.

Karina… Il était tombé amoureux d'elle quelque part entre le moment où il l'avait vue en train de sauter dans une flaque et la nuit précédente.

Il avait serré son corps nu entre ses bras.

La quitter lui fendait le cœur, mais s'il restait ce serait celui de Karina qui serait brisé. Il n'était pas l'homme qu'il lui fallait. Elle avait besoin de quelqu'un capable d'affronter ses démons comme elle l'avait fait elle-même.

Mais il lui restait quelque chose à accomplir pour elle. Après avoir jeté son sac sur la banquette arrière, il se glissa derrière le volant et consulta sa liste de contacts sur son téléphone.

Son petit garçon préféré se rua dans sa direction.

— Tonton Logan, tu es venu me chercher ? Prends-moi dans tes bras !

Logan se plia volontiers au désir de Mickey.

— Tu veux qu'on aille se promener à Nelson ?

Mickey poussa de tels cris de joie que l'institutrice sortit de l'école en courant.

— Que se passe-t-il ? Mickey va bien ?

— Il n'y a pas de problème, Scarlett. Je l'emmène plus tôt que d'habitude, aujourd'hui.

— Il vous adore, vous savez ?

— C'est réciproque.

Mais dans une semaine, son neveu le haïrait. Logan le serra plus fort contre lui et respira son odeur de petit garçon.

— Où est Karina ? demanda Mickey une fois qu'il fut dans la voiture.

— Elle travaille.

— Pourquoi elle vient pas avec nous ?

— Elle nous permet de passer un petit moment entre hommes.

Logan appuya sur l'accélérateur.

Il était temps de rendre la vie de Karina plus facile.

Les notaires l'attendaient.

Quand Karina rentra du cabinet, elle trouva une maison froide. La journée avait été longue et elle avait dû réprimer ses larmes à plusieurs reprises. Elle ne pouvait pas se permettre que Leeann, David ou les patients lui posent des questions embarrassantes.

Une fois dans le salon, elle laissa échapper une exclamation de dépit. Aucun feu ne brûlait dans la cheminée, il n'y avait plus de bois d'allumage ou de bûches dans le panier. Depuis qu'il était là, Logan s'était chargé de l'approvisionnement et il était clair qu'il n'y avait pas pensé avant de partir.

Se traînant dehors, elle gagna la remise et entreprit de fendre du pin pour obtenir du petit bois.

Le dîner… Qui s'en souciait ? Le poulet qu'elle comptait faire rôtir resterait dans le réfrigérateur. Mickey ne verrait certainement aucune objection à se contenter de tartines.

— Laisse-moi faire ça. Tu vas finir par te couper un doigt.

Elle sursauta et lâcha l'outil qui tomba à ses pieds.

— Je n'aime pas que tu t'approches de moi à pas de loup !

Il posa sur elle des yeux tristes.

— Ne jouons pas à ces jeux. Mickey t'attend dans la maison. Je m'en irai quand je t'aurai apporté de quoi faire du feu.

— Merci.

Dès qu'elle ouvrit la porte, Mickey noua ses petits bras autour de ses jambes.

— Karina, on est allés à Nelson ! Logan m'a amené dans une grande maison avec plein de fenêtres. La dame m'a donné de la limonade.

— C'était gentil.

Où Logan était-il allé ? Voir une employée de l'agence

immobilière ? Bien sûr ! Maintenant qu'il avait quitté la maison, il voulait la vendre le plus vite possible.

Sur le point de lui dire ses quatre vérités, elle hésita. Elle devait réfléchir... De toute façon, la vente devait porter sa signature. Mieux valait attendre et voir ce qu'il allait dire.

Mais Logan ne fit aucune allusion à son excursion en ville.

— J'ai rapporté assez de petit bois et de bûches pour la semaine.

— Merci.

— A demain, Mickey, dit-il avant de partir.

Karina sortit une boîte de fèves au lard, le plat préféré de Mickey, et du pain.

— J'ai faim !

— Mets la table, alors.

Le petit garçon sortit trois sets d'un tiroir, ainsi que des couverts pour trois.

— Tonton Logan est parti où ?

Là était le problème... Elle n'en savait rien.

— En ville, mon chéri.

— Il reviendra pour me mettre au lit ?

— Espérons-le, répondit Karina pour éviter une crise.

Par bonheur, Mickey haussa les épaules. Poussant un tabouret vers l'évier, il remplit trois verres d'eau.

Mais lorsqu'elle voulut le déshabiller pour le coucher, ce fut une autre histoire.

— Je veux que tonton Logan me lise une histoire !

— Il n'est pas là, mon cœur. Enlevons ta chemise, maintenant.

— Non ! cria le petit garçon en reculant.

Maudissant Logan Pascale, Karina compta jusqu'à dix.

— Très bien, tu vas dormir tout habillé.

Mickey leva vers elle un petit visage ruisselant de larmes.

— Pourquoi il est pas là pour m'aider ?

Prenant les pans de la chemise, elle fut étonnée que Mickey la laisse faire.

— Il est occupé... Mon Dieu ! Où t'es-tu fait tous ces bleus ?

Le cœur battant, elle examina les trois marques violettes qui ornaient l'avant-bras de Mickey.

— Je sais pas, murmura Mickey en fermant les yeux.

— Tu t'es cogné quelque part, au jardin d'enfants ?

Hochant la tête, il grimpa dans son lit.

Karina lui lut des histoires jusqu'à ce qu'il s'endorme puis elle déposa un baiser sur son front et regagna le salon.

Assise devant la cheminée, elle se mit à pleurer.

Ce n'était pas censé être aussi dur…

Quand était-elle tombée amoureuse de Logan ? Etait-ce le jour où elle l'avait trouvé étendu devant le feu, Mickey dans les bras ? Ou le matin où il lui avait apporté une tasse de thé au lit parce qu'elle s'était levée trois fois dans la nuit pour aller voir Mickey ?

Peu importait… C'était arrivé.

Maintenant, elle devait savoir exactement ce que l'avenir lui réservait ! Décrochant le téléphone, elle forma le numéro que Logan lui avait laissé en cas d'urgence.

— Karina ?

— Est-ce que tu aimes travailler au cabinet ? Est-ce que tu pourrais envisager de rester à Motueka ?

Il y eut un silence, à l'autre bout du fil.

— C'est impossible.

— Donc, tu es décidé à repartir pour l'Afrique ? Pourquoi ?

— Je travaille pour une organisation humanitaire.

— Tu n'as pas peur d'être enlevé une seconde fois ? Ou pire encore ?

Le cœur de Karina se serra si fort qu'elle craignit de faire une crise cardiaque. L'idée que Logan puisse se mettre en danger était insupportable.

— Bien sûr que si, mais il y a peu de chances pour que cela se reproduise.

Elle ferma les yeux. Il faisait preuve d'un courage admirable, aussi devait-elle le soutenir et s'abstenir de faire peser sur lui le poids de la culpabilité.

— Je crois que je comprends.

— Vraiment ?

— Tu es bien plus courageux que moi… Désolée, je dois te quitter.

A peine eut-elle raccroché qu'elle éclata en sanglots.

Maudissant son émotivité, elle alla se coucher pour affronter une longue nuit d'insomnie. Le lendemain matin, ils allaient devoir travailler ensemble.

Pourrait-elle se faire porter malade ?

Cela pourrait marcher.

Non.

12.

Le lendemain, Karina parvint à survivre en évitant Logan chaque fois que c'était possible. En fin de journée, elle eut du mal à masquer son émotion lorsqu'il ramena Mickey du jardin d'enfants. Après le départ de Logan, elle dut affronter les larmes et les crises de colère du petit garçon.

Quand celui-ci refusa de se déshabiller avant de se coucher, elle sut qu'elle devait céder si elle ne voulait pas perdre son calme et lui hurler dessus.

— Couche-toi tout habillé, dit-elle en tirant les couvertures.

Mickey grimpa dans le lit et détourna la tête.

— Dors bien, mon cœur.

Le silence fut sa seule réponse. Son oncle lui avait-il fait la leçon ?

Elle rangea la cuisine, chargea le lave-vaisselle et éteignit la lumière avant de gagner sa chambre. Elle avait des courbatures, il lui semblait que sa tête allait se fendre en deux et son estomac était noué.

Etendue sur son lit, elle fixa le plafond en attendant un sommeil réparateur qui ne vint pas.

— Karina…, dit la petite voix de Mickey. J'aime pas être tout seul.

Elle repoussa le drap.

— Viens là, que je te fasse un câlin.

Refermant les bras autour du petit corps, elle le serra contre son cœur et finit par s'endormir… Pour rêver d'un homme canon et généreux malgré les démons qui le hantaient.

— Réveille-toi, Karina, dit Mickey en passant un doigt sur ses paupières.

Poussant un grognement, elle roula sur le côté et regarda le réveil… 7 heures et demie ! Comment était-ce possible ?

En se levant, elle eut l'impression d'avoir disputé un match avec un boxeur très lourd.

— On y va, mon chéri, mais, d'abord, tu vas prendre ta douche.

Le petit visage de Mickey se crispa.

— Je veux pas prendre une douche !

— Si tu te laves, tu pourras aller voir tonton Logan.

Depuis quand le chantage faisait-il partie de son répertoire ? Mickey sauta à bas du lit.

— T'as pas le droit de rentrer dans la salle de bains !

C'était nouveau !

— D'accord, mais tu te laves la figure, derrière les oreilles et entre les doigts de pieds. Et partout entre les deux.

— Tonton Logan va vérifier ?

— Absolument.

Mickey sortit de la chambre en courant. Karina, qui aurait tué pour une tasse de thé et des cachets contre la migraine, pas nécessairement dans cet ordre, alla chercher des vêtements propres.

Elle s'en voulait d'avoir utilisé Logan pour parvenir à ses fins, mais elle n'avait rien trouvé d'autre. Quand Mickey le dirait à son oncle, il ne lui resterait plus qu'à affronter les conséquences…

Entrouvrant la porte de la salle de bains, elle déposa les vêtements puis elle la referma et gagna la cuisine pour y trouver des antalgiques.

— Où sont-ils ? marmonna-t-elle.

Elle souleva des livres de recettes et des boîtes d'antibiotiques prescrits à Mickey lors de sa dernière infection urinaire. Les cachets ne se trouvaient nulle part…

Sans doute étaient-ils dans la salle de bains…

Oubliant qu'elle n'avait pas le droit d'y entrer, elle ouvrit de nouveau la porte.

— Va-t'en ! hurla Mickey.

— Pardon ! Je veux juste…

Elle se figea. Le torse du petit garçon était marbré de taches noires et violettes.

— Mickey ? Mon chéri ? Que s'est-il passé ?

S'agenouillant devant lui, elle lui prit la serviette des mains et l'essuya délicatement tout en examinant son corps. Etait-ce la raison pour laquelle il avait refusé de se déshabiller ?

— Pardon, murmura l'enfant.

— Ce n'est pas ta faute, Mickey. Tu n'as rien fait de mal.

S'il était tombé, il n'aurait pas des bleus à la fois sur le ventre, la poitrine, le dos et les cuisses !

Leucémie.

Le mot explosa dans son esprit à la façon d'une bombe. Elle redoutait cette maladie qui frappait si souvent les enfants atteints de trisomie 21.

Elle éprouva une brusque envie de vomir.

Pas devant Mickey !

Ravalant sa bile, elle s'efforça de contrôler son estomac, mais la sueur mouilla son front et sa lèvre supérieure.

Des grosses larmes jaillirent des yeux de Mickey.

— J'ai pas été méchant, Karina, je te promets.

Laissant tomber la serviette, elle l'embrassa sur les deux joues.

— Je le sais, mon cœur. Tu vas t'habiller et, ensuite, on appellera tonton Logan.

— Il sera fâché contre moi ?

— Sûrement pas ! Il t'aime… Mickey, est-ce que quelqu'un t'a fait du mal ?

— N… Non.

Le serrant doucement contre elle, elle se releva.

— Allons téléphoner.

— Je veux pas aller à l'hôpital !

— Je sais, chéri, je sais.

Logan décrocha dès la première sonnerie.

— Karina ?

— Il faut que tu viennes voir Mickey ! C'est urgent !

— Que se passe-t-il ?

— Il est couvert de bleus. Il en a partout ! Et si c'était une LMC ? Une leucémie myéloïde chronique ?

— Arrête, Karina ! Tu paniques !

Quel sang-froid, alors que sa propre voix tremblait !

— Il peut y avoir d'autres raisons, ajouta-t-il.

— Il a besoin de toi… J'ai besoin de toi !

— Reste calme. Je vais l'examiner et, s'il le faut, nous l'emmènerons à l'hôpital pour consulter des spécialistes.

Qu'il se dépêche !

Elle avait besoin de sa force !

Elle n'y arriverait pas toute seule !

Elle n'avait pas su protéger le bébé de Maria et de James !

Une culpabilité rampante envahissait son corps gelé, même si elle savait très bien que personne ne pouvait prévoir cette maladie.

— C'est si dur, Logan, dit-elle, la gorge nouée par les larmes. Et si…

— Une chose à la fois, d'accord ? Déverrouille la porte, j'arrive !

— Mickey me l'a caché, dit-elle en tirant le verrou pour lui permettre d'entrer. Hier soir, il a refusé de se déshabiller et il a dormi tout habillé. Ensuite, il est venu dormir avec moi, mais, ce matin, il m'a interdit d'entrer pendant qu'il prenait sa douche. Si je n'étais pas venue dans la salle de bains pour prendre des cachets, je n'aurais rien su. Quel genre de mère cela fait-il de moi ?

Une main familière lui caressa la joue avant de lui prendre le téléphone.

— La meilleure.

— Tu as fait vite ! s'étonna-t-elle.

— Quand tu m'as appelé, je sortais de ma chambre.

Se tournant vers Mickey, il ajouta :

— Comment va mon petit garçon ?

— Je veux pas aller à l'hôpital, tonton Logan.

Logan posa un regard interrogateur sur Karina qui secoua la tête.

— Je n'en ai pas parlé.

Logan tendit les bras vers Mickey.

— Je peux t'embrasser, mon bonhomme ?

Mickey se précipita vers lui et Logan le serra contre son cœur aussi délicatement que s'il avait été en cristal.

— Allons dans la salle de bains et tu pourras me montrer ton ventre.

Craignant un refus, Karina retint son souffle, mais le petit garçon se blottit contre son oncle sans émettre la moindre objection.

Cinq minutes plus tard, Logan avait examiné le torse de son neveu.

— Ces bleus peuvent avoir été produits par un choc… Mais avec ou contre quoi ? Là est la question. Mieux vaut aller à Nelson pour faire faire une analyse de sang.

— Je vais chercher son manteau et ses chaussures. J'en ai pour une minute.

Une fois assise avec Mickey sur la banquette arrière de la voiture, elle ne le quitta pas des yeux comme si elle pouvait le protéger de tous les maux par la seule force de son regard. Sa petite main agrippait la sienne si fort qu'elle n'oublierait sans doute jamais cette sensation.

Après s'être garé dans le parking de l'hôpital, Logan prit son neveu dans ses bras et l'emporta jusqu'aux urgences pédiatriques où il discuta un instant avec l'infirmière chargée de la réception des patients. On les conduisit ensuite dans le bureau du Dr Cavanagh, un pédiatre.

— Je veux rentrer à la maison ! cria Mickey.

— Chut, mon chéri, nous sommes là pour que tu ailles mieux.

Prenant l'enfant des bras de Logan, Karina marcha de long en large dans le couloir pendant que les deux médecins discutaient.

Enfin, le Dr Cavanagh s'approcha d'elle.

— Bonjour, Mickey. Je m'appelle Paddy et je suis docteur comme ton oncle. Nous allons entrer dans une petite pièce pour que je puisse examiner ton ventre. D'accord ?

Il s'exprimait avec tant de douceur que l'enfant ne protesta pas. L'examen ne dura pas longtemps et Mickey fit tout ce qu'on lui demandait, sans doute dans l'espoir de partir plus vite. Même quand le médecin lui fit une prise de sang, il se contenta de fermer les yeux et d'enfouir le visage contre la poitrine de Karina.

— Allez prendre un café, suggéra le Dr Cavanagh. Je reviendrai dès que j'aurai des résultats.

Il sembla à Karina que le médecin mettait un siècle à les rejoindre à la cafétéria. Enfin, il s'approcha de leur table, un large sourire aux lèvres.

— Le taux de globules blancs, les plaquettes et l'hémoglobine sont normaux. Le reste attendra, mais nous pouvons d'ores et déjà exclure l'hypothèse d'une leucémie myéloïde.

Le visage sillonné par des larmes de soulagement, Karina jeta un coup d'œil à Logan et vit que ses yeux étaient humides. Prenant la main du petit garçon dans la sienne, elle se leva.

— Viens, Mickey, on rentre à la maison.

Le Dr Cavanagh s'éclaircit la gorge.

— Nous ne connaissons pas encore l'origine de ces bleus et je vais vous demander de rester un instant. Dans des cas comme celui-ci, nous devons suivre certaines procédures. Mickey, tu veux bien que je te pose quelques questions ?

Agrippant les doigts de Karina, Mickey hocha la tête.

— Mickey, est-ce que quelqu'un t'a fait du mal ? lui demanda gentiment le médecin.

— Vous suggérez qu'il a subi des maltraitances domestiques ! s'exclama Logan.

Karina cessa de respirer. Ce médecin pensait-il qu'elle avait brutalisé Mickey ?

— Tout va bien, mon chéri, murmura-t-elle. Tu peux dire la vérité. Est-ce que quelqu'un t'a frappé ?

Mickey hocha lentement la tête.

— Ben…

Karina se rappela soudain sa conversation avec Robyn.

— Ben ? Le nouveau qui est arrivé dans ta classe ?

— Il dit que j'ai une drôle de tête, expliqua Mickey en reniflant. Si je veux jouer avec William et lui, il me pince et il me dit de partir.

Karina laissa échapper un gros soupir.

— Et moi qui pensais qu'il refusait d'aller au jardin d'enfants pour rester avec son oncle !

Levant les yeux vers Logan, elle lut dans les siens une colère mêlée de compassion. Lui en voulait-il ? Certes, elle avait fait une erreur, mais…

Il lui entoura les épaules d'un bras.

— Nous avons négligé le facteur humain pour nous focaliser sur un éventuel problème médical.

Karina se détendit contre lui.

— Pourquoi ce garçon s'en prend-il à un gamin aussi gentil que Mickey ?

— Vous seriez surprise de savoir combien de cas de ce genre nous traitons, intervint le Dr Cavanagh. Rentrez chez vous et rassurez votre petit garçon. Je vous appellerai dès que j'aurai tous les résultats.

Lorsqu'ils eurent remercié le médecin, Logan prit Karina par le coude.

— Allons-y ! Qu'est-ce que tu en penses, Mickey ? Tu veux aller voir M. Grincheux ?

— Est-ce que j'ai l'air d'un idiot, tonton Logan ?

— Bien sûr que non ! s'exclama Karina en le soulevant dans ses bras. Tu es le meilleur petit garçon de toute la planète, ajouta-t-elle d'une voix douce.

— Tu es génial, mon bonhomme, renchérit Logan.

Lorsqu'il les serra tous les deux contre son cœur, Karina perçut la colère qui tendait son corps.

— Et moi qui pensais que ce que j'ai subi au Nigeria était moche, lui murmura-t-il à l'oreille.

Le Dr Cavanagh avait téléphoné pour leur dire que tous les examens étaient normaux quand ils se rendirent au jardin d'enfants.

Les institutrices furent surprises, mais elles reconnurent qu'elles avaient remarqué des changements dans le comportement de Mickey. Il évitait en particulier de rejoindre ses camarades pendant la récréation. En revanche, elles n'avaient pas établi de lien entre l'attitude de Mickey et l'arrivée de Ben dans la classe.

Interrogés, William et d'autres enfants admirent qu'ils avaient vu Ben en train de maltraiter Mickey.

Les enseignantes promirent à Karina et à Logan qu'elles allaient parler avec les parents de Ben et que cela ne se reproduirait plus.

— Je vais inscrire Mickey dans un autre établissement ! dit Karina en sortant.

— Je ne suis pas sûr que ce soit une bonne idée, répliqua Logan. Cela arrivera encore, où qu'il aille. Il est différent, et ses camarades s'en apercevront partout.

Elle ouvrait la bouche pour protester, mais il leva la main.

— Ecoute-moi jusqu'au bout. Mickey doit apprendre à se défendre… Pas à courir se cacher.

— Bien sûr, Logan, et comment va-t-il s'y prendre ?

— Je serai là pour lui… Avec lui. Je l'amènerai chaque jour au jardin d'enfants, je lui parlerai de ce qui est arrivé pour qu'il comprenne qu'il ne doit plus jamais nous dissimuler quelque chose.

— Hé ! Je te rappelle que tu pars dans une semaine.

— Je reste ici. Définitivement…

Logan n'y avait pas vraiment réfléchi, mais dès que les mots sortirent de sa bouche, il sut que c'était vrai. Ici, à Motueka, auprès de Karina et de Mickey, il avait trouvé ce qu'il avait cherché toute sa vie.

— Arrête ! s'écria Karina. Tu passes d'un extrême à l'autre. Hier encore, tu allais vendre la maison et, aujourd'hui, tu m'annonces que tu restes. Est-ce qu'il t'arrive de consulter les autres avant de prendre des décisions qui les affectent ?

— Je ne vends pas la maison. J'ai tout réglé avec les notaires, à Nelson.

— Tu ne réponds pas à ma question.

Elle aurait dû être contente… Qu'y avait-il à discuter ?

— Tu es d'accord pour que j'occupe une place dans la vie de mon neveu ?

— Tu sais bien que oui ! Mais cela ne te donne pas tous les droits. J'ai passé une partie de ma vie à me soumettre aux désirs de mon père et de Ian sans que j'aie mon mot à dire. Je ne recommencerai pas avec toi. Jamais !

Elle croyait qu'il voulait tout régenter ?

— Je me suis efforcé de faire ce qu'il y avait de mieux pour vous deux.

— Ramène-moi à la maison. J'en ai assez d'être ici… Et j'en ai assez de toi.

Le cœur de Logan se serra. Jusque-là, il ne savait pas vraiment combien il avait espéré qu'elle l'aimait.

— Cela n'empêche pas que je reste.

— Mickey va être fou de joie.

Karina voulait-elle qu'il parte afin de garder Mickey pour elle toute seule ? Il en doutait. Elle lui avait téléphoné dès qu'elle avait découvert ces bleus.

De l'extérieur, elle paraissait solide comme un roc, mais elle avait besoin de quelqu'un sur qui s'appuyer…

Lui !

Il ne pourrait pas supporter qu'un autre homme joue ce rôle, mais parviendrait-il à la conquérir ? Ce ne serait pas facile, mais la récompense valait bien d'attendre, plusieurs mois s'il le fallait.

Karina se tenait sur le seuil de la pièce qui avait été brièvement la chambre de Logan. Le cœur battant et les larmes aux yeux, elle contempla le spectacle qui s'offrait à elle.

Logan et Mickey étaient assis par terre. Devant eux, il y avait un carton contenant des affaires de James. Le tapis disparaissait sous les photos qu'ils avaient éparpillées autour d'eux. Certaines d'entre elles étaient déchirées ou chiffonnées.

— Là, c'est mon papa ! déclara Mickey. Et là, maman ! Elle est jolie.

— Tu as raison, mon bonhomme, répliqua Logan d'une voix tremblante.

— Je veux qu'ils reviennent à la maison maintenant, déclara le petit garçon.

— On est deux, dit Logan en caressant la tête de son neveu.

— Trois, murmura Karina.

Logan leva la tête pour la regarder.

— Salut ! On a fait un peu de tri.

— C'est ce que je vois. Je les avais mises de côté pour qu'un certain jeune homme ne les voie plus… C'était un peu trop, pour lui.

— C'est lui qui en a abîmé quelques-unes ?

— Oui. C'est pour cette raison qu'il n'y en a qu'une seule sur le mur de sa chambre… Hors de sa portée.

— Karina, est-ce que je peux emporter papa et maman dans ma chambre ?

— Bien sûr, mon cœur.

Le temps avait passé et la vue de ces photos ne le plongerait plus dans la détresse.

— Choisis celles que tu veux, ajouta-t-elle.

— Tonton Logan reste avec nous, dit Mickey.

Karina se tourna vers Logan.

— Tu lui as expliqué ?

— Oui, mais je n'ai pas précisé dans quelle maison j'habiterais. Je pourrais en trouver une tout près.

— Ou t'installer avec nous…

Les mots étaient sortis tout seuls…

Elle les aimait tellement, tous les deux, que c'en était presque douloureux. S'ils formaient une famille réunie par des circonstances inhabituelles, l'amour n'en était pas moins réel ou moins fort.

Elle avait toujours aimé Mickey et cela ne cesserait jamais. Et contrairement à ce qu'elle s'était juré, elle était tombée amoureuse de Logan.

Etonnamment, cela ne lui posait plus de problème.

Alors allait-elle ruiner ses chances de bonheur par pur entêtement ?

Elle l'observa un instant.

Est-ce qu'un jour il aurait la gorge serrée et le cœur battant en la voyant ? Parce que c'était ce qu'elle éprouvait chaque fois qu'il se trouvait dans la même pièce qu'elle.

Il n'y avait qu'une seule façon de le savoir.

— Salut…

Se penchant vers lui, elle lui prit le visage entre les mains et l'embrassa sur la bouche.

— Dis-moi que je ne rêve pas, murmura-t-il lorsqu'elle se redressa.

Pour toute réponse, elle recommença.

— Je pourrais y prendre goût, dit-il.

Cette fois, ce fut lui qui dirigea les opérations, et lorsqu'il s'empara de sa bouche, le désir la fit fondre.

Finalement, elle rejeta la tête en arrière pour plonger son regard dans les prunelles grises.

— Je sais que j'ai l'air de changer d'avis comme de chemise, mais je serais heureuse si tu restais ici définitivement. Pour Mickey. Pour moi. C'est parce que je t'aime que je suis aussi susceptible et…

Il l'interrompit d'un baiser.

— Je ne repars pas en Afrique. Après ce matin, je sais que je n'en ai pas besoin puisque je t'ai. Rien ne peut plus m'effrayer, si tu es à mon côté.

— Ka-rina ! Tu veux une photo ?

— Bien sûr, mon chéri. Choisis-en une pour moi, répondit-elle en s'écartant à regret de Logan.

Il l'attira de nouveau vers lui.

— Karina… Je t'aime aussi. La façon dont tu as accepté l'épave que j'étais est extraordinaire. Sans toi, je n'aurais pas commencé à remonter la pente. Mais, pour résumer, je t'aime, tout simplement.

Le cœur gonflé de joie, Karina sentit ses yeux se mouiller de larmes.

— Merci.

Logan considéra la photo de son frère et de sa belle-sœur.

— Je me demande ce qu'ils penseraient de tout ça.

— Je suis certaine que Maria serait folle de joie… Et qu'elle se réjouirait pour nous.

— James me dirait de saisir le bonheur quand il se présente et de le vivre avec toi et Mickey.

Un mois plus tard…

Plusieurs personnes étaient rassemblées dans le salon de la vieille maison de High Street.

Il y avait les grands-parents de Mickey, Adèle et Mark, qui souriaient à Karina. David, son épouse, Leeann et son compagnon, qui bavardaient. Plantée au centre de la pièce, Becca observait tout le monde comme si elle était la patronne. Près d'elle, son nouveau petit copain la contemplait avec adoration. Vêtu de son costume du dimanche, Jonty tenait la main d'un Mickey surexcité.

— Je suis désolé que tes parents n'aient pas pu venir, Karina, dit Logan tandis qu'ils attendaient que Becca annonce le début de la cérémonie.

— Ne le sois pas, répondit-elle. Ce sont eux qui y perdent, pas nous.

Elle refusait de se laisser affecter par l'absence de son père et de sa mère, surtout en ce jour de joie.

Elle avait Adèle et Mark, maintenant. Avec eux, elle se sentait aimée et appréciée. Ils n'exerçaient sur elle aucune pression, en particulier sur la façon dont elle élevait leur petit-fils. Logan, Mickey et eux formaient la famille à laquelle elle avait toujours voulu appartenir.

Elle baissa les yeux vers sa robe de soie crème toute simple. Celle-ci était magnifique et elle pourrait encore la porter quand Logan et elle sortiraient pour partager une soirée en amoureux.

Becca s'approcha d'elle, un grand sourire aux lèvres.

— Prête ?

— Je le suis depuis des semaines ! répondit Karina en riant.

Logan lui prit la main et posa sur elle ses beaux yeux gris.

— Dans ce cas, allons-y.

Becca se tourna vers leurs invités.

— Je sais que l'officiant d'un mariage n'est pas censé pleurer, mais c'est une première pour moi, et Karina est ma meilleure amie.

— Pressons, jeune fille…, marmonna Jonty. Le déjeuner nous attend.

Le cœur de Karina se gonfla de bonheur. Le moment d'unir sa vie à l'homme qu'elle aimait était arrivé.

— Je t'aime, murmura-t-elle en se serrant contre lui.

— Je sais, répliqua-t-il en lui adressant un clin d'œil malicieux.

— On est prêts, Becca, annonça-t-elle.

Mickey se tenait près d'elle, le visage grave.

— Tonton Logan, j'ai la bague dans ma poche !

Karina aurait voulu que Maria puisse voir son petit garçon, si sérieux, si fier et tellement affectueux !

— L'amour…, commença Becca d'une voix émue. C'est ce qui a réuni Logan et Karina. D'abord, leur amour pour Mickey, ensuite, leur amour mutuel. Le jour où Karina m'a dit qu'elle rentrait à la maison pour retrouver ses hommes, j'ai su qu'elle était fichue.

La pièce était silencieuse, comme si tous les invités retenaient leur souffle pour ne pas perdre un seul mot.

— Ces trois êtres ont une relation très particulière, continua Becca. Aujourd'hui, je marie Karina, Logan *et* Mickey. Ils veilleront les uns sur les autres dans les bons comme dans les mauvais jours.

Becca posa sur Karina des yeux humides de larmes.

— Karina Brown, acceptez-vous de prendre cet homme pour époux ?

— Oui, répondit Karina, la gorge serrée par l'émotion.

— Logan Pascale, acceptez-vous de prendre cette femme pour épouse et de veiller sur elle chaque minute du reste de votre vie ?

— Oui, aux deux questions.

— Mickey, est-ce que tu peux donner l'alliance à tonton Logan, s'il te plaît ?

Quand Logan passa l'anneau à son doigt, la main de Karina tremblait.

— Je t'aime plus que ma vie, Karina.

— Je vous déclare mari et femme, annonça Becca. Logan, vous pouvez embrasser la mariée.

— Je ne me le ferai pas dire deux fois, commenta Logan en se penchant vers Karina. Je t'aime, madame Pascale.

Puis leurs bouches se rencontrèrent sous les applaudissements de leur famille et de leurs amis qui levèrent leurs flûtes de champagne.

Bien sûr, ce fut M. Grincheux qui eut le dernier mot :

— Maintenant, on peut manger.

LOUISA GEORGE

Séduite par un chirurgien

Traduction française de
CÉCILE LOMBARD

BLANCHE

HARLEQUIN

Titre original :
TEMPTED BY HER ITALIAN SURGEON

Ce roman a déjà été publié en 2015.

1.

Ivy Leigh laissa échapper une exclamation de surprise en découvrant l'image qui se téléchargeait lentement dans sa messagerie, pixel après pixel.

Qu'est-ce que c'était ? Une… paire de fesses ?

Elle se mordilla la lèvre. Merveilleusement dessinées, hâlées à souhait. Deux cuisses musclées, toniques, un dos sculpté…, un homme nu, vraisemblablement dans un vestiaire. En dessous, la légende disait : « Dr Délicieux, une vraie pêche. Allez-y croquez ! »

Elle contempla la photo, les joues en feu. S'imposer une chasteté absolue ne l'empêchait pas de reconnaître la beauté, quand elle la voyait. Mais par quel hasard, cette photo était-elle arrivée sur son ordinateur, dans son bureau, au service juridique de St. Carmen ?

Les antispam sur le serveur de l'Intranet n'étaient peut-être plus à jour. Elle ajouta une note sur son Smartphone et laissa échapper un soupir. Cette lassitude soudaine n'avait rien à voir avec la frustration sexuelle, mais bien plutôt avec la perspective du travail qui l'attendait : elle était là depuis quinze jours, et encore une fois, avait un service à remettre en ordre… Elle chassa aussitôt ces pensées moroses. Parfait, on l'avait appelée ici pour qu'elle fasse de cet établissement un hôpital du XXIe siècle, et elle le ferait, sans égard pour les pieds qu'elle devrait écraser.

Elle se pencha pour observer de plus près le cliché offensant — mais somme toute, inoffensif —, et avisant des vêtements posés sur un banc à côté de l'homme, sursauta.

Non, impossible !

Pourtant, si, c'était bien une tenue de bloc vert foncé et estampillée du monogramme nettement visible du St. Carmen's Hospital !

Submergée par l'anxiété, elle en oublia le vague intérêt que l'instantané avait pu susciter en elle. Sa journée commençait mal… Mais qui avait pu lui envoyer cela ? Dans quel but ? Et pourquoi à elle ?

Elle ferma les paupières, pour ne pas lire le message qui accompagnait la photo. Elle se maudit intérieurement pour sa lâcheté avant de rouvrir un œil et de prendre une profonde inspiration.

L'e-mail venait d'Albert Pinkney, le directeur de l'hôpital pédiatrique :

> Mademoiselle Leigh, qu'est ceci ? J'ignorais que St. Carmen était devenu une boîte de striptease. S'agit-il de notre nouvelle campagne de marketing ? Ce cliché se propage sur internet plus vite qu'une épidémie. Notre image de marque en souffre déjà et les actionnaires exigent des représailles. En tant qu'avouée, c'est à vous de sévir et de faire disparaître cette horreur. Je vous en prie.

Elle hocha lentement la tête. En effet, elle était probablement la seule à pouvoir y parvenir… Et, foi d'Ivy Leigh, elle dénicherait bien une vieille loi pour en souffleter le coupable. Quant à effacer cela de la Toile… Ce serait plus difficile. Elle soupira. Le directeur était-il conscient que tout ce qui était publié sur le Net était pratiquement indélébile ? Elle lui proposerait d'assister à ses cours de sensibilisation à l'usage des médias sociaux.

En attendant, il fallait découvrir à qui appartenait ce… derrière bombé, ce qui s'annonçait passionnant.

— Becca ! appela-t-elle.

— Oui, mademoiselle ? En quoi puis-je vous être utile ?

Elle vit son assistante apparaître aussitôt sur le seuil, souriante et pleine d'entrain, comme à son habitude. Elle prit une inspiration :

— Euh… C'est délicat. Vous qui êtes là depuis pas mal de temps, et qui êtes au courant de tout, auriez-vous une idée de l'identité du propriétaire de… ceci ?

Et elle tourna l'écran de son ordinateur portable vers l'arrivante.

— Oh ! Bon sang…

Becca s'éventa à l'aide du dossier qu'elle tenait.

— « Croquez » ? C'est bizarre, j'ai très faim, soudain !

Ivy ne put s'empêcher d'esquisser un sourire, mais elle recouvra aussitôt son sérieux :

— La question n'est pas là. Vous voyez notre logo, ici ? Nous ne pouvons pas nous permettre de laisser circuler ça, c'est très mauvais pour notre réputation.

— Sauf si nous voulons attirer une promotion entière de jeunes infirmières… Ah ? Ce n'est pas la réponse que vous attendiez ? Navrée.

Becca eut un léger haussement d'épaules, qui démentait son dernier mot.

— Il est vraiment superbe, je dirais même parfait. Et si c'est bien un médecin, ça réduit les recherches. On pourrait convoquer tous les suspects, les aligner contre un mur, vous savez, comme au commissariat, et…

Elle observa de nouveau le cliché.

— Je serais ravie d'organiser cela, reprit-elle d'une voix plus aiguë.

— Cessez de plaisanter, Becca !

Ivy secoua la tête, affligée. Combien d'années d'études de droit pour en arriver là ? Etait-ce pour résoudre ce genre de cas, qu'elle s'était privée totalement de toute vie sociale ? Elle avait rêvé d'acquérir une situation qui lui permette d'épargner aux autres ce qu'elle avait subi, et de prévenir les fautes qui risquaient de leur coûter leur tranquillité. Pas de faire condamner un homme nu pour attentat à la pudeur ! Elle se redressa ;

— Becca, je veux découvrir le coupable, mais il faut aussi que cette image disparaisse de la Toile. Je vais mettre une équipe dessus et je vous garantis que j'aurai la peau du type qui a publié ça.

Matteo Finelli soupira, agacé. Il venait de terminer la transplantation d'un rein sur un garçon de dix ans. Longue et pénible, mais le pronostic était bon. Vu son interminable liste d'interventions pour le lendemain, il lui restait pas mal de préparation à faire. Sans oublier une visite de la salle avant de partir. Et pour comble, il était convoqué d'urgence par un organisme dont il n'avait jamais entendu parler : le service juridique ? A 18 h 30 ? Bien tard pour des administratifs… Il frappa, ouvrit sans attendre de réponse, avant de franchir le seuil.

— Vous vouliez me voir ?

— Oui.

Assise derrière un luxueux bureau d'acajou flanqué de deux classeurs emplis de dossiers, la jeune femme se tenait raide comme la Justice. Derrière elle, au-delà de la large baie vitrée, s'étendait London Street, la rue la plus affairée de la ville. Le soleil brillait et il rêva un instant au plaisir de déguster une bière fraîche à une terrasse de café en se chauffant le dos. Au lieu d'être ici.

Il retint un nouveau soupir et poursuivit son examen des lieux. Excepté le sempiternel calendrier sur sa table de travail, une bouteille d'eau et un verre, rien de personnel, ni photos, ni stylos, ni agrafeuse… Elle venait sans doute de s'installer. Il en était même certain, car il ne l'avait jamais vue et n'avait pas davantage entendu parler d'elle. Elle passa une main dans ses cheveux blonds coupé court, un geste qui lui donna un air juvénile surprenant, au regard de la fonction qu'elle exerçait.

Elle posa sur lui des yeux verts glacials. Assortis à son corsage… Pourquoi avait-il remarqué ce détail ? Il aurait été bien en peine de le dire. Sa bouche, qu'on eût pu trouver jolie, était, pour l'heure, pincée en une ligne mince. Elle semblait collet monté et crispée, comme si elle n'avait jamais éprouvé un seul moment de plaisir dans sa vie. Et aussi furieuse que lui. Elle le fixa.

— Professeur Finelli ? Je vous en prie, asseyez-vous.

— Inutile, je suis pressé. Vous vouliez me parler immédiatement ? Quel est le problème ?

— D'accord, droit au but, ça me convient. Regardez ceci…

Ses yeux s'étrécirent et il crut la voir déglutir. Elle tapota sur son clavier du bout de ses doigts aux ongles émeraude, puis fit pivoter l'ordinateur portable pour lui présenter l'écran.

— S'agit-il de vous ?

Sans aucune gêne, il éclata de rire : quelle que fût l'identité du photographe, l'angle était excellent. Il se trouvait bien, ou mieux, épatant. Il siffla entre ses dents.

— Ça vous plaît ?

— La question n'est pas là.

Son regard avait néanmoins cillé et elle avait rougi.

— Impressionnant, non ? Et vous m'avez obligé à traverser tout le bâtiment pour une séance de diapos ? Super.

Il tourna les talons.

— Je peux disposer, maintenant ? J'ai du travail.

— Pas si vite, professeur Finelli.

Il tiqua. *Ma che diavolo !* Que voulait-elle à présent ?

— Appelez-moi Matteo.

Il la vit froncer les sourcils.

— Dans quel but avez-vous posté cette photo sur internet ? Si vous espériez qu'elle ferait le « buzz », félicitations, c'est réussi. On dirait que le cyberespace ne se rassasie pas de vos… fesses. Avez-vous une idée du dommage causé à l'hôpital, par le fait que le logo du St. Carmen y soit exposé aux yeux du monde entier, professeur Finelli ?

— Cessez de m'appeler ainsi, c'est trop officiel, trop… anglais. C'est Matteo, sinon je ne réponds pas. Je n'ai posté cette photo nulle part. Et avec tout le respect que je vous dois, mademoiselle…

Il lut le nom écrit sur son badge, promena le regard sur son visage, passé d'un rose charmant à un éclatant rouge pivoine, puis jeta un coup d'œil à sa main gauche. Pas d'alliance.

— Mademoiselle Leigh. Je n'ai rien publié sur internet.

— Vous niez donc qu'il s'agisse de votre… arrière-train ?

Il ne put réprimer un sourire.

— Bien sûr que non, je l'ai déjà admis. Mais je n'ai pas pris cette photo : à l'évidence, je sors de la douche, je tends le bras pour attraper mes vêtements dans mon casier et je tourne le dos à l'objectif. A cette distance, comment aurais-je pu me photographier moi-même ? Et je ne l'ai pas davantage postée, naturellement. Je suis trop occupé, pour m'amuser à naviguer sur internet, contrairement à d'autres.

Il s'éclaircit la gorge. « A vous », avait-il failli lancer. Mais le sous-entendu était suffisamment explicite.

— Je ne suis pas sûr de savoir qui en est l'auteur, mais je m'en doute, reprit-il

— Ah ? Qui, alors ?

Elle se pencha en avant et le dévisagea, sourcils froncés. Dans une autre vie, il eût pu être intéressant de la faire languir davantage, de déceler ainsi ses points faibles… Mais dans celle-ci, il n'avait pas le temps.

— Ged Peterson, mon chef de clinique. Il adore les blagues.

Il secoua la tête. O.K. pour cette fois. Son supérieur avait gagné la manche…

— Peterson ? Ged pour Gerard ?

Les doigts pianotèrent sur le clavier.

— Il ne travaille pas à St. Carmen, dit-elle au bout d'un instant, en se tournant de nouveau vers lui.

— Plus maintenant. Il est parti en Australie le mois dernier, en me prévenant qu'il me laissait un cadeau qui me surprendrait. Sans vous, je n'aurais peut-être jamais su à quoi il faisait allusion…

Il fit un pas en arrière, prêt à sortir.

— Bien, à présent que le mystère est éclairci, je m'en vais.

— Je vous l'interdis. Restez ici.

Il cilla. Aucune femme ne lui avait jamais parlé sur ce ton… C'était… En fait, c'était intéressant.

— Pour quoi faire ?

— Je vous le redemande : avez-vous une idée du dommage que vous avez causé ? Lady Margareth a retiré le don qu'elle nous avait accordé pour les nouvelles chambres des familles. Nous recevons des doléances de parents, qui jugent cette « plaisanterie » indigne d'un établissement auquel ils confient la vie de leurs enfants. Si les chirurgiens, qui se plaignent à longueur de temps de travailler comme des fous pour un salaire de misère, se mettent à faire les malins sur internet, nous perdons toute crédibilité. Ce n'est vraiment pas professionnel.

— Vous voulez mon avis ? Tous ces gens n'ont qu'à cesser de faire une montagne de telles… vétilles !

Elle lui lança un regard méprisant, avant de secouer la tête.

— L'image, pour nous, est essentielle. De nos jours, ce qui importe, c'est le message que l'on envoie pour gagner la confiance et le respect. Nous avons des cibles à toucher, il nous faut des dons et des bénévoles. Ce n'est pas un chirurgien sans pudeur exhibant son côté pile, signé du logo de l'hôpital qui nous aidera à en trouver.

En se penchant vers elle, le doigt pointé vers la photo, il perçut soudain une senteur de chèvrefeuille. Elle était peut-être trop zélée, mais son parfum était délicieux. Un effluve captivant, à dire vrai, dont il s'éloigna aussitôt. Assez de distractions. Il avait encore pas mal de travail devant lui ce soir. Il prit une grande inspiration :

— Si vous craignez de manquer de fonds, j'ai une idée… On prend onze autres poses dans ce genre, et on fait imprimer des calendriers, que votre administration a l'air de tant priser. Je suis sûr que vous me vendriez bien.

— Ce n'est pas mon rayon. Je suis avouée.

Matteo hocha la tête. Prétexte, à l'évidence… Mais tout de même, cela expliquait pas mal de choses. L'un de ses frères terminait son droit et l'autre était en première année, il savait que ces études étaient aussi rigoureuses que celles de médecine. Les cernes noirs sous les yeux d'Ivy Leigh n'étaient pas dus à des soirées prolongées au pub, mais à un travail intensif. Qu'il lui avait fallu se frayer un chemin, au milieu d'une compétition impitoyable. Son teint de rose et sa peau de porcelaine indiquaient d'ailleurs assez, qu'elle avait passé les plus belles années de sa vie enfermée entre quatre murs, le nez dans les livres.

Elle secoua la tête.

— Les sommes que vous nous avez fait perdre sont importantes, très importantes. Et les calendriers ne rapportent pas grand-chose.

Il ne put s'empêcher d'esquisser un sourire.

— Sauf s'ils sont illustrés de photos de mon… dos.

— Vous avez une très haute opinion de vous-même, n'est-ce pas ?

Sa voix avait baissé d'un ton, il sentait qu'elle se contenait pour ne pas exploser.

Parfait. Cela signifiait qu'il l'agaçait, sans doute pas autant qu'elle l'agaçait lui, mais quoi qu'il en soit, il avait mieux à faire, comme aller rendre visite à son jeune transplanté, par exemple.

— Et alors, pourquoi pas ?

Il l'observa. Elle se leva, sembla vaciller un instant. Puis elle tira un dossier du classeur et se rassit aussitôt ; mais il avait eu le temps d'admirer sa taille de guêpe et son jean moulant.

Décidément… De plus en plus passionnant.

Elle consulta ce qu'il comprit être son contrat d'emploi et leva vers lui un regard glacial.

— Ecoutez, professeur, je vois bien que vous ne prenez pas cette affaire au sérieux. Je dois m'assurer que vous êtes conscient des conséquences d'un tel acte. J'en ai discuté avec le directeur des ressources humaines, et nous avons convenu de commencer une série de cours à l'intention du personnel sur ce qu'on nomme la « Nétiquette ». Ils seront obligatoires pour tous les…

— A cause de ça ? Vous plaisantez !

— Pas du tout. En tant qu'hôpital, nous ne pouvons en aucun cas être distraits de nos objectifs essentiels, et risquer de mettre en danger la vie des patients. Nous n'avons pas droit à l'erreur. Chez nous, la moindre faute peut entraîner la mort ou des préjudices graves.

Il la regarda, surpris. Cela semblait vital pour elle, à voir la passion qui brillait dans ses yeux et le frémissement de ses mains…

Elle but une gorgée d'eau minérale — sans rien lui proposer —, puis parut se ressaisir un instant, avant de poursuivre.

— Cet épisode a prouvé que certains ignorent tout du fonctionnement d'internet et des risques encourus, à cet égard, par notre image. Les cours que j'ai donnés dans le cadre de mon précédent poste ont eu beaucoup de succès. Je les commence ici jeudi, et vous êtes prié d'y assister.

— Désolé, mais le jeudi, j'opère.

— Sans oublier le mardi et le vendredi. Il n'y aura que quatre sessions ; présence obligatoire pour tous les membres du personnel, vous avez compris. Ensuite, nous oublierons cette affaire.

Il cilla. D*io santo !* Elle était sérieuse…

— Avez-vous une idée de la valeur du temps passé en salle d'opération, pour un chirurgien ?

— Je pense, oui.

— Et si je refuse ?

Elle le considéra d'un air grave.

— Là, ce sera vraiment du temps gâché. Vous serez traîné devant une commission disciplinaire, vous n'aurez plus l'opportunité d'opérer et vous risquez même d'être suspendu un moment.

Il sentit la colère l'envahir.

— Pour quel motif ? demanda-t-il sèchement.

— Avoir nui à la réputation de l'établissement et avoir refusé les stages de remise à niveau. Tout cela est très clair dans votre contrat d'embauche. Professeur Finelli, de nombreux hôpitaux interdisent à leurs médecins d'avoir un profil public sur les réseaux sociaux. Nous ne sommes pas les seuls à vouloir nous protéger.

Il la dévisagea. Il s'était trompé tout à l'heure, elle avait gagné le premier round… Une belle plante, mais vénéneuse. Il lui fallait un argument, et vite, pour contrer miss Belladone. Il prit une inspiration.

— Moi aussi, je pourrais porter plainte contre vous.

Elle écarquilla les yeux.

— Et pour quel motif, grands dieux ?

— Violation de mon intimité. Utilisation de mon corps sans mon autorisation, comme support publicitaire.

Elle émit un rire étonnamment doux et féminin.

— Allez-y, ne vous gênez pas. Mais vous et moi savons à quoi nous en tenir et j'ai plus de poids que vous.

— O.K., je ne vous écoute plus. Je ne viendrai pas.

— Dans ce cas, je suis obligée de vous inviter à rencontrer notre DRH demain matin à la première heure.

Il secoua la tête. Vraiment butée. Cette peste lui rappelait sa petite sœur, Liliana. Un mur.

— Bon, vous ne me laissez pas le choix, répliqua-t-il avec un haussement d'épaules. D'accord, j'assisterai aux cours.

— Alors nous sommes d'accord. Ensuite, vous n'entendrez plus parler de moi. Merci de vous être dérangé.

Elle lui tendit une main qu'il serra en souriant. Une main chaude, ferme et confiante. Et quelque chose irradia dans son corps à son contact. Il s'efforça d'ignorer la sensation, d'autant qu'elle ne l'avait visiblement pas ressentie : sa voix demeurait calme et froide, à l'égal de son regard.

— Je suis sûre que ça vous intéressera.

— Je suis sûr du contraire. Il faut que je revoie mon emploi du temps. Quatre sessions, ce ne devrait pas être trop long… Je serai libre à quelle heure ? Pour le déjeuner ?

Une lueur amusée joua dans ses yeux, comme si elle venait de remporter une victoire.

— Pardon, je n'ai pas été assez claire. Il s'agit de quatre journées complètes.

— Quoi ? C'est hors de question !

— Mais vous avez accepté et nous nous sommes serré la main. Je pensais qu'un Italien avait le sens de l'honneur…

Il soutint son regard. Son honneur se portait bien, en effet, contrairement à celui de certains, qui l'avaient trahi.

— C'est vrai. Cependant, je poserai une condition.

— Vraiment ? Et laquelle ?

Il hocha lentement la tête. Son ton ironique signifiait qu'il n'était pas en situation de le faire.

— Pour chaque heure que je perdrai à écouter vos élucubrations, vous devrez en passer une à travailler avec moi. Pour que vous compreniez bien à quel point vous m'avez fait perdre mon temps.

Un soupçon d'anxiété traversa son regard, bien vite chassé par la détermination. Elle acquiesça.

— D'accord. Comme je viens d'arriver, cela me donnera une excellente vue d'ensemble sur tous les problèmes juridiques qui peuvent surgir et l'occasion de revoir les statuts. Ainsi, je ferai d'une pierre deux coups.

Il la dévisagea. C'était donc une déclaration de guerre…

— Croyez-moi, l'unique coup de votre part, et il est bas, c'est votre volonté de me faire passer pour un imbécile. Au revoir, mademoiselle Leigh.

2.

Anxieuse, Ivy surveillait l'entrée de la salle de conférences, où les gens bavardaient en buvant du café. Le cours commençait dans deux minutes. Le Pr Finelli ne viendrait pas.

Elle laissa échapper un soupir. Autant admettre qu'elle en était dépitée. Elle était désormais engagée dans un bras-de-fer avec lui et impatiente de lui assener ses vérités. Malgré son narcissisme éhonté, elle le prenait pour un adversaire digne de ce nom. Elle s'était manifestement trompée. Il n'avait même pas jugé utile de se déplacer…

En un sens, c'était peut-être préférable qu'il ne soit pas là : avec son regard velouté de Méditerranéen, sa mâchoire fière et ce qu'elle savait de son corps nu, elle aurait sans doute eu du mal à se concentrer.

— Voilà, mademoiselle…

Becca, postée devant elle, lui tendit les plannings pour les participants.

— Un pour chacun, et quelques-uns supplémentaires. Thé à 10 h 30, un en-cas sera apporté vers 11 heures.

— Et le déjeuner ? Il faut que tout soit au point. S'ils ne sont pas nourris et abreuvés régulièrement, ils décrochent.

— Repas à 13 heures dans la salle Steadman. L'ordinateur et le vidéoprojecteur sont installés. Bonne chance.

Ivy sourit à Becca. Excellent. Tout se passait à merveille, excepté un soupçon de migraine qui la taraudait.

— Merci, Becca. Et…, je vous en prie, appelez-moi Ivy. Je suis lasse des titres officiels.

— D'accord, si vous êtes…

Elle vit soudain le visage de son assistante, qui regardait par-dessus son épaule, devenir rouge brique.

— Becca… Qu'est-ce qui vous arrive ?

— Oh ! Rien ! Quel dommage que ce soit un don Juan sans scrupule !

Pourtant, elle vit Becca s'avancer, comme en transe, vers celui qui semblait être le n° 1 des bourreaux des cœurs.

— Professeur Finelli ! Prenez un café avant de vous asseoir. Je vous montre où sont les tasses.

Ivy sentit les battements de son cœur s'accélérer. Le trac, sans doute. Elle l'avait toujours avant un cours. La faute aux imprévus… Une panne de technologie, un mauvais réglage de la climatisation, des en-cas servis en retard, suffisaient pour que l'auditoire perde le fil.

Elle regarda le Pr « Délicieux » s'approcher, sa tasse à la main, mais au contraire de Becca, resta de marbre. Elle avait souvent vu sa mère pour le moins diminuée, et chaque fois à cause d'un homme…

Elle l'observa discrètement. Tous les spécialistes étaient en costume-cravate, sauf lui : il portait un T-shirt blanc qui mettait en valeur sa large carrure et un jean noir moulant. L'uniforme des jeunes à Florence, une ville inoubliable qu'elle avait visitée le temps d'un week-end. Elle l'imagina sur une Vespa avec des lunettes noires d'aviateur, dans un film des années cinquante. Puis, sans crier gare, la fameuse photo se présenta devant ses yeux, et elle se sentit étrangement mal à l'aise. On étouffait, dans cette salle. Il fallait qu'elle demande qu'on règle la clim avant de commencer.

Où en était-elle ? Ah, oui, garder le fil, se concentrer.

— Bonjour, mademoiselle Leigh. Eh bien, me voilà.

Elle n'avait pas encore fait attention à l'accent, sans doute émouvant pour d'autres, qui modulait sa voix chaude et caressante. Elle s'efforça de l'ignorer, tout comme la vibration irritée qui émanait de lui.

— Je vous en prie, appelez-moi Ivy.

— A condition que vous m'appeliez Matteo. Ou à la rigueur, Matt.

— D'accord. Ravie que vous ayez pu vous libérer pour vous joindre à nous. Il paraît que cela n'a pas été sans mal ?

— Ne m'en parlez pas, le DHR a l'air aussi étonnante que vous. Il semblerait que tout le monde ait perdu le sens commun, dans cet hôpital.

— C'est justement ce que j'essaie d'expliquer dans ce cours, surtout à certains, qui ne manquent pas une occasion de se faire remarquer.

Elle le vit sourire, mais comme pour lui-même. Une pensée — toute personnelle — semblait l'amuser.

Il but une gorgée, et fit la grimace.

— *Dio*, ce café est exécrable. Décidément, on collectionne les poisons, dans cet établissement !

Elle cilla. Qu'insinuait-il ?

— Vraiment ? Je suppose que je fais partie de la collection ? Je vois que ce n'est pas la galanterie qui vous étouffe, professeur Finelli. Euh, Matteo, désolée. Franchement… Si vous voulez être spirituel, vous pourriez trouver mieux.

Il reposa sa tasse sur la soucoupe, à l'évidence plus offensé par le café, que par sa remarque.

— Je vous titillais juste un peu.

— Eh bien, c'est raté. Je suis déçue par votre manque de… doigté, c'est tout.

Son sourire narquois la troubla.

— Faites-moi confiance, jusque-là, aucune femme n'a été déçue par mon « doigté ».

Elle sentit le rouge lui monter aux joues. Il l'avait piégée. Quelle idiote elle faisait ! Et pire, elle n'était même pas choquée, elle dut réprimer un sourire… Mais qu'est-ce qui l'intéressait chez ce prétentieux ? Son cœur battait à coups redoublés. D'habitude, un regard froid et appuyé suffisait à décourager les hommes qui tentaient de flirter. Elle aurait tout fait pour ne pas ressembler à sa mère.

Eh bien, celui-ci ne l'aurait pas non plus.

Pour ne pas rentrer dans son jeu, mieux valait se montrer serviable. Elle fixa sa tasse encore pleine. Si elle lui livrait sa combine pour boire du bon café, il irait peut-être s'asseoir au fond et se tiendrait tranquille, au lieu de… Elle secoua la tête. Elle n'imaginait que trop bien ce dont il pouvait être capable.

— Le matin, j'achète un gobelet de café chez Enrico, juste au coin de la rue et je le verse dans ma tasse en arrivant ici. Discrètement, pour ne pas vexer l'intendance.

— Voici donc un secret partagé. Je ne vous aurais pas crue aussi subversive. Vous m'étonnez.

« Subversive » ? A son grand dam, elle se surprit à en être ravie. Il lui fit un clin d'œil.

— Je suis un habitué de chez Enrico. Et vous avez raison, mon compatriote et ami fait le meilleur café de ce côté-ci de la Manche. Ce qui n'est pas difficile.

— Non, je suppose.

Elle l'observa en coin : un grand brun au charisme époustouflant, vraiment superbe pour qui aimait ce genre.

Puis elle se hasarda à croiser son regard. Une seconde, elle eut l'impression qu'il plongeait jusqu'au fond de son âme. Ses iris sombres, parsemés de paillettes de miel et d'or, la fascinèrent. Il avait quelque chose de plus profond qu'elle ne l'imaginait…

Elle s'aperçut soudain que les bavardages se raréfiaient. Il détourna les yeux. Son visage était redevenu dur.

— O.K., j'ai accepté ma part du marché, je suis venu perdre des heures précieuses. Comme convenu, je vous attends donc demain au bloc : en salle d'op. 1, on retire un rein à un donneur, et à côté, dans la 2, on le transplante, pour votre délectation, à une fillette de douze ans. Nous vous avons soignée : un double, comme souvent en néphrologie. J'espère que vous avez autant d'endurance que de combativité, vous en aurez besoin. La journée sera longue.

Elle se mordilla la lèvre. Ah ? Il la jugeait combative ? Il la voyait donc comme une adversaire à sa hauteur ?

— Ma mère est médecin, je suis un peu au courant. Quant à l'endurance, j'en ai beaucoup plus que certains.

Elle aurait pu ajouter qu'elle s'évanouissait à la vue d'une goutte de sang, mais pourquoi mentionner ce détail insignifiant ? Jamais elle n'avouerait que l'idée d'assister à une intervention chirurgicale — deux, en l'occurrence —, l'angoissait ou l'intimidait. Ce serait son baptême du feu.

— Je suis impatiente d'y être.

— Pas autant que moi.

Et il lui adressa un sourire aussi séduisant qu'agaçant. La chaleur l'envahit de nouveau, lui donnant un petit frisson. Comme si son corps de femme était revenu à la vie malgré elle…

Elle chassa aussitôt cette pensée incongrue. Elle avait mieux à faire que de lutter contre ses hormones. D'ici demain, il lui faudrait avoir appris à surmonter sa peur du sang. Et si elle se faisait prescrire un antidépresseur léger ? Ou se trouvait un rendez-vous pour une séance d'hypnose ? C'était paraît-il la meilleure thérapie pour venir à bout des phobies, mais elle n'avait jamais pris le temps d'essayer. Elle laissa échapper un soupir. Quelques pilules « Rescue » contre l'angoisse feraient peut-être l'affaire…

Autre chose la tracassait : comment allait-elle supporter la station debout huit heures durant, avec sa cheville en compote ? Ses médecins lui interdisaient formellement ce type de performance… Elle s'efforça de balayer cette pensée. Pour l'instant, elle devait se concentrer sur son cours.

Elle adressa un signe à Becca, qui actionna la sonnerie pour attirer l'attention de tous.

— Bonjour tout le monde.

Elle attendit que le silence s'installe, et monta sur l'estrade.

— Merci de votre présence. J'espère que cet exposé sera pour vous aussi intéressant et amusant, qu'instructif. Et que vous ne m'en voudrez pas de m'asseoir de temps en temps, notamment, lorsque vous visionnerez les diapositives et les vidéos.

Tout en déroulant sa présentation, elle fit en sorte de regarder le plus de gens possible dans les yeux. Quand elle arriva à Matteo, assis au premier rang, elle reçut en retour un regard provocant ; elle eut la nette impression qu'il était en train de la jauger et sa respiration s'altéra.

Elle se redressa aussitôt. Matteo Finelli allait voir ce qu'il allait voir !

Elle n'en était qu'au début…

— Bien, je récapitule. Les objectifs de ce cours sont au nombre de trois : protéger la confidentialité des patients, protéger et promouvoir notre entreprise, et protéger notre personnel. Assurez-vous toujours, que ce que vous dites est conforme à ce que vous voyez et rappelez-vous que si vous publiez sur les réseaux sociaux une info en lien avec l'hôpital, cela peut se terminer par une procédure disciplinaire. Notre façon de nous présenter est d'une extrême importance et l'on bavarde beaucoup sur internet. Pire, une trace écrite, une photographie publiée sont pratiquement impossibles à effacer. Tôt ou tard, elles nous reviennent à la figure, comme un boomerang.

Matteo se frotta distraitement le menton. Dans les yeux qu'Ivy fixait sur lui, il percevait l'aiguillon de la rancune. D'accord, il admettait que Ged avait manqué de jugeote et commençait à comprendre que ce cliché ait pu entacher légèrement la solide réputation de St. Carmen. Mais franchement, avait-on besoin de quatre journées complètes pour faire passer ce message ? Qu'allait dire « miss Belladone » la prochaine fois ? Elle était passionnée par son travail, il le lui accordait volontiers. Et douée pour les discours, bien qu'il ait l'impression qu'elle n'y prenait pas un plaisir extrême, au vu de son ton monocorde. D'où venait-elle ? Il lui semblait saisir une pointe d'accent différent de celui de Londres. En tout cas, elle était ravissante en pantalon noir et chemisier de soie — aujourd'hui d'un bleu cobalt, qui évoquait le ciel d'été de la Toscane. Il ressentit soudain une petite pointe dans le cœur, suffisamment acérée pour en conclure bien vite, qu'il serait fou de s'intéresser à elle. Que l'amour, sous ses multiples formes, faisait très mal.

Mais la force de caractère de cette « poison » — ajoutée à son jean moulant et à ce chemisier qui avantageait son buste —, avait piqué son imagination. Elle était pourtant à l'opposé de ses conquêtes habituelles : petite et blonde, coiffée à la garçonne… Curieux de tout, il aimait s'amuser, et elle semblait obnubilée par son travail. En outre, il détestait qu'on le méprise. C'était lui qui, en principe, méprisait les femmes à qui il accordait un peu d'intérêt — jamais longtemps.

Sans doute l'excitation de la chasse… Il lui adressa un signe de tête, pour l'inciter à poursuivre.

Après un sourire impersonnel, elle regarda quelqu'un d'autre.

— J'espère que vous avez apprécié ce voyage dans le cyberespace et ce tour d'horizon des risques présentés par les réseaux sociaux. Et maintenant que nous avons exposé nos règles, j'espère aussi que vous avez pris conscience des erreurs à ne pas commettre, même et y compris, si vous engagez une conversation à la maison, assis sur votre canapé. Rien n'est privé sur internet. La semaine prochaine, nous parlerons des bons, des mauvais et des pires côtés de ces sites. En attendant, évitez les étourderies.

Matteo observa l'auditoire : tous semblaient très satisfaits. Elle eut un sourire timide lorsqu'ils applaudirent, puis éteignit l'ordinateur et rassembla ses notes.

Il suivit la file qui se pressait à la porte, mais juste quand il atteignait le seuil, elle le héla.

— Professeur Finelli ?

— Oui ?

Elle descendit de la petite estrade, et le rejoignit en s'efforçant de dissimuler sa claudication. C'était bien ce qu'il pensait, elle boitait… Que lui était-il arrivé ?

— J'espère que ce cours vous a éclairé ?

— Ç'aurait pu être beaucoup plus rapide.

— Tout le monde n'est pas aussi vif d'esprit que vous.

Elle se mordit la lèvre, comme pour réprimer un sourire.

— Et puisque certains récalcitrants jugent en savoir plus long que moi sur le sujet, je dois m'assurer que les principes de bases ont été bien intégrés.

Il lui sourit.

— Je crois que mon cerveau a enregistré la leçon.

— Parfait. J'ai réussi, dans ce cas. J'espère qu'à l'avenir, vous méditerez sur les moyens d'envoyer des messages positifs, qui reflètent la nature de notre entreprise.

— Le seul, pour moi, c'est le nombre d'enfants que je sauve avec mes collègues de néphrologie.

— Eh bien, pourquoi ne pas profiter des avantages

d'internet pour réclamer de l'aide pour votre unité ? Pour faire une campagne d'information et demander quoi ? Qu'est-ce qui vous manque ?

Il n'avait pas besoin de réfléchir longtemps.

— Dans un service de transplantation ? Des donneurs, qui sont prêts à offrir leurs organes après leur mort. Des appareils de dialyse et des crédits pour la recherche.

— Alors creusez-vous la tête, tâchez de découvrir une manière d'atteindre le public — sans vous déshabiller. Londres est plein de gens désireux de soutenir une bonne cause, mais on touche beaucoup plus de monde par internet. N'hésitez pas. Laissez parler votre imagination…

Elle eut un sourire timide.

— Excellente soirée, à demain matin au bloc.

Son sourire s'élargit, et son visage s'illumina. Et *Mio Dio*, le vert de ses yeux était si intense, qu'il en fut hypnotisé. Il se sentit ému. C'était à la fois déconcertant et rassurant.

— D'où venez-vous, Ivy ?

Son sourire s'évanouit brusquement.

— Pardon ?

— Votre accent. Je ne suis pas en Angleterre depuis assez longtemps pour le situer, mais ici on dit « Landan » pour « London », et vous prononcez « Loundoun ».

Elle rassembla ses affaires, mit ses dossiers sous un bras et prit la sacoche de l'ordinateur à la main. Puis elle se haussa sur la pointe des pieds pour éteindre les lumières, avant de lui faire signe de passer devant, pendant qu'elle verrouillait la salle à l'aide d'un code.

— Je suis née à York, dit-elle enfin. Dans le Nord, à trois heures et demie de route. Par beau temps !

— Je sais où c'est. Et ça vous attriste, d'être loin de votre famille ?

Elle haussa les épaules.

— Non… enfin, oui, peut-être qu'en un sens, elle me manque…

— Je suppose.

Il hocha lentement la tête. Lui avait fui le plus loin possible et n'était plus retourné dans le village de ses parents. Pour ne plus avoir la trahison sous le nez.

Devant l'ascenseur, elle posa la sacoche et appuya sur le bouton d'appel.

— Et vous ? Vous devez vous sentir très loin de chez vous. Où est-ce ?

— Un petit village près de Sienne, rien de très remarquable.

Elle haussa les sourcils.

— Vous plaisantez ! Tous les villages toscans sont remarquables.

Il frotta sa barbe naissante. Le village, sans doute. Ses habitants, moins.

— Comment le savez-vous ? Vous y êtes allée ?

— A Florence, seulement, pour un bref week-end. J'en ai gardé un merveilleux souvenir.

Elle tenta de coincer sous son bras ses dossiers, dont des feuilles s'échappaient.

En les rattrapant au vol, il frôla son chemisier et éprouva un violent frisson au ventre. Bizarre que son corps réagisse ainsi à son contact… Très bizarre.

— Donnez-les-moi.

Elle secoua la tête.

— Merci, je me débrouille.

Visiblement, elle se faisait un point d'honneur à paraître forte, même quand c'était inutile. Quelle faiblesse voulait-elle cacher ?

— Je n'en doute pas, mais vous avez trop de choses à porter, et j'ai les mains vides. Passez-les-moi.

D'autorité, il prit les dossiers qu'il glissa sous son bras, s'étonnant lui-même de son geste. Cette femme était de l'autre bord, du monde bureaucratique et ennuyeux des intrigues mesquines.

Parler à l'ennemi, aider l'ennemi, et puis après ? Coucher avec l'ennemi ? Hors de question !

— J'ai compris, Matteo. Vous essayez de m'amadouer et vous fondrez sur moi par surprise, pour tâcher de vous dispenser du reste de mes cours. Vous frapperez au moment opportun.

— Je ne frapperais jamais personne.

L'envie ne lui en avait pas manqué dans son existence, pourtant… il avait franchi la limite une fois, mais à juste titre. Et il ne recommencerait pas.

Elle parut gênée.

— C'était une façon de parler, je ne voulais pas dire… Je sais que vous ne le feriez pas.

— Parfait. En fait, je m'efforçais simplement d'être gentil.

— C'est tellement inattendu… Qui aurait cru que vous en étiez capable ?

Il la dévisagea. L'amertume ravivée par ses mauvais souvenirs se mua en amusement. Elle avait de la repartie, ce qu'il admirait. C'était toujours bon de respecter l'ennemi.

— C'est vrai, vu que nous ne sommes pas du même bord… Le prochain truc ridicule que nous ferons, vous verrez, ce sera d'aller boire un verre ensemble.

D'un index à l'ongle verni d'émeraude, elle appuya de nouveau sur le bouton, l'air agacé.

— Ah, ça, impossible ! Je ne mélange pas travail et plaisir.

— Dois-je en conclure que vous auriez plaisir à boire un verre avec moi ?

Encore un sourire, mais que démentait l'expression un peu anxieuse de son regard.

— Je suis sûre que la boisson serait agréable. Mais je vous le répète, je ne fais pas ce genre de choses.

— Moi non plus.

— Contente que nous soyons au moins d'accord sur un point.

Mais elle semblait toujours préoccupée et elle se détourna brusquement.

Le hall était désert et silencieux. La zone de conférences était fermée pour la nuit, ils étaient seuls. Il sentait autour d'eux une vibration si puissante, qu'elle en était presque palpable.

— Et où allez-vous, maintenant ?

Elle haussa une nouvelle fois les épaules.

— Je retourne au cinquième, si cet ascenseur se manifeste un jour. J'ai du travail.

— Après 17 heures ? Tous les autres, comment dites-vous…, « racle-papiers » sont partis.

Elle lui adressa une moue dédaigneuse.

— « Gratte ». C'est « gratte-papiers ».

— Ah, oui ! Veuillez m'excuser, j'ai du mal avec vos expressions idiomatiques…

Il eut un coup au cœur devant son sourire, si éblouissant qu'il en devenait muet. Mais que lui arrivait-il ?

— Où est donc cet ascenseur ? Je fais ce que je dois faire, même si ça me prend du temps. Comme tous les juristes, je ne compte pas mes heures.

— Vous auriez donc pu être aussi médecin.

— Je suis sûre que non.

Il l'avait vue frémir. Qu'avait-il dit de si méchant ? L'un de ses confrères lui avait-il fait des misères ? Et pourquoi cherchait-il à en savoir plus ?

— Vous n'aimez pas les médecins ? Dans ce cas, drôle d'idée de travailler dans un hôpital…

— Je n'ai rien contre eux, ma mère est généraliste, comme je vous l'ai déjà dit.

Enfin, l'ascenseur arriva et s'arrêta avec une secousse. Les portes s'ouvrirent. Elle lui reprit ses dossiers, et plongea les yeux dans les siens.

— Bien entendu, il y a quelques moutons noirs, qui nuisent à la réputation de l'ensemble…

Quoi ?

Il bloqua les portes d'un bras.

— Vous parlez de moi ? De ma réputation ? D'accord, laissez-moi deviner. Je suis trop franc, je suis un trublion. Pire, j'abandonne des cœurs brisés dans mon sillage.

— Apparemment, oui.

Elle tapotait contre le panneau d'acier.

— Plus d'autres trucs, que je n'oserais même pas formuler, ajouta-t-elle.

— Moi aussi, je fais très attention aux détails. Certains diraient que je suis passionné. J'ai le sens de l'humour et je profite de la vie au maximum, voilà tout.

Il la dévisagea. Ce visage qui révélait ses émotions, bien

qu'elle s'efforçât de n'en rien laisser paraître, cette bouche souriante dont sortaient tranquillement piques et insultes. Ces lèvres… Quel serait leur goût, s'il avait idée de l'embrasser ? Comment réagirait « miss Collet-Monté » ? Lui permettrait-elle d'entrevoir des bribes de ce qu'elle dissimulait ? Parce que, bon sang ! Il était sûr qu'elle cachait sous sa carapace beaucoup de douceur et de passion, qui attendaient d'être libérées. Heureux l'homme qui y réussirait.

La porte le frappa dans le dos, lui rappelant que ce n'était ni le moment ni l'endroit pour embrasser Ivy Leigh. Et pourtant… Il tendit la main vers sa joue et aurait juré voir une brume voiler ses yeux, lui révélant qu'il n'était pas le seul à lutter contre l'étrangeté de l'instant. Elle entrouvrit la bouche, son souffle s'était accéléré. Ses paupières se fermèrent un dixième de seconde. Assez pour qu'il comprenne qu'il lui faisait de l'effet et qu'elle appréciait. Pas qu'elle acceptait, non, mais que ça lui plaisait.

Elle se recula.

— Bien. A demain. Montrez-moi ce que vous aurez pondu pour cette campagne de soutien, professeur. J'espère que vous m'impressionnerez.

Il secoua la tête. Il aurait pu lui montrer deux ou trois trucs qui l'auraient impressionnée… Mais il s'agissait de travail, et il se souvint que c'était aussi pour lui le plus important. *Che stupido !*

— Cessez de me rappeler ces sessions absurdes. Vous me faites bouillir le sang avec ça.

— J'aime mon métier.

Elle lui adressa un sourire satisfait, le même, peut-être, qu'elle arborait après l'amour… Elle lui apparut soudain nue, entre ses draps. Epuisée et glorieuse.

— Au revoir, professeur.

Il vit la porte se fermer en chuintant, et remercia les dieux de ce timing parfait. Elle avait eu le bon sens de mettre un terme au jeu dangereux qu'ils avaient failli commencer. Oui, elle lui faisait bouillir le sang : entre eux, la température avait augmenté plus que de raison. Personne ne l'avait jamais mis dans cet état, furieux et excité à la fois. Tandis que l'ascenseur montait, il leva les yeux vers les portes métalliques.

— Au revoir, Ivy, murmura-t-il.

Puis il tourna les talons pour rejoindre par l'escalier la salle de chirurgie.

Voir les patients, calmer leurs angoisses et celles de leurs parents, un peu de gym, un repas correct et du sommeil. Voilà ce qu'il avait à faire.

Il fallait qu'il soit prêt pour demain, pour le deuxième round contre « miss Belladone ».

3.

Ivy posa la coiffe verte sur ses cheveux courts, et l'arrangea devant le miroir de ses mains tremblantes. Sa frange était écrasée… Elle avait l'air fin, avec ça !

Elle prit une longue inspiration. Il fallait qu'elle se reprenne. De quoi se plaignait-elle ? Après tout, c'était son travail !

Depuis le début de sa vie d'adulte, elle avait tout misé sur son métier et obtenu exactement ce qu'elle voulait. Elle était directrice du service juridique dans une institution légendaire et respectée. Cette journée n'était qu'un obstacle de plus, qu'elle franchirait avec brio.

Enfin, à l'exception de deux ou trois petites choses…

Allons, elle devait cesser d'y penser. Ce n'était tout de même pas un peu d'hémoglobine, ni un homme au sang chaud, qui allaient l'abattre.

Elle examina le vestiaire. Les tenues vertes marquées du monogramme de St. Carmen lui rappelèrent la fameuse photo. Elle laissa échapper un soupir. Etait-elle condamnée à la trouver devant ses yeux aux moments les plus inattendus, jusqu'à la fin de ses jours ? Une part d'elle l'espérait, alors que l'autre s'efforçait de l'oublier.

— Vous êtes prête, mademoiselle Leigh ? Nous allons entrer, maintenant. Le chirurgien est là.

Elle se retourna. C'était Nancy, l'assistante de bloc.

— Une seconde, j'arrive.

Il fallait qu'elle se détende, qu'elle respire à fond. Encore une fois. Elle pouvait y arriver.

Que redoutait-elle le plus ? Le liquide rouge ou l'homme qui lui avait inspiré des rêves lascifs la nuit précédente ?

Auquel elle avait failli s'accrocher dans l'ascenseur pour l'embrasser ? Et qu'elle avait décrit à sa colocataire pendant des heures, en concluant qu'il était « affreusement sexy » ?

Oui, elle l'admettait, elle aussi le jugeait sexy, mais cela prouvait simplement que ses hormones fonctionnaient. Pour ne rien arranger il avait l'intention de la ridiculiser et il aurait la part belle, vu qu'elle se comportait déjà comme une idiote.

Elle se fourra dans la bouche encore deux pilules « Rescue » censées apaiser les chocs émotionnels, et prit quelques profondes inspirations espérant ainsi calmer les battements désordonnés de son cœur. Elle se sentait parfaitement à son aise dans les cas de médiation difficile, entre deux avocats et un client en colère, assoiffé de justice. Des phrases, des débats, le pouvoir des mots. Tout cela lui convenait. Mais pas la médecine. Pas le sang. Pas les organes internes.

Elle se secoua intérieurement. Assez tergiversé, il fallait y aller.

Ce fut l'odeur intense qui la frappa, dès qu'elle fut entrée. Agressive et clinique. Le responsable devait en être ce liquide brun, dont un homme masqué enduisait l'abdomen de la patiente anesthésiée. Puis la vive lumière blanche l'atteignit, et enfin, le bruit. Elle s'était imaginé que ce serait silencieux, ne se souvenant que du calme qui régnait lors de ses propres opérations interminables, mais ici, de la musique classique sortait des baffles d'une chaîne stéréo. En fait, le seul élément rassurant.

Elle sentit ses mains devenir moites et les battements de son cœur s'accélérer. Ces cachets n'étaient pas très efficaces… Quelqu'un, assis au chevet de l'opérée, jouait avec des tuyaux. L'anesthésiste. Elle avait assez d'expérience pour identifier tous les personnages de cette scène. Une femme lui sourit et passa devant elle avec un plateau plein de crochets et de pinces. Des instruments de torture. Elle frémit et s'écarta de la table, désemparée, ayant le sentiment d'être une intruse. Devrait-elle se tenir plus près ? En ce cas, elle aurait une vue imprenable sur l'action.

L'homme qui désinfectait la peau de la patiente à la Bétadine leva la tête : c'était Matteo. Voilà qu'elle l'appelait ainsi en esprit, à présent… Pas le professeur Finelli, qui était hors de sa portée, mais Matteo, qu'elle avait failli embrasser, une pulsion qui ne l'avait pas assaillie depuis des siècles. Elle ne voyait que ses yeux noirs, perçants et directs.

— Ah, mademoiselle Leigh, vous êtes venue ! Ravi que vous ayez pu échapper un moment au « raclage de papier ».

— Je suis contente d'être là.

Elle se sentit rosir. Quelle menteuse elle faisait !

— Nancy vous a trouvé une tenue, parfait. Il aurait été dommage de souiller votre tailleur chic, de fluides corporels divers. Approchez-vous, vous verrez mieux. Mon équipe va vous faire de la place. C'est un peu encombré, parce que je dois enseigner, en même temps qu'opérer. Peut-être un jour dénicherez-vous des fonds pour installer une vraie salle d'observation ? Cela nous faciliterait bien l'existence.

Elle eut un sourire sarcastique, bien entendu invisible sous son masque.

— Vous savez bien, répliqua-t-elle, que ce n'est pas ma partie, mais je l'ajouterai tout de même à votre liste de vœux, qui s'allonge de jour en jour.

— Eh oui, nous sommes si exigeants, nous autres, les chirurgiens ! On dirait presque que nous voulons sauver des vies.

Son œil pétilla, mais son ton n'avait rien d'agressif. Puis il redevint professionnel.

— Bien. Voici Emily, qui donne son rein gauche à sa fille de douze ans, atteinte de polykystose rénale. Une femme très active, sans aucun antécédent médical sérieux, qui réunit donc les conditions pour que la greffe réussisse. Elle offre à son enfant la chance de vivre normalement. A condition que son corps ne rejette pas l'organe étranger, bien entendu, mais la transplantation est toujours mieux tolérée, lorsque le donneur est vivant. Une fois que nous aurons ôté le rein, mon équipe et moi…

Il s'interrompit pour l'observer.

— Vous y voyez bien, de là ?

— Oui, merci.

Elle déplaça son poids d'une jambe sur l'autre pour se pencher sur la droite et s'aperçut qu'il la regardait encore.

Il baissa les yeux vers ses pieds, puis croisa de nouveau son regard.

— L'intervention risque d'être longue. Euh… Quelqu'un voudrait-il un siège ? demanda-t-il à la cantonade.

Sa voix s'était radoucie, toute trace de moquerie avait disparu. Ivy n'en espérait pas tant de lui. Il avait dû remarquer qu'elle boitait. Quand ? Elle refusait la pitié.

— Vraiment ? Personne ? Dernière chance avant le début de l'intervention.

Elle le regarda. En réalité, il ne parlait que pour elle… Mais pas question de montrer sa faiblesse devant tous ces gens. Elle secoua la tête avec véhémence.

— Tout va bien, ne vous préoccupez pas de moi.

— A votre guise.

Il lui adressa un signe de tête et le scalpel qu'il brandissait renvoya la lumière en d'affreux reflets.

— Prêt, tout le monde ? Néphrectomie du donneur par laparoscopie.

Une heure plus tard, Ivy avait regardé partout, sauf vers la patiente, pour ne pas risquer de voir du sang. Elle connaissait par cœur le coin droit de la salle, et aurait pu réciter, sans en omettre un mot ni un chiffre, l'avertissement inscrit sur le panneau accroché au-dessus de l'armoire électrique.

Une douleur lancinante lui taraudait les reins, et sa jambe la faisait souffrir. Elle n'avait même pas de quoi s'appuyer. Elle se tenait debout, immobile, essayant d'évacuer les odeurs, le jargon suggestif, « tubulaire » « rénal », « hémo »…, et sang, bien entendu.

Matteo, lui, restait imperturbable. Il posait maintenant trois sondes, qui sortaient de l'abdomen de la femme, tout en observant son travail sur un grand écran de télévision et sa voix était calme et mesurée. Pour un macho italien démonstratif, c'était un sacré bon chirurgien, elle le lui accordait. C'était aussi un excellent professeur, qui prenait le temps d'expliquer ses moindres gestes. C'était incroyable. La microchirurgie était si détaillée, si précise, si astucieuse…

Bon, elle l'avait mal jugé. Il n'était pas narcissique en ce qui concernait son métier, il donnait de lui-même à ses patients et à ses étudiants. Mais il était, malgré tout, contrariant, et sexy.

— Il nous faut diviser la veine surrénale afin qu'elle ait la longueur optimale pour la transplantation…

Elle se concentra sur la musique. Ce commentaire lui provoquait un début de nausée. Ou peut-être, était-ce la chaleur ? Elle posa de nouveau les yeux sur lui, glissant de son visage masqué à sa gorge. Le V de peau visible était hâlé, les muscles de ses avant-bras se contractaient et s'étiraient tour à tour…

Il s'arrêta et arquant le dos, regarda l'écran. En baissant la tête pour reprendre son travail, il surprit son regard. Les petites rides sur ses tempes lui indiquèrent qu'il souriait ; de quelle façon, elle n'aurait su le dire. Et elle ne voulait pas le savoir. Un seul regard de lui, et son ventre se nouait, irradiant la chaleur. Qu'éprouverait-elle en se réveillant à côté de lui, en voyant ses yeux, cette peau… ? Et que serait-il arrivé si elle ne s'était pas reculée, hier dans l'ascenseur ?

Elle était satisfaite de l'avoir fait. Frustrée, certes, mais satisfaite.

Mais si elle n'avait pas bougé, l'aurait-il embrassée ? Et pourquoi elle, alors qu'il avait à sa disposition tant d'autres jolies femmes ?

Elle sentit sa bouche s'assécher. Elle n'avait pas le droit d'imaginer ce que ce serait de le toucher, de l'embrasser… Pas dans cette salle d'opération, quand la vie de quelqu'un était en jeu.

En outre, elle refusait de s'engager, et n'était pas du genre à avoir des aventures. A moins que… Non, pas question. Pas avec lui, en tout cas.

Ses joues la brûlèrent, elle secoua la tête, cherchant à s'éclaircir les idées et s'aperçut qu'elle mettait du temps à focaliser. Elle fixa les mains de Matteo, rouges d'un liquide épais. La nausée la submergea, la chaleur la rendait malade, à présent. Elle avait chaud et froid, et elle sentit le sang se retirer de son visage.

— Vous voilà de nouveau parmi nous ? C'est bien.

Matteo tapotait la main d'Ivy, en douceur, mais assez fort pour l'obliger à ouvrir les yeux. Il l'observa. Elle était si pâle, si jeune, étendue sur le chariot et recouverte d'un plaid. Il était responsable d'elle en salle d'opération, c'était la moindre des choses qu'il s'inquiète de son état, non ? Elle le regardait d'un air égaré. Pourtant, ses joues reprenaient des couleurs. Elle tenta de s'asseoir, mais il la retint.

— Restez tranquille. Votre tension a chuté d'un coup et vous vous êtes évanouie. Vous vous sentez mieux ?

— Je suis désolée. Je vous en prie, allez terminer, ne vous occupez pas de moi.

Il la vit refermer les paupières. Sans doute plus d'embarras que de fatigue.

Il n'était pas rare qu'on s'évanouisse en salle d'opération, mais c'était la première fois qu'il éprouvait ce besoin de se précipiter, pour évacuer la victime. Même si, en la voyant s'écrouler sur le carrelage, il savait que sa patiente passait d'abord et qu'il n'était donc pas en position de la secourir.

— L'intervention est finie. Il faut plus qu'un malaise vagal pour que j'abandonne un opéré sur la table. Les infirmières vous ont bien soignée ?

Elle sourit.

— Oui, et je regrette de leur avoir fait perdre du temps, à elles aussi. Ce n'était pas nécessaire, pas plus que votre visite. Vous avez mieux à faire, je suppose.

— Arrêtez. J'ai dix minutes de battement avant de commencer la transplantation, j'en ai profité pour venir aux nouvelles.

Elle se tortilla pour se redresser.

— Vous n'étiez pas obligé. Franchement. Personne n'aurait dû s'occuper de moi, je m'en serais tirée toute seule.

— Bien sûr, nous laissons toujours les gens inconscients croupir sur le sol de la salle d'opération, comme les blessés sur le champ de bataille. Nous veillons simplement à les enjamber, en nous déplaçant. Avez-vous mangé quelque chose, ce matin ?

— Oui.

Il secoua légèrement la tête. Curieux, il avait soupçonné une hypoglycémie… Pourquoi une fille aussi solide perdrait-elle connaissance ?

— Qu'est-ce qui vous a pris, alors ?

Elle haussa les épaules.

— J'avais trop chaud.

— Tout le monde souffrait de la chaleur. La climatisation est en panne, encore un truc à ajouter à ma liste, au fait.

Il l'observa encore. Peut-être, était-ce en rapport avec sa jambe ? La douleur ? *Pazzo*, l'imbécile ! Il avait voulu s'amuser d'elle, et elle n'avait pas supporté de rester debout si longtemps. Pour une raison physique, ou autre. Et il refusait de s'immiscer dans une histoire qui ne le regardait pas. Pourtant…

— Il y avait autre chose, non ?

Elle ne répondit pas tout de suite, hésita.

— O.K., dit-elle d'un coup. Je pense que j'ai eu une overdose de pilules « Rescue ».

— Pardon ?

Il la dévisagea, interloqué. Il ne s'attendait pas à ça. Mais visiblement, elle ne plaisantait pas et il réprima son envie de rire.

— Vraiment ? L'intervention vous angoissait à ce point ? Parlez-moi franchement. De toute façon, vous ne savez pas cacher vos émotions.

— S'adressant à une juriste, c'est presque injurieux. Mais je ne suis pas sur mon lieu de travail, n'est-ce pas ?

— Vous aviez peur ?

— « No comment ».

— Ce qui veut dire oui. De quoi ?

— Je n'ai rien à déclarer.

— Lors d'un procès, ça peut marcher, mais ici, c'est mon domaine, vous ne m'arrêterez pas. Vous souffrez d'une phobie ? Les aiguilles ? Le sang ? La foule ? Moi ?

Son sourire s'élargit à cette pensée. Il ne doutait pas qu'elle le considérait comme son égal. Peut-être était-ce cette vibration entre eux qui l'effrayait ? Ou plutôt, ce qu'elle pouvait entraîner, s'ils n'y prenaient garde…

Sa moue lui rappela encore sa sœur Liliana, qui répugnait à avouer une quelconque faiblesse. Ivy avait repris des forces, elle redevenait combattive.

— Bon, c'est idiot, mais je ne supporte pas la vue du sang.

— Bien ! Donc vous avez peur de quelque chose. Intéressant…

Il avait trouvé un point faible. Excellent. Sauf qu'il n'aimait pas la voir si pâle. En outre, s'évanouir devant un groupe de collègues était plutôt gênant, et à présent, il se sentait obligé de l'aider. Attention, cela devenait une habitude, dont il allait devoir se débarrasser au plus tôt.

— Nous y reviendrons, reprit-il. J'ai peut-être quelques suggestions à vous faire pour améliorer ça. Mais là, je dois vous laisser.

— Attendez, Matteo.

Elle lui posa la main sur le bras, et des frissons le parcoururent. Il n'en ignorait pas la raison : c'était de la chimie, de la physique, de la biologie basique. Ils étaient connectés au-delà de ce que percevait leur cerveau. Néanmoins, il n'avait jamais éprouvé une attirance aussi forte. Qu'avait-elle de spécial, pour provoquer cette réaction en lui ? Et pourquoi tenait-il tant à l'aider ?

Jamais une femme ne l'avait intéressé au point qu'il veuille subitement l'embrasser dans un ascenseur. Ce genre « d'égarements » était bon pour les romans et indigne d'un scientifique comme lui. Il se méfiait des envies incontrôlables, savait très bien où elles menaient, et était fermement décidé à ce qu'on ne l'y reprenne plus.

Elle lui adressa un grand sourire.

— Merci de votre sollicitude, mais votre transplantation ? Je souhaiterais y assister. A une distance raisonnable.

Il retira son bras, et fit un signe de dénégation.

— Franchement, vous n'avez rien à prouver. Il faudrait que vous soyez certaine de pouvoir vous maîtriser. Peut-être est-ce un peu tôt pour commencer à affronter votre phobie, je préférerais que vous alliez vous reposer. Rien ne me garantit que vous allez supporter…

Elle sursauta, et fixa sur lui ses yeux verts.

— Bien sûr que oui ! Je vous assure que j'en suis capable !

— N'insistez pas. Nous n'avons pas besoin de ce type d'incident en salle d'op. Je vous propose de réessayer la semaine prochaine. Et je tâcherai de trouver une procédure moins intrusive à vous montrer.

Elle secoua la tête, avant de se rallonger et de se couvrir les yeux de l'avant-bras.

— Donc, vous avez gagné.

— Ce round, seulement.

Il se mordit la lèvre. D'où venait qu'il s'en sentait si peu satisfait ?

— Vous pouvez vous lever, mademoiselle. Votre tension est normale, à présent. Avalez ça et allez vous changer, dit Nancy qui venait d'entrer.

Elle tendit un verre d'eau à Ivy, puis se tourna vers lui.

— C'est vendredi soir, je vous rappelle que nous prenons un pot ensemble en sortant. Vous serez des nôtres ?

— Quelle question !

— Et vous, mademoiselle ? demanda Nancy en regardant Ivy. Vous êtes la bienvenue.

Il s'efforça d'ignorer le trouble qui l'envahissait, à l'idée de la revoir si tôt. S'il devait réagir ainsi chaque fois, mieux valait rester chez lui ce soir. Déjà qu'elle avait été sa première pensée ce matin au réveil…

— Pourquoi persistez-vous à m'appeler « mademoiselle » ? J'ai l'impression d'être une vieille fille de quatre-vingt-dix ans. Je suis Ivy. Et merci pour votre invitation, mais je ne pourrai pas venir ce soir.

— C'est la tradition, Ivy, répliqua Nancy. Nous allons tous au Dragon en sortant. Quand on travaille en salle d'op, c'est presque une obligation…

L'insistance de Nancy le réjouit : il se souvint combien Ivy avait été autoritaire, lorsqu'il s'était agi de le forcer à assister à son cours absurde.

— Croyez-moi, vous ne pouvez pas refuser, ajouta-t-il.

Ivy s'assit au bord du chariot et lissa ses cheveux blonds dressés en touffes sur la tête. Avec sa tenue froissée, elle était soudain bien loin de la juriste sophistiquée et compétente qu'elle voulait être. En fait, elle était très mignonne ainsi.

— Peut-être, mais la chirurgie n'est pas mon domaine, je me suis contentée de me rendre ridicule.

— Et j'en suis désolé pour vous.

Il se pencha vers elle, ce qui était une grosse erreur, car une bouffée de son parfum fit chavirer ses sens. Il se redressa.

— Je vais vous confier un secret… La première fois que j'ai assisté à une intervention, en tant qu'étudiant, j'ai vomi.

— Dans la salle ? s'écrièrent les deux femmes en chœur.

Il esquissa un sourire.

— Non, j'ai réussi à sortir juste à temps. Un pontage coronarien, pas joli à voir. On met longtemps à s'y faire. Entre les odeurs, le bruit, le sang et cette vision de l'intérieur d'un corps. On apprend à vivre avec, mais le premier jour, ça secoue forcément. Par chance, Ivy, il vous reste encore trois occasions de vous y habituer.

— Ah oui. Trois.

Les joues en feu, elle termina son verre d'eau, et le posa sur la table de chevet.

— On dit que l'hypnose fait des miracles, reprit-elle d'un ton hésitant. Pour l'instant, je me suis contentée d'éviter de regarder, ce qui n'est pas malin. Il me semble que je dois présenter mes excuses à tout le monde, pour le dérangement.

— Dans ce cas, où le faire mieux qu'au pub ? Une bonne occasion de vous familiariser avec l'ensemble du personnel. Les gens parlent plus volontiers, quand ils ont bu une bière.

— C'est vrai, ajouta Nancy. Vous verrez, toute l'équipe est très sympa. Et je vous promets que personne ne se moquera de vous.

Matteo eut un petit rire.

— A part moi, évidemment.

L'assistante leva les yeux au ciel.

— Ne l'écoutez pas, Ivy. En réalité, il est adorable.

— Nancy, enfin ! Vous ruinez ma réputation !

— Trop tard, elle est en lambeaux, mon pauvre garçon. Nous avons tous admiré la photo… « Croquez » ! Oh Oui ! Il y aurait des volontaires !

Nancy sortit en riant toujours, le laissant en tête à tête avec Ivy, qui ne cachait pas non plus son hilarité.

Il lui sourit.

— Du coup, j'ai vraiment besoin que vous veniez ce soir, pour témoigner que vous m'avez déjà puni. Sinon, ils seront sans pitié.

— Je vais y réfléchir.

Elle lui tapota la main, et une confortable chaleur se répandit dans son corps. Et lorsqu'il croisa son regard étincelant, il fut de nouveau saisi d'une excitation incroyable. Il eut envie de l'embrasser, ici même, de goûter sa bouche, de la sentir contre la sienne. Il était en train de perdre la bataille. Il la désirait comme un fou. Elle cessa de rire, mais sans se départir de son sourire.

— Navrée, Matteo, reprit-elle, mais c'est ce que vous méritez. Vous les affronterez seul, et je ne donne pas cher de votre peau.

4.

Pour la première fois depuis qu'elle avait pris son poste, ayant profité d'un après-midi de congé imprévu, Ivy était à jour dans son travail. Elle s'y était plongée avec ardeur pour oublier sa gêne persistante et avait même établi une nouvelle liste de tâches, qui comprenait des projets achevés, au contraire de tous ceux que son prédécesseur avait laissés en plan.

C'était agréable d'avoir une idée plus claire de ses objectifs, au moins jusqu'à la prochaine crise, qui se produirait tôt ou tard, elle en était certaine. Elle espérait au moins, qu'il n'y aurait plus de photos de nu… En fait, ce cas de figure la troublait plus, qu'elle ne l'aurait cru.

Elle appela le bureau d'à côté.

— Becca, pouvez-vous programmer quelques entretiens pour moi, dans la semaine qui vient ?

— Bien sûr. J'arrive.

Son assistante apparut aussitôt sur le seuil, le stylo accroché au bloc, comme si elle allait prendre une dictée.

— Qui, pourquoi, et quand ? Ce serait super de devoir identifier d'autres fesses en forme de pêche, de préférence.

Ivy tenta d'afficher un air réprobateur, sans trop de succès.

— Vous êtes incorrigible. C'est aussi notre travail, nous sommes payées pour le faire. Regardez mon agenda, tous les jours, sauf jeudi et vendredi. Il faut que je fasse le point sur le cas Partridge. Je veux convoquer… Maggie Taylor et Leslie Anderson, de la salle 3.

Becca tapota son bloc.

— Le cas de négligence, c'est ça ? La sonde nourrissante qui s'est débranchée ?

— Oui. Il y a déjà quinze jours que la plainte a été déposée, je dois éplucher les faits en détail, et rapidement.

— Parfait, j'organise ça. Mais nous gagnerons, de toute façon. Ou alors, nous parviendrons à un arrangement avant.

— Oui. Je connais bien le système.

Elle hocha la tête, songeuse. Son expérience personnelle était vaste, elle avait été plaignante, avant de devenir défenderesse. Le plus triste était qu'on commette encore des fautes professionnelles uniquement dues à la négligence…

Son métier la plaçait dans une situation paradoxale sur le plan de l'éthique : d'un côté, elle devait faire en sorte que l'hôpital soit un lieu sûr pour tout le monde, de l'autre, elle était responsable vis-à-vis de l'administration. Il arrivait que ce soit stimulant techniquement, mais la plupart du temps elle se trouvait coincée entre l'arbre et l'écorce. Pourtant elle ne regrettait rien, car elle adorait les défis.

Elle considéra la pile de contrats d'embauches, et un épais dossier concernant une plainte pour harcèlement sexuel contre un intendant. De la lecture en perspective pour ce soir… Elle lirait tout cela au lit.

Pourquoi l'image du dos nu de Matteo s'imposa-t-elle soudain à son esprit ? De toute façon, en ce moment, tout était prétexte à penser à lui.

Elle n'irait pas au pub, mais resterait dans son bureau pour travailler. Et elle ne s'autoriserait aucune rêverie, où il la touchait ou l'embrassait ou encore, la déshabillait dans un ascenseur — son fantasme le plus récent —, ou dans la salle de garde. Des incidents qui se produisaient parfois dans les hôpitaux…

Quand elle releva enfin la tête, elle s'aperçut que son assistante l'observait toujours.

— Oui, Becca ?

— J'ignore où vous étiez partie, mais vous n'étiez plus là. Maggie viendra lundi à 14 heures et Leslie mardi à 15 h 30, à la fin de son service.

Becca sourit.

— Vous ne m'avez pas expliqué pourquoi vous êtes revenue si rapidement du bloc. N'éticz-vous pas supposée avoir la chance de passer toute la journée avec le « Dr Délicieux » ?

Elle se mordilla la lèvre. Autant ne rien cacher, la rumeur courait vite, de toute façon.

— Promettez-moi de n'en parler à personne, et de ne pas vous moquer de moi.

L'air grave, Becca acquiesça.

— Promis juré.

— Je me suis évanouie. Je dois dire que je suis restée debout si longtemps… Et il faisait une chaleur étouffante.

Son assistante prit un air compatissant.

— Oh ! Je vous comprends.

Ivy se sentit soulagée. En fait, personne n'aimait voir l'intérieur des corps.

— Vraiment ?

— Eh bien…, moi aussi, il m'a rendue toute chose.

— Qui ça, « il » ? Bon sang, je ne me suis pas évanouie à cause de lui ! La clim était en panne et je…, eh bien, je ne supporte pas cette ambiance. Le professeur Finelli n'est qu'un homme, ne soyez pas futile.

— Ivy… Vous ne devriez pas vous mettre dans cet état. Vous êtes toute rouge.

Ivy sourit.

— Je vous préférais quand vous étiez timide et polie, Becca.

— Désolée. J'outrepasse mes fonctions ?

— Un peu, oui.

Mais elle sourit gentiment à Becca, consciente qu'il lui fallait conserver des alliées. Après des heures dans l'atmosphère confinée des réunions administratives, elle avait besoin d'un peu de bavardage entre filles. Lorsqu'elle arrivait chez elle, sa colocataire était couchée, ou sortie avec son petit ami. Leur arrangement fonctionnait à merveille, justement parce qu'elles ne se marchaient pas sur les pieds, mais Ivy passait la plupart de ses soirées seule. Ce qui était idéal, vu le travail qu'elle amenait à faire à la maison, il n'empêchait que parfois… Elle vit Becca se diriger vers la porte.

— Vous partez ? Bon week-end.

— En fait, je vais rejoindre les autres au Dragon. C'est le lieu de rendez-vous du vendredi soir.

Ivy sentit son cœur chavirer.

— Oh ! Vous aussi ? C'est la tradition, n'est-ce pas ?

— Oui, et puis le lieu est assez couru. On s'y amuse bien, en général, il y a même un karaoké à la fin.

— Excellente raison pour que je reste ici.

Elle détourna les yeux. A remuer des paperasses en regardant de l'autre côté de la rue, vers les lumières du pub, peut-être à entendre les rires… Mais inutile de s'apitoyer sur son sort.

— Oh ! Mais on n'oblige personne à chanter ! C'est super, franchement, vous devriez m'accompagner.

Plutôt que le karaoké, c'était la compagnie qu'elle redoutait. Surtout celle d'un certain chirurgien.

— J'ai trop de travail.

— Allons, je vous attends. Eteignez votre ordinateur.

Souriante, Becca se leva, et rassembla les dossiers en une pile qu'elle lui tendit.

— Je sais, j'outrepasse mes fonctions, mais c'est vendredi soir. Emportez ça, vous aurez tout le week-end pour lire, et ce soir, vous venez boire un verre. Nous n'avons pas encore eu l'occasion de fêter votre arrivée ici, et pourtant, je vous assure qu'elle a été pour nous une bouffée d'air frais.

— Mais…, je…

Elle s'interrompit, mal à l'aise. Refuser serait grossier, et avouer la vérité serait contredire l'indifférence qu'elle affichait vis-à-vis de Matteo. Non, il n'avait décidément rien de banal. Il était attentionné, gentil et lui faisait battre le cœur plus vite. Il l'intriguait et son corps parfait allumait un incendie dans ses veines.

C'était précisément pour cela qu'elle n'avait aucune intention de se rendre au Dragon.

— Ecoutez, Becca… Je ne vais pas entrer, vraiment. Je rentre tout droit chez moi.

Elles étaient à présent devant le pub et Becca lui agrippait toujours le bras. En dépit de tous les prétextes qu'elle avait trouvés à invoquer, elle n'avait pu la décourager. Becca poussa la porte.

— Vous êtes gênée, c'est ça ? Il n'y a pas de quoi. Ç'arrive tout le temps, que des gens tombent dans les pommes. Ils s'en remettent ! Allez, la dernière arrivée au comptoir paie les consommations !

— Laissez-moi une minute.

Elle la regarda disparaître à l'intérieur, et prit une profonde inspiration. Si elle évitait de regarder Matteo, elle pouvait s'en tirer. Il serait forcément au milieu d'un groupe. Il suffisait de ne pas croiser son regard, et de se cacher dans un coin sombre avec ses collègues de l'administration, qui étaient là aussi, apparemment.

Elle entra. Le niveau sonore était supportable, toutes les tables étaient occupées et elle reconnut certains visages à l'autre bout de la salle, mais quand le lourd battant claqua en se refermant, les conversations cessèrent et tous les regards se braquèrent sur elle.

Voilà, c'était exactement l'idée qu'elle se faisait de l'enfer. Elle lisait dans leurs pensées : « C'est la fille qui s'est évanouie en salle d'op. L'avouée de choc. »

Au moins, Matteo n'était pas visible…

Au comptoir, Becca parlait déjà à la serveuse.

— Vu que c'est vous qui régalez, j'ai commandé le plus grand cocktail, un cancun margarita, je crois. Qu'allez-vous boire, Ivy ?

— Un verre de vin.

— Ils servent un bon merlot. Oh ! Regardez ! Les filles sont contentes de vous voir.

Becca désigna le groupe de leurs collègues, qui agitaient la main en souriant.

— Ou alors, elles se moquent de moi.

— Mademoiselle Leigh, vous vous êtes décidée à nous rejoindre, finalement ?

Cette voix grave derrière elle… Un frisson la parcourut. Peut-être que ce n'était pas à elle que ses collègues faisaient signe, après tout, que c'était l'arrivée de Matteo qui les réjouissait…

Elle se retourna, en tentant de maîtriser sa respiration. Peine perdue ; chaque fois qu'elle posait les yeux sur lui, son regard intense, brillant de malice, la transperçait. Ses pommettes paraissaient plus saillantes sous les lumières tamisées, et il correspondait tout à fait au cliché du beau Méditerranéen. En chemise noire qui mettait sa carrure en valeur et jean moulant, il avait l'air dangereux, prêt à tout. Ils ne jouaient pas dans la même catégorie. Elle n'appartenait à aucune, d'ailleurs, mais si elle devait choisir, ce ne serait certainement pas dans celle de Matteo.

— Bonsoir, professeur. Oui, je suis là. Mon assistante y tenait, ainsi que tout l'hôpital, semble-t-il. Ce qui est parfait : au lieu de recevoir l'humiliation au compte-goutte, je la prends en pleine figure d'un seul coup. Je montre ma tête, je bois ce merlot, et ensuite…

Elle souleva son sac bourré, dont la fermeture menaçait de craquer.

— Au boulot.

— Ah, bien sûr, vous n'arrêtez jamais.

Il fouilla dans sa poche, et en sortit un billet qu'il tendit à la serveuse.

— C'est ma tournée.

Becca le remercia d'un large sourire et, son cocktail à la main, tourna les talons pour rejoindre leurs collègues.

Ivy ne put réprimer une petite grimace. Super. Quelle traîtresse ! L'abandonner en tête à tête avec lui ! Elle leva son verre.

— Merci ! Je vous le revaudrai, donc.

Sur ces mots, elle se dirigea vers la table du fond.

— Pas si vite !

— Oui ?

Ignorant son cœur qui s'affolait, elle se retourna. S'il croyait qu'elle allait se laisser faire…

— Pardon, mais on m'attend là-bas.

Il sourit, et un instant, lui parut sincère.

— Comment vous sentez-vous, ce soir ? Plus d'évanouissements ?

— Non, tout va bien, merci. Je vous vois jeudi, pour mes travaux pratiques ?

— Oh ! Par pitié, ne remettez pas ça sur le tapis !

Il lui prit le bras, et l'entraîna discrètement dans un coin tranquille. Elle ne protesta pas, mais s'en voulut d'être si docile. Il lui semblait sentir tous les regards dans leur dos.

— C'est le début du week-end et nous sommes en terrain neutre. Tout le monde, moi compris, a envie de s'amuser et de profiter de cette soirée. Pourquoi ne pas essayer de vous détendre ?

— Vous espérez que je baisse ma garde pour mieux frapper, c'est ça ?

Il haussa les épaules.

— Je ne vois pas dans quel but. Si nous bavardions un peu ?

Nancy passa devant eux.

— Salut, Ivy ! En forme, ce soir ? Matteo vous donne des conseils ? Il est doué pour ça.

En observant la courbe de la bouche de Matteo, elle songea qu'il devait être doué dans pas mal de domaines, et tâcha d'ignorer le trouble qui l'assaillait à cette idée.

— Je suppose, oui.

— Pour les remèdes contre les pertes de conscience, je veux dire, lança Nancy avant de se diriger vers les toilettes.

Ivy posa son sac, et après avoir avalé une longue gorgée, sentit avec bonheur la chaleur de l'alcool se répandre dans son estomac.

— Une semeuse de zizanie, on dirait bien…

— Elle aime plaisanter, mais elle est très sympa.

Elle croisa son regard. Il souriait toujours.

— Comment vais-je vous conditionner, pour que vous supportiez la vue du scalpel la semaine prochaine ?

— Ne vous en faites pas, je compte regarder des vidéos sur internet. Si je tape : « greffe de rein », je suis sûre d'en trouver des centaines. On a un point de vue excellent sur l'intervention et un commentaire en prime, tout en échappant aux odeurs, aux bruits et…

Elle s'interrompit à temps. Au chirurgien… Oui, elle finirait par s'habituer au sang, en coupant le son et en buvant du vin pour se donner du courage. Elle ferait tout pour ne pas perdre la face jeudi prochain.

— Ah, bien sûr ! Les gaietés du Web. Incroyable, ce qu'on peut y dénicher !

Son sourire s'était fait moqueur.

Evidemment, il faisait allusion à sa photo…, qu'elle ne voulait plus voir, jamais.

— Je vous l'ai dit, il y a des gens qui y « postent » des choses utiles, ça peut être aussi très instructif.

— Vous n'êtes pas dans votre salle de cours, inutile de me faire le baratin.

Il insista sur le dernier mot, sarcastique.

— Regardez ce qui vous chante sur internet, mais cachez-vous le visage dans les mains, et allongez-vous, pour ne pas tomber de trop haut.

— Ah, ça vous a fait plaisir, n'est-ce pas ?

— Et après ?

Elle le considéra. Il ressemblait à un chat qui se lèche les babines devant un bol de crème.

— Je suis content aussi que vous ayez décidé d'aller au bout de l'expérience, reprit-il. Votre carapace est solide, mais je vous soupçonne d'y dissimuler un côté plus… tendre.

Elle détourna le regard. Bien sûr, elle avait appris à se protéger d'hommes comme lui. D'un, en particulier, qui se prenait pour Dieu le Père. Jamais plus, elle ne se livrerait à la folie d'un égocentrique. Et sa mère, qui avait tout donné à un, ou plutôt à plusieurs égoïstes du même acabit, avait été démolie, au point d'être incapable de travailler.

— Nous avons tous un jardin secret, non ? Je parie que vous aussi, vous ne montrez pas tout. Nous offrons tous une image de nous en société, rien ne nous oblige à tout dévoiler aux autres. Ce serait même tout à fait déconseillé.

Il haussa les sourcils, manifestement songeur, avant de secouer la tête.

— Bizarre, votre théorie… Je suis tel que je suis, point final.

— Je n'en doute pas.

Elle regarda ce bel homme au charisme éblouissant. Peut-être n'y avait-il pas grand-chose à creuser, en effet…

Il haussa les épaules, comme s'il lisait dans ses pensées et se moquait bien de son opinion.

— Pensez ce que vous voulez, je ne perdrai pas mon temps à vous convaincre du contraire. Sérieusement, allez-y doucement avec ces vidéos, et analysez les réactions de votre corps, votre respiration… Elle doit rester calme et régulière, pas comme en ce moment, par exemple.

Elle s'efforça d'inspirer à fond, sentit son cœur palpiter.

— Mais je respire normalement.

— Vraiment ? Je me suis trompé, alors. Il me semblait que vous étiez en hyperventilation.

Il lui saisit le lobe de l'oreille, joua avec l'anneau d'argent qu'elle portait et passa le doigt sur son cou.

— Vous voyez ? Quand je fais ça…, vous haletez. Autant que vous en soyez consciente.

Elle se sentit rougir horriblement. Oh ! Elle ne l'était que trop ! Pour qui se prenait-il ? Si elle devait avoir une aventure, ce serait avec quelqu'un qui partagerait son goût pour l'art et la littérature et qui aurait de la classe. Certainement pas avec ce type nul, avec ses belles mains. Et son sourire dévastateur.

— Détendez-vous. Apprenez à connaître votre corps pour identifier les signes de tension et relâchez-vous. Ou, si vous vous sentez la tête vide, contractez les bras et les jambes pour activer la circulation, et bougez aussi les orteils, afin que le retour veineux se fasse bien.

— Je m'en souviendrai.

— Pourquoi ne pas commencer par assister à une simple prise de sang ? Inutile d'avoir les yeux plus gros que le ventre.

Elle tenta de rendre sa voix sarcastique.

— D'accord, merci pour les conseils. Vous avez aussi un diplôme de psychologie ?

— Pas du tout, mais j'ai été obligé de retourner en salle d'op, après avoir été malade.

— Vous ne plaisantiez pas, tout à l'heure ? J'ai cru que vous racontiez ça pour me mettre à l'aise. Ainsi, vous avez été faillible un jour ? Et pourquoi n'avez-vous pas changé de voie, si vous étiez si sensible ?

— Parce que je rêvais de devenir chirurgien néphrologue. Je n'aime pas les seconds choix.

Elle hocha la tête. Elle n'en doutait pas un instant. Il était du genre à obtenir ce qu'il voulait par tous les moyens.

— Pourquoi cette spécialité ? Pourquoi pas orthopédie, ou autre chose ?

Il but une gorgée de bière, et prit un temps de réflexion.

— Ma sœur a eu besoin d'un rein à l'âge de onze ans. Au bout d'une longue attente, on a fini par trouver un donneur. Et après la transplantation, j'ai constaté le changement immédiat qui s'était opéré en elle. J'ai retrouvé ma petite sœur. Elle avait recouvré son énergie et possédait désormais un avenir. Une sorte de miracle. Ça lui a sauvé la vie. J'ai été si fasciné et heureux, que je me suis juré d'en faire mon métier.

Elle le dévisagea, soudain plus calme. Il pouvait donc être grave et éprouver des sentiments, comme elle l'avait supposé. Ainsi qu'il l'assurait, il était franc, c'était sa naïveté qui l'irritait. Elle n'avait pas dû le regarder sous le bon angle.

Elle ferait mieux de rejoindre Becca, à présent. Mais ses pieds étaient rivés au sol.

— Elle a eu de la chance. Vous n'avez qu'une sœur ?

— Non, deux autres, et deux frères.

— Je plains votre mère !

— Vous avez raison, c'était assez dur pour elle.

Il sourit.

— Je suis l'aîné. Et les petits me détestaient, bien sûr. Ils me trouvaient autoritaire. Ils me traitaient de tous les noms d'oiseaux. Et vous ?

— Oh ! On ne m'a jamais insultée, je crois.

Pur mensonge. Sa cheville blessée lui avait attiré pas mal de quolibets dans son enfance. En y repensant, elle sentit la douleur lancinante qui revenait. Elle déplaça le poids de son corps sur l'autre jambe, regrettant de ne pouvoir ôter ses chaussures.

— En fait, mon intention était de vous demander si vous aviez des frères et sœurs.

— Non. J'ai eu un beau-père qui avait un fils, Taylor, nous avons vécu en famille un moment, puis ma mère a divorcé pour la seconde fois, et ils sont partis. Je suis restée seule avec elle et les hommes divers qui défilaient, mais ça ne marchait jamais…

— Et elle est médecin. Ah, je comprends mieux votre phobie du sang.

— J'ai aussi longtemps détesté les hôpitaux.

— Pourquoi ça ?

Elle se mordilla nerveusement la lèvre. Zut, elle en avait trop dit.

— Ecoutez, mes collègues m'attendent, je dois vraiment les rejoindre.

— Pardon si j'ai posé une question indiscrète. Voulez-vous vous approcher pour le karaoké ? C'est encore pour récolter des fonds. Nous n'en avons jamais assez, malheureusement.

— Ce n'est pas par ce genre de moyens, que j'envisage la recherche de fonds. Et je ne tiens pas du tout à chanter, merci. Il est tard, je pense que je ferais mieux de regagner mes pénates.

Elle avisa à cet instant un homme qui se dirigeait vers eux.

— Matteo ! Dépêche-toi, ça va commencer !

Matteo leva une main.

— Une minute, Steve.

Il baissa encore une fois le regard vers ses pieds.

— Comment rentrez-vous ? Je vous accompagne et je vous trouve un taxi.

— L'arrêt de bus est juste au coin de la rue, ne vous dérangez pas.

— Comme vous voudrez. Pardon de vous avoir monopolisée.

Il eut un sourire chaleureux. Ou plutôt, possessif. Sexy. De nouveau, des frissons la parcoururent.

— Ivy, vous êtes pressée à cause de votre petit ami ? Ou de votre mari ? demanda-t-il d'une voix rauque.

— Non, pas du tout, je vous ai déjà dit que j'avais du travail.

Elle plongea les yeux dans les siens, et se sentit fondre. Elle s'efforça de se ressaisir. Pas question, elle refusait de dépendre d'un homme. Elle voulait rester elle-même.

— D'accord. Je vous rends votre liberté, même si je sais que je le regretterai. La semaine prochaine, je serai moins permissif.

Il flirtait, une fois de plus… La panique monta en elle, en même temps qu'une nouvelle onde de chaleur. Pas question qu'elle perde sa maîtrise d'elle-même.

Il lui caressa le bras.

— Je vais encore passer pour un imbécile, à chanter tout seul. Ne travaillez pas trop, Ivy. Et… bonne chance pour les vidéos !

— Pas de problème.

Elle poussa la porte, et inspira l'air frais de ce soir de printemps. Ouf, sauvée ! Elle se dirigea vers l'arrêt de bus, et soudain, sursauta. Elle avait oublié son sac !

En hâte, elle reprit le chemin du pub, quand brusquement, elle heurta un mur de muscles. Un col de chemise noir, une main qui lui tendait son sac…

— Oh ! Pardon !

Mais maintenant qu'elle s'était jetée contre lui, elle n'était plus si pressée de partir. Elle sentait ses pectoraux sous le tissu fin, chacune de leurs ondulations. Et aussi les battements réguliers de son cœur.

— Matteo…

— Chut !

Elle mit quelques secondes à prendre conscience qu'il l'embrassait. C'était si inattendu. Ses lèvres jouaient avec les siennes et elle savait qu'il souriait.

Elle cessa de respirer, éprouvant un délicieux vertige. C'était si bon. Mais c'était impossible. Elle s'écarta de lui, et prit une expression offensée.

— Matteo ! Qu'est-ce que cela signifie ?

— Vous aviez l'air d'avoir besoin qu'on vous embrasse.

Elle le regarda en coin. Il faisait le fier, mais elle percevait son léger tremblement. Donc, il n'avait pas prémédité son geste.

— Et j'avais raison, ça vous va bien. Vous devriez le faire plus souvent. Vous semblez… vivante.

— Eh bien, ce n'est pas dans mes habitudes d'agir ainsi. Et maintenant, je m'en vais.

— D'accord, si vous y tenez.

Il souriait.

— Mon sac, s'il vous plaît.

— Le voici. Faites de beaux rêves, Ivy.

Sur ces mots, il tourna les talons et rentra dans le pub.

De beaux rêves… Elle soupira franchement, cette fois. Avec lui en vedette. Pas question ! Son sac pesait au bout de son bras, lui rappelant qu'elle aurait assez d'ouvrage pour ne pas penser à ses lèvres chaudes et douces, et à son regard si séduisant. Et à ce dos nu, qui, hélas, ne lui sortait plus de la tête.

5.

— Non ? Sérieux ? Je dois m'asseoir dans un cercle et réagir à partir de scénarios imaginaires ? Alors que des drames réels se jouent en bas, aux urgences, et qu'il y a une salle d'opération vide au bloc, en ce moment même ? s'exclama Matteo.

Incrédule, il regarda les autres participants — deux médecins, une secrétaire et un phlébologue. Comment pouvaient-ils accepter ça ?

— Bon, alors, où en est-on ?

Ivy, un sourire plaqué sur le visage, se déplaçait de groupe en groupe pour observer les progrès de chacun. Un sourire qui se figeait encore davantage, chaque fois qu'il posait les yeux sur elle.

— Pourquoi ne pas plutôt faire part aux autres des problèmes spécifiques à chaque service ? reprit-il. On pourrait y réfléchir ensemble et mettre un projet sur pied. Ce serait au moins des travaux pratiques utiles !

Marjorie, la secrétaire, approuva d'un signe de tête, en lui jetant un regard rêveur.

— D'accord, « docteur Délicieux », nous vous écoutons. Dites-nous ce qu'il vous faut.

Il sourit. Cette satanée photo avait beaucoup contribué à sa célébrité. Il ne l'avait pas fait exprès, mais le résultat était là.

— J'ai besoin, en quelques mots, d'un nouvel appareil de dialyse, ou plutôt de fonds pour en acheter un.

— Combien ? demanda Ivy.

— Environ trente mille.

— Ça fait pas mal de calendriers à vendre, professeur. Et

si vous commenciez par créer un site internet pour collecter l'argent ? Certains en obtiennent beaucoup par ce biais.

Il secoua légèrement la tête. Décidément, elle était passionnée et enthousiaste dès qu'il s'agissait du Web.

— Ouvrez un compte en banque, et demandez aux gens d'y verser un don. Ce genre de blog fonctionne, à condition que les choses soient personnalisées. Vous pourriez remettre à chaque donateur un cadeau, une plaque gravée, une brochure avec une photo, un truc comme ça.

Marjorie le regarda d'un air narquois.

— La photo, on l'a déjà, pas vrai, Matteo ?

Encore ! Son côté pile avait vraiment eu du succès.

Ivy leva les yeux au ciel.

— Ça suffit, je vous prie. Ne parlez plus de ça, j'en ai une indigestion. J'ai expliqué au Pr Finelli, que ce n'est pas tout à fait l'image que nous voulons voir associée à St. Carmen. Bref, cette réflexion commune est une bonne idée.

L'un des médecins en profita pour émettre une suggestion.

— Et une course à vélo au profit de l'appareil de dialyse ? Ou peut-être à pied, autour de Hyde Park, par exemple. Je sais que les événements modestes comme celui-ci sont autorisés. Ou pourquoi pas à Regent's Park ? Ou alors une compétition de saut en parachute ?

Souriante, elle regarda Matteo d'un air triomphal.

— Ça, c'est une manifestation qui a des chances d'attirer l'attention du public ! Nous pourrions envoyer le message de nos médias habituels, contacter les stations de radio et inciter leurs auditeurs à y prendre part. Ça provoquerait une réaction en chaîne. Une demande personnelle sur un forum public touche énormément de gens, et obtient une meilleure adhésion. Quelque chose comme : « Voler haut pour St. Carmen ? Faites une bonne action en vous amusant ! Participez au concours de saut en parachute pour nous aider à acheter du matériel ! » Elle reprit son souffle avant d'ajouter :

— Simple exemple, je ne suis pas spécialiste en marketing.

Matteo hocha la tête. Le temps qu'il faudrait pour organiser l'événement l'effrayait.

— C'est beaucoup de travail.

Elle se tapota les lèvres avec son stylo.

— Oui. Et ça ne nous fait pas peur. Nous formerions une équipe, de toute façon. Chacun y consacrerait un peu de temps et d'énergie. Ce qui importe, c'est l'efficacité.

Il la fixa, fasciné par sa bouche. A tout prendre, il la préférait quand elle ne disait rien. Quand elle l'embrassait. Qui eût cru que la soirée de vendredi finirait sur cette note ? Jusqu'à cet instant, il avait oublié la chaleur torride qui s'était répandue dans ses entrailles, lorsqu'elle avait répondu à son baiser avec avidité…

Il secoua légèrement la tête. Cette réaction disproportionnée était un avertissement. Plus question que cela se renouvelle.

L'après-midi lui sembla interminable, et, enfin, les ateliers prirent fin. Etait-ce une coïncidence si, cette fois encore, il se retrouvait le dernier à quitter la salle ? Malgré lui, il traînait des pieds…

— Professeur Finelli, s'il vous plaît, puis-je vous parler un instant ? Sans se retourner, il sourit. Un ton de maîtresse d'école. Ce baiser l'avait secouée et il avait sans doute eu tort de s'arroger cette liberté, mais, *Dio mio*, elle était si crispée et mal à l'aise avant ! Après, on eut dit une autre femme, avec ses cheveux décoiffés, ses lèvres gonflées et ses joues rosies ; mais c'était surtout ses yeux… Ils paraissaient avoir pris vie. D'un vert intense parsemé d'or. Qui étincelait.

Tout de même, il avait été idiot d'embrasser « miss Belladone ». Ils étaient à l'opposé l'un de l'autre et s'il était l'homme des aventures sans lendemain, elle, en revanche, semblait attendre le prince charmant. Il n'avait rien à faire avec elle.

Il se retourna sans se rapprocher, pour pouvoir sortir rapidement au cas où.

— Que puis-je pour vous ?

— Rien, justement. Je ne veux rien de votre part, jamais plus.

Il la regarda s'avancer vers lui, la bouche pincée. La démarche, comme d'habitude, légèrement vacillante.

— Rien, reprit-elle avec force. Vous ne me touchez plus, vous ne m'embrassez plus.

— Ah ? Vous avez envie d'en parler ? J'ai cru que vous alliez prendre feu. C'était bon, non ?

A ce seul souvenir, il fut envahi par un désir fou.

Elle secoua la tête.

— La question n'est pas là.

— Une de vos répliques favorites !

Il lâcha la poignée de la porte.

— Pour moi, elle est précisément là. Oui ou non, avez-vous apprécié ce baiser ?

Elle eut l'air tellement furieuse, qu'il craignit qu'elle ne se mette à taper du pied, mais au lieu de ça, elle eut un rire méprisant.

— Vous êtes insupportable.

— Allons, je sais que ça vous a plu. Soyez franche. Vos yeux vous ont trahie. Vous avez envie de recommencer, mais vous ne le ferez pas. Vous êtes très volontaire et ce ne sont pas des baisers qui vous mèneront là où vous voulez arriver. Je me trompe ?

— Non.

— Mais ça vous a plu quand même.

Sa jolie bouche se pinça, et ses yeux verts lancèrent des éclairs. Il eut l'impression qu'elle essayait de ne pas rire.

— Vous êtes vraiment casse-pieds, Matteo. Si je vous dis oui, vous me laissez tranquille ?

— Peut-être. Essayez, pour voir.

Il se tut, et attendit. Rien. Le silence se faisait plus évident, ils étaient seuls dans la salle… Il posa une fesse sur le coin d'un bureau.

— Alors ?

Elle lui jeta un regard à la fois amusé et furieux.

— Vous ne lâchez jamais le morceau, hein ? Oui, ça m'a plu. Là, vous êtes content ?

— Parfait. Vous l'avez dit, et le ciel ne vous est pas tombé sur la tête. Vous voyez, ce n'est pas si difficile d'être franche ! A moi aussi, ça m'a plu, mais ce n'était pas malin de ma part.

— Entièrement d'accord.

— Et si nous recommencions ? Vous me donneriez une gifle et vous porteriez plainte pour harcèlement ?

Il fut décontenancé par ses propres mots. Que lui prenait-il donc ?

Elle fronça les sourcils.

— Oh non, voyons ! J'admettrais pleinement ma responsabilité.

Elle avait raison… Mais il éprouvait trop de respect pour elle, pour franchir la limite qu'elle avait tracée. Cependant, rien ne l'empêchait de devenir au moins son ami.

Cette pensée le surprit de nouveau. Un homme pouvait-il avoir des amies ? Surtout, s'agissant de cette femme qui l'agaçait tant et qu'il avait embrassée vendredi soir ? Ce serait sans doute difficile. Non. Mieux valait se contenter d'être collègues.

— D'accord, nous ne recommencerons pas. Pourtant, ça m'a donné un aperçu de votre vraie personnalité. Et soudain, incroyable ! Tout a de nouveau disparu derrière votre tailleur et votre chemisier démodé.

— Il n'est pas démodé du tout ! Je l'ai acheté…

— Et votre esprit de contradiction est poussé à l'extrême, l'interrompit-il. Pourquoi vous montrez-vous si hostile ?

Son cœur se serra à cette pensée, parce qu'il ne savait que trop bien qu'on ne naissait pas ainsi, qu'il s'agissait d'une défense. Question de survie. Il avait réagi de cette façon, lui aussi…

— Première nouvelle. C'est ce que vous pensez de moi, que je suis quelqu'un d'hostile ?

— Peut-être seulement avec moi.

— Je m'efforce de tendre vers la perfection dans mon travail. Et comme j'ai gagné mes galons, dans certaines situations, c'est moi qui commande.

— Je comprends.

Elle tira la porte de sa main libre et la tint ouverte en s'y adossant.

— Vous en êtes sûr ? Vous comprenez à quel point une fille comme moi a dû se battre pour arriver là où elle est ?

— Qu'est-ce que ça veut dire, « une fille comme moi » ?

— Oh ! Rien. Oubliez.

Sur ces mots, elle s'éloigna dans le couloir. Il la rattrapa par le bras.

— Attendez, je veux savoir !

Elle s'arrêta et fixa d'un air surpris sa main, puis son bras et enfin son visage. Il lui rendit son regard. Encore une bravade…

— Mettons que je n'ai pas eu un parcours conventionnel. J'ai dû faire beaucoup d'efforts. J'ai pas mal d'ambition, j'entends que les autres en aient autant, et lorsque je suis déçue, cela me rend furieuse. A l'hostilité, je préfère nettement la « détermination », du moins s'il s'agit de qualifier mon comportement. Sans me vanter, j'ai aussi du courage et une capacité de travail hors du commun. Bref, j'ai appris que pour arriver à ses fins, il faut être prêt à aller plus loin que tout le monde. Et tout seul, parce qu'on ne peut compter que sur soi-même.

Il la considéra, le cœur serré. Quelle amertume ! A un moment donné, on lui avait fait du mal. Une rage sombre le submergea, mais il se reprit bien vite, et lui lâcha le bras. Ce n'était pas son problème. Pas question de se mêler des ennuis d'une femme, encore moins de désirer la protéger. Malgré tout, il lui emboîta le pas.

— Vous êtes tout indiquée pour ce poste. J'adore St. Carmen, qui a vraiment besoin d'être modernisé. Pour vous, c'est un grand défi.

Comme l'autre soir, ils se retrouvèrent devant l'ascenseur, à cette différence près qu'elle ne semblait pas si pressée de le fuir, cette fois.

— Nous nous accordons au moins sur ce point. J'ignore quand exactement, les contrats ont été mis à jour pour correspondre aux nouvelles lois, et aux procédures de plainte, mais cela doit au moins dater du siècle dernier. C'est déjà un travail de titan, alors si à cela viennent s'ajouter des problèmes de fesses nues qui se promènent sur le Web…

— Touché, Ivy, touché.

Il se pencha et baissa la voix.

— Vous comprenez un peu le français, Ivy ? A ne pas confondre avec « touchez » avec un z, surtout.

Elle lui lança un regard dédaigneux.

— Je reconnais bien là votre humour !

Il vit sa main trembler, quand elle appuya sur le bouton d'appel. Elle n'était pas si calme, qu'elle voulait le paraître…

— Bon, je suppose que vous avez des choses plus importantes à faire ?

Il laissa échapper un soupir. Plus importantes, mais pas aussi intéressantes.

— Oui.

Elle hocha la tête, tandis qu'une file se formait devant la cabine de l'ascenseur.

— Alors à demain matin.

— D'accord, rendez-vous à 7 h 30, dans la salle 4, où vous ferez connaissance avec le petit patient.

— Vous verrez, j'ai bien appris ma leçon.

Il lui fit un petit signe de tête. Il tâchait de ne s'étonner de rien, mais chaque fois qu'il croyait avoir réussi, Ivy Leigh trouvait le moyen de le déconcerter.

Le lendemain matin, dès son entrée dans la salle 4, Ivy fut prise à la gorge : les lits alignés, l'odeur, la précipitation des infirmières… La peur. Cet endroit sentait la peur, malgré les bonnes intentions manifestes du décorateur. Oui, ils étaient pas mal, ces murs aux vives couleurs où couraient des animaux de la jungle, mais l'angoisse s'y était tout de même incrustée.

Pourtant, les enfants semblaient joyeux, ainsi que leurs parents. Peut-être était-ce purement subjectif ? Oui, cela venait sûrement de son propre vécu. La douleur, le sentiment de perte, l'impression d'abandon… Chassant ces pénibles souvenirs, elle se plaqua un sourire sur le visage et s'approcha d'un groupe de médecins. Elle reconnut la voix de Matteo, douce et apaisante, qui parlait à un petit garçon en tenue de Spiderman, à la pâleur grise — spécifique de la maladie —, et équipé d'un nombre invraisemblable de tuyaux.

Matteo ôta une mèche de cheveux blonds de ses yeux cernés.

— Alors, Joey, que trouves-tu de si spécial à Spiderman ? D'accord, il vole haut, mais à part ça, franchement…

— Il sauve le monde. Le monde entier ! Et il est super cool !

Les traits de l'enfant s'étaient animés, malgré son manque d'énergie. Une femme à l'air angoissé assise au bord du lit, sans doute la mère, sourit.

— Comme Matteo, qui va te donner un rein qui fonctionne ? Il est gentil aussi.

Matteo examina un tube et sourit à son tour.

— Tu crois que je pourrais voler aussi ? Ça me plairait bien. Mais d'abord je dois te guérir et je compte le faire ce matin. Mon ami Mo te fera une piqûre pour t'endormir, et en te réveillant, tu iras déjà mieux. Tu auras un rein tout neuf, ce qui signifie que tu pourras arrêter les dialyses et ton traitement. Tu ne reviendras ici que de temps en temps, et bientôt, tu pourras retourner à l'école sans te sentir fatigué. Qu'en penses-tu ?

— Super ! Ça va me faire mal ?

— Pas du tout, tu dormiras. Et après, on te donnera des médicaments qui enlèveront la douleur.

Matteo leva la tête vers elle.

— Joey, cette dame travaille à l'hôpital. Elle est nouvelle et elle apprend à faire les choses. Ça ne te dérange pas qu'elle assiste à l'opération ?

— Non, salut, madame !

Joey tendit la main d'une façon si candide, qu'Ivy en eut les larmes aux yeux. Pauvre enfant ! Il devrait être dehors, en train de jouer avec ses copains.

Elle prit sa petite main moite dans la sienne. Même si elle s'était endurcie, la foi que le patient mettait en Matteo et l'injustice de son sort l'attendrissaient.

— Salut, Joey ! Comment te sens-tu ?

— Bien !

Sa maman intervint.

— Il était un peu anxieux, tout à l'heure, mais maintenant que super-Matteo est ici, il va mieux, n'est-ce pas, Joey ?

Ivy hocha doucement la tête. Elle connaissait tout cela parfaitement. Le nœud permanent au ventre, la panique, la peur de l'anesthésie générale, de ne pas savoir si on se réveillera, d'une douleur trop violente pour être calmée… Malgré son envie de partir en courant, elle s'avança.

— On a toujours un peu peur au début, c'est normal. Mais tout se passera bien, je te l'assure. Matteo est vraiment très fort, il va te guérir très vite.

Et elle était sincère… C'était ce qui la confortait dans son choix d'assister à l'intervention : Matteo et ses collègues n'étaient pas le chirurgien fou qui l'avait opérée, ils étaient compétents et responsables. Matteo ne prendrait jamais de risque inutile, elle lui confierait la vie de son propre enfant les yeux fermés. Cette pensée la fit frémir. Elle croyait en lui, elle était enthousiasmée par sa passion pour son métier. Bien entendu, lui faire confiance pour le reste était impossible…

Elle leva les yeux. Il la regardait d'un drôle d'air et elle comprit qu'une fois de plus, il lisait en elle comme dans un livre ouvert…

— Merci, Ivy. C'est le moment d'y aller, maintenant. Tu veux emporter quelque chose avec toi, Joey ? Ton ours ?

— Spiderman peut venir ?

Joey brandissait une figurine en plastique du superhéros. Matteo la fourra dans la poche du pyjama.

— Pas de problème, que ferions-nous sans lui ?

Sur ce, il salua à la ronde, en plongeant son regard dans le sien, un peu trop longtemps à son goût.

6.

Sept heures plus tard, à la fin de l'intervention, Ivy ressentait les effets du stress et de sa station debout prolongée. S'efforçant de ne pas tanguer, elle se déplaça d'un pied sur l'autre en ignorant la douleur aiguë qui montait le long de sa jambe. Elle était assez fière d'elle-même : cette fois, elle ne s'était pas fait remarquer.

Près de la table d'opération, Matteo, entouré de ses étudiants, était en train de leur expliquer la différence entre la veine rénale et la veine surrénale. Qu'elle connaissait, pour avoir tout cherché sur internet.

Une fois de plus, elle fut submergée par une onde de chaleur, une réaction aussi involontaire que stupide, due à l'attirance qu'elle éprouvait pour lui. Et qu'elle déplorait, parce que avant de poser les yeux sur cette paire de fesses spectaculaires, elle vivait tranquille. Bien sûr, elle avait un peu l'impression de passer à côté de la vraie vie, mais sans plus. Son travail lui prenait tout son temps, ce qui lui convenait parfaitement.

Et maintenant, elle ne songeait plus qu'à sentir ses lèvres sur les siennes, le velouté de sa peau sous ses doigts…

La voix de Matteo parvint jusqu'à elle, interrompant sa rêverie.

— Merci, les gars, c'était du bon boulot. On peut donner des nouvelles aux parents, et ensuite, direction le Dragon. Je ne resterai pas tard, ce soir, il faut que je me prépare pour Angleterre-Italie ! Je parie que ce sera un match fantastique. La pâtée que vous allez recevoir !

— Tu as des billets pour Twickenham ? Tu les as payés cher ?

— Un prix exorbitant, mais j'aurais vendu mon âme pour y être. Demain à cette heure-ci, on vous aura mis au moins deux essais dans la vue. *Viva Italia !*

Elle poussa un soupir de soulagement. C'était fini pour aujourd'hui. Ouf ! Matteo jeta ses gants à la poubelle.

— Félicitations, Ivy. Vous avez maîtrisé l'art d'assister à une opération.

Elle sourit. Inutile d'avouer qu'elle avait passé le plus clair de son temps à regarder ailleurs.

— Je suis surtout ravie pour le patient et pour sa famille. Au bout de combien de temps se sentira-t-il mieux ?

— C'est presque immédiat. Il sera un peu groggy, mais le rein fonctionne. Nous sommes néanmoins obligés de le surveiller de très près. En principe, la magie opère très vite.

Il la prit par les épaules, et après l'avoir guidée à l'extérieur, lui désigna une porte.

— La salle du personnel. Il faut que je parle aux parents et à mes remplaçants du week-end, en qui j'ai une totale confiance. Asseyez-vous et attendez-moi, je ne serai pas long.

— Merci, mais je crois que je ferais mieux de regagner mon bureau. J'ai une affaire importante la semaine prochaine, je dois encore potasser le dossier.

Elle vit son regard s'assombrir.

— Vous pourrez travailler toute la nuit et tout le week-end, mais la journée a été rude. Si vous preniez le temps de vous reposer quelques minutes ? Ce n'est pas interdit. Je suis médecin, et ici, c'est moi qui commande. A tout de suite.

— D'accord. Deux minutes, alors.

Elle se sentait trop épuisée pour protester davantage. Il devait l'être aussi, après ces longues heures de concentration extrême, et il devait par-dessus le marché avoir l'air en pleine forme, pour rassurer les parents. Ce vendredi riche en émotions lui avait paru interminable.

— Ensuite, il faudra vraiment que j'y aille, reprit-elle. On ne gagne pas un procès en restant à se tourner les pouces, vous savez !

Elle se dirigea vers les sièges, le cœur soudain plus léger à l'idée de pouvoir s'asseoir.

— Mais laissez-moi vous dire…

Il se retourna, les yeux brillants.

— Oui ?

— Vous vous êtes bien débrouillé.

Il eut un petit rire sarcastique et posa la main sur son cœur.

— Un compliment, venant de vous ? Je suis très touché !

— Vous pouvez, je n'en fais pas souvent.

Sur ces mots, elle entra dans la salle du personnel, et après s'être affalée sur le sofa, ôta ses chaussures. Ouf ! Que c'était bon ! Elle se frotta le pied gauche à deux mains, massa ses cicatrices pour activer la circulation, et peu à peu, son engourdissement disparut. Matteo avait donné un avenir à Joey et c'était fantastique. Une chose dont il pouvait être fier. Mais comment pouvait-il opérer trois jours par semaine ? Comment faisaient-ils, tous ? C'était si stressant…

Elle ne regrettait pas qu'il l'ait forcée à entrer dans son univers. Elle comprenait maintenant à quel point son travail était intense et réellement nécessaire.

Mais le sien aussi. Même si elle agissait en coulisse, elle protégeait tout le monde des ennuis. Ils avaient chacun leur rôle à jouer.

Elle ferma les yeux, juste pour somnoler un instant.

— Ivy ?

Elle sursauta et rouvrit les paupières. Non, ce n'était pas un rêve, Matteo était là, en chair et en os. Et il l'avait réveillée. Ce n'était pas ainsi qu'elle avait envie qu'on la voie, lui encore moins que les autres.

Il était à genoux devant elle, un sourire narquois sur les lèvres.

— Tout va bien ?

Elle se redressa et renfila ses chaussures, espérant qu'il n'ait rien remarqué.

— Oh ! Matteo… J'ai dormi longtemps ? Je dois retourner à mon bureau, à présent.

— Attendez ! Buvez ça d'abord.

Il lui présenta une tasse en porcelaine blanche de l'hôpital, dont le contenu dégageait un arôme paradisiaque.

— Il vient de chez Enrico, naturellement.

Elle fit la grimace.

— Vous avez mis du poison dedans ?

— Moi ? Empoisonner l'ennemi ? Je ne m'y abaisserais pas. D'ailleurs, j'ai l'impression que j'ai remporté cette manche.

— J'admets que je commence à comprendre votre point de vue, mais ce n'est pas pour autant que je ferai marche arrière.

Elle sourit et appuya sa tête sur les coussins moelleux. Inutile d'épiloguer sur sa gentillesse. Elle but une gorgée.

— Il est délicieux, merci. Vous avez deviné exactement ce qu'il me fallait.

— J'ai juste demandé à Enrico ce que vous preniez d'habitude et j'ai eu la réponse. Un café allongé, fort et noir.

— C'est très gentil à vous.

Elle le regarda en coin. Il était vraiment surprenant. Le premier jour, elle avait vu en lui un macho italien. Et son impression n'avait pas été fausse. Mais il n'était pas que cela, c'était ce qui le rendait irrésistible. De plus en plus, hélas.

Elle remarqua qu'il observait son pied à la dérobée.

— Ivy, que vous est-il arrivé ?

— Rien de très grave. C'était il y a si longtemps.

— Alors pourquoi le cachez-vous ?

Il lui ôta sa chaussure et maintint fermement son pied pour l'examiner.

— Un accident de voiture ? Un truc comme ça ?

— Oui, un truc comme ça.

Elle détourna le regard. Que dire ? C'était trop intime, elle n'en parlait jamais. Et si elle le lui racontait, ce serait se dévoiler de façon exagérée.

— Je vous assure, ça n'est pas intéressant. Ecoutez, merci pour cette journée bien remplie. Il faut que j'y aille, maintenant.

Elle sentit sa main se refermer sur son pied, chaude, rassurante.

— Je ne vous laisserai pas partir, tant que vous ne m'aurez

pas expliqué. Je sais que vous tenez à vos secrets, mais ça vous fera du bien de raconter cet… accident. C'est pour vous.

Elle poussa un soupir. Si elle en parlait, cela donnerait encore de l'importance à la chose. Elle prit une bonne inspiration :

— J'avais six ans, et mon futur beau-père, avant qu'il n'épouse ma mère, essayait de s'attirer ses bonnes grâces en jouant avec moi. Il m'a attrapée par les poignets et s'est mis à me faire tournoyer. Au début cela m'a plu, mais ensuite, il me serrait si fort, et allait si vite que j'ai commencé à paniquer. J'ai fini par me dégager en me tortillant. Et je me suis brisé la cheville en tombant.

— Aïe.

— Comme ma mère ne prenait pas l'incident au sérieux, j'ai continué à marcher tant bien que mal. Mais quelques jours après, ma cheville était si enflée et si douloureuse, qu'on m'a emmenée aux urgences. Et là, on a découvert deux fractures qui se ressoudaient mal. Le chirurgien orthopédiste était novice, et, dirons-nous, pas en état psychologique de faire son travail. Il a posé une broche externe mais mal. Bref, je m'en suis tirée avec un pied déformé, et il a fallu douze interventions de plus pour le réparer. Au moins, en partie.

— C'est quoi, cette histoire d'état psychologique ?

Elle sentit la colère familière monter en elle.

— Il était ivre. De whisky, et de pouvoir.

Matteo se mit à caresser le réseau de cicatrices qui s'enroulaient tels des serpents autour de son pied, sa cheville et le bas de son mollet. La chair tendre était sensible à son toucher et elle essaya de dégager son pied.

— Quelle horreur ! Je suis navré.

— Inutile, c'est du passé.

Il la lâcha, et après s'être assis à l'autre bout du sofa, saisit de nouveau sa cheville, qu'il continua de masser comme s'il n'avait fait que cela toute sa vie. Un effluve de Bétadine se mêlait à son parfum sauvage et épicé.

— Mais vous en êtes toujours affectée, je le vois bien.

— Il y a beaucoup de gens qui sont plus malheureux que moi, vous ne l'ignorez pas. Ce n'est pas très douloureux.

Elle réprima un soupir. En fait, c'était faux. Pas une heure ne se passait sans qu'elle en souffre, et le fait d'en parler augmentait encore la douleur.

— Le pire, quand on est enfant, c'est la réaction des autres. On me traitait de boiteuse, on me reprochait de retarder tout le monde, et j'en passe. Ma mère y a prêté peu d'attention, elle n'a pas su m'écouter, ni me défendre et se battre pour obtenir réparation.

— C'est donc ce qui vous a amenée ici.

— Oui, je pense que cette histoire a déterminé ma vocation.

Elle s'adossa au bras du canapé pour être mieux installée, malgré la terreur que provoquait la caresse de Matteo sur son pied. La terreur et le délice…

— Redresser les torts, punir les méchants, sauver la planète, comme Spiderman. Moi aussi, il me faudrait une cape rouge.

— Je suis sûr que le Lycra vous irait bien, dit-il en souriant. Nous pourrions former un duo ! Blague à part, je vous cerne mieux, à présent. Et il a présenté ses excuses, ce charlatan ?

— Jamais. Mais il a fini par se faire pincer lorsqu'il a récidivé, environ six ans plus tard. On a alors découvert qu'il était alcoolique et qu'il avait déjà commis pas mal d'erreurs.

— Et celui qui voulait épater votre mère ? Il est aussi responsable, non ?

Elle cilla. Que dire, là aussi ? Etait-ce si important de se taire ?

— Ma mère l'a épousé. Tout le monde a jugé que j'avais eu tort de me débattre. Il a soutenu qu'il avait cru que je criais de joie et maman gobait tout ce qu'il disait. Ça ne l'intéressait pas d'écouter ma version, ni de faire punir ce chirurgien dangereux.

Il leva l'index et le pointa dans sa direction.

— Voilà pourquoi vous n'avez confiance en personne.

— Ravie d'être si transparente. Moi qui pensais être très compliquée…

— Et on vous a opérée douze fois ?

Elle haussa les épaules, comme pour chasser le souvenir de la souffrance qu'elle avait endurée et de toutes les pénibles rééducations qui s'étaient ensuivies.

— Oui. Fixations internes, broches, plaques, plaies infectées à débrider. J'ai passé plus de temps à l'hôpital qu'à la maison. J'en suis même arrivée à me rendre toute seule en bus à mes consultations.

— Quand vous étiez enfant ?

— Adolescente. Maman n'était pas très maternelle et elle était très occupée.

Elle sentit sa gorge se nouer. A courir après des hommes, et surtout, à vivre des drames successifs.

Elle avait toujours le sentiment d'être un poids pour sa mère, du moins jusqu'à la rupture avec l'un de ses maris. Après, cette dernière s'accrochait à elle comme elle s'était accrochée à ses ex, avec ce désespoir que tout le monde avait fini par mépriser. Et à fuir. Une faille terrible chez sa mère, qu'Ivy avait aussi perçue chez ses amies, un besoin maladif qui leur faisait perdre la tête. Elle s'était juré de ne jamais les imiter.

Mais avec le Dr « Délicieux », elle ne se sentait pas en danger : il ne promettait rien et cela lui convenait tout à fait.

Sa caresse se faisait plus insistante et la sensation montait de sa jambe vers le reste de son corps, irradiait…

— C'est pourquoi vous êtes si tenace et indépendante. Vous êtes assoiffée de justice et vous voulez qu'on vous entende, parce que votre mère vous a délaissée.

Elle réfléchit un instant.

— Disons que ma relation avec elle s'est brisée en même temps que ma cheville. Merci pour la séance de psychologie. Et en effet, je ne supporte pas les chirurgiens qui s'arrogent tous les pouvoirs, les gens qui commettent des erreurs en se considérant au-dessus des lois ou des faux pas. Ni ceux qui ne me prennent pas au sérieux.

— Je comprends. Votre expérience vous a rendue plus forte.

— Je crois que c'est la première fois que je le raconte.

Elle détourna les yeux. Qu'est-ce que cela signifiait ? Elle avait exposé sa faiblesse, ses cicatrices, au sens propre comme au figuré. Soudain, elle se sentit vulnérable, et dégageant son pied, s'assit dessus, se rapprochant de Matteo malgré elle.

— Je vous en prie, n'en parlez à personne, je ne veux pas

qu'on sache, ici. Les chirurgiens pourraient craindre que je ne me livre à une chasse aux sorcières et ce n'est pas du tout mon but. Je préfère mettre en place des systèmes, qui empêcheront ce genre de choses de se reproduire.

— Bien sûr, répondit-il, les sourcils froncés. Mais vous ne pouvez pas avoir honte de vos blessures et de vos cicatrices.

— Si vous aviez vu la réaction des enfants avec qui j'ai grandi, et celle des quelques hommes avec qui je suis sortie, vous ne diriez pas ça.

— Des imbéciles.

Elle hocha la tête. Peut-être, et elle en était une autre, de se laisser convaincre par ses mots et par ses caresses. Il avait touché en elle un point qu'elle croyait insensible, ce qui la fragilisait.

Pas question. Elle avait toujours voulu éviter ce genre de situation. Mais au lieu de se lever pour partir, elle posa la main sur la sienne, comme si c'était tout naturel.

— Merci. C'est gentil à vous.

Il lui prit le visage dans les mains et la fixa si intensément, que son cœur se mit à battre à tout rompre.

— Ne soyez pas si dure envers vous-même.

Elle fut bouleversée par sa gentillesse. Il était si galant et si proche à la fois. Sans plus réfléchir, elle lui passa les bras autour du cou et l'embrassa.

Matteo ferma brièvement les yeux. Il ne se reconnaissait plus : voilà qu'il perdait la tête ! Lui si cynique et blasé, qui avait juré de ne jamais plus se laisser aller à ce genre d'effusions, attirait Ivy plus près, pour mieux lui faire sentir combien il appréciait…

En lui passant la main dans les cheveux, elle murmura son nom. Ses lèvres avaient un goût exquis, de risque, de liberté et de barrières qui tombent. De profondeur aussi, de chaleur, de moiteur… Elle força ses lèvres de la langue pour la mêler à la sienne et son ventre s'embrasa. Il la plaqua contre lui, puis, n'y tenant plus, glissa la main sous la fermeture de son soutien-gorge, qu'il dégrafa, avant de s'emparer d'un mamelon érigé.

Elle gémit, se pressa contre son érection, avant de bouger doucement contre lui. Elle le rendait fou de désir. Sa bouche habile, son corps sexy, sa peau si douce et son histoire qui lui tordait les tripes. Il avait envie de tout faire pour effacer ses souffrances.

Mais pas ici… Impossible. Elle valait mieux que cela. Il n'avait pas les idées claires, la journée avait été longue, et elle était irrésistible. Tout en contrastes et si séduisante. Il ne comprenait pas cette envie ardente qui le désorientait. Qu'attendait-il d'elle, au juste ? Ce qu'il savait, c'était qu'il aurait dû être effrayé par cette intensité, mais le désir était plus fort que la peur.

Elle sursauta en entendant une légère vibration, et se redressant, sortit son portable de sa poche.

— Oh… Euh… Je devrais répondre.

— Bien sûr.

Il n'était pas mécontent de cette interruption, qui lui laisserait le temps de remettre ses pensées en ordre et de se ressaisir.

Elle se détourna pour parler au téléphone.

— Oui ? D'accord, je vois. Où ça ?

Un silence… Puis sa voix devint faible et tremblante.

— Je viens le plus vite possible. Dites-lui de…, je ne sais pas, de m'attendre.

Elle raccrocha et glissa l'appareil dans sa poche, puis se tourna vers lui, toute pâle.

— Je dois partir pour York tout de suite. Ma mère a eu un infarctus, du moins on le suppose. Ils lui font des analyses en ce moment même. Elle me réclame.

Pourtant, il la sentit hésitante. Après tout, sa relation avec sa mère n'était pas des meilleures et il n'ignorait pas combien on pouvait souffrir d'en vouloir à ses proches.

— Vas-y, si tu estimes que c'est le mieux à faire.

Elle croisa son regard et il lut la peur et la tristesse dans ses yeux sombres, mais aussi la détermination.

— Oui.

— Tu as besoin d'aide pour t'organiser ?

— Je pense faire le trajet en voiture, même si ce n'est pas l'idéal un vendredi soir. Au moins, je pourrai aller directement à l'hôpital, et aussi passer chez elle, s'il lui faut des affaires. D'un autre côté, j'arriverais peut-être plus vite en train. Je ne sais plus.

Pour la première fois, il la sentit perdue. S'il se proposait pour l'accompagner, cela compliquerait un peu plus les choses entre eux, mais peu importait, elle devait se rendre au chevet de sa « *mamma* ».

— Je t'emmène.

— Quoi ? Non, je t'en prie, c'est ridicule. Je peux conduire, il suffit que j'appelle une agence de location.

Il lui entoura les épaules de son bras et lui ôtant le téléphone des mains, la serra contre lui. Elle risquait de se faire des illusions, mais il ne supportait pas de la voir ainsi. Elle était trop fière pour se montrer si faible.

— Tu es bouleversée. Regarde, tu trembles. Ce n'est pas prudent de prendre le volant, avec cette circulation.

Elle secoua la tête avec véhémence.

— C'est mon problème. C'est un long trajet, au moins quatre heures, et un vendredi soir, sans doute encore plus ! Tu ne pourrais pas faire l'aller-retour, surtout après cette dure journée. Et ce match de rugby, demain, pour lequel tu aurais vendu ton âme ?

Pour la rassurer, il la serra plus fort, essayant de lui communiquer ce qu'il ne pouvait exprimer par des mots.

— Ce n'est que du rugby. L'Italie va gagner et ce sera fini en quatre-vingts minutes. Ton histoire est bien plus importante.

Un frisson le parcourut. La vérité était qu'« elle » était bien plus importante. Mais il ne la connaissait pas et ne l'aimait pas non plus, bon sang ! Ou alors, seulement quand elle cessait de le persécuter en tant que juriste.

Elle se dégagea, l'air gêné.

— Et Joey, et tes autres patients ? Ils ont vraiment besoin de toi.

— Je te l'ai dit, l'équipe de garde est fantastique. C'est Dave Marshall qui m'a tout appris sur la chirurgie rénale.

De toute façon, on ne m'attend pas avant lundi et je serai joignable par téléphone.

Lui revint à la mémoire en cet instant, que la dernière fois qu'il s'était engagé avec une femme, celle-ci l'avait trahi. Et avec son meilleur ami. Double dose de souffrance.

Mais là, les choses étaient différentes. Ivy était désemparée et il pouvait la soutenir. Qui parlait donc d'engagement ? Et quel homme n'en aurait pas fait autant ?

7.

Lorsqu'ils arrivèrent à l'hôpital, la nuit était tombée. Pendant tout le voyage, Ivy s'était reproché de se murer dans le silence, accaparée qu'elle était par ses soucis, mais Matteo avait feint d'ignorer son état, lui parlant de choses légères, et lui arrachant même parfois un sourire. Et elle lui était reconnaissante de son attitude.

Maintenant, au moins savait-elle qu'il préférait le rugby au football, et la bière au vin. Et qu'on lui avait ôté ses dents de sagesse à l'âge de vingt ans. Rien de plus profond, mais cela l'avait aidée à oublier un peu son angoisse.

Quand il s'arrêta pour la déposer devant l'entrée, elle le regarda.

— Elle doit être en cardiologie, aux soins intensifs… Je vais demander à la réception. Et si je t'envoyais un texto ? J'ai ton numéro ?

Il sourit.

— Entre, ne t'inquiète pas, je te retrouverai. Je ne risque pas de me perdre dans un hôpital.

— Bon, d'accord.

Elle se maudit intérieurement. Un baiser volé et elle s'écroulait. Son esprit ne fonctionnait plus, elle se sentait vidée.

Elle poussa la porte et entreprit de chercher sa mère. Elles avaient tant de choses à se dire, sur des sujets si délicats…

La réceptionniste aux cheveux gris lui indiqua le chemin à suivre. Les couloirs étaient silencieux et elle était de plus en plus angoissée. Il avait suffi qu'elle confie à un tiers ses problèmes avec sa mère, pour qu'il lui arrive quelque chose. C'était trop tard pour la blâmer, à présent. Elle aurait juste voulu être certaine qu'elle comptait dans sa vie. Mais était-ce bien cela l'important ? Même si c'était à sens unique, l'essentiel était qu'elle aime sa mère.

Une infirmière la salua et l'emmena jusqu'au lit, en lui conseillant de rester calme et d'être brève.

— Ivy !

Ivy ressentit un choc en la voyant. Comme elle semblait vieillie et fragile, les traits tirés par la souffrance, dans ces draps vert pâle ! Des tuyaux et des fils sortaient de sous la couverture, reliés à un moniteur qui sonnait à intervalles réguliers, ce qui était rassurant. Un tube envoyait de l'oxygène dans ses narines, mais elle inspirait aussi par la bouche.

— J'avais demandé qu'on ne t'ennuie pas. Je sais que tu as bien trop de travail pour te rendre au chevet de ta vieille mère…

— Maman, tu as eu un infarctus, tu crois que ça n'est pas suffisant pour que je vienne ?

Comme chaque fois qu'elle la voyait, le sentiment de culpabilité la submergea : elle n'avait jamais réussi à se faire aimer d'elle. Elle la serra dans ses bras malgré les tuyaux, l'alarme sonna et le cœur d'Ivy s'emballa. Elle la lâcha, mal à l'aise et triste.

— Comment te sens-tu ?

— Bizarre.

Le souffle court, sa mère reposa la tête sur l'oreiller, et la sonnerie cessa.

— J'ai subi…, une angioplastie. Ils ont débouché l'artère et posé un stent. Encore quelques jours ici, un peu de rééducation et je serai comme neuve.

De la plomberie, en fait. Le soulagement envahit Ivy. Elle saisit la main de sa mère.

— Je suis soulagée. Je me suis fait du souci, tu sais.

— Merci, ma chérie. Je suis contente que tu sois là. Tu es tout ce que j'ai. Tu pourras rester un peu ?

Ivy la regarda, déchirée. Son travail pouvait passer après… Mais comment prendraient-ils son absence, au St. Carmen ? Elle n'était pas sûre qu'ils comprennent, elle venait d'arriver. Et il y avait cette plainte pour harcèlement sexuel, qu'il était impératif de traiter au plus vite. Confier l'affaire à un stagiaire et s'en occuper par téléconférence ? C'était peut-être une solution.

— Le temps que tu auras besoin de moi, maman.

— Merci, je n'ai personne d'autre. J'ai réfléchi, Ivy. A beaucoup de choses. Il faut que nous parlions.

Elle la vit soudain fixer un point derrière elle, et se retourna.

— Qui est-ce ? demanda sa mère d'une voix raffermie.

— Oh ! C'est Matteo, mon..., mon collègue de St. Carmen, qui a proposé de m'amener jusqu'ici en voiture.

— Depuis Londres ? Tu as de la chance !

— Oui, il est très serviable.

Ivy lança un regard impérieux à Matteo, pour qu'il n'ajoute rien. L'heure n'était pas aux longues explications, il était tard, elle était vannée et sa mère était faible.

Et elle avait peur, de lui donner trop d'importance, de se perdre dans l'amour, ou dans le chagrin. De ne pouvoir se détacher de lui.

Elle vit approcher l'infirmière.

— Je sais que vous venez de loin, ne m'en veuillez pas, mais votre maman doit vraiment se reposer, ainsi que mes autres patients.

— Bien sûr, pardon. Je reviendrai demain.

— Parfait. Apporte-moi mes affaires de toilette, d'accord ? Une robe de chambre et un peu de maquillage pour me donner meilleure mine.

Ivy sourit. Apparemment, sa mère avait repris du poil de la bête.

Matteo posa la main sur son bras.

— Allons-y.

Il l'entraîna dans le couloir silencieux et sombre. Elle éprouvait des émotions contradictoires, à la fois soulagée pour sa mère, et attristée par le gouffre qui les séparait. Et entre les deux, il y avait le réconfort que lui procurait la présence de Matteo. Nuancé d'une excitation qui lui semblait totalement hors de propos, mais qu'elle ne pouvait nier.

— Les nouvelles sont bonnes, on dirait, lui dit-il, une fois qu'ils furent dans la voiture. Elle va se rétablir ?

Elle poussa un long soupir.

— Oui, je crois. Et j'espère.

— Alors pourquoi cette mine triste ?

Elle s'efforça de sourire.

— Je ne sais pas… Je suis vraiment contente, mais je me sens coupable d'avoir dit ces choses horribles sur elle, alors qu'elle était dans cet état. Si elle était morte, je ne me le serais jamais pardonné.

Il pila, et la regarda.

— Ivy, elle aurait dû t'aimer. Si ce n'est pas le cas, tu as le droit d'être en colère contre elle.

Elle eut soudain l'impression qu'il parlait d'expérience, qu'il la comprenait parce qu'il était passé par là.

— Et toi, tu as de bons rapports avec ta famille ? Cela se passait bien quand tu étais enfant ?

En principe, elle ne posait pas de questions aussi directes, mais elle espérait apprendre des informations susceptibles de l'aider.

Et le moment — la nuit, les soucis qui planaient —, était peut-être propice aux confidences.

Il haussa les épaules, et inspira l'air glacé du nord.

— Ma mère était une « mamma » italienne typique, qui nous surnourrissait, nous surprotégeait, nous étouffait de son amour.

— Et ton père ?

— Bof…

Il parut se secouer, ouvrit la portière et se força visiblement à prendre un ton joyeux.

— Bon, allons manger quelque chose qui ne soit pas emballé dans du plastique et vendu une fortune sur une aire d'autoroute. Et ensuite, au lit. La journée a été longue.

— Matteo…

— Non, Ivy. Il est très tard. Indique-moi le chemin.

Elle fut encore plus troublée, quand elle pénétra dans la maison de style Georgien. Il y avait longtemps qu'elle n'était pas venue chez sa mère. La dernière fois, elles s'étaient disputées, comme d'habitude, mais elle en avait oublié la raison. Elle se rappelait juste qu'elle était partie en claquant la porte. Et maintenant, elle revenait, parce que sa mère avait failli mourir…

Ce fut le chat qui les accueillit en se frottant à leurs jambes, les empêchant d'avancer.

— Bonjour, Hugo !

Matteo déposa leurs bagages, puis ressortit et revint avec deux grands sacs de provisions qu'il porta droit dans la cuisine, comme s'il était un habitué des lieux. Il admira en souriant les surfaces de granit poli et les placards blancs de cette pièce vieille de deux cents ans.

— Fastueux. Très anglais. Ma « mamma » serait verte de jalousie si elle voyait ça.

Ivy l'observa : étrange, qu'il soit ici au milieu d'objets et d'odeurs si familiers, mais qui lui donnaient une sensation de perte, de souffrance et de solitude.

— A quoi ressemblait ta maison, Matteo ?

— Petite, ancienne, traditionnelle. Murs de pierre, carreaux de terre cuite, dans un village où tout le monde se connaissait et savait tout ce qui se passait chez les autres. C'est pour ça que Londres me plaît tant.

Il désigna les sacs de la tête.

— Bon, j'ai acheté tout ça au petit supermarché près de l'hôpital, avant de te rejoindre. Pas très bien approvisionné, mais j'ai trouvé de quoi nous sustenter. Un poulet, de la sauce pesto et de la mozzarella. Et une salade sous vide, plus des olives, du pain, et du vin.

— Je croyais que tu préférais la bière ?

Il sourit.

— Donc tu écoutais ? Je pensais que tu faisais semblant.

— Pas du tout.

Elle lui fit un petit sourire. Elle était sincère. Malgré ses sombres pensées, elle était heureuse d'être seule avec lui pour quelques heures.

— Merci. J'adore le vin rouge.

— Je sais.

Il farfouilla dans les placards et en tira de la vaisselle et des ustensiles divers.

Il ouvrit la bouteille, servit et lui tendit un verre, en la poussant vers un tabouret devant le comptoir.

— Bois ça, pendant que je prépare le dîner.

Elle obtempéra, ravie d'avoir quelqu'un qui s'occupe d'elle, mais un peu mal à l'aise.

— Pourquoi es-tu comme ça, si attentionné, si serviable avec moi ?

Il découpa le poulet, le jeta dans la poêle avec la sauce à l'ail et au basilic, avant de le retourner. Puis il versa la laitue dans un saladier.

— Parce que tu avais l'air d'avoir besoin d'aide.

Elle hocha lentement la tête. Formulé ainsi, cela semblait si évident… Mais ça ne l'était pas.

— Tu as dit aussi une fois que j'avais l'air « d'avoir besoin » qu'on m'embrasse. Tu te racontes toujours des histoires, Matteo, pour que la réalité corresponde à ce qui te fait plaisir ?

Il s'arrêta, l'air surpris.

— Eh bien, comme tu n'exprimes jamais tes désirs, je dois fonctionner au radar. Ah, les femmes ! Pourquoi n'avouez-vous jamais franchement ce que vous voulez ? Vous procédez par insinuations, par sous-entendus, pour nous embrouiller l'esprit. Ce n'est pas en prétendant être bien, alors que vous êtes mal que vous allez arranger les choses.

Il poussa le bol d'olives vers elle.

— Tu sais, les hommes sont vite perdus.

— Les pauvres. Où as-tu appris tout ça sur les femmes ?

— J'ai deux sœurs. C'est amplement suffisant.

— Plus tes petites amies ?

Il fronça les sourcils, et s'immobilisa encore une fois.

— Je suis un homme. Je n'ai pas de désirs en excès, certains supposent néanmoins la participation d'une femme.

Elle se mordilla la lèvre. Qu'il soit un homme, elle n'en

doutait pas. Elle ne savait même pas pourquoi elle avait aiguillé la conversation sur ce terrain…, dangereux.

— Une relation sérieuse ?

— Pas vraiment. Je n'ai rien à donner, je suis égoïste et insensible. Je consacre toute mon énergie à mon travail et mes patients passent en priorité.

Elle se pencha pour l'embrasser sur la joue. Il la dévisagea.

— Qu'est-ce que tu fais ?

— Tu avais l'air d'avoir besoin qu'on t'embrasse.

Il éclata de rire.

— Miss Ivy remporte le troisième round !

Elle se sentit rosir, de plus en plus troublée. Cette attirance insensée lui apportait à la fois la paix et une excitation extrême. Tout lui semblait naturel avec lui, la conversation comme le silence. Sa compagnie était agréable et il savait cuisiner. Et son… « côté pile » était remarquable. Elle lui jeta un regard de défi.

— Le troisième round ? On reprend le combat ? A quoi bon, puisque tu ne peux pas gagner ?

— Nous verrons.

Elle attrapa une olive et réfléchit un instant.

— Je suppose que cette « pas vraiment » t'a brisé le cœur ?

— Pas du tout.

— Allons. Je croyais que tu ne dissimulais rien.

Sourcils froncés, il ajouta des épices dans la poêle et après avoir servi deux assiettes, disposa la mozzarella et des tranches de pain frais dans des soucoupes.

— Elle a surtout brisé ma confiance, ce qui est bien pire.

— Je comprends.

Elle sentit son cœur battre plus vite. Donc, il gardait lui aussi certaines vérités pour lui. Et vu sa pâleur soudaine, il avait dû être drôlement secoué.

— Mange, ça va refroidir.

Elle acquiesça. Evidemment, le sujet était clos. Il était visiblement satisfait de la vie qu'il s'était choisie.

Comme elle. En fait, elle aspirait à la paix de l'esprit. Et à suivre son destin, sans un homme en ligne de mire, sans rien sacrifier d'elle-même. Pourtant, un peu de plaisir au passage ne serait pas désagréable…

— Une goutte de vin ?

Elle posa la main sur son verre.

— Non, merci, j'ai assez bu. Je vais faire la vaisselle.

— Pas question, je m'en occupe. Il est minuit passé. File te coucher, je m'installerai sur le canapé.

Il prit son assiette vide et ses doigts frôlèrent les siens. Ils se figèrent tous les deux. De nouveau ce choc électrique, violent. Elle s'efforça de se reprendre.

— Tu plaisantes ? Nous avons une chambre d'amis à l'étage. Je te la prépare. Première porte à droite.

— D'accord. Si tu veux.

Ce qu'elle voulait, c'était qu'il dorme dans son lit. Oh ! Non ! Quelle idée !

Et pourtant, c'était vrai. Et se réveiller demain matin face à ce sourire éblouissant. De préférence avec sa personnalité inchangée, en se sentant assez forte pour ne pas se laisser posséder comme sa mère.

Elle réprima un soupir. On pouvait toujours rêver.

— Matteo… Tu as été formidable. Merci pour tout.

— Je t'en prie.

Les yeux embués, elle accrocha son regard ; il passa le pouce sur sa joue et ils restèrent un long moment immobiles. Enfin, il se détourna.

— Vas-y vite.

— Mais…

Il devait lire dans ses yeux, ses attitudes, ce qu'elle n'avait pas dit, mais il secoua la tête.

— Il est très tard, et tu as eu beaucoup d'émotions. La journée en salle d'op, le voyage, ta mère. Ne fais rien que tu puisses regretter.

Elle savait qu'elle ne le regretterait pas, pourtant. Mais il avait probablement raison. Elle avait assez de problèmes comme ça, sans en rajouter un nouveau.

8.

Une boule chaude et lourde, produisant un petit son de moteur, sauta sur le torse de Matteo. Entrouvrant un œil, il se trouva nez à nez avec le gros chat.

— Hugo ? *Ma che sei grullo !* Par exemple ! Il y a une belle femme dans la chambre d'à côté et c'est la seule proposition qu'on me fait ?

Il se tortilla, se redressa légèrement, mais l'animal ne bougea pas, se bornant à étirer une patte pour la lécher, avant de recommencer à ronronner.

— Va-t'en, le matou. Fiche le camp !

Rien à faire.

— D'accord. A ta guise. Je m'en moque.

Il soupira. Il était 6 h 30 du matin et il partageait son lit avec un chat, dans la maison d'Ivy, qui dormait ailleurs. Dans ce qui ne ressemblait pas à un foyer. Rien n'indiquait qu'une famille avait vécu là… Et il la plaignait. Il avait fait une erreur en venant, il en avait à présent la certitude.

Hier soir, il avait été à deux doigts de lui faire des propositions et il n'était pas non plus vraiment heureux d'avoir réprimé son envie. Il secoua la tête. Comme il avait promis de la ramener voir sa mère, il était encore coincé ici pour un petit moment. Ensuite, il retrouverait la sécurité aseptisée de sa vie, peut-être chaotique, mais, somme toute, très simple.

Entre-temps, autant en profiter au maximum. Il se glissa sous la boule de fourrure, hors du lit, et après avoir enfilé un short de sport, quitta la maison sur la pointe des pieds. A lui la découverte des merveilles de York ! A petites foulées, il s'engagea dans une allée tapissée de feuilles. Elle longeait une rivière au cours paresseux, en direction de ce qui semblait être le centre-ville. Un peu de jogging dans cet endroit inconnu lui changerait les idées.

Quelques faibles rayons de soleil perçaient la couche de nuages gris. L'air frais, piquant, sentait le sucre candi. Bon sang, il avait faim ! Mais pour oublier Ivy, il tâcha de ne plus y penser et se concentra sur chaque foulée. Les rues pavées étaient désertes à cette heure matinale et son esprit se mit au rythme de ses pas. Il put, en gardant l'allure, faire le tour d'une ancienne cité entourée de remparts en partie écroulés, dans un écrin de verdure luxuriante.

Lorsqu'il rentra, une heure plus tard, il la trouva dans le salon, en pyjama bleu nuit, enveloppée dans un pull de laine écru. Elle était assise sur un siège devant la fenêtre donnant sur un jardin typique, où pointaient des boutons de fleurs printanières. Son ordinateur ouvert sur ses genoux et des dossiers éparpillés à ses pieds. Déjà au travail ! Il sentit son cœur se serrer. Elle avait beaucoup à prouver, peut-être un peu trop.

Quand elle s'aperçut de sa présence, elle sursauta.

— Matteo ! Tu as dû te lever aux aurores !

Il se retint de s'approcher, pour l'embrasser sur la joue.

— Buongiorno. J'ai été réveillé par un camarade de chambre, équipé d'une sonnerie intégrée.

— Ah, Hugo ! Navrée. Il aime la chaleur humaine. Tu aurais dû le chasser !

— Il n'en avait pas envie.

Elle sourit.

— Il est aussi tête de mule que toi. J'ai fait du café, tu n'as plus qu'à le réchauffer. Attends.

Elle ferma son ordinateur et se mit debout en chancelant légèrement. Il regarda ses pieds nus et ses ongles, vernis d'un rose vif assorti à ses pommettes…

— Je peux te tenir compagnie quelques minutes, te préparer un petit déjeuner, c'est un minimum. Où es-tu allé ?

Toujours adossé au mur, il tenta de se souvenir du trajet, auquel il n'avait pas prêté grande attention.

— J'ai suivi l'allée qui longe le fleuve jusqu'en ville,

admiré les vieilles maisons noires et blanches à colombages. Ensuite, j'ai fait le tour des murailles en ruines et je suis redescendu par le musée du rail. C'est un joli coin.

— Parfait, tu as pratiquement tout visité tout seul ! Il faudra tout de même que je t'emmène au Minster, parce que notre cathédrale vaut le coup d'œil et que nous fassions un peu de lèche-vitrines dans The Shambles. Même si tu es déjà passé dans cette rue, impossible d'y échapper.

Elle lui sourit chaleureusement. Et il en fut aussitôt troublé. Il frémit. Il devenait trop sensible. Il s'était endurci le cœur et elle commençait à le faire fondre. Pas question.

— Tu es là pour voir ta mère. Ne t'occupe pas de moi, j'ai des coups de fil à donner. Je voudrais notamment savoir comme se porte Joey.

Elle rassembla ses dossiers en une pile et le regarda.

— Oh oui, j'aimerais avoir des nouvelles, moi aussi. Et je me sens si coupable de t'avoir fait rater ton match !

— Ne t'inquiète pas de ça et ne gaspille pas ton énergie. Continue à étudier ton affaire, je me débrouille.

— Eh bien, ça me culpabilise aussi, de ne pas faire le travail que j'avais prévu ce week-end. Je viens de téléphoner à l'hôpital, maman va bien, elle a réclamé un petit déjeuner.

Elle traversa la cuisine et mit la cafetière sur le feu, puis se tourna vers lui en se mordant la lèvre.

— Matteo, je ne peux pas à la fois travailler et être ici. Je sais que ça peut paraître égoïste et méchant, mais je dois absolument rentrer à Londres. Et je suis aussi obligée de rester, je l'ai promis à ma mère. Comment on s'en sort, dans ces cas-là ?

Il haussa les sourcils.

— C'est si important, cette affaire de harcèlement sexuel ?

— Pour les trois femmes qui ont porté plainte, oui. Et cette affaire est délicate, il faut que j'y sois.

— Le travail, toujours le travail ! Tu devrais apprendre à penser un peu plus à toi et à ta famille.

Avant d'avoir achevé sa phrase, il en saisit toute l'ironie. Il était particulièrement mal placé pour donner des conseils…

— Tu ne pourrais pas déléguer le cas à quelqu'un ? reprit-il.

Le café était prêt, elle le versa dans deux tasses.

— Mon stagiaire actuel n'a pas beaucoup d'expérience ; quant à Becca, mon assistante, j'ignore encore ce qu'elle vaut. Je souhaite pour l'instant qu'elle suive ce que je fais, à chaque étape…

Leurs regards se croisèrent.

— Mon métier, c'est tout ce qui compte pour moi. Plutôt triste, dit comme ça, mais clair et net. Je vais au bureau et rentre le soir à la maison pour potasser des dossiers. Il n'y a dans ma vie aucune place pour les distractions.

Il soupira. Pas de place pour vivre tout court. Comme lui, bien qu'il commençât à se demander ce qui lui manquait.

— La vie, c'est aussi tout ce qui n'est pas le travail. Pas étonnant que tu sois si épuisée en permanence. Il existe tant d'autres choses importantes, tu dois t'accorder un peu plus de liberté. Ce ne serait pas possible d'ajourner l'audience ?

Elle ne répliqua pas. Il observa son expression apparemment impassible. Après tout, qui était-il pour juger les autres ? Ce n'était pas à lui de lui dicter sa conduite.

Elle eut un sourire sincère.

— On t'a déjà dit que tu étais un épouvantable casse-pieds ? Que tu étais insupportable ?

— Oui, je l'entends même à longueur de journée.

Elle agita les bras en l'air en signe d'exaspération, un geste plus italien qu'anglais.

— Tu me rends folle !

Il éclata de rire. Elle l'amusait et il avait envie d'elle. C'était si simple, en fait.

— A mon avis, ça fait longtemps que tu l'es.

— Tu incarnes tout ce que je déteste chez les hommes. Tu es trop autoritaire, voilà. Et tu me contraries tout le temps.

Il hocha la tête. Bizarre, elle ne paraissait pas contrariée… Elle avait plutôt l'air d'avoir besoin d'être embrassée. Il lui saisit le menton, pour l'obliger à le regarder.

— Pourtant, tu m'as embrassé, et pas qu'une fois.

— Pour te tester, t'évaluer, voilà tout.

Sa bouche était si proche…

— Et alors ?

— Alors rien.

Elle lui donna une tape sur le torse, il lui attrapa le poignet et l'entraîna vers lui, si près, qu'il inhala les effluves mêlés de son parfum et de son shampoing. Il vit le vert sombre de ses yeux, ses taches de miel dorées. Elle était éblouissante et il avait terriblement envie de l'embrasser. De la posséder là, sur la table de la cuisine. Il la désirait avec une passion, qu'il n'avait encore jamais ressentie. Il ferma brièvement les yeux.

Ce serait agréable, mais après ? Quel serait le prix à payer, pour eux deux ? Ils n'attendaient rien de personne. Ils étaient deux îles indépendantes, séparées par un océan de complications.

Il s'efforça de tourner la chose à la plaisanterie et lui lâcha la main en souriant.

— Bon, alors emmène-moi prendre le petit déjeuner dehors. J'aimerais admirer ce si célèbre Minster, que tout le monde veut me montrer.

Elle se recula en se tenant le poignet, mais il était sûr de ne pas lui avoir fait mal.

— Excellente idée, sortons. Tu téléphones d'abord, pour Joey ?

Sa voix tremblait, comme si elle venait d'éprouver un violent désir.

— Je vais me doucher et me changer, avant.

— D'accord.

Son regard descendit des yeux vers la bouche, et s'y attarda. Le souvenir de leurs baisers plana dans le silence. La chaleur se répandit en lui, et son désir monta, de plus en plus impérieux.

— A tout de suite.

Il fallait qu'il lui échappe, avant de faire une bêtise. Qu'il s'asperge d'eau froide pour pouvoir se comporter comme un homme normal.

— Attends !

Elle s'approcha, son pull glissa de ses épaules et tomba sur le sol. Sans un mot de plus, elle monta les marches et il la suivit, impatient de découvrir ce qu'elle avait l'intention de faire. Voulait-elle prendre une douche avec lui ? Etait-ce le commencement ? Son cœur battait à tout rompre et il se sentait hésitant pour la première fois de sa vie.

Elle s'arrêta devant une porte, se retourna pour le regarder et lui sourit, avant d'entrer et de ressortir aussitôt avec quelques serviettes de bain.

— J'ai oublié de t'en donner hier soir.

Il s'efforça de faire bonne figure. *Mio Dio.* Elle était si proche de lui… Il avait envie de lui caresser les cheveux, de sentir cette peau douce contre la sienne, le désir le rendait fou.

Il prit les serviettes et les tint devant lui, maudissant son short de jogging trop moulant.

— Merci.

— La douche est un peu capricieuse, il faut ouvrir d'abord l'eau froide et mélanger ensuite à ta convenance. C'est…

Elle s'interrompit, baissant le regard vers ce qu'il tentait de cacher, et eut un sourire qu'il ne lui connaissait pas.

— Mais ça dépend de la température que tu souhaites, bien entendu. Tu préfères peut-être ne pas utiliser l'eau chaude…

La salle de cardiologie était fermée. Ivy appuya sur le bouton de l'Intercom et patienta. A l'intérieur, elle voyait des gens courir dans l'allée, accourir, plutôt, au bruit d'une sirène. Elle se plaqua la main devant la bouche, et son cœur s'emballa.

— Mon Dieu ! Que se passe-t-il ? balbutia-t-elle.

Matteo glissa sa main dans la sienne.

— Une urgence, un accident, je suppose. Tout va bien, Ivy. Ils sont compétents.

— Tu crois que…

Les mots ne sortaient pas. La douleur lui serrait la poitrine.

— Essaie de ne penser à rien.

Il lui adressa un gentil sourire et l'attira contre lui.Elle inhala l'odeur devenue familière, qui l'apaisa un peu. Il était fort, et elle se sentait en sécurité avec lui. Mais il y avait cette urgence qui l'affolait.

— Mets tes bras autour de moi, murmura-t-il, comme s'il avait lu dans ses pensées.

— Non !

Pas question qu'il se méprenne. Elle pouvait puiser en elle la force de se maîtriser, comme elle l'avait toujours fait.

— Oh…

Le sac qu'elle apportait pour sa mère glissa au sol, et elle s'accrocha à la taille de Matteo, appréciant malgré elle sa chaleur.

— J'ai peur.

— Je sais.

Il se contenta de la tenir serrée et elle lui en fut reconnaissante. Elle perçut le battement régulier de son cœur, sa respiration calme. Il l'apaisait.

Qu'éprouverait-elle, si elle appartenait à une entité plus grande, si elle était la moitié d'un tout ? Ridicule… Cela n'existait pas, cette chose que sa mère avait cherchée toute sa vie, cette chimère qui lui avait gâché l'existence.

Quoi qu'il en soit, c'était vraiment agréable d'être dans les bras de quelqu'un dans les moments difficiles. Un être pour qui elle était la priorité, qui semblait connaître ses besoins sans qu'elle les formule.

Enfin, l'alarme s'arrêta, l'agitation cessa, et un médecin souriant apparut à la porte.

— Oh ! Vous êtes là depuis longtemps ? Désolé. Entrez.

Elle secoua légèrement la tête. On eût dit que rien ne s'était passé, ou que le médecin avait emporté le danger dans son sillage. Comme Matteo. Elle s'efforça au calme.

— S'il était arrivé quelque chose à ma mère, ils ne m'auraient pas permis de rentrer, n'est-ce pas ?

Matteo acquiesça.

— Bien sûr. Tu penses trop, tu donnes l'impression de redouter quelque chose à chaque instant.

— Je veux être préparée, si ça se produit.

Sa mère, en robe de chambre démodée, était debout à côté de son lit, en train de bavarder avec un homme de son âge. Ivy faillit se précipiter, mais elle se contint à temps.

— Bonjour, maman. Tu as l'air d'avoir récupéré !

Le visage de sa mère s'éclaira, bien qu'elle semblât un peu gênée.

— Oh ! Dès qu'on n'a plus ces tuyaux partout, on a tout de suite meilleure mine. Voici Richard, qui rend visite à mon voisin. C'est drôle, il habite West Mews, dans la rue juste à côté de chez nous !

Elle se figea. De chez sa mère, plutôt. Cela n'avait jamais été sa maison. Et maintenant ? Sa mère semblait avoir déjà retrouvé un compagnon et tout revenait à la normale.

— Enchantée ! Maman, que s'est-il passé ?

— Oh ! C'était dans l'autre aile, le pauvre type. Je serai heureuse quand ils me permettront de sortir d'ici.

— Bonjour madame Leigh.

Matteo s'avança. Ivy s'aperçut qu'elle lui tenait toujours la main et que sa mère les regardait d'un air intrigué.

— Montgomery. Je suis le Dr Montgomery. Mais appelez-moi Angela. Ivy vous a-t-elle fait visiter la ville ?

— Oui, répondit-elle pour lui. Et il a beaucoup aimé le Minster, mais il est moins beau que le Duorno de Sienne, paraît-il. Il est beaucoup plus ancien, du moins en ce qui concerne les fondations.

Ivy sourit malgré elle. La guerre des cathédrales…

— Matteo est un philistin.

— J'ai dit qu'il m'impressionnait, répliqua-t-il. C'est juste qu'il n'a pas le romantisme de la structure du Duorno.

Angela eut un sourire mi-figue mi-raisin.

— Vous avez raison, j'ai adoré tout ce marbre.

Puis elle se tourna vers Ivy.

— Tu m'as apporté mes affaires ?

Ivy observa le poste à perfusion et le cathéter relié au bras de sa mère, avant de lui montrer le sac qu'elle portait.

— Tiens, elles sont là. Tu as besoin d'aide ?

— Merci, ce n'est pas de refus.

Elle les regarda alternativement, elle et Matteo, et Ivy sentit qu'elle voulait lui parler en privé.

Avant qu'elle ne suive sa mère dans la salle de bains, Matteo lui pressa la main, et elle se rendit compte qu'elle n'avait pas envie de le lâcher. C'était agréable d'avoir quelqu'un qui vous soutenait. Quinze jours plus tôt, elle se serait traitée d'idiote d'avoir de telles pensées. Il la poussa en avant gentiment.

— Vas-y, c'est le moment.
— De quoi ?
— D'arranger les choses.
— Et si elle n'y tient pas ?
— Si tu n'essaies pas, tu ne le sauras jamais.
— D'accord.

Elle lui jeta un coup d'œil. Il avait raison, comme souvent. Pas toujours, mais assez fréquemment pour qu'elle en soit vexée.

Elle sentit son regard dans son dos et s'aperçut qu'elle ne prêtait plus attention à sa claudication ces derniers temps. Elle balança les hanches, pour le provoquer. Ce n'était pas son genre, mais, allez savoir, peut-être était-ce une partie d'elle-même qu'elle avait refoulée ?

Elle se secoua intérieurement. Inutile d'épiloguer, elle n'était pas allée si loin, jusque-là, pour accepter une vie de dépendance et de compromis.

Elle se concentra sur le moment présent, s'efforça d'oublier sa peur de souffrir et de faire souffrir, d'être rejetée, d'aimer. Elle avait envie de laisser sa chance à sa mère.

— De quoi ai-je l'air ? demanda cette dernière en arrangeant ses cheveux devant le miroir.

Ivy l'observa : elle semblait épuisée et vieillie. Des bleus marquaient sa peau parcheminée et ses yeux avaient perdu leur éclat.

— Vu ce qui t'est arrivé, tu as plutôt bonne mine et ça s'améliore de jour en jour.

Elle lui souleva le bras pour que le cathéter passe sous la manche de sa robe de chambre et raccrocha la poche à perfusion, puis lui sourit.

— Je me suis inquiétée.
— Inutile, je vais bien. Ecoute, j'ai des choses à te dire.
— Maman, tu es convalescente, ne te fatigue pas.
— Je te dois des explications. Je sais que je ne suis pas facile à vivre, mais la dépression m'a tellement handicapée toutes ces années… Maintenant, cet infarctus m'a fait prendre conscience de certains problèmes, et je tiens à en parler avec toi.

— Tu étais dépressive ?

Ivy la dévisagea. Elle y avait songé, mais sa mère paraissait si heureuse, chaque fois qu'elle était avec un compagnon, qu'elle avait cru que seul le fait d'en être privée la rendait malheureuse. Elle se sentit soudain coupable, et triste pour elle.

— J'aurais dû le comprendre, articula-t-elle.

— Tu n'étais qu'une petite fille, Ivy. Je ne voulais pas t'ennuyer avec ça. Mais je suppose que je l'ai fait de toute façon ?

Son enfance n'avait pas été un conte de fées, c'était sûr.

— Eh bien…

— Je te demande pardon. Je n'étais pas très douée pour la maternité. Je suis consciente d'avoir beaucoup exigé de toi, mais j'étais heureuse de t'avoir.

Ah ? Elle sentit une douleur familière lui serrer la poitrine. Elle ne le lui avait jamais montré… Et pourquoi remonter aux anciennes souffrances, rappeler les mauvais souvenirs ? Elle aurait aimé que les choses changent à partir de maintenant, sans allusion au passé.

— Je suis certaine que tu as agi du mieux possible.

— Je me le demande. J'ai fait beaucoup d'erreurs. Je ne sais pas si nous pouvons rattraper tout ça, au moins en partie…

Elle lui posa une main sur l'épaule.

— Moi non plus, mais essayons.

Etait-ce trop tard ? Ce dont elle était sûre, c'était qu'elle ne voulait pas que sa mère meure, c'était déjà une indication. Ne risquait-elle pas de redevenir comme avant, dès qu'elle serait de nouveau bien ? Tant pis, il fallait prendre le risque.

Sa mère eut un sourire un peu tremblant.

— Tu as raison, essayons. Je suis si contente que tu restes un moment ! Nous pourrons discuter à notre aise et faire des choses agréables ensemble, pour une fois.

Ivy eut un pincement au cœur : c'était égoïste de sa part de penser ainsi, mais si elle s'attardait, elle pouvait perdre son poste. Dans ce cas, toutes ses ambitions s'écroulaient, elle n'aurait plus aucune sécurité.

Et elle ne verrait plus Matteo.

Autant se l'avouer, c'était ce qui la chagrinait le plus. Il était devenu rapidement plus qu'un collègue, même s'il l'agaçait, et ce, malgré toutes les défenses qu'elle avait érigées.

Elle retint un soupir. Mais comment abandonner sa mère ?

Pour la première fois, elles avaient parlé ouvertement et reconnu l'existence de problèmes entre elles. Elle en était effrayée, mais cela lui avait aussi redonné de l'espoir. Sa mère lui prit le bras et elles se dirigèrent vers la salle.

— Il paraît sympathique, ton petit copain.

— Ce n'est qu'un ami, sans plus.

— Bien sûr ! Moi aussi, je tiens toujours mes amis par la main ! Si tu voyais comment tu le regardes !

Elle cilla. Ainsi, c'était évident pour tout le monde ?

Sans qu'elle s'en aperçoive, il lui était entré dans la peau, au point que les autres le remarquaient… La panique la gagna.

— Super ! C'était la pire tuile qui pouvait m'arriver.

Sa mère prit un air stupéfait.

— Calme-toi ! Ce n'est pas un crime de s'amuser un peu.

— Mais pour l'instant, j'avais réussi à me préserver ! Je ne sais plus que faire. Je n'attends rien de lui, je ne veux pas me lier. Tout ce que je veux, c'est faire mon travail et qu'on me laisse tranquille.

— Ne prends pas les choses trop à cœur, Ivy, c'est ce qui a été mon erreur. Profites-en le temps que ça dure, comme je compte le faire avec Richard.

— Quoi ? Mais tu le connais à peine !

Se rendant compte qu'elle avait haussé le ton, elle sursauta et regarda autour d'elle. Par chance, le couloir était désert.

Sa mère était incorrigible. Bien entendu, elle venait d'avoir un sérieux avertissement et elle cherchait du réconfort… Elle devait être entourée, ne pas rester seule. Après tout, si ce Richard la rendait heureuse, ne serait-ce qu'un moment, elle n'avait pas le droit de s'en mêler.

— Maman, tu es à l'hôpital, tu te remets d'un infarctus. Tu ne peux pas te lancer dans une aventure avec un type que tu as rencontré par hasard !

— Voilà, c'est ce que je disais, tu prends les choses trop au sérieux ! J'ai besoin de compagnie. Tu es loin, je ne te vois jamais. Et tu es tellement indépendante.

— Mon poste est à Londres, maman. Il faut que je vive là où j'ai du travail. Je suis navrée de ne pas pouvoir habiter près de chez toi, mais ce n'est pas une raison pour que tu te précipites sur le premier qui t'offre son... amitié. Rappelle-toi ce que tu as souffert.

— Bien sûr que je serai prudente, ma chérie. Mais un peu de chaleur humaine, ce n'est pas trop demander après tous les déboires que j'ai eus. Par ailleurs, nous ne nous sommes jamais fait de confidences, mais je peux t'écouter si tu en as envie. Bien entendu, ne compte pas sur moi pour les conseils, je suis nulle avec les hommes.

— Ah ? Première nouvelle !

Ivy sourit, pour l'arrêter sur la pente des jérémiades.

A côté du lit, Matteo et Richard semblaient discuter d'un article du journal posé sur la table. Empressé et attentionné, Matteo l'aida à recoucher sa mère.

Ivy l'observa : si elle lui faisait un petit plaisir pour le remercier ? Même si c'était pour elle un sacrifice. Elle l'entraîna à l'écart.

— Matteo, tu songes probablement à rentrer à Londres bientôt, mais je me demandais, en sortant d'ici, si nous allions au pub ? Voir le rugby à la télé ? Qu'en penses-tu ?

Ses yeux noirs étincelèrent.

— J'avais l'intention de l'écouter à la radio, pendant le trajet du retour.

— Oh ! Alors tant pis.

Pour ce que le rugby l'intéressait, elle aurait dû être contente, mais elle se rendit compte qu'au contraire, elle était profondément déçue... En fait, elle ne cherchait qu'à retarder leur départ. Elle plongea les yeux dans ceux de Matteo.

— Ces deux derniers jours, tu ne t'es occupé que de moi... Je voulais te remercier. J'ai juste envie de faire un tour au pub, d'y déjeuner peut-être, en regardant ce fameux match.

Etait-ce son imagination, ou elle avait lu du soulagement dans son regard ?

— Evidemment, je préférerais l'avoir en images plutôt qu'écouter un commentaire à la radio. Mais ton travail ? Je croyais que tu craignais de ne pas finir à temps ?

Elle haussa les épaules.

— Un moment de détente ne me fera pas de mal.

Il haussa les sourcils.

— Ça alors ! Attention, Ivy Leigh, tu risques d'en prendre l'habitude. C'est dangereux ! Qu'est-ce qui pourrait t'arriver ?

Il avait les yeux rivés aux siens. L'éclat et l'intensité de son regard l'effrayaient, mais en même temps, ils lui donnaient un sentiment de plénitude, tel qu'elle n'en avait jamais connu. Et elle était de plus en plus troublée et excitée. Elle le trouvait irrésistible et elle résistait de moins en moins. Mais elle se sentait capable d'aller au bout du risque.

— Aucune idée, Matteo, aucune idée, murmura-t-elle en souriant.

9.

— Allez l'Angleterre ! Oui ! Oui ! C'est ça !

Matteo lui jeta un regard en coin. Ainsi, c'était cela, le côté caché d'Ivy Leigh ? Debout devant l'écran, les poings brandis, hurlant des encouragements…

— Bon sang, marmonna-t-il. C'est terrible ! Il y a une heure, tu ne connaissais rien au rugby, et maintenant tu es le supporter le plus fanatique de l'équipe d'Angleterre.

Elle eut un large sourire.

— C'est tellement amusant ! L'Italie est battue, Matteo, c'est tout ce qui compte.

Il haussa les épaules, bien plus amusé par sa réaction, que par le jeu.

— Ce n'est pas fini !

— C'est ce que tu crois ! Dans l'histoire du Tournoi des Six Nations, les vingt matchs entre l'Italie et l'Angleterre ont tous été gagnés par les Anglais. Chance zéro pour toi.

— Quoi ? Mais comment es-tu au courant de ces résultats ?

— Les merveilles d'internet. Il suffit de savoir où chercher. Tu n'as quand même pas pensé que je t'inviterais à regarder un match, où l'Angleterre aurait risqué de perdre !

L'action sur le terrain captiva de nouveau son attention.

— Allez, mec ! Passe ! Oui. Oui !

Enfin, ce fut la mi-temps. Elle s'assit à côté de lui, rouge et excitée.

— C'est vraiment super ! Pourquoi personne ne m'avait-il dit que le rugby était si passionnant ?

Il vida sa chope et la reposa sur la table. Ce qu'il trouvait le plus drôle, lui, c'étaient ses réactions devant le match.

— Tu es de cet avis, parce que vous gagnez ! Toi aussi, tu es très distrayante.

Elle lui tapota le bras avec condescendance.

— Mon pauvre petit, tu es un très mauvais perdant. A part ça, est-ce que tu es quand même content d'être venu ?

— Pour vous regarder nous battre ? Non. Euh… Oui.

Il aurait dû partir quand il en avait l'occasion, au lieu de se laisser entraîner par ces grands yeux verts qui étincelaient… Mais malgré son bon sens qui lui criait de prendre la route sans tarder, il n'avait pu s'empêcher de profiter de quelques heures de plus en sa compagnie, tel un affamé qui se jette sur des miettes.

Elle se lécha les lèvres et il se souvint de leur saveur. Il mourait d'envie de les goûter de nouveau.

— Je veux dire, tu ne regrettes pas trop de m'avoir accompagnée à York ? J'espère que ça n'a pas été trop pénible.

— Mais non ! Pas du tout ! Passer mon temps libre dans un hôpital, plus une nuit blanche à cause d'un chat qui ronronne comme une fraise de dentiste ? Vraiment, il y avait longtemps que je n'avais pas autant apprécié un week-end.

Il se retint d'éclater de rire.

— Et maintenant, reprit-il, l'Italie est en train de perdre. De mieux en mieux.

— Eh oui, il va falloir que tu trouves un truc pour te remonter le moral !

— Trop tard, Ivy. Le week-end est gâché.

— Oh ! Comme je te plains ! Alors raconte-moi, depuis quand es-tu en Angleterre, et pourquoi ?

— Depuis près de six ans, parce que je voulais travailler avec Dave Marshall, qui a une excellente réputation à l'étranger dans notre domaine. Je l'ai rencontré lors d'une conférence à Milan et il m'a invité à rejoindre son équipe. J'ai sauté sur l'occasion et je ne le regrette pas.

— Tu parlais anglais ?

— J'étais plutôt rouillé. Je l'avais appris au collège, mais je ne le pratiquais plus depuis longtemps. J'ai eu des moments difficiles.

— Je suppose. Où as-tu fait tes études ?

Il cilla. Ainsi, elle cherchait à en savoir plus sur sa vie… Aucune importance, il pouvait lui donner la version courte, en éludant tout ce qui entraînerait des interrogations trop poussées.

— A Florence. Puis je suis allé me spécialiser à Milan, où ils ont un service de pointe en néphrologie.

— Pourquoi ne rentres-tu jamais chez toi ?

Il tiqua. Droit dans le mille. Zut.

— Je constate que tu utilises tes acquis juridiques, et que tu t'arroges le droit de m'interroger, alors que l'inverse n'est pas possible.

— Ceci, mon garçon, s'appelle l'instinct de conservation. Réponds à ma question.

— J'ai beaucoup trop de travail à St. Carmen et je n'ai pas grand-chose à faire là-bas.

— Avec une aussi grande famille ?

— Certains viennent me voir ici. Liliana, dont je t'ai déjà parlé, a passé un an avec moi à Londres, elle logeait dans mon appartement. Tu n'imagines pas à quel point c'était fatigant ! Elle est beaucoup plus jeune que moi et plus casse-pieds que tous les autres réunis, je crois.

— Mais tu l'aimes.

— Bien sûr que oui !

Maintenant qu'il y pensait, il éprouvait de la nostalgie pour son enfance, pour ses frères et sœurs qui avaient partagé tant de jeux avec lui. Mais la trahison avait tout détruit de façon irrémédiable. Pour ne plus souffrir, pour ne pas raviver ses pénibles souvenirs, il avait préféré ne plus retourner chez lui et bien entendu les liens s'étaient distendus avec le temps.

Mais Ivy n'avait pas besoin de savoir tout cela. Et, relation avec elle n'était pas assez intime, profonde, pour qu'il se confie. Sans compter qu'elle était ici pour assister sa mère, non pour l'écouter se plaindre. Inutile de s'apitoyer sur son sort, donc, cela risquait de l'entraîner sur une pente dangereuse, celle des émotions indésirables.

Elle passa une main dans ses cheveux blonds, pour les faire bouffer. Visiblement, elle se souciait peu de sa coiffure et avait cessé de dissimuler sa claudication. Il ne la reconnaissait plus ! Elle avait baissé sa garde, semblait décontractée en sa présence. Qu'en déduire ? Il se sentait en danger, mais en même temps, elle avait totalement envahi ses pensées…

— Mais tu n'as pas la nostalgie de ton pays ? Ta famille, le soleil, la cuisine, le bon vin… Cette splendide architecture, l'art ? Oh ! Comme j'aimerais vivre en Italie !

— Tu ne la connais qu'en touriste. Mais puisque tu en parles, oui, il y a aussi l'expresso ! Ceci dit, vous avez des bâtiments magnifiques en Angleterre. Le Minster est stupéfiant avec ses merveilleux vitraux et ses sculptures.

Elle rit.

— C'est vrai. Il ne lui manque qu'un peu de marbre pour être parfait.

Elle se retourna pour faire signe au serveur de renouveler leurs consommations, puis posa sur lui un regard grave.

— Que font tes parents ?

Il haussa les épaules.

— Un véritable cliché. Ils tiennent une taverne. Ma mère est la maîtresse des lieux, mon père, le chef cuisinier. Quand nous étions ados, avec mes frères et sœurs, nous sommes tous un peu passés dans la cuisine, au service.

Elle l'observa d'un air soupçonneux.

— Tu ne t'entends pas avec ton père ?

— Que veux-tu dire ?

Conscient de s'être raidi, il s'efforça de se décrisper.

— Ta voix a changé, et tu as hésité. J'ai quelques notions de psychologie, moi aussi. Tu as des problèmes avec lui.

Il secoua la tête. Plus maintenant. Il les avait résolus des années plus tôt.

— Inutile de perdre ton temps, il faut vivre au présent, Ivy, c'est tout ! Oh ! Le match reprend !

Elle regarda l'écran, puis croisa son regard.

— Je m'en fiche.

Il leva les yeux au ciel.

— Ivy, tu es trop… inconstante. Je pensais que ça te passionnait ?

— Pas quand il y a des sujets plus intéressants.

Le serveur apporta leur commande, ce qui lui donna un

répit, et il but une gorgée de bière en essayant de s'intéresser au jeu.

— Matteo…, ton père ?

— Je t'assure que ça n'a aucun intérêt.

— Pour moi, si.

Il haussa les sourcils. C'était un aveu… Son expression sidérée lui confirma qu'elle venait de comprendre les implications d'une telle affirmation.

Il en était aussi stupéfait qu'elle et avait autant envie de parler que de se taire. Pourquoi dévoiler son lamentable passé ?

De toute façon, ce n'était ni le moment ni le lieu.

— Ecoute, tu as bien autre chose à faire. Tâche plutôt de te réconcilier avec ta mère et de te concentrer sur ton travail de la semaine prochaine.

Il suivit une minute les évolutions des joueurs sur l'écran.

— En plus, l'Italie a marqué un essai pendant que nous discutions, reprit-il. Et ça change tout pour le résultat.

Elle l'examina longuement, juste assez pour que l'Italie manque sa transformation.

Puis elle cessa de l'asticoter, comme si elle avait des antennes. C'était ce qu'elle pouvait faire de mieux en cet instant. C'était… gentil.

Quelque chose, brusquement, remua dans sa poitrine, une émotion, un sentiment vrai, qu'il ne cherchait pas. Et en le reconnaissant, il prit peur : la dernière fois qu'il l'avait éprouvé, cela s'était très mal terminé. Il fallait qu'il s'éloigne d'ici. D'Ivy. Au plus tôt.

Il s'appuya au dossier de sa chaise pour prendre de la distance, et elle sembla ne pas le remarquer, les yeux de nouveau rivés à l'écran.

Mais cela ne dura pas.

— Allez, les gars, la passe. A gauche ! Oui ! On l'a eu ! Magnifique !

Elle se releva d'un bond, et après lui avoir pincé la joue, l'embrassa sur la bouche.

— Battu, Matteo !

Il commença par se raidir pour ne pas répondre à son

baiser, puis soupira. Qui voulait-il leurrer ? Son corps le trahissait de toute façon. Il avait envie d'elle.

Et d'ailleurs, inutile de s'inquiéter, c'était tout naturel. Rien ne l'empêchait de la traiter comme l'une de ses conquêtes habituelles.

De nouveau, elle s'était mêlée aux supporters qui avaient tous quitté leur siège.

— Attends, tu ne t'en tireras pas comme ça !

Il se leva, se fraya un passage dans la foule en délire, lui saisit le poignet et l'embrassa. C'était merveilleux… Le désir l'envahit.

Elle lui passa les bras autour du cou, et approfondit le baiser. Son corps se colla contre le sien, elle frotta son ventre à son érection et il l'entendit soupirer. S'écartant de lui sans le lâcher, elle le regarda d'un air effronté.

— Tu es sûr que tu dois rentrer ce soir ?

Il n'était pas très tard lorsqu'ils sortirent du pub, mais le ciel était sombre et de lourds nuages planaient, menaçants.

— Quelle chance pour toi, c'est le temps typique du Nord !

Quand les premières grosses gouttes s'écrasèrent sur sa peau, Ivy s'aperçut que ses mains tremblaient.

Cela ne lui ressemblait pas, d'inviter un homme ainsi. L'amour physique, privé de sentiments profonds, ne l'intéressait pas du tout. Elle pressa le pas, espérant surtout se calmer les nerfs.

— Viens vite, nous allons être trempés !

La pluie tombait à présent en rafales sur le fleuve qui enflait à vue d'œil, et l'eau dégoulinait de leurs vêtements, pendant qu'ils longeaient la berge jusque chez sa mère. Matteo était trop silencieux. Elle fut parcourue d'un frisson. Soudain, il glissa ses mains dans les siennes et l'attira à lui.

— Ivy.

A son regard sombre et embrumé, elle comprit que son désir était aussi violent que le sien. Comme une promesse tacite entre eux. Cet homme était dangereux. Si sexy… L'envie qu'elle lisait dans ses yeux l'excitait davantage encore. Son ventre frémit et s'incurva vers lui.

Il lui passa le pouce sur la joue, puis suivit le contour de sa lèvre. Ses prunelles s'assombrirent encore.

— *Mi fai impazzire.*

— Qu'est-ce que tu dis ? Explique-moi, murmura-t-elle.

— Tu me rends fou, Ivy.

— J'adore ta langue. Même si tu disais « deux billets pour Leeds, s'il vous plaît », ce serait merveilleux.

— *Due biglietti per Leeds, per favore. Sei cosi bella.*

— Oh Oui ! Tout ce que tu veux.

Elle l'attira à elle, et goûta sa bouche. Etait-ce l'effet du vin ? Elle était emplie d'un désir qui s'accroissait à chaque minute.

Elle perçut un gémissement qui venait de sa propre gorge, sentit son ventre en feu. Elle lui entoura la taille, plaqua les paumes sur ce célèbre dos, et se pressa contre lui. Elle voulait le voir nu. Et mouillé.

Elle laissa courir ses mains sur le lin trempé, qui lui collait au corps. Jusqu'à présent, elle ne l'avait vu que sur un écran où il était hors d'atteinte. A présent qu'elle le touchait, elle était prête à écouter le conseil de sa mère : vivre dans l'instant. Elle se figea.

Bon sang, sa mère !

Les tempes battantes, elle se détourna brusquement, et se dirigea vers la route. Le sol était glissant, et elle tenta de se concentrer sur la marche, malgré sa tête pleine de Matteo et de ses baisers. Elle était déchirée. Ce qu'elle désirait le plus semblait lui être interdit par la raison. En aucun cas elle ne suivrait les traces de sa mère, dont le bien-être et le bonheur avaient toujours été conditionnés par la présence d'un homme à ses côtés.

— Ivy ? demanda une voix dans son dos.

— Navrée, Matteo, il faut que je rentre.

Elle avait besoin de prendre du recul, de réfléchir à la situation.

— Ivy, non ! Arrête !

Elle se retourna, surprise. Il n'y avait pas de colère dans sa voix, mais de la frayeur. Que se passait-il ?

Soudain, quelque chose la heurta, puis elle perçut un crissement de freins et un hurlement. Une vive douleur se répandit dans sa jambe. Un grincement de roues, puis un bruit de chute. Un homme à vélo ?

Il était tombé et lui criait après. Son visage était tordu par la souffrance et du sang jaillissait de son crâne. Du sang… Que devait-elle faire ? Respirer, se détendre, se contracter ? Impossible de se souvenir.

Matteo ? Où était-il donc ?

Des bras puissants l'entourèrent, la soulevèrent au moment où, saisie de vertige, la vue brouillée, elle était sur le point de s'évanouir.

— Ivy ? Tu es folle ?

Il l'asseyait sur le trottoir, tâtait sa jambe, son pied, lui ôtait sa chaussure.

Elle déglutit en s'efforçant de ne pas regarder du côté du cycliste. C'était sa faute. Elle qui ne songeait qu'à être prudente, venait de se comporter en dépit du bon sens.

Elle passa les parties de son corps en revue. Sa jambe lui faisait très mal, mais elle n'était pas blessée.

— Rien de cassé, va plutôt secourir ce pauvre type. Je ne l'ai pas vu arriver.

— Il n'avait pas de phare, par ce temps, c'est suicidaire.

Matteo se tourna vers le blessé, qui articula :

— Au secours, aidez-moi !

En un instant, il avait rejoint l'homme, accordant à Ivy le temps de se ressaisir un peu. Que devait-elle conclure de cet accident ? Chaque fois qu'elle se laissait aller, elle déclenchait des catastrophes.

— Ivy, concentre-toi, s'il te plaît.

Elle reconnut le ton qu'il employait en salle d'opération.

— Oui ?

— Appelle une ambulance, tout de suite, et viens me donner un coup de main après.

— D'accord.

La pluie l'avait trempée jusqu'aux os, mais elle obtempéra,

appelant, puis expliquant leur position aux secouristes. Ses mains tremblaient et elle se sentait en état de choc. Elle s'efforça de respirer profondément pour se maîtriser. Surtout, ne pas penser au sang qui coulait.

— Où est-il blessé ? A la tête ? Au bras ?

Il défit sa ceinture pour en faire une attelle.

— Dis-leur que ça ressemble à une fracture ouverte déplacée de la clavicule. Il a aussi une bosse au crâne, et une lacération. Pas de perte de conscience. Ce serait bien qu'ils se dépêchent.

Il se tourna vers le cycliste.

— Essayez de vous asseoir et d'inspirer à fond. L'ambulance arrive bientôt, tout va s'arranger. Attendez, je vous aide à vous installer.

— J'ai horriblement mal, murmura le blessé.

Ivy traversa la route en boitant, sa cheville la faisait de plus en plus souffrir. La clavicule du pauvre diable semblait déformée au milieu, mais elle ne sortait pas, comme elle l'avait craint.

— Je suis tellement navrée…

— Oui, vous auriez dû faire attention. Mais je n'avais pas non plus allumé mon phare. Je sais.

— Ne gaspillez pas votre énergie, tous les deux. Ce qui est fait est fait. Maintenant, il faut vous soigner.

Ivy leva les yeux vers Matteo. Son visage était dur, sa mâchoire crispée. Il y avait autre chose qui le contrariait, mais quoi ? De toute façon, impossible d'en parler devant… Elle baissa de nouveau la tête :

— Comment vous appelez-vous ?

L'homme grimaça.

— Pete O'Donnell.

Elle devait tout faire pour le distraire de sa souffrance. Elle sourit.

— Eh bien, Pete, vous n'avez pas vu le match de rugby aujourd'hui ?

— Non, je rentrais à la maison pour regarder le résultat. On a gagné, ou perdu ?

— Un superbe dix-sept à quinze.

Matteo eut un rire creux.

— Superbe ! Ça dépend pour qui…

— Le Dr Finelli est italien, dit-elle d'une voix légère, et donc déçu. Mais ils ont bien joué. C'était tangent, à un moment.

Une sirène mugit dans le lointain, le bruit se rapprocha et elle remarqua que Pete s'agitait. De son coude valide, il tenta de l'écarter de lui.

— Je crois que je vais vomir.

— C'est le choc. Inspirez profondément. Voilà…

Elle lui passa la main dans le dos, de haut en bas.

Quelques instants plus tard, les secouristes lui administraient du gaz et de l'oxygène, pour soulager la douleur. Ils ne furent pas longs à stabiliser la blessure, à réduire l'hémorragie de sa plaie à la tête et à le conduire dans l'ambulance. Une demi-heure après, seule avec Matteo, elle prit conscience de la véritable cause de ce désolant épisode : elle avait été terrifiée d'avoir envie de lui.

Son cœur battait à tout rompre.

— Oh ! C'était affreux. Si seulement j'avais pu le voir…

Ses mains se remirent à trembler, tandis qu'elle revoyait la scène, le sang et les os brisés.

— Il fait très sombre, il pleut, et il n'avait pas allumé sa lumière. C'était hélas logique qu'il lui arrive quelque chose. Ivy…

Il lui saisit le bras et la releva doucement.

— Il est en de bonnes mains, on va s'occuper de lui. Mais toi ? Je n'ai pas compris ta réaction.

— J'étais pressée de rentrer.

— Tu voulais me fuir ? Je ne te suis pas. Tu me désires, et l'instant d'après, tu t'échappes.

— Ce sont des messages contradictoires. Je te demande pardon, je n'ai pas pu faire autrement.

— Pourquoi ne pas me l'avoir expliqué, au lieu de courir te jeter sous la roue d'un cycliste ? En plus, avec ta jambe. Tu aurais pu te faire très mal.

— Je ne courais pas et j'ai regardé avant de traverser.

Elle lui prit le bras et s'efforça de ne pas grimacer, tandis qu'ils s'engageaient dans la rue où vivait sa mère.

— Je me fiche de ma jambe et tu devrais en faire autant.

— Eh bien, je me fiche aussi qu'elle soit comme elle est, mais pas que tu souffres. Surtout si c'est à cause de moi.

Il s'arrêta, et la saisit par les épaules.

— Qu'est-ce qu'il y a, Ivy ?

Elle détourna les yeux. Pouvait-elle être sincère sans devenir vulnérable ?

— Je l'ignore. J'ai paniqué, tout d'un coup. Je ne savais plus ce que je faisais.

— Tu m'embrassais, et c'était bon.

Il lui caressa la joue du pouce et son regard exprimait l'angoisse. Il n'était donc pas fâché.

— Et maintenant tu frissonnes, nous sommes trempés tous les deux, et un homme a été grièvement blessé.

Elle reçut cet aveu comme un coup de poing à l'estomac.

— C'était si grave que ça ? A ta voix, j'ai compris que tu étais inquiet, mais tu semblais si calme.

— La clavicule s'est cassée vers l'intérieur, elle a pu perforer une artère ou le sternum. C'est possible, mais pas obligatoire. De toute façon, c'était une urgence.

Il s'arrêta, et lui passa un bras sur les épaules.

— Tu t'es arrangée pour le distraire, pendant que je stoppais l'hémorragie et que je stabilisais la fracture. Et tu n'as pas eu peur du sang. Tu as fait des progrès ! Nous formons une bonne équipe tous les deux.

— Heureusement que tu étais là. Je me sens si mal !

Elle se mordit la lèvre. Pouvait-elle en dire davantage ? Elle avait l'impression que sa tête allait exploser. Elle voulait être franche avec lui, exprimer ses pensées et ses sentiments sans restriction, mais il lui était si difficile de se livrer !

— En fait, j'ai pensé à ma mère, tout à l'heure.

Il eut l'air perplexe, et un peu amusé.

— Pas très flatteur pour moi, que tu penses à autre chose en m'embrassant. Tu n'as pas aimé ?

— Si, bien sûr, c'était merveilleux. Mais j'ai revu son

comportement avec les hommes et je refuse de devenir comme elle, dépendante, avide…

Elle s'interrompit, mais elle avait failli ajouter : « Je ne veux pas me perdre. » Il ôta son blouson et le lui passa sur les épaules.

— Tu ne lui ressembles pas, c'est impossible. Tu aurais dû te concentrer sur le baiser. Et si on réessayait ?

Rien que de voir son expression, de percevoir sa chaleur en dépit du froid et de la pluie, elle sut sans l'ombre d'un doute qu'elle en avait envie. C'était si injuste, d'être déchirée entre sa raison et son cœur.

— Je ne sais pas, articula-t-elle.

— Tu veux un argument de choc ? A mon avis, si nous acceptions simplement de profiter de l'instant, nous pourrions faire ensemble des choses incroyables.

Il secoua la tête.

— *Mio Dio*, reprit-il avec un demi-sourire, c'est la première fois que j'ai tant de mal à me faire embrasser par une femme.

Elle se sentit fière, tout à coup.

— Tu m'en vois ravie.

— Ah bon ? Alors que nous perdons un temps précieux ? Nous pourrions être en train de nous embrasser depuis une heure, et au lieu de ça, tu essaies de disséquer tout ce que tu ressens. Comme pendant un procès, tu cherches la petite bête. Pic, pic, pic.

Il la chatouillait chaque fois qu'il le disait. Elle s'écarta de lui en riant.

— Je suis prudente, c'est tout. Je…

Elle mit une main devant sa bouche. Elle était surtout lâche.

— Tais-toi, tu me rends fou avec tes discours. Laisse parler ton instinct, pour une fois.

Elle le regarda, émue. Sous la faible lumière du lampadaire, il était superbe. Grand, brun, solide. Un roc. Il rejeta la tête en arrière avec un sourire qui eût pu éclairer un stade de rugby entier. Elle s'illumina aussi. L'impatience d'être embrassée, touchée, caressée partout avant d'être pénétrée, l'emplit d'une chaleur inouïe.

Elle pensa à ses paroles, à son conseil. Son instinct, ses

entrailles, lui disaient qu'il serait un excellent amant. Qu'il serait époustouflant sans ses vêtements. Qu'elle avait envie de l'embrasser, de se perdre dans le plaisir qu'il lui promettait. Il attendait une réponse.

Si elle refusait, elle le regretterait toute son existence, et si elle acceptait, ce serait sans doute la même chose. Pourquoi ne pas s'accorder un seul petit regret dans sa vie ? Elle se souvint soudain d'une phrase qu'elle avait un jour entendue : « Ne regrettez que les choses que vous avez faites, pas celles que vous n'avez pas faites. » Elle croisa son regard.

— D'accord.

— *Buono.* Cessons de parler. Action.

Il passa un bras sous ses genoux, la souleva, puis se dirigea vers la maison comme si elle était aussi légère qu'une plume.

— Mais qu'est-ce que tu fais ?

— Tu as froid et tu es trempée, tu as mal à la jambe…

— Oh ! N'exagère pas ! Ce n'est rien du tout !

— Ecoute, tu me rends vraiment fou.

Il posa sa bouche sur la sienne, lui coupant la respiration. Un baiser impatient, parfait, celui qu'elle imaginait. Quand il s'écarta d'elle, il riait et haletait.

— Mais je suis assez content de devenir fou, si c'est la condition pour que je t'entende crier.

10.

— Euh… Matteo…

Ivy riait tellement, qu'elle pouvait à peine respirer.

— Ce n'est pas la chambre !

Il ouvrit la porte de la salle de bains d'une poussée de la hanche et la remit sur ses pieds, en lui tenant le bras pour qu'elle ne perde pas l'équilibre.

— Je suis gelé, une douche nous fera du bien. Et rien de tel qu'un bon nettoyage, pour briller comme un sou neuf.

— Je me demande si tes plaisanteries sont aussi mauvaises en italien qu'en anglais.

Son cœur battait la chamade, elle était en feu. Elle n'avait nul besoin de se réchauffer…

Il tourna le robinet en souriant.

— Exécrables, toujours. Viens ici.

Il l'attira à lui, une main sur les siennes, l'autre qui lui caressait la nuque, pendant qu'il recommençait à l'embrasser. Elle haleta, éperdue de désir. Il lui ôta son blouson, puis son pull, sans cesser de la regarder dans les yeux.

— Hier soir, j'ai prié pour que tu me rejoignes dans ma chambre, et tu ne l'as pas fait. Aujourd'hui, je suis si content d'être ici avec toi !

— Moi aussi. Si ça peut te consoler, j'ai failli venir… Je me suis raisonnée, mais ça n'a pas été sans mal.

Elle glissa les mains sous son T-shirt, et parcourut les courbes des muscles, sur son torse, ses bras…, puis elle entra dans le bac à douche, et agrippant sa chemise, le tira à l'intérieur, se sentant libre comme jamais. L'eau chaude ruissela sur leurs épaules. Elle rit, d'un rire franc, nouveau. Ainsi, c'était cela, la liberté…

Il passa son T-shirt par-dessus la tête, et quand il fut torse nu, elle ne put s'empêcher d'exhaler un soupir. Cette peau hâlée, cette musculature impressionnante… Elle suivit le contour des abdominaux contractés sur l'estomac, la taille. Ses doigts rencontrèrent la ceinture de son pantalon. Il la désirait avec une telle évidence, que son propre désir s'exacerba encore. Elle joua un peu, frôlant du bout des doigts sa fermeture Eclair…

— Ton jean est trempé. Tu vas être obligé de l'ôter.

— Bien sûr, à condition que tu me laisses t'enlever le tien.

Joignant le geste à la parole, il tendit les mains vers sa ceinture, défit le bouton, et lui baissa son pantalon. Elle leva un pied, puis l'autre, se débarrassant du vêtement qu'elle poussa sur le côté. En remontant, il s'attarda sur son nombril pour y poser un baiser, puis fit glisser ses lèvres sous ses côtes, sur sa gorge…

— *Sei cosi bella!* Tu es si belle !

Elle ferma les yeux. Oui, elle le sentait. Pour la première fois de sa vie, elle avait l'impression d'être une déesse. Mais très vite, elle fut distraite par le spectacle qui s'offrait à ses yeux : nu, ne serait-ce qu'à moitié, le « Dr Délicieux » était aussi fascinant que sur la photo apparue un matin sur son écran d'ordinateur. Elle esquissa un sourire. Si elle avait pu se douter, à ce moment-là, qu'un jour elle le toucherait…

Elle se passa du savon au citron sur les paumes, qu'elle frotta l'une contre l'autre pour qu'il mousse. Puis elle l'étala sur son torse, en cercles lents, ses mains descendant vers son ventre, ouvrant au passage sa fermeture Eclair… Soudain, elle sentit sous ses doigts une série de protubérances dures, qu'elle n'avait pas remarquées jusque-là.

— Qu'est-ce que c'est ?

Il lui prit la main et y déposa un baiser.

— Trois fois rien, des cicatrices d'opération.

— De cette forme ? Il y en a plusieurs… On dirait que tu as reçu des balles de revolver.

Son rire résonna dans la pièce.

— Quelle imagination ! Je ne t'ai donc rien appris en salle d'op ? Laparoscopie. Rien d'important, je t'assure.

Il guida sa paume sur chaque point en relief, puis lui embrassa le bout des doigts.

— Tu vois, tu n'es pas la seule à avoir eu une vie trépidante.

— Je ne crois pas que la mienne le soit.

Elle observa les points blancs sur sa peau hâlée. Ses cicatrices à lui étaient jolies. Les détestait-il autant qu'elle détestait les siennes ? Et trouvait-il un charme quelconque à ces serpents enroulés autour de sa cheville ? Elle en doutait.

— On t'a opéré de quoi ?

— Si tu m'embrasses, je te le dis.

Il lui caressait les seins du bout des doigts et elle faillit oublier qu'elle avait posé une question. Elle avait tant envie de l'embrasser, de sentir sa bouche sur la sienne… Mais elle avait aussi envie de jouer.

— Si tu me le dis, je t'embrasse.

— Ah ! Toi et tes mots !

Il la poussa contre la cloison vitrée et écrasa ses lèvres des siennes, jusqu'à ce qu'elle perde son bon sens… C'était si puissant, si incroyable…

— J'ai envie de toi, Ivy. Tu me rends fou !

Inutile de répondre, c'était une perte de temps. Remettant son enquête à plus tard, elle lui entoura la taille et plaqua une main sur la poche arrière du jean qu'il n'avait toujours pas quitté. Maintenant, elle voulait tout. Elle tenta en vain de le faire pivoter.

— Je veux le voir tout de suite. Ton dos.

— Tu l'as déjà vu, le monde entier l'a vu !

Elle se pressa contre lui.

— Justement, je sais bien ! J'exige une audience privée avec votre côté pile, professeur Finelli.

L'eau tombait toujours sur eux, les dernières bulles de mousse s'écoulaient.

— Puisque tu insistes…

Il lui adressa un clin d'œil sexy, et lui tournant le dos, se mit à fredonner un petit air en se déhanchant lascivement, pour faire glisser son pantalon. Elle en eut l'eau à la bouche, des frissons lui parcoururent l'échine et la chaleur se répandit en elle. Le meilleur show de sa vie. En fait, pour l'instant, le seul.

Il était le seul. Lui, Matteo.

Son cœur battit si fort, qu'elle en fut effrayée. Qu'est-ce que cela signifiait ?

Mais l'heure n'était pas à la réflexion. Elle déglutit. Son corps frémissait tout entier. Enfin, elle le contemplait dans toute sa splendeur. Une pêche, tout à fait. Et mûre, oh, oui, à point. A croquer.

Il regarda par-dessus son épaule, dans la même attitude que sur la photo, les bras levés vers la cloison de la douche.

— Impressionnant, non ?

— Oh ! Je suis sûre qu'on peut trouver mieux…

Elle se mordit la lèvre. Quelle pimbêche elle faisait ! Il n'empêche, si Becca pouvait la voir…

— Il faut peut-être que je regarde de plus près.

— Tu as raison, mais d'abord…

Il se retourna et elle sentit son ventre s'embraser. Il était si beau, si plein d'assurance ! Quant à son érection… Stupéfiante.

Il prit le shampoing et se mit à lui laver les cheveux, avec des caresses sensuelles. Elle tenta de le toucher, mais il secoua la tête, concentré sur le rinçage. Puis il lui massa les épaules, le cou, descendit sur ses seins, et dégrafa son soutien-gorge en un clin d'œil, pratique qui n'avait visiblement pas de secrets pour lui.

Il lui caressa le ventre, les fesses et lui ôta son shorty. Puis il passa les doigts entre ses cuisses.

Elle était malade de désir, à en avoir le vertige. Elle perdait tout contrôle. Elle se perdait.

Elle sentait son érection sur sa cuisse, ses doigts se refermèrent autour de son sexe et ce fut à son tour de gémir.

— Matteo, je te veux, articula-t-elle.

Il reposa son front sur le sien.

— Pas encore.

— Maintenant, s'il te plaît.

Elle trouva sa bouche et l'embrassa, se frotta à lui.

Il posa les yeux sur la porte, avant de la regarder de nouveau.

— Attends. J'ai des préservatifs dans mon sac, dans la chambre.

L'eau s'arrêta brusquement, il était déjà hors de la douche. Elle lui passa devant et lui prit la main.

— Viens, qu'attendons-nous ?

Enfin, ils entrèrent dans la chambre et il l'allongea sur le lit où il avait dormi.

— Aïe !

Elle le vit bondir du lit, tandis qu'une boule de fourrure traversait la pièce en miaulant.

— Ton satané chat ! Il m'a griffé !

Elle rit.

— C'est son lit, je suppose. C'est normal qu'il ne soit pas content.

Matteo siffla entre ses dents.

— J'aimerais qu'il sorte. Je ne fais pas l'amour en public.

— Je pense qu'il essaie de te démontrer qui est le mâle, ici.

— Pas de problème, c'est moi.

Elle en eut un petit frisson. C'était vrai… Elle se leva, ouvrit la porte et chassa doucement Hugo, avant de revenir vers Matteo.

— A mon avis, tu dois le prouver.

— Pas difficile.

Il l'attira à lui, et posa ses lèvres sur les siennes. Elle se laissa bien vite convaincre. Il commença à la caresser et elle oublia tous ses doutes. Leur baiser fut lent et très sensuel. Ses yeux étaient rivés aux siens et elle y lisait une profonde sincérité.

Elle avait des frissons partout, son ventre brûlait, le désir se faisait intolérable.

— Matteo…

— Ivy…

Il la désirait, il disait son nom. Cet homme incroyable, parfait, sexy était là, avec elle, pour elle…

Soudain, il la rallongea sur le lit et la pénétra d'un seul coup. La brûlure initiale se fondit en une sensation inouïe de plaisir, elle voguait dans les nuages, sans cesser une seconde d'étudier sur le visage au-dessus d'elle les moindres nuances d'émotion. L'intensité de sa jouissance, la quasi-douleur de l'extase, l'émerveillement… Il accéléra le rythme, elle l'accompagna, et quand elle le sentit trembler, elle trembla aussi. Il gémit son nom, elle flotta, s'émut avec lui, et en elle, un dernier carré de résistance céda. La panique la gagna un instant, et elle se força à le regarder dans les yeux. Puis soudain, elle fut incapable de penser, la violence de son orgasme la submergea. Elle s'abandonna, pour se perdre en lui…

Matteo mit quelques minutes à retrouver ses sens.

Jamais il n'avait vécu d'expérience aussi intense, jamais il ne s'était livré aussi totalement. Il ne savait pas très bien définir ce qu'il éprouvait, et surtout, que pouvait-il faire de cette sensation ? Cela ressemblait à une agréable chute sans fin dans un gouffre moelleux, c'était à la fois confortable et excitant, familier et inconnu, exquis et unique, merveilleux. Et il mourait de peur.

Il l'embrassa gentiment, et son cœur s'allégea quand elle répondit à son baiser. Il lui prit le menton pour qu'elle le regarde, et réussit enfin à articuler quelques mots.

— Ouf, tu respires encore !

— Tout juste.

— C'était incroyable.

Il la vit hésiter. A quoi pensait-elle ? A la même chose que lui, excitation, peur ?

Elle se tortilla pour se dégager et se blottit dans le creux de son bras, la tête sur son torse, ses cheveux blonds lui chatouillant le nez.

— Oui, c'était… fantastique, Matteo. Extraordinaire.

Avec une autre, il aurait feint la fatigue, prétexté une raison pour s'en aller. Rester toute la nuit, dormir avec une femme était un engagement trop important, et avait trop d'implications auxquelles il ne tenait pas à réfléchir.

Remettre de la distance entre eux aurait été plus sage. Mais elle était chaude et belle, elle l'ancrait dans un endroit, où il avait envie de s'attarder un peu. Il serait fou de la laisser.

Elle promena les doigts sur sa peau.

— Oh ! C'est vrai, tu ne m'as pas expliqué, pour tes cicatrices…

— Rien de grave, je t'assure.

Les battements de son cœur s'accélérèrent brusquement. Pas au souvenir de l'opération, mais à cause des associations d'idées, des ramifications de son séjour à l'hôpital. Il n'en parlait jamais.

— Il est tard, il faut nous reposer.

— Matteo, je veux savoir.

Elle lui embrassa tendrement le ventre. Il lui donna une petite tape sur les fesses, pour tenter de la distraire de son obsession.

— Toi aussi, tu as des fesses de pêche ! On pourrait peut-être faire ce calendrier ensemble ?

— Tu as envie que je perde mon poste ? Remarque, c'est ce qui risque de m'arriver, si je ne suis pas au bureau lundi matin !

Il fut irrité par cette réflexion. Ce n'était qu'une plaisanterie.

— Ton travail, toujours, c'est la seule chose qui t'importe.

Elle le regarda d'un air perplexe.

— Pas du tout ! Tu me connais un peu mieux, maintenant. Je suis à York et je suis venue pour ma mère.

Elle passa le bout des doigts sur le haut de son pelvis.

— Je vois que tu as quatre cicatrices de laparoscopie, et une plus grande ici, en travers de l'abdomen. On dirait…

Elle se souleva sur un coude et plongea son regard dans le sien.

— Matteo ? Tu as fait don d'un de tes reins ?

Il cilla. C'était si évident, comment mentir ?

— Elémentaire, mademoiselle Leigh. Bravo. Donc, ne me demande pas de t'en donner un, je n'en ai plus en trop.

— A qui ? Oh ! bien sûr ! A ta sœur ?

— Excellente déduction.

Elle se redressa d'un bond et s'entoura les seins du drap, comme si elle se préparait à un long discours.

— Quel âge avais-tu ?

Il soupira. Elle ne lâcherait pas l'affaire, il en était sûr.

— Dix-huit ans. J'ai été l'un des premiers à Milan.

— Tu lui as sauvé la vie.

Il posa la tête sur sa poitrine, et fixa le plafond.

— Je lui ai offert du temps. Les transplantations durent dix, vingt ans, jusqu'à quarante, parfois. Après, nous ne savons pas ce qui se passe.

— Tu as dû être le héros de la famille !

— La décision n'a pas été difficile à prendre, j'étais le seul donneur compatible.

Sous le poids des souvenirs, il sentit la tension croître en lui ; elle dut la percevoir aussi, car elle baissa la voix et lui mit une main sur l'épaule.

— Qu'est-il arrivé ? Attends… Ta sœur, et… Il y a quelque chose à voir avec ton père. Examinons les indices.

Il secoua la tête. *Per l'amor di Dio…* C'était il y avait si longtemps et il en souffrait encore. Un rappel cruel qu'il ne devait faire confiance à personne. Il prit une longue inspiration.

— D'accord. Autant commencer par le commencement. J'étais fiancé à Elizabetta, qui était du village, et du même milieu que moi. Nous avions grandi ensemble et nos vies étaient programmées depuis le berceau.

— Et alors ? Quel est le rapport ?

— Mon père, qui nous avait emplis la tête de ses rêves, nous poussait à partir étudier la médecine à Florence, à conquérir le monde. Nous avions donc des projets.

Ivy le regarda d'un air étonné, comme si elle n'avait jamais eu de telles ambitions. Bien entendu, pour elle, l'important avait été de pouvoir continuer à mettre un pied devant l'autre… Et de chercher quelqu'un qui s'intéresse assez à elle, pour la soutenir dans son combat contre les injustices dont elle avait été victime.

— Puis ma sœur est tombée malade. Elle serait morte sans une greffe, la dialyse ne l'aurait pas aidée longtemps. Toute la famille a subi des tests. Il s'est avéré que j'étais le seul à pouvoir l'aider. On m'a envoyé à Milan avec elle pour des examens complémentaires. A cette époque, où les réseaux sociaux n'existaient pas, nous n'avions pas de contacts réguliers avec les proches que nous avions laissés au village.

Il la sentit rire en silence contre son torse.

Il eut un petit soupir. Si internet avait existé il ne serait peut-être pas ici, il ne l'aurait pas rencontrée…

— Quand nous sommes enfin rentrés, Elizabetta avait changé. Elle était distante, j'avais l'impression qu'elle fuyait mon regard. Elle a fini par m'avouer qu'elle était enceinte, qu'elle ne pouvait pas partir à Florence. J'ai tout gobé et remis mes projets à plus tard. J'ai donc arrêté mes études. J'ai commencé à travailler avec mon père, qui me maudissait chaque jour d'avoir renoncé à un avenir brillant. Il me harcelait, me conseillait de m'installer loin avec Elizabetta.

— Facile à dire !

Il sentit la tristesse le gagner. Mais difficile de voir son fils gâcher sa vie. Comment aurait-il réagi à sa place ?

— J'avais fait la même bêtise que lui, et il se revoyait à mon âge. Il était déçu. Moi aussi, d'ailleurs, ma fiancée m'adressait à peine la parole et je ne comprenais plus rien. Malgré tout, je me suis mis à aimer cet enfant qui grandissait en elle.

Ivy lui caressait les cheveux, c'était très agréable.

— De grandes décisions, à cet âge…

Et dire qu'il s'était cru un homme, à l'époque !

— Un jour, lors d'une promenade solitaire, je les ai surpris, elle et mon meilleur ami, Rafaele, ensemble dans un champ. Leur liaison ne datait manifestement pas de la veille. Elizabetta a admis qu'elle était déchirée, qu'elle nous aimait tous les deux, et, bien entendu, que le bébé n'était pas de moi. Rafaele n'a pas prononcé un mot.

— Qu'est-ce que tu as fait ?

— Ils m'avaient menti, tous les deux, et lui, en qui j'avais eu toute confiance, ne se défendait même pas ! Je l'ai frappé, puis j'ai annoncé à ma fiancée que j'allais l'aider à choisir. Quand je suis rentré chez mon père, il m'a ri au nez, en me disant que j'avais sacrifié mon avenir pour rien. J'ai failli le frapper aussi, ce n'était pas l'envie qui m'en manquait. J'ai préféré m'en aller.

Il détourna le regard. C'était la première fois qu'il se confiait et il était réellement troublé. Mais curieusement, sa colère semblait s'être atténuée. La voix apaisante d'Ivy l'encouragea à poursuivre.

— Je compatis. Quelle histoire sordide !

— Elizabetta et Rafaele ont maintenant quatre enfants. Ils sont toujours là-bas.

Elle lui massait les épaules.

— Je comprends que tu ne tiennes pas à y retourner et que tu aies horreur du mensonge. Mais tu as un métier merveilleux, à présent. Songe à tous les petits patients que tu sauves !

Il hocha lentement la tête. Une vie vide, qu'il avait remplie avec son travail… Comme celle d'Ivy. Ils se ressemblaient beaucoup. Tous deux tentaient de se persuader qu'ils étaient satisfaits, pour ne pas risquer de se confronter à leur angoisse. En fait, ils avaient peur de vivre.

— On n'oublie jamais. Les mensonges peuvent détruire une existence, mais pas autant que l'amour.

11.

— Miaou !

Ivy ouvrit un œil. Hugo ! Bien sûr, elle était dans la chambre d'amis. Elle promena sa jambe dans le lit, le drap était froid de l'autre côté. Elle était seule.

Mais le parfum de Matteo subsistait, ainsi que les souvenirs d'une longue et merveilleuse nuit de caresses, de plaisir, et d'intense émotion. En outre, elle avait compris pourquoi il avait endossé cet habit de don Juan. Il avait été trahi très jeune, un peu comme elle, en fin de compte.

Elle sentit sa gorge se nouer. N'était-elle pas en train d'être de nouveau trahie ? Il avait disparu comme un coupable, sans même lui dire au revoir. Elle était surprise d'en souffrir autant.

Décidée à oublier ses pensées moroses, elle se leva. Elle avait passé un excellent week-end et éprouvé des sentiments nouveaux. Elle avait ri, s'était inquiétée, ouverte, confiée et avait vécu des moments de joie pure. Grâce à lui, elle s'était sentie importante et précieuse.

Et c'était justement bien le problème.

Dans la cuisine, Hugo se frotta contre ses jambes et faillit lui faire perdre l'équilibre. Elle le prit dans ses bras.

— Au moins, toi, tu es content de me voir.

Elle enfouit le visage dans sa fourrure et cela la consola un peu. Mais soudain, son impression de panique revint. Ce n'était pas de l'amour, ils avaient partagé une nuit unique, il n'y aurait pas d'après. Inutile de se faire des illusions.

Elle reposa le chat et tendit le bras vers la poignée du réfrigérateur.

Un Post-it était aimanté sur la porte, qui contenait un message écrit au feutre :

« Ivy, Joey n'est pas bien, je rentre à Londres immédiatement. Je t'appellerai. Je t'embrasse, Matteo ».

Ces quelques mots la soulagèrent tant, qu'elle en eut honte. Au lieu de s'inquiéter pour le pauvre petit Joey, elle n'avait vu que le « je t'embrasse », et le fait qu'il soit parti à cause d'une urgence. Elle qui n'avait jamais vécu avant dans l'espoir d'une marque d'amour, d'une caresse, elle se sentait anxieuse, si impatiente.

Ce n'était pas plus mal qu'elle doive rester à York pour s'occuper de sa mère. Ainsi, aurait-elle le temps de maîtriser ses émotions et de trouver un moyen d'éviter Matteo en rentrant, pour recouvrer son équilibre.

Elle consulta la pendule. Bon sang, elle allait être en retard !

Deux heures plus tard, elle aidait sa mère à descendre du taxi qui la ramenait, en compagnie de Richard — un étrange tour du destin, mais pas vraiment surprenant —, et les fit entrer dans la maison.

— Asseyez-vous, Richard.

— Merci.

Voyant que l'homme venait de chasser Hugo du canapé d'un geste brusque, elle prit le chat dans ses bras pour le rassurer.

— Je mets de l'eau à chauffer pour du thé et je prépare le déjeuner.

Sa mère eut ce sourire irrité, ou exaspéré, qu'elle n'avait jamais pu définir exactement, mais qui lui était familier.

— C'est gentil de t'occuper de nous, ma chérie, compte tenu du fait qu'on t'attend à ton hôpital. Tu as bouclé tes bagages ? A quelle heure est ton train ? On t'appelle un taxi ?

— Eh bien... Je m'apprêtais à rester quelques jours, comme nous l'avions prévu, jusqu'à ce que tu sois remise.

— Oh ! non ! Ne t'en fais pas pour moi. Richard s'est proposé pour me faire la cuisine et il viendra me voir tous les jours.

Elle tendit la main pour prendre celle de Richard et ils

échangèrent un regard ému. Ivy sentit le découragement la gagner. Déjà !

— Ne te crois pas obligée de t'attarder, tout se passera bien.

— Bon, dans ce cas, d'accord.

Ne trouvant rien à ajouter, elle s'éloigna. Richard la remplacerait avantageusement. Elle aurait tant aimé faire une mise au point, pour une fois. Mais pas devant témoin, ni avec une mère qui avait d'autres idées en tête.

Elle se retint de pleurer, regarda par-dessus son épaule : sa mère avait l'air détendu et heureux. Après tout, pourquoi la priver de son bonheur ?

Richard fourrageait dans les coussins.

— Lequel préfères-tu ? Il faut que tu te sentes à l'aise.

— N'importe, on s'en moque ! Tu me rends folle avec tes attentions.

Le cœur d'Ivy fit un bond. « Tu me rends folle »... C'était exactement ce qu'elle avait dit à Matteo. Elle était donc en train de mettre ses pas dans ceux de sa mère, ce qu'elle avait toujours voulu éviter à tout prix.

Matteo l'avait changée, en lui démontrant que le travail n'était pas tout dans la vie.

Mais si elle retournait à Londres ce soir, elle le rencontrerait forcément, et ce serait trop tôt. Elle n'était plus sûre de rien. Au moment où elle mettait la bouilloire à chauffer, son téléphone sonna. Elle le sortit de sa poche.

— Allô !

— Ivy ?

Matteo, bien sûr... Elle ravala la grosse boule qui bloquait sa gorge et ignora ses tempes battantes.

— Ah, c'est toi ! Et Joey ?

— Il est tiré d'affaire. Je l'ai opéré ce matin d'une obstruction urétrale et tout est rentré dans l'ordre.

— Parfait. J'en suis contente.

— Que se passe-t-il ?

— Rien du tout, pourquoi ?

— Tu as une drôle de voix. Tu es contrariée ?

Elle secoua la tête, apeurée. Ainsi, au bout de deux

phrases, il sentait qu'elle n'était pas dans son état normal ? Il la connaissait déjà trop bien.

— Tu es fâchée parce que je suis parti sans rien dire ? Je n'ai pas voulu te réveiller… Ivy, il faut que je te parle.

Que répondre ? Elle n'allait pas tarder à être en danger. Ils avaient franchi une limite, qui ne pouvait être ignorée.

— Pas maintenant, Matteo. Je suis occupée.

— C'est exactement pour ça que je t'appelle.

— Pardon ? Je ne comprends pas.

— J'ai vu le directeur, ce matin. Je lui ai expliqué ta situation et il t'a accordé une semaine de congé. Tu peux rester avec ta mère sans t'inquiéter.

Il semblait heureux, et elle imagina sa bouche, la lumière dans ses yeux. Et reçut un coup de poignard en plein cœur.

« Tu me rends folle »…

De désir, du désir d'obtenir ce qu'elle ne pouvait avoir. Il lui faisait rêver de choses impossibles. Et voilà qu'il lui rendait service, en demandant pour elle une autorisation d'absence. Ce serait si facile de se mettre à compter sur lui. Seulement pas question qu'il s'immisce dans sa vie.

— C'est gentil, mais je ne veux pas que tu interviennes ainsi. Je peux me débrouiller seule, je n'ai besoin de personne.

— Je pensais juste t'aider.

Elle perçut l'agacement dans sa voix.

— Merci, tu l'as fait. Mais s'il te plaît, ne te mêle plus de mes affaires à l'avenir.

— Hé ! Ne me parle pas sur ce ton. Ivy, j'ai autre chose à te dire.

— Je ne vois pas quoi.

— Eh bien, moi si. Ce qui s'est passé entre nous est important. Pas pour toi ?

Si elle mentait, il s'en apercevrait. Elle baissa la voix.

— Si, pour moi aussi.

— Alors explique-moi pourquoi tu es si distante. Dis-moi la vérité.

— Navrée, ma mère m'appelle, je n'ai plus le temps.

Elle éprouva un violent pincement à la poitrine et quand elle voulut soupirer, ses poumons restèrent bloqués.

— Au revoir, Matteo.

Un jour, elle finirait par penser qu'elle avait eu raison de couper la communication.

Matteo contourna la table de la cafétéria, et après avoir pris une tasse y versa subrepticement le café acheté chez Enrico.

Il soupira. Troisième round, première partie…

Il le but en s'intégrant au groupe qui attendait d'entrer dans la salle de conférences. Pas plus mal qu'Ivy ne soit pas là pour le tenter, le troubler…, le rendre fou.

En fait, il ne regrettait pas d'avoir dû revenir plus tôt. Sinon, il aurait continué à faire l'amour à une femme qui allait forcément le faire souffrir. Elle l'avait prouvé en lui raccrochant au nez un peu plus tôt, après lui avoir reproché de se mêler de ses affaires.

Eh bien, c'était la première et la dernière fois, elle pouvait être tranquille. Il sentait monter sa tension au seul rappel de leur conversation.

Il s'assit au premier rang et consulta la pendule en soupirant. Vivement la fin de la journée.

La porte s'ouvrit et Becca entra, une pile de papiers sur le bras. Il leva les yeux au ciel. Le planning des réjouissances…

Et…, avait-il la berlue ? Ivy la suivait !

Son cœur fit un bond dans sa poitrine. Pourquoi avait-elle quitté York ? Elle avait laissé sa mère ?

Arrivée sur l'estrade, elle prit la parole, sans le regarder.

— Bonjour, tout le monde, et bienvenue à cette troisième session de notre cours. Aujourd'hui, nous verrons comment tirer parti d'internet. Je vais vous montrer comment créer des slogans qui frappent et pourquoi ils sont importants en cette ère d'expansion technologique. Je vais vous fournir quelques pistes pour que vous puissiez…

Il partit dans ses pensées. Il se moquait bien de tout ça, il voulait que ce soit terminé et être seul avec elle. Dans le même temps, il savait que désirer une femme qui se dérobait était le premier pas vers la folie.

Deux heures plus tard, on les divisa en groupes pour

discuter. Elle s'approcha en boitant, plus bas que d'habitude. L'accident, sans doute… Elle semblait fatiguée et distante. Pour ne plus penser à son dos, à la courbe de son sein si doux, à ses yeux verts, il s'essaya à donner des idées aux autres.

— Des slogans… D'accord. Réfléchissons. Nous venons en aide aux enfants, nous leur sauvons la vie. Euh… Les enfants d'abord ? Les gosses d'abord ?

Il baissa la tête, découragé.

— Oh ! A quoi bon ? Je suis médecin, pas publiciste. Je peux dire ce qui est important, je le vis tous les jours. Pourquoi devrais-je inventer des slogans ?

Elle s'arrêta à sa hauteur.

— Pour que nous soyons tous au courant, professeur Finelli. Avec un mot d'ordre et un slogan qui l'accompagne, nous aurons tous une direction pour notre travail.

Il croisa son regard. Ah, elle l'appelait « professeur Finelli » !

— J'en ai un, de mot d'ordre, qui je suppose conviendra à tout le monde ici : « Faire de son mieux vis-à-vis de tous ».

« En étant sincère avant tout », continua-t-il pour lui-même.

Il avait horreur des devinettes, il tenait à savoir exactement où il en était, et n'aimait pas qu'on lui raccroche au nez, quand il essayait d'éclaircir les choses.

Les rougeurs apparues sur les joues d'Ivy indiquèrent qu'elle avait perçu l'insinuation.

— Parfait. Donc…

— Je me demande si vous comprenez bien, mademoiselle Leigh, l'interrompit-il. Nous sommes dans un hôpital pédiatrique. Or, les enfants malades ne se réduisent pas à des slogans, ce sont des personnes. Ils vivent, respirent, ils sont vulnérables. Expliquez-moi comment tout ce marketing peut, vraiment, franchement, leur changer la vie, plus que ce que nous faisons ici chaque jour. Si vous arrivez à me le prouver, je vous écouterai. Jusque-là, je veux juste faire mon travail en paix. Comme vous, je suppose, sans vaines distractions.

Elle le regarda, bouche bée, et les rougeurs sur son visage se propagèrent jusqu'à son cou. Aussitôt, il regretta d'avoir manifesté sa colère en public.

Elle tapa dans ses mains.

— Faisons une pause, c'est l'heure du thé.

Elle se tourna vers lui.

— Suis-moi dehors, tout de suite, murmura-t-elle.

Quand ils sortirent, un vent glacial s'était levé.

Il décida de parler sans fioritures.

— Ivy, comment se fait-il que tu sois ici ? Et ta mère ?

— Tout va bien. Je suis rentrée dimanche. Le train… Enfin, peu importe.

— Je vois.

Il la dévisagea. Bizarre, elle avait pourtant vraiment l'intention de discuter avec sa mère. Et elle n'avait pas profité du congé qu'on lui avait accordé. Elle s'était refermée, comme au premier jour. Ce n'était plus celle qui l'avait serré contre elle, avait ri de ses plaisanteries, celle qui s'était blottie dans ses bras après l'amour…

Elle avait les lèvres pincées, un regard qu'elle voulait froid et distant — qui la trahissait tout de même, mais inutile qu'elle le sache.

— C'est le travail qui l'a emporté, en fin de compte ? Je pensais que tu avais changé tes priorités. Tu avais quelque chose à me dire ?

— Tu te trompes, ma mère n'avait plus besoin de moi, c'est tout.

Il hocha lentement la tête. Donc, il y avait encore eu un problème entre elles, qu'elle ne parvenait pas à digérer…

— Ecoute, je te serais reconnaissante de cesser tes sous-entendus en public et de ne pas mêler notre vie personnelle à notre environnement professionnel.

— Parce que je l'ai fait ? Quand ?

— Tu as exposé à Pinkney le motif de mon absence, ç'a bien dû lui mettre la puce à l'oreille !

Adossé au mur, il la regarda sans dissimuler sa colère.

— Personne n'est au courant de rien. Et dans la mesure où tu refuses de me parler en privé, j'en suis réduit à faire des insinuations. Qu'est-ce qui t'arrive, bon sang ?

Il vit sa bouche trembler et crut qu'elle allait fondre en larmes.

— Je ne sais que dire. Je te demande pardon, mais…

Il s'approcha, tout en résistant à l'envie de l'attirer à lui.

— D'accord, dit-il doucement. Discutons, c'est tout ce que je demande. J'ai été pris par surprise, les choses sont allées trop vite et…

— Je suis contente que tu aies la même impression que moi. Trop vite et trop loin. J'aime être seule, je suis très indépendante. Nous avons passé un week-end super et je t'en remercie. Mais nous ne pouvons pas…

— « Super » ? l'interrompit-il vivement. Tu n'as pas d'autre mot à ta disposition ? A quoi joues-tu ? Je ne comprends pas tes règles. Un jour tu es heureuse avec moi et le lendemain, tu me repousses.

— Ce n'est pas un jeu. Je ne veux pas d'une liaison. Je suis trop…

Elle se tut et regarda sa montre.

— Hé ! Il faut y retourner.

— Juste comme ça, c'est fini ?

— Oui, Matteo. C'est fini.

Il attendit le soulagement, mais n'éprouva qu'une tristesse amère, comme un trou dans la poitrine. Il était désormais condamné à la revoir tous les jours, sans plus pouvoir l'embrasser, la tenir serrée contre lui, lui caresser la joue. Il fut surpris d'en être aussi touché et se sentit soudain perdu. Qu'est-ce que cela signifiait ? Qu'il l'aimait ? Non, il s'était toujours protégé, pour ne pas souffrir.

— Je suppose que je n'ai pas le choix ?

— N'insiste pas. Je dois vraiment aller terminer cet atelier.

Elle haussa les épaules et détourna la tête, comme pour cacher ses larmes.

— Ton travail d'abord.

— Oui, tu me connais. Tu ne m'en veux pas ?

— Je croyais te connaître, apparemment je me trompais.

Il la regarda vaciller sur le gravier et entrer dans le bâtiment.

— Et, non, Ivy, je ne t'en veux pas. Tout cela ne me fait ni chaud ni froid.

Il s'éclaircit la gorge. Sauf qu'il était tombé amoureux d'elle, qu'il lui avait donné plus que ce qu'il souhaitait, il lui avait offert son cœur, pour qu'elle le déchire en petits morceaux. Il venait de dire son premier vrai mensonge.

12.

— Encore là, Ivy ? Vous y avez pris goût ! s'exclama Nancy.

Elle lui fit un petit sourire en s'essuyant les mains dans la salle de lavage.

— On dirait que vous êtes plus à l'aise que la première fois.

— Merci.

Ivy détourna le regard. En réalité, elle se sentait beaucoup plus mal. La vue du sang lui était devenue indifférente, mais celle de Matteo serait insupportable… Elle le vit à travers la vitre, en train de parler en souriant à l'anesthésiste et son cœur se serra.

Elle n'avait aucune envie de le rencontrer, après la scène d'hier… Elle avait passé une nuit blanche, en compagnie d'Hugo, qu'elle avait ramené avec elle, pour le tirer des griffes de Richard.

Elle devrait supporter de le regarder sauver une vie de plus, rire et plaisanter, être adorable avec tous ces gens. Et surtout, elle devrait maîtriser son besoin d'aller vers lui.

La porte s'ouvrit et il entra. Jetant un coup d'œil à la ronde, elle s'aperçut que Nancy était sortie ; ils étaient seuls… Elle prit une profonde inspiration.

— Salut, Matteo.

— Je croyais que j'étais redevenu le professeur Finelli ?

Elle reçut son indifférence en plein visage, comme une gifle. Sa feinte indifférence, plutôt, car en réalité il dissimulait sa colère. Elle l'avait blessé et ce n'était pas son intention.

— Matteo, s'il te plaît…

Il secoua la tête.

— Mademoiselle Leigh, franchement, ça ne me pose

aucun problème de déclarer forfait et de vous proclamer gagnante de notre petite guerre. Ce qui signifie que votre présence en ces lieux est inutile.

Il s'approcha, et elle se sentit attirée comme par un aimant, malgré le venin contenu dans ses paroles.

— En fait, je vous demande de partir.

— Ah ? Mais pourquoi ?

Il la regarda droit dans les yeux.

— Parce que votre présence me distrait. Je dois me concentrer sur mon travail, il est donc de l'intérêt du patient que vous n'assistiez pas à l'intervention.

— Matteo !

Il leva la main.

— Tu croyais vraiment que je te laisserais entrer ? Alors que tu m'as claqué la porte au nez ?

— Je ne peux pas faire autrement, j'ai essayé, mais c'est impossible. Je… je ne veux pas me perdre.

— Comme tout le monde. Mais nous aurions pu rester nous-mêmes, tout en étant une partie d'autre chose.

Elle se souvint à quel point il lui avait manqué, la veille, à York.

— Je ne veux dépendre de personne.

Il émit un soupir exaspéré.

— Je connais un tas de gens qui réussissent à bien s'entendre. Tu refuses même de courir le risque.

— D'accord, je m'en vais. Je pense que nous avons tous les deux gagné et perdu.

Refoulant ses larmes, elle sortit.

— Ivy !

Matteo sentit le sang bouillir dans ses veines. Ce n'était pas la meilleure façon de commencer une intervention. Il n'avait pas prévu que la conversation prendrait cette tournure. Il avait eu l'intention de lui interdire d'entrer, oui, mais pas de la voir accepter avec tant de résignation.

— Bon sang, tu me fais dire ce que je ne veux pas dire. Tu me rends fou !

Elle se retourna avec un petit sourire triste.

— Oui justement, c'est tout le problème.

Il sourit aussi. Parce qu'elle l'impressionnait. Elle avait eu le culot de venir aujourd'hui, sachant qu'elle devrait dissimuler ses émotions.

Il tenta de se ressaisir. En vain.

Il était furieux qu'elle le rejette, qu'elle referme la porte à sa vraie personnalité. Tellement plus vivante… Il était tombé amoureux de la femme la plus têtue et fermée de tout l'hôpital, de toute la ville, de ce pays tout entier. Et elle ne l'écouterait pas, puisqu'elle ne croyait pas en l'amour.

— *Ciao*, Matteo, reprit-elle doucement, merci pour tout. C'était plus que super.

Il sentit la panique le gagner. Elle partait pour de bon, et c'était lui qui l'avait chassée.

— Attends.

Il s'avança et lui caressa la joue, l'attira à lui. Elle résista un instant, puis l'embrassa.

— Matteo.

Elle était dans ses bras, et son cœur se gonfla de bonheur.

— Ivy, Ivy…, *ti amo.*

Aussitôt, il regretta cet aveu, espérant qu'elle n'ait pas bien saisi le sens de ces mots. Il l'embrassa de nouveau, et elle répondit à son baiser avec ardeur.

— Hum ! Pardon de vous déranger, mais il faut y aller.

Il se figea. Nancy ! Ivy allait être horrifiée qu'on l'ait surprise avec lui.

Il avait raison : elle recula d'un bond et s'enfuit.

Que faire ? Il était coincé, on l'attendait en salle d'opération. Les poings serrés, il se dirigea vers l'entrée. Il savait qu'elle ne reviendrait pas, qu'il l'avait perdue.

A la sortie du tribunal, Becca se tourna vers elle en souriant.

— Bravo, Ivy ! Vous avez été parfaite.

Le vent était retombé et l'après-midi promettait d'être doux. Elles coupèrent par Regent Park.

— Vous avez balayé la défense de ce sale type.

Ivy haussa les épaules.

— J'ai laissé les preuves parler d'elles-mêmes. Comment aurait-il pu nier, face à trois témoins ?

Elle laissa échapper un soupir. Elle se sentait vidée. Elle dormait peu ces derniers temps, à cause de… Elle refusait d'y penser. Si elle se concentrait sur son travail, Matteo finirait bien par lui sortir de la tête.

— Mais vous l'avez poussé dans ses retranchements jusqu'à ce qu'il avoue. A la fin, j'avais même un peu pitié de lui. Ivy, j'ai envie d'être comme vous.

— Oh ! Ça n'en vaut pas la peine, je vous assure.

— Je suis certaine que si. Et si nous prenions un café, pour fêter cette victoire ?

— D'accord, en vitesse, alors.

Elles s'assirent à une terrasse et Ivy tira de son sac un bloc et un stylo.

— Bon, vous allez vous débrouiller demain, pour le cours ?

Becca leva les yeux au ciel.

— Nous avons décortiqué ça des dizaines de fois. Admirez plutôt ces splendides tulipes ! Ils créent vraiment des couleurs magnifiques. Et sentez comme ces freesias embaument !

— Euh, oui.

Son assistante la regarda d'un air inquiet.

— Ivy… Je sais que j'outrepasse encore mes fonctions, mais en réalité, si vous ne faites pas le cours vous-même, c'est pour ne pas voir « M. Fesses-de-pêche », je me trompe ? Qu'est-ce qui se passe ?

— Becca, je vous en prie. J'ai une réunion avec le conseil d'administration, qu'il m'est impossible de déplacer.

— Mauvais prétexte, vous auriez pu. Franchement, je me fais du souci pour vous. Vous ne sortez plus de votre bureau, c'est tout juste si vous n'y dormez pas la nuit. Et en plus, votre corbeille à papier est pleine de mots chiffonnés. Désolée, mais si vous ne les déchirez pas, vous laissez des preuves.

Becca baissa la voix.

— Vous êtes humaine, Ivy, et vous êtes blessée. Qu'est-il arrivé ?

— Rien.

Elles dégustèrent un excellent café, qui lui rappela celui que Matteo lui avait apporté la fois où ils s'étaient embrassés dans la salle de repos. Son cœur se serra.

— Je n'arrive pas à en parler, dit-elle d'une voix un peu tremblante.

— Vous êtes capable de résoudre les problèmes des autres, mais pas les vôtres ?

— Cessez vos insolences, Becca. Je pourrais vous faire renvoyer.

— Et être obligée de faire le cours vous-même.

— Je ne peux pas y aller.

— Donc, il s'est passé quelque chose ?

— Oh ! Rien de bien grave.

Becca posa une main sur la sienne.

— On ne dirait pas. Vous êtes tombée amoureuse ?

— Becca, mon travail est trop important pour que…

— C'est normal d'avoir peur, l'interrompit-elle. Pourtant, la plupart des gens réussissent à mener de front leur vie privée et leur vie professionnelle.

— Si vous le dites.

— Parfait. Et il vous aime aussi ?

— Euh…, après la façon dont je me suis comportée…

— Mais sinon ?

— Oui, je crois.

— Alors, montrez-lui vos sentiments. Les Italiens adorent les femmes démonstratives.

— Je crains qu'il ne soit trop tard. J'ai vraiment tout gâché. Ce sera dur de le convaincre.

Becca se leva.

— Eh bien, pourquoi ne pas essayer tout de suite ? Venez, allons-y.

Elle se leva à son tour, ne sachant plus si elle pouvait encore espérer.

— Becca, ce n'est pas si simple. Il a eu une fiancée autrefois, qui l'a trahi et lui a brisé le cœur. Et je suis en train de faire la même chose. Je vais avoir du mal à lui prouver que je l'aime. Il faut que je trouve un moyen imparable…

13.

Matteo consulta sa montre. Il était tard. La transplantation avait été délicate, mais la fillette s'en remettait bien, heureusement. Avant de quitter l'hôpital, il avait consulté des dossiers et effectué une dernière visite de la salle. La migraine le tourmentait et il n'aspirait plus qu'à retrouver son lit.

Hélas, juste ce soir, quelqu'un du service avait organisé une marche de nuit à travers Regent Park, pour récolter des fonds. Pour son appareil de dialyse. Impossible d'y échapper.

Il courait souvent dans ce parc et fut surpris par la foule qui s'y pressait. Il entendit des applaudissements, reconnut des visages qui lui souriaient. Qui applaudissaient-ils ?

Il s'approcha de la première tente ornée d'une banderole : « Donnez un peu, sauvez une vie ».

— Bonsoir, je suis en retard, je n'ai pas encore pris mon billet. Où est la ligne de départ ?

L'infirmière lui fit un large sourire.

— Oh ! Je vous connais ! Le départ a lieu dans cinq minutes. Et les VIP ne paient pas.

Il la regarda, interloqué. Quoi ? C'était une plaisanterie ?

— Mais je tiens à participer !

— Vous ne croyez pas que vous avez assez donné, professeur Finelli ?

Cette voix… L'accent du Nord… Il se retourna.

Ivy, en T-shirt et short verts, une casquette de la même couleur sur la tête, lui souriait.

— Ivy ! Que fais-tu ici ?

— Je vais courir, bien sûr.

— Mais ta cheville ?

— Bof, ce n'est pas long, dix kilomètres.

— Incroyable ! Je n'avais jamais vu tant de monde dans ce genre de manifestation. C'est miraculeux.

— C'est juste une preuve que par internet, on peut toucher beaucoup plus de gens.

— C'est toi qui as organisé ça ?

— Oui. J'ai posté un appel, contacté les parents de Joey, qui s'occupent du site des enfants greffés du rein. Eux-mêmes ont contacté d'autres patients et ç'a fait boule de neige. Vingt-quatre heures après, une radio a pris le relais et ensuite le journal local. Ça ne fonctionne pas à tous les coups, mais cette fois, c'est un succès. Tout le monde avait envie de te remercier.

— Et c'était quoi, ce message ?

Elle lui tendit un prospectus, qui comportait sa photo. En tenue de bloc.

« Ce chirurgien redonne la vie, vous le pouvez aussi ! Venez courir, et en vert pour être vus ! »

— C'est trop d'honneur.

Il la regarda. Quand elle sourit, ses yeux étincelèrent. Qu'elle était belle !

— Pas du tout, tu es tellement photogénique ! Ton charisme est incroyable, même quand tu es habillé ! Et apparemment, ton fan-club est important. Trois mille participants ! Je pense que tu as largement de quoi payer cet appareil de dialyse.

— Et tu as organisé ça en un mois ?

— Je connais un peu de monde, et Becca m'a aidée. Tu vois, ça a marché.

— Pourquoi as-tu fait ça ?

— Parce que je crois que tu en as besoin et que les enfants passent d'abord. Et aussi, parce que je voulais faire la démonstration du pouvoir d'internet.

Un coup de feu déchira l'air.

— Oh ! C'est le départ ! Viens !

Elle lui tendit un T-shirt vert et se mit à trottiner dans l'allée. Il la suivit des yeux. Si sa jambe lui faisait mal, elle ne le montrait pas. Elle avait donc fait tout cela pour lui ?

— Attends une minute.

Il l'attira à l'écart du chemin.

— Je me suis trompé à ton sujet. Enfin, pas sur tout, mais… bref, je te concède qu'internet a des avantages. En fin de compte, tu as réussi à venir en aide à beaucoup d'enfants.

— Non, Matteo. Au début, je l'ai fait pour toi, pour te rendre heureux. Et une fois dans l'engrenage, j'ai dû aller jusqu'au bout. Mais c'est toi qui les as aidés. Tu n'as qu'à regarder Joey, et tous les autres.

— Mais, Ivy… Tu m'as dit que c'était fini entre nous, que tu ne voulais pas de moi.

Il observa la foule autour de lui et fut submergé par l'émotion. Ils auraient formé une équipe formidable, tous les deux.

— Merci, au nom de mon service, reprit-il, hésitant. Je te suis vraiment reconnaissant. Nous devrions nous dépêcher, maintenant.

Ivy sentit sa gorge se nouer. Elle était déçue. Ce n'était pas ainsi qu'elle avait envisagé les choses. Elle avait cru qu'il serait tellement content qu'il comprendrait sans qu'elle ait à expliquer.

Quelle idée elle avait eue ! Comment se déclarer devant trois mille personnes ? Elle accéléra l'allure.

— Matteo, stop !

Enfin, il s'arrêta pour lui permettre de le rattraper.

— Je…, je te demande pardon pour mes réactions idiotes. Je ne voulais pas rompre. Je ne voulais pas que ce soit fini.

Il fronça les sourcils.

— Pourtant, ça m'a paru évident ! Tu as changé d'avis ?

— Non, tu m'as toujours attirée, mais j'avais peur. Tout est allé si vite. J'ai appris à affronter la vie toute seule, à ne compter sur personne. Pourtant, tu semblais m'accepter telle que j'étais et tu m'as prise par surprise. Mon existence me convenait avant que je te connaisse, et vu les circonstances, je ne m'attendais pas à tomber amoureuse de toi.

— Tu es amoureuse ?

Elle lui posa un doigt sur la bouche.

— J'ai eu peur de l'intensité de mes sentiments. Je craignais de me perdre, mais en fait, je suis perdue sans toi, maintenant. M'accorderas-tu une seconde chance ?

Il la considéra un instant, puis ôtant son doigt de ses lèvres, l'embrassa.

— Moi, je ne suis pas perdu, parce que je t'ai trouvée. Et tu comptes plus que tout au monde.

Malgré ces paroles définitives, elle eut l'impression que son ton manquait de conviction.

— Mais comment être sûr que tu ne vas pas me rejeter encore, tôt ou tard ?

— Matteo, je t'aime, je ne sais plus comment te le prouver. Je ne suis pas Elizabetta, je ne te trahirai pas.

Tout le monde était parti, on n'entendait plus dans le parc que le sifflement du vent dans les branches. Ils étaient seuls.

Il regarda les ballons et les banderoles, et un sourire flotta sur ses lèvres.

— On s'embrasse ?

— Oh Oui ! Bonne idée !

Elle fit un pas en avant, incrédule. Peut-être qu'elle l'avait convaincu, en fin de compte. Il l'attira à lui, elle agrippa son T-shirt, en refoulant ses larmes.

— Mais que penses-tu de la situation ? De nous ?

— Je t'aime comme un fou, je te l'ai déjà dit.

— Quand ?

— Je l'ai dit en italien, *ti amo*.

— *Ti amo*, Matteo.

Elle ne poursuivit pas à cause de la boule qui bloquait sa gorge. Et de la bouche qu'il posait sur la sienne, pour un tendre baiser qui lui réchauffa le cœur. Puis il s'écarta en souriant.

— On ne joue plus ? On ne se bat plus ?

— D'accord.

— Parfait.

Il lui caressa la joue.

— Nous avons pas mal à rattraper.

— Ah, oui, la course… Nous risquons d'arriver bons derniers !

— Je ne parlais pas de ça. J'ai tellement envie de toi.

— Moi aussi.

— Tu sais, tu vas me rendre fou.

Il tendit la main vers elle.

Elle la prit, la tint serrée, se promettant de ne jamais la lâcher.

— Je vais t'avouer quelque chose : cette mission me convient parfaitement !

Et elle lui sourit, aux anges.

JOANNA NEIL

Passion dans les Caraïbes

Traduction française de
F. JEAN

BLANCHE

HARLEQUIN

Titre original :
TEMPTATION IN PARADISE

Ce roman a déjà été publié en 2015.

1.

— Je suis vraiment content que tu aies décidé de venir dans les Caraïbes, Jessie.

Ben parlait fort pour se faire entendre par-dessus le bruit de la fête.

— Je ne pensais pas que tu viendrais, tu sais, reprit-il. Il a vraiment fallu que tu t'organises. Je m'en veux vraiment d'avoir déversé tous mes problèmes sur toi, et de t'avoir mis toute cette pression. Tu avais assez de choses à faire à Londres, et j'aurais dû me taire, mais je ne savais plus où j'en étais. J'avais besoin de te parler. Tu as toujours réussi à me remonter le moral quand j'allais mal.

Jessie lui prit la main.

— Tu es mon frère ! Je serai toujours là si tu as besoin de moi.

— Et la réciproque est vraie, Jessie.

— Je le sais, Ben.

Ils étaient assis sur la terrasse, face à la mer. Dorées et ondoyantes, les lumières des torches de jardin plantées le long des allées et dans les massifs illuminaient la nuit. Les portes-fenêtres ouvertes laissaient l'air doux des tropiques circuler dans la maison, portant la musique rythmée d'un Steel Band qui jouait un calypso.

Dans la maison, des gens dansaient, comme l'avait fait Jessie elle-même, quelques minutes plus tôt, avec un certain nombre de partenaires enthousiastes — mais elle n'avait accepté aucune de leurs demandes de rendez-vous romantique. Sa cuisante expérience londonienne lui avait servi de leçon, et on ne l'y reprendrait plus… D'autres invités bavardaient ou dégustaient la nourriture délicieuse disposée sur le bar en îlot, dans la cuisine.

Mais, pour l'instant, Jessie ne voulait que respirer l'air de la nuit et passer un peu de temps avec son frère.

Elle émit un soupir de contentement.

— Cette île est incroyable. Quelle beauté ! Et cette maison magnifique… Le propriétaire doit vraiment avoir confiance pour laisser tes amis organiser une fête pendant qu'il n'est pas là !

— C'est probable. Zach et Eric ont dit qu'ils avaient son accord. Nous avons tout rénové pour lui, ces deux dernières semaines — il nous a confié les clés pour que nous puissions aller et venir à notre guise. Il a sûrement compris qu'il pouvait compter sur nous.

— Ça ne fait que deux semaines que vous travaillez pour lui ?

C'était très peu pour décider qu'on pouvait laisser sa maison entre les mains d'étrangers…

— Oui. Quand papa m'a mis dehors, j'ai été obligé de trouver du travail très vite, et on avait besoin d'un ouvrier de plus ici. Le Dr Benitez — le propriétaire — me connaissait déjà parce qu'il étudie le récif, et j'avais plongé plusieurs fois pour donner un coup de main, alors il m'a embauché, ajoutant que je pourrais faire des petits travaux dans ses autres propriétés quand les rénovations seraient terminées ici. Il a une entreprise de construction, et il loue ses propriétés une fois qu'elles sont restaurées.

— C'est bien que tu aies pu trouver quelque chose aussi vite.

Apparemment, le nouvel employeur de Ben était une personne puissante et fortunée — une espèce d'expert en biologie marine qui possédait aussi un portefeuille immobilier ! C'était une chance que Ben ait croisé sa route.

Jessie regarda son frère. A dix-neuf ans à peine, il était musclé et en forme à force de travailler en plein air, mais son apparence masquait le fait qu'il manquait encore de maturité, et qu'il souffrait encore de son enfance perturbée. Bien sûr, ils avaient tous les deux été affectés par la séparation de leurs parents, mais Ben n'avait que onze ans à l'époque, et son univers avait été bouleversé. Un peu plus âgée de quelques années, elle-même avait réussi à mieux gérer la situation.

Leur mère, qui avait très mal supporté le divorce, s'était réfugiée dans un monde à elle, laissant Jessie, qui avait dix-sept ans à ce moment-là, s'occuper de son frère et le soutenir affectivement. Elle l'avait aussi épaulé pendant qu'elle faisait ses études en médecine car elle avait continué d'habiter le logement familial pour s'occuper de lui et de leur mère, mais pendant quelque temps, Ben s'était rebellé. Il avait désespérément tenté de s'accrocher à une image paternelle — en vain. Finalement, tous ses espoirs s'étaient envolés, le laissant malheureux et révolté. Cette dernière tentative pour renouer avec son père en venant dans les Caraïbes avait aussi tourné court.

Jessie savait qu'en ce moment précis, en tout cas, sa présence l'avait rasséréné, et lui avait permis de mettre ses problèmes de côté pendant un moment.

— Tu devrais goûter ce punch, Jessie, dit-il.

Ben sortit quelques cubes translucides d'une bassine remplie de glaçons posée sur la table de jardin qu'il mit dans un grand verre. Puis, prenant un pichet, il fit couler du liquide ambré sur les glaçons et il tendit le verre à sa sœur.

— Je suis sûr que tu vas aimer.

— Merci... Mais je crois que je frôle déjà ma limite après le vin et les mojitos !

Portant quand même le verre à ses lèvres, elle sirota lentement, dégustant les saveurs et essayant de discerner les différents ingrédients. Il y avait du rhum, bien sûr, un soupçon de jus de citron vert, du sirop de canne, et de l'orange... et peut-être un tout petit peu d'angostura. Lentement, une douce chaleur l'envahit, et elle sourit à son frère.

— Mm... tu as raison, murmura-t-elle. C'est exactement ce qu'il me fallait. Je crois que c'est la première fois que je peux vraiment me détendre depuis que je suis descendue de l'avion, hier.

Satisfait, Ben se renversa dans son fauteuil.

— Ça va te plaire ici. Le changement te fera du bien.

— Oui... Je l'espère.

— C'est une superfête, tu ne trouves pas ? C'est incroyable ce qu'on arrive à organiser à la dernière minute en s'y mettant à plusieurs… et la nourriture est super aussi. Tu veux que j'aille te chercher de ces papillotes au poulet que tu as bien aimées tout à l'heure ?

— Ça me tente, mais je peux aller me servir moi-même !

— Non. Tu restes là et tu te détends. Tu n'es sûrement pas remise du décalage horaire. Profite du paysage.

Tandis que Ben se dirigeait vers les portes-fenêtres, Jessie se renversa dans son fauteuil. Sous la lune, les vagues de la mer des Caraïbes se brisaient sur le sable blanc, et les palmiers, qui se découpaient contre le ciel de cette nuit claire, ondulaient sous la brise.

Elle s'étira paresseusement, croisant ses jambes allongées et à peine bronzées. Peut-être aurait-elle dû faire cela plus tôt — mettre sa maison en location et laisser tous ses soucis derrière elle…

— Est-ce que vous voulez un autre verre ?

Tout près d'elle, la voix masculine la fit sursauter. Elle y avait décelé un léger accent — peut-être espagnol. C'était une voix grave et légèrement rauque, qui l'avait enveloppée tout entière et qui avait fait courir le long de son dos un frisson inattendu.

Elle se redressa, tous les sens en alerte, et leva les yeux vers l'homme qui, sorti de nulle part, se tenait près d'elle. Son cœur battit plus vite. Dans la pénombre, l'inconnu, vêtu d'un pantalon à la coupe impeccable et d'une chemise en lin bleu nuit, était sombre et mystérieux.

— Merci, mais… je crois que ce ne serait pas raisonnable. J'ai assez bu, je pense.

Elle avait la tête toute légère et les idées un peu confuses — signe que l'alcool agissait.

Il sourit.

— Un verre de plus ne vous fera pas de mal si vous mangez un peu. Votre ami est allé chercher quelque chose, je crois.

Son ami ! pensa Jessie, perplexe.

L'inconnu dut prendre son silence pour un acquiescement car il entreprit de lui remplir son verre.

— Je… ne vous ai pas vu arriver, murmura-t-elle. Ni entendu, d'ailleurs.

— Ce n'est pas vraiment étonnant avec le volume sonore de la musique, répondit-il avec une légère ironie. Mais en fait, j'ai contourné le bâtiment.

— Je comprends.

Voilà pourquoi elle ne l'avait pas encore vu : il venait d'arriver à la villa.

— Vous êtes un voisin ? Vous venez vous plaindre du bruit ? C'est vraiment ennuyeux que la fête vous ait dérangé.

— Elle a attiré mon attention, c'est sûr.

— Oui… bien sûr. On peut sans doute les convaincre de réduire le volume, mais j'imagine que la fête va se terminer d'ici peu. Il est très tard, et certains d'entre nous travaillent.

— C'est tout à fait exact, bien qu'il y ait des choses qui valent vraiment la peine qu'on reste pour elles, répondit-il pensivement.

Son regard la parcourut, et elle songea aux vêtements, très différents de ses tenues londoniennes, qu'elle portait : un haut sans bretelles moulait ses courbes comme une seconde peau, et une jupe courte de style sarong dévoilait largement ses jambes nues.

Gênée par son regard intense, elle se leva.

— Je devrais peut-être aller m'occuper du volume sonore ?

Il secoua la tête.

— Laissez, je m'en charge. J'ai des gens à voir, mais rien ne presse. Je préfère de loin que vous restiez ici pour que nous bavardions un peu.

Son regard la parcourut de nouveau, s'attardant sur les cheveux châtains qui retombaient en vagues soyeuses plus bas que les épaules, et elle en fut troublée.

— Pourquoi pas ? dit-elle, les joues soudain plus chaudes.

— Avec plaisir, alors.

Il se rapprocha un peu, et Jessie frissonna agréablement, ignorant l'alarme qui résonnait dans sa tête. Après tout, quel mal pouvait-il y avoir à parler ?

— Je n'avais pas l'intention d'être indiscret, mais j'ai

entendu que vous souffriez peut-être du décalage horaire. Venez-vous de loin ? Etes-vous en vacances ?

— Pas en vacances, non, mais j'avoue que cela ne me dérangerait pas de passer quelques jours à bronzer et à explorer l'île. D'habitude, je travaille beaucoup, mais dès que je suis arrivée ici, quelque chose m'a dissuadée de m'agiter. Le rythme est si détendu ici… Et d'après le peu que j'ai vu, c'est beau… très différent de Londres, où j'ai vécu jusqu'à maintenant.

— C'est vrai. Mais alors, si vous n'êtes pas ici pour des vacances…

— Je me suis débrouillée pour trouver un emploi temporaire — je vais travailler trois mois comme médecin dans un service d'urgences pédiatriques à l'hôpital. Ce n'est pas un poste à temps plein, alors j'aurai sans doute besoin de trouver autre chose en complément, mais c'était une trop belle occasion pour la laisser passer.

Elle avait compris qu'il y aurait quelques visites à l'extérieur de l'hôpital, et cela lui convenait parfaitement.

— En fait, ça m'allait très bien de quitter le Royaume-Uni maintenant. Je voulais acquérir un peu plus d'expérience avant de décider vers quelle spécialité m'orienter.

L'homme haussa un sourcil brun.

— Vous êtes partie bien loin pour faire ça.

— C'est vrai, mais… il se trouve que… j'ai de la famille ici — mon père a des parts dans une distillerie de rhum de l'île. Nous ne nous sommes pas beaucoup vus, lui et moi, au fil des années, alors j'ai pensé que ce séjour me donnerait une occasion de passer du temps avec lui.

L'homme parut intrigué.

— Et votre mère ? Elle ne vit pas ici ?

— Eh bien… non. Mes parents ne vivaient plus ensemble depuis longtemps — ma mère est morte en Angleterre il y a deux ans.

— Comme c'est triste… Ça a dû être dur pour vous.

Sous son accent espagnol perçait une compassion sincère.

Jessie acquiesça d'un simple hochement de tête et chercha un autre sujet avant que l'émotion ne la submerge car elle demeurait très affectée par la mort de sa mère. Quant à son père, ses relations avec lui étaient difficiles.

— Et vous ? demanda-t-elle. Est-ce que vous habitez à Sainte-Hélène, ou est-ce que vous y passez des vacances ?

Elle prit son verre et commença de siroter le punch, espérant y puiser un peu plus de confiance en elle.

Il eut un sourire.

— Je vis ici. Ma famille est implantée sur l'île depuis plusieurs générations. A l'origine, mes ancêtres étaient espagnols, puis il y a eu une bonne dose de mélanges au fil des siècles, mais nous avons gardé notre héritage hispanique.

— Cela explique votre accent, léger, mais bien présent.

Jessie avait beau se répéter qu'elle était imperméable au charme masculin sous toutes ses formes, la voix de cet homme-là possédait un timbre sexy et vibrant qui la troublait d'une manière embarrassante.

Il hocha brièvement la tête, la fixant toujours dans les yeux. Fascinée par ces yeux sombres et profonds, elle ne put rompre le charme jusqu'à ce qu'un bruit résonne près d'elle : c'était Ben qui revenait, et elle se sentit à la fois contente et déçue par son intrusion.

Il se concentra pour poser sur la table sans le renverser un plateau chargé de nourriture.

— Désolé d'avoir mis aussi longtemps : j'ai été retenu par un ami de la distillerie.

Jessie posa son verre.

— Ce n'est pas grave. J'ai eu de la compagnie.

Se redressant, Ben regarda l'homme debout près d'elle, et ses yeux s'arrondirent.

— Docteur Benitez… Je… Nous ne vous attendions pas si tôt. Je croyais que votre travail vous retiendrait en Floride jusqu'à la fin de la semaine.

— J'ai réussi à tout boucler plus tôt que prévu.

Le beau visage du médecin s'était figé, et Jessie comprit qu'il se passait quelque chose.

Cet homme était le nouvel employeur de son frère !

Son regard effectua un aller-retour entre les deux hommes.

— Vous vous connaissez…, conclut-elle.

— Oui, répondit Ben, comme prisonnier du regard inflexible posé sur lui. Nous nous connaissons. Jessie… Je ferais mieux de te présenter le Dr Benitez. Comme je te l'ai dit, j'ai effectué quelques travaux pour lui au cours de ces deux dernières semaines.

Jessie reporta son regard sur le médecin.

— Ben m'a parlé des travaux de rénovation qu'il fait pour vous. Et… C'est votre maison ici, c'est ça ?

— C'est ça, oui.

— Ah, dit-elle, très embarrassée. Ben m'a dit que lui et ses amis avaient travaillé ici. C'est une maison magnifique — ce que j'en ai vu, en tout cas, c'est-à-dire : pas grand-chose… Juste le séjour, la cuisine et la terrasse.

— Je serais très heureux de vous montrer le reste, dit-il.

Le cœur de Jessie battit un peu plus vite.

— Merci, docteur Benitez. J'en serais ravie.

Le visage du médecin s'adoucit brièvement.

— José… il faut m'appeler José, *chica*.

— José…, répéta Jessie, un peu déconcertée par ses manières pour le moins directes.

— Bien.

Il se tourna vers Ben, et son attitude changea. Il semblait presque hostile, et immédiatement, Jessie fut en alerte.

Il fallait qu'elle sache ce qui n'allait pas.

— Vous avez un problème, vous et Ben ? demanda-t-elle.

— Je le crains, oui.

Le Dr Benitez lui posa un instant la main sur le coude — et un picotement remonta le long de son bras.

— Vous pourriez peut-être retourner à la fête pendant quelques minutes ? ajouta-t-il. Il faut que je parle à Ben en privé.

— Je ne crois pas. Ce que vous avez à lui dire, vous pouvez le dire devant moi.

José se redressa, le dos raide, et le regard glacial.

— Je voudrais savoir ce qui lui a permis de croire qu'il pourrait organiser une fête chez moi en mon absence. Sa seule circonstance atténuante, c'est qu'il a amené avec lui la plus jolie fille de tout Sainte-Hélène.

Jessie était trop consternée pour relever le compliment.

— Vous vous trompez sûrement. Je suis sûre que ce n'est pas Ben qui…

— C'est bon, Jessie, intervint Ben. Je peux m'expliquer tout seul.

Il redressa les épaules.

— Ce n'est pas ce que vous croyez, docteur Benitez. Ce n'est pas moi qui ai organisé tout ça.

— Ah, vraiment ? C'était vous qui aviez les clés de la maison. Je vous ai fait confiance, mais, apparemment, j'avais tort.

— Mais j'ai donné les clés à Zach pour qu'on puisse travailler dans la maison ! Il fallait qu'il apporte des luminaires et des fils électriques, et d'autres fournitures achetées au magasin de gros pendant que je n'étais pas là.

— Et vous n'étiez pas là parce que… ?

Visiblement embarrassé, Ben détourna les yeux.

— Je… enfin… Zach est debout de bonne heure, lui, mais moi, je n'ai jamais été très fort pour me lever aux aurores… Alors j'ai préféré le laisser aller chez le grossiste tout seul. Comme vous lui aviez confié les clés une fois avant de partir, je n'ai pas pensé que ça poserait problème.

— Ce que vous voulez dire, c'est que vous buvez trop et que vous n'arrivez pas à vous lever tôt pour aller travailler. Donc, c'est Zach qui a les clés maintenant ?

— Eh bien, non… il me les a rendues ce soir. Nous avions terminé notre travail ici, alors il n'avait plus besoin des clés.

A chaque mot de son frère, Jessie sentait son moral sombrer davantage. Ben n'avait pas organisé cette fête, elle en était sûre, mais il avait cru son ami Zach quand celui-ci avait assuré que cela ne poserait aucun problème d'utiliser la maison de leur patron. Ben était si naïf… Maintenant, à voir l'air incrédule de l'employeur, elle savait que son frère allait avoir des problèmes.

Le Dr Benitez tendit la main, paume ouverte.

— Je vais reprendre mes clés. Je changerai les serrures, bien sûr, et j'installerai une alarme.

Ben lui remit le trousseau.

— Je vous prie de m'excuser, docteur Benitez. Vraiment… Il faut me croire, ce n'est pas moi qui ai organisé ça. Je croyais vraiment que vous aviez accepté de nous laisser utiliser la maison juste pour ce soir.

— Vous croyez franchement que j'aurais pu faire une chose pareille ? Vous pouvez chercher un autre travail, Ben. Je n'ai plus besoin de vous.

Les épaules de Ben s'affaissèrent comme s'il venait de recevoir un coup dans l'estomac.

— Mais je n'ai pas… je vous assure que je n'aurais jamais fait une chose pareille. J'ai eu tort de donner les clés à Zach, je le sais, mais je vous promets que ça n'arrivera plus. Je vais changer. J'arriverai à l'heure, si vous me donnez une autre chance…

— Non. Vous m'avez déçu, et je n'ai aucune envie qu'on abuse encore de ma confiance.

Désemparée, Jessie décida de faire tout son possible pour plaider la cause de son frère.

— S'il vous plaît, José, ne voulez-vous pas reconsidérer la question ? demanda-t-elle posément. Il a dit qu'il n'avait rien organisé… et moi, je le crois. Donnez-lui une chance de vous prouver qu'on peut lui faire confiance.

Le visage de José demeura impassible.

— C'est votre *novio*, oui ? Vous tenez tellement à lui que vous plaidez sa cause ? Vous placez mal vos sentiments, *mi chica bella*.

— Non, non… vous vous trompez complètement. Ben n'est pas mon ami — c'est mon frère. Je le connais, et je suis sûre qu'il vous dit la vérité.

José la scruta, et l'espace d'un instant, elle espéra qu'il allait peut-être se radoucir, mais il secoua négativement la tête.

— L'intérêt que vous portez à votre frère vous honore, Jessie, mais il m'a déçu, et je pense que vous laissez vos sentiments obscurcir votre jugement. On ne peut pas lui faire confiance pour venir travailler, et il a donné mes clés à une autre personne. Il ne mérite pas votre sympathie.

Elle leva le menton.

— C'est à moi d'en juger, je pense. Est-ce que vous tourneriez le dos à un frère ou une sœur en difficulté ?

— Je n'ai pas dit ça.

Elle lui décocha un regard noir. Dire que quelques minutes plus tôt il représentait le charme personnifié ! Comment pourrait-elle avoir la moindre considération pour un homme qui traitait son frère de cette manière ? En condamnant Ben sans appel, il avait fait remonter à la surface tous ses instincts protecteurs, et elle bouillait intérieurement.

— Vous n'avez même pas pris la peine de vérifier son histoire !. Comment savez-vous que Zach et son ami n'ont pas organisé ça ?

— La responsabilité est peut-être collective. Il faudra que je tire cela au clair, répondit José.

Excédée, Jessie prit sa pochette sur la table.

— Viens, Ben. Allons-nous-en. Il n'y a plus rien à dire.

— Je n'ai aucun problème avec vous, Jessie, protesta José. J'aimerais beaucoup que vous restiez.

— Et moi, je préfère partir, répliqua-t-elle.

Visiblement inquiet, Ben se pencha vers elle.

— Tu ne crois pas que je devrais rester pour aider à tout ranger ? murmura-t-il. Nous ne pouvons pas laisser la maison dans cet état, quand même.

— Ne te tracasse pas pour ça. Zach et Eric n'ont qu'à s'en occuper.

— Mais ils sont partis, il y a une demi-heure.

Jessie eut un petit rire ironique.

— Ah bon… Ils ont dû apprendre que le Dr Benitez était arrivé, et ils n'ont pas voulu affronter les conséquences de leurs actes.

Comme elle s'éloignait en direction de la porte, Ben se hâta de la rejoindre.

— Tu es vraiment sûre que nous avons raison de partir ?

— Plus que sûre, répondit Jessie.

Elle ne reverrait jamais le Dr José Benitez, alors quelle importance ?

2.

— Tu es prête pour ton premier jour à ton nouveau travail ?

Ben remplit pour la deuxième fois sa tasse de café et fit de même pour Jessie qui esquissa un sourire un peu forcé.

— Je crois. En fait, je le serais complètement si je n'avais pas ce mal de tête. Je n'aurais pas dû boire ce dernier verre à la fête, je le savais ! Qu'est-ce qui m'a pris ?

Peut-être s'était-il agi d'une réaction de défense après sa rencontre avec un homme qui avait réussi à anéantir toutes ses résolutions.

Elle n'avait pas envie de repenser aux autres événements de la soirée précédente, mais l'image de l'étranger brun s'insinuait malgré elle dans ses pensées. La veille, elle avait été ulcérée par ce qui arrivait à Ben, mais peut-être n'aurait-elle pas dû réagir aussi vivement. Après tout, les choses auraient sans doute mieux tourné pour son frère si, au lieu de défier José, elle avait tenté encore de le calmer. Elle avait sûrement aggravé la situation et, à présent, il y avait peu de chances qu'il réembauche Ben. A cette pensée, elle sentit la douleur qui lui martelait les tempes augmenter d'un cran.

Ben se prépara une tartine qu'il recouvrit généreusement de confiture d'abricot.

— C'est l'ambiance des Caraïbes qui t'a influencée, je pense. Ça peut arriver à n'importe qui.

Il la regarda mettre un peu de sirop d'érable sur son pancake.

— De toute façon, reprit-il, après ce que tu as vécu à la maison, ces derniers temps, avec ta rupture avec Lewis et tout ça, tu avais sûrement besoin de te lâcher un peu.

— Oui, sûrement.

Jessie sentit la colère l'envahir en repensant à l'infidélité de son ex-ami. Comment avait-elle pu être aveugle et confiante au point de ne rien soupçonner ? Pendant qu'elle travaillait dur aux urgences, Lewis l'avait joyeusement trompée avec une autre femme. Quand elle avait découvert la vérité, elle avait beaucoup souffert, et encore maintenant, le seul fait d'y repenser la faisait trembler d'indignation.

Ben considéra sa tenue d'un air approbateur.

— Tu es belle !

Elle portait une blouse crème et une jupe à fleurs aux couleurs pastel qui retombait en plis souples autour de ses jambes.

— Contente de te plaire.

Elle fit un effort pour recouvrer son calme, et prit son temps pour terminer son pancake et boire son café.

— Quels sont tes projets pour la journée ? demanda-t-elle.

— Chercher du travail. Il faut que je trouve très vite parce que je ne peux pas vivre à tes crochets. Tu m'as déjà suffisamment aidé.

— Ne t'en fais pas pour ça. La moitié du loyer de notre maison te revient de droit, et ça devrait te permettre de vivre pendant quelque temps.

Ben esquissa un sourire.

— Mm, sûrement… Merci, Jess. Tu me sauves la vie.

Quelques minutes plus tard, au volant de sa voiture de location, Jessie quittait le village côtier pour gagner l'ouest de l'île où se trouvait l'hôpital. Elle éprouvait une pointe d'appréhension en pensant à ce qui l'attendait — prendre un poste dans un hôpital d'un pays étranger —, mais au moins, pour le moment, elle avait le merveilleux paysage de l'île pour la distraire de son inquiétude.

Dans le rétroviseur, elle pouvait voir derrière les superbes pentes du volcan en sommeil qui dominait l'île, et l'épaisse forêt verte qui couvrait les terres jusqu'au bord de la mer. Au loin, une magnifique cascade tombait dans les profondeurs d'un vaste bassin rocheux.

La beauté qui l'entourait l'apaisa, et quand elle se gara

devant l'hôpital de Mont Sainte-Hélène, elle se sentait prête à affronter cette nouvelle épreuve.

L'hôpital était un bâtiment de deux étages peint en blanc. Sur un côté, une galerie permettait aux malades et à leurs familles de s'asseoir pour profiter un moment de la douceur de l'air. Des palmiers procuraient un peu d'ombre, et les jardins étaient plantés de yuccas et d'hibiscus aux fleurs colorées.

Jessie ouvrit la large porte d'entrée, et parcourut le hall rafraîchi par l'air conditionné jusqu'au comptoir de la réception.

— Bonjour, je suis le Dr Heywood, dit-elle à la secrétaire. Je viens prendre mon poste aux urgences pédiatriques.

La jeune femme afficha un sourire de bienvenue.

— Bonjour ! Contente de vous voir. Je suis sûre que vous vous plairez ici avec nous. Tout le monde est chaleureux et ne demande qu'à aider, vous verrez.

Elle héla un jeune médecin qui passait près du comptoir.

— Bonjour, docteur Lombard. Est-ce que vous auriez le temps d'expliquer au Dr Heywood comment aller aux urgences pédiatriques ? C'est son premier jour ici.

— Volontiers. J'y vais justement.

Le Dr Lombard était un beau jeune homme, doté d'une peau mate, de cheveux bruns et de magnifiques yeux gris.

Il lui sourit tandis qu'ils échangeaient une cordiale poignée de main.

— Je m'appelle Robert. Si vous avez des problèmes ou des questions, n'hésitez pas à m'en faire part. Je pense que vous trouverez tout un peu bizarre les premiers jours, mais nous nous occuperons bien de vous.

— Merci. Mon nom est Jessie.

Elle espérait qu'elle aurait du temps pour s'habituer à son nouvel établissement, et pour faire connaissance avec une partie du personnel, mais dès qu'ils arrivèrent dans le service, une infirmière entraîna le Dr Lombard vers une des salles de soins.

— Nous avons là un petit garçon de cinq ans qui a probablement mangé une pomme de mancenillier. Il ne va pas bien du tout. Est-ce que vous pouvez venir le voir ? Il s'appelle Tyrell Dacosta.

— Bien sûr, Amanda. Pauvre petit… Jessie, ça vous aidera peut-être à vous habituer si vous restez avec moi pendant l'heure qui vient. Le patron m'a demandé de m'occuper de vous car il est retenu auprès d'un autre malade.

— O.K. C'est une bonne idée.

Inquiète pour le jeune patient, Jessie suivit Robert et l'infirmière qui entraient dans la salle de soins où se trouvait un petit garçon blotti dans les bras de sa mère. L'air épuisé, il geignait, tremblait et pleurait, le visage luisant de sueur.

Le Dr Lombard se présenta et présenta Jessie, puis il examina l'enfant avec soin avant de s'adresser à la mère du patient.

— Alors vous pensez qu'il a mangé un fruit qui l'a mis dans cet état ? Est-ce qu'il l'a mangé en entier ou en partie ?

— Presque en entier, répondit la jeune femme, pâle d'inquiétude. L'arbre poussait près de la plage où nous marchions. J'ai parlé à mon médecin par téléphone, et elle a dit que, d'après ma description, ça devait être un mancenillier. Elle m'a conseillé de lui faire boire deux verres de lait et de l'amener tout de suite ici.

Elle ravalait de son mieux les larmes qui montaient, et Jessie comprit ce qui l'inquiétait. Des cloques s'étaient formées dans la bouche de l'enfant, et probablement aussi dans la gorge et l'estomac.

— Tyrell a vu une espèce de pomme par terre, reprit la maman. Elle sentait bon et il a dit qu'elle avait bon goût. Comme je ne savais pas ce que c'était, je lui ai dit de la recracher, mais c'était trop tard, il en avait déjà avalé.

— D'accord, répondit gentiment Robert. Dis-moi, Tyrell, est-ce que le lait t'a fait du bien ?

L'air circonspect, l'enfant acquiesça avec la tête, les joues marbrées de larmes.

— C'est bien… La première chose que nous ferons, ce sera de te donner un gros cachet blanc à mâcher comme du chewing-gum. Il n'aura pas très bon goût, mais il t'aidera à avoir moins mal. Tu peux faire ça pour me faire plaisir ?

De nouveau, le petit garçon fit oui avec la tête.

— Le cachet à mâcher, c'est un mélange d'antiacide et d'inhibiteurs de pompe à protons ? demanda Jessie.

— Oui, il devrait enduire et protéger les tissus abîmés, et réduire l'acidité gastrique.

Robert poursuivit à voix basse :

— Avec ce type d'ingestion corrosive, il existe toujours un risque que la gorge enfle et, dans ce cas, il faudrait intuber. En attendant, je vais lui injecter un antihistaminique.

— Est-ce que vous allez le surveiller ? demanda Jessie.

— Oui. Nous devons le garder en observation pour agir en cas de complications.

Il s'adressa à l'infirmière.

— Je ne veux pas qu'il boive d'eau pendant quelques heures afin que le médicament fasse effet. Un sédatif léger l'aidera à se détendre. Je vais rédiger une ordonnance.

Quelques minutes plus tard, après s'être assuré qu'il avait fait tout son possible pour soulager Tyrell, Robert s'adressa de nouveau à Jessie.

— Il faut que j'aille rentrer mes notes dans l'ordinateur et que je m'occupe de la paperasse dans mon bureau. Vous pourriez peut-être rester pour rassurer Mme Dacosta et répondre aux questions qu'elle peut avoir ?

— Oui, sans problème.

— Bien. Je vous rejoins dès que j'en ai terminé.

— Entendu.

Jessie parla avec Tyrell et sa mère, et lorsque l'infirmière alla porter les échantillons sanguins au laboratoire, elle fit son possible pour rassurer Mme Dacosta.

Peu à peu, le petit garçon devenait somnolent.

— Je crois que le médicament commence à agir, commenta posément Jessie, tout en pianotant pour noter les doses administrées par voie intraveineuse.

A cet instant, la porte de la salle de soins s'ouvrit.

— Est-ce que tout va bien ici ? demanda calmement une voix masculine.

Jessie se figea. C'était impossible ! Et pourtant… Cette voix au léger accent, qui avait résonné derrière elle, lui semblait familière, et ses pires appréhensions se confirmèrent quand elle se retourna.

Un instant, elle en oublia de respirer sous l'effet du choc. José se tenait sur le seuil. Impressionnant par sa haute taille et sa carrure, il portait un pantalon noir, et une chemise blanche immaculée dont les manches, remontées jusqu'aux coudes, dévoilaient des avant-bras musclés et bronzés.

— Docteur Benitez…, dit-elle, consternée.

Que faisait-il là ?

Le regard sombre et impénétrable, il lui adressa un bref hochement de tête.

— Docteur Heywood… Amanda m'a dit que je vous trouverais ici.

Il parcourut du regard sa soyeuse chevelure coiffée en arrière et retenue par des barrettes en filigrane, puis, rapidement, sa svelte silhouette.

— Comment va notre patient ?

Notre patient. Le Dr Benitez travaillait dans cet hôpital !

— Un peu mieux, je pense, répondit-elle.

Elle espérait que le petit garçon allait s'en sortir, mais il restait un risque de complications d'après ce qu'elle avait compris. Ne connaissant pas ce fruit, elle n'avait aucune idée des dégâts qu'il pouvait provoquer.

— La douleur a énormément diminué et il n'a pas l'air de souffrir.

— Tant mieux.

Le Dr Benitez saisit la fiche du garçon et la consulta avant de la replacer sur son support.

— Apparemment, nous avons pris le problème à temps.

Il adressa quelques mots rassurants à Mme Dacosta.

— Vous voudrez bien nous excuser, madame, conclut-il. Je dois parler au Dr Heywood, mais l'infirmière va revenir d'une minute à l'autre.

Le cœur de Jessie battait à tout rompre quand elle se leva pour quitter la salle avec lui. Elle ignorait qu'il était docteur en médecine — elle avait cru qu'il était biologiste marin, attaché à la sauvegarde des récifs de corail de la région. Quelle erreur !

Il l'emmena dans son bureau, une vaste pièce bien meublée dont la fenêtre donnait sur un agréable paysage. Dehors, des palmiers s'élevaient parmi des fougères géantes et des massifs de fleurs plantés autour d'une cour pavée de galets.

— Asseyez-vous, je vous en prie, dit-il, désignant un fauteuil en cuir placé à côté du bureau en bois de hêtre clair. Puis-je vous proposer un café ?

Il s'était arrêté à côté de la machine et remplissait le filtre.

Au prix d'un effort, Jessie retrouva sa voix.

— Merci… J'ignorais que vous travailliez ici.

— C'est ce que j'ai cru comprendre. En fait, je dirige les urgences.

Jessie faillit suffoquer. José Benitez était son patron ? La situation empirait de minute en minute !

— Donc, hier soir, vous saviez sûrement déjà que je viendrais travailler ici aujourd'hui, répondit-elle, incapable de dissimuler son indignation.

— Je l'ai deviné, en effet, et j'étais donc sûr que nous nous reverrions très vite. Je ne voulais pas vous perdre si peu de temps après vous avoir rencontrée.

Il mit en marche la machine à café.

— Nous avions besoin d'un médecin pour remplacer une collègue partie sur le continent en congé de longue durée, suite à un problème familial imprévu, et j'ai compris que vous étiez sa remplaçante.

— Et vous n'avez pas pensé à me le dire hier soir ?

— Je l'aurais fait, mais, malheureusement, votre frère est arrivé, et la situation s'est rapidement dégradée.

— Oui, malheureusement.

Perplexe, Jessie se demanda s'il était vraiment trop tard pour régler le problème. Peut-être devrait-elle mettre les choses au clair entre eux, non seulement dans l'intérêt de Ben, mais aussi parce que, maintenant, elle devait trouver un moyen de travailler avec cet homme.

— Ecoutez, j'ai… eu du temps pour repenser à ma réaction d'hier soir, et… je crois que j'ai agi un peu trop vite. J'aurais dû essayer de comprendre votre point de vue. Après tout, vous avez dû éprouver un terrible choc en découvrant que des étrangers avaient envahi votre maison. Vous aviez toutes les raisons d'être en colère, je le sais bien… mais vraiment, ce n'était pas la faute de Ben. Il faut que vous compreniez que j'adore mon frère et je le connais par cœur. Il est peut-être un peu excessif parfois et il a ses défauts, mais il m'a dit qu'il n'avait pas organisé cette fête, et je le crois.

Le Dr Benitez esquissa un sourire.

— Il a de la chance d'avoir une sœur prête à le défendre. J'espère qu'il en est conscient.

Il appuya sur un bouton, et du café fumant coula dans des mugs en porcelaine.

— Prenez-vous votre café noir, ou avec du lait ?

— Avec du lait, s'il vous plaît.

Il ajouta du lait dans les mugs après l'avoir fait mousser, et en tendit un à Jessie.

— Du sucre ?

— Merci.

Elle mit du sucre en poudre blond dans la tasse et sirota prudemment un peu de café brûlant, incapable de regarder le Dr Benitez dans les yeux : il fallait qu'elle remette de l'ordre dans ses pensées.

Il se montrait poli, mais cela ne signifiait pas qu'il lui pardonnait d'être partie comme elle l'avait fait la veille.

Elle opta pour la franchise.

— Est-ce que je vais perdre mon travail à cause de ce qui s'est passé hier ? J'aimerais être fixée sur mon sort.

José la fixa par-dessus le bord de son mug.

— Nous devrions peut-être prendre un nouveau départ et essayer d'oublier ce qui s'est passé entre votre frère et moi. Après tout, comme je vous l'ai déjà dit, c'est avec lui, et non avec vous, que je me suis disputé.

Elle enregistra cette concession d'un léger hochement de tête. C'était beaucoup plus qu'elle ne l'aurait espéré, mais, intérieurement, elle demeurait piquée au vif par l'injustice de la situation.

— J'espérais que vous reviendriez sur votre décision de le congédier.

— Il ne faut quand même pas exagérer, répliqua-t-il sèchement. Si vous le voulez bien, nous allons mettre la question de côté pour l'instant.

A regret, Jessie acquiesça. Quel autre choix avait-elle ? Le voir rester inflexible était une vraie déception parce qu'elle avait espéré briser sa carapace et faire appel à sa sensibilité — mais peut-être n'en possédait-il aucune quand il s'agissait de Ben.

De plus, ce travail était important pour elle. Il s'agissait d'un emploi à temps partiel, mais ce salaire devrait lui permettre de régler le loyer de l'appartement qu'elle partageait avec Ben — un endroit qu'il avait dû trouver très vite quand leur père l'avait mis à la porte. Et c'était aussi avec ce salaire qu'elle devrait couvrir aussi tous les frais de Ben en attendant qu'il trouve un autre travail.

— Oui, ce serait mieux, murmura-t-elle.

— Bien… Qu'attendez-vous exactement de votre travail ici ? Hier, vous m'avez seulement dit que vous souhaitiez acquérir de l'expérience avant de choisir une spécialité. Et pourquoi ici ? Espériez-vous juste passer du temps avec votre frère et votre père ?

Un véritable entretien d'embauche ! pensa Jessie.

— Bien sûr, c'était important pour moi d'être près d'eux… mais je voulais aussi acquérir des connaissances en médecine tropicale.

— Pourtant, j'imagine que vous projetez de rentrer en Angleterre à un moment ou un autre ?

Il la regardait d'un air circonspect comme si sa réponse était importante. Ce n'était qu'un contrat de trois mois, mais peut-être existait-il une chance qu'il soit prolongé, pensa Jessie.

— Oui… mais ce que j'apprends ici me sera quand même utile. Avec toutes ces possibilités de voyager dans le monde entier, il est plus important que jamais de savoir diagnostiquer des maladies inhabituelles. Et qui sait si je ne vais pas décider de rester dans les Caraïbes…

— Pourquoi pas ?

José parut se détendre, et il sourit pour la première fois de la matinée.

— On peut dire que vous vous êtes tout de suite retrouvée dans le grand bain, ce matin ! Aviez-vous une idée du type d'empoisonnement que vous traitiez, vous et le Dr Lombard ?

— Pas du tout. Je n'ai jamais entendu parler du mancenillier — apparemment, c'est quelque chose de très dangereux.

— On peut le dire. Voilà pourquoi la plupart de ces arbres sont équipés de panneaux pour mettre les gens en garde. Un simple contact avec les feuilles peut provoquer des cloques, et si on commet l'imprudence de garer sa voiture sous les branches pendant qu'il pleut très fort, la peinture peut être abîmée.

— Vous plaisantez !

— Pas du tout. Dans le passé, les Indiens caraïbes empoisonnaient l'eau potable de leurs ennemis avec des feuilles de mancenillier, et ils utilisaient la sève de l'arbre pour empoisonner leurs flèches afin que leurs victimes meurent dans des souffrances atroces.

Il vit la moue horrifiée de Jessie.

— A moins qu'elles soient traitées assez rapidement par des gens de leur tribu qui appliquaient un cataplasme d'arrow-root sur les plaies pour absorber le poison.

— Tyrell va s'en sortir, j'espère ?

— Oui. Il se peut qu'il ait quelques sensations désagréables pendant au maximum quarante-huit heures, mais je suis sûr qu'il se remettra.

José posa son mug.

— Si vous avez terminé votre café, je pourrais vous faire visiter le service ? Cela vous facilitera les choses.

Il lui posa une main sur le coude pour l'entraîner vers la porte, éveillant en elle toutes sortes de sensations contradictoires. Elle sentait avec acuité sa présence tout près d'elle, et au contact de ses doigts sur sa peau, un picotement brûlant remontait le long de son bras. Elle ignorait pourquoi cet homme la troublait autant, mais après ce qui s'était passé chez lui, elle devait lui résister. N'avait-il pas renvoyé Ben ?

— Vous connaissez déjà Amanda et Robert, murmura

José pendant qu'ils regagnaient la zone de soins. Il y aura toujours l'un des deux si vous avez besoin d'aide. Je suis là d'habitude, moi aussi, sauf si c'est un jour comme aujourd'hui, où je pars tôt pour aller donner un coup de main sur le récif de corail.

— Au début, j'ai mal compris. Quand Ben a mentionné ses contacts avec vous, et le récif, j'ai cru que vous étiez biologiste marin ou quelque chose dans ce genre.

José eut un bref sourire.

— Non, rien de tel. Je veille sur la santé des plongeurs et de toutes les personnes engagées dans le travail de sauvegarde — pas de manière permanente, mais autant que je le peux. En fait, nous manquons de gens pour aider occasionnellement.

— Je vois. Ben me parle parfois de cette protection. Je sais qu'il aime aider sur le récif pendant son temps libre.

— C'est un bon plongeur et il est sérieux dans ses recherches. C'est dommage qu'il soit beaucoup plus négligent dans d'autres domaines.

Jessie se raidit.

— Il pourra continuer de travailler dans le groupe, j'espère ?

— Oui, bien sûr. Ce n'est pas moi qui dirige le projet... Si vous êtes intéressée, je pourrai vous montrer le travail que nous effectuons. Ce serait bien que vous veniez avec moi.

Jessie ne sut comment répondre à l'invitation. Serait-il sage de le voir en dehors de l'hôpital ? Sûrement pas. Mais, d'un autre côté, elle pourrait peut-être ainsi arranger les choses pour Ben.

— On verra, répondit-elle avec un léger haussement d'épaules.

Sa réponse évasive ne parut pas inquiéter José. Sans doute se sentait-il assez sûr de lui pour ne rien brusquer.

Ils étaient arrivés dans le principal service d'urgences, et il lui montra où se trouvaient le matériel et les formulaires nécessaires. Les tenues d'hôpital étaient rangées dans les vestiaires, mais, pour la plupart, les médecins portaient leurs tenues de ville quand ils soignaient les enfants.

— C'est moins impressionnant pour eux, commenta José.

Il était en train d'expliquer la routine du service et la procédure d'admission des malades quand Robert les rejoignit.

— Bonjour, José. Jessie, il faut que j'aille m'occuper en urgence d'un adulte blessé, alors j'ai pensé que vous pourriez vous occuper d'une fillette de trois ans. Je ne sais pas si vous avez déjà entendu parler du chikungunya ?

— Oui. Un virus propagé par le moustique-tigre asiatique. Symptômes graves proches de ceux de la grippe, et beaucoup de douleurs articulaires. Pour l'instant, on ne dispose d'aucun traitement.

— Vous vous êtes renseignée, apparemment, commenta Robert en souriant.

— Eh bien, je me suis dit que je devais faire quelques recherches si je devais venir travailler ici. J'espère que nous pourrons faire quelque chose pour cette petite ?

— Nous allons lui donner ce qu'il faut pour l'aider, répondit José. C'est bien que vous ayez fait l'effort de vous intéresser à la médecine tropicale. Allons voir comment elle va…

— O.K.

Robert se hâta d'aller rejoindre son patient blessé, pendant que Jessie gagnait avec José la salle de soins pédiatriques où une infirmière avait installé l'enfant qui pleurait.

— Vous voulez la prendre en charge ? dit José.

Jessie acquiesça avec circonspection. Ce serait un test pour elle, et peut-être José voyait-il les choses de cette façon.

Elle avait entendu parler de ce virus, mais n'avait jamais traité de patient qui en était atteint.

Après avoir interrogé posément la mère de la fillette, elle entreprit d'examiner celle-ci, consciente du regard attentif de José. La petite fille n'allait pas bien. Fiévreuse et grognon, elle respirait trop vite, et il fallut un moment pour la convaincre de se laisser ausculter. Jessie put alors lui regarder les yeux et la bouche, lui palper les ganglions, et lui ausculter la poitrine avec un stéthoscope.

— Elle dit qu'elle a mal aux bras et aux jambes, et même aux mains… et elle est brûlante, dit la mère. Son frère souffre du même virus, mais il n'est pas aussi malade que Marisha. Elle se sent épuisée, et elle a du mal à respirer.

— Ce virus peut provoquer divers problèmes, expliqua Jessie, replaçant son stéthoscope dans la poche de sa veste en coton. L'organisme de Marisha a mal réagi. Nous allons lui donner un anti-inflammatoire pour la douleur, ce qui devrait aider à faire tomber la température.

Elle se tourna vers l'infirmière.

— Pourriez-vous lui faire un électrocardiogramme, s'il vous plaît ? J'aimerais avoir son rythme cardiaque.

— Oui, bien sûr.

L'infirmière posa rapidement des capteurs sur la poitrine de Marisha et effectua l'examen pendant que Jessie profitait de cette diversion pour prélever des échantillons sanguins.

José étudia les résultats avec Jessie.

— Quel est votre verdict ? demanda-t-il à voix basse.

Il la testait, elle en était sûre.

— Son rythme cardiaque est trop rapide. Il faut le ralentir, ce qui calmera la respiration. Je soupçonne que le virus a enflammé le muscle cardiaque, provoquant une congestion. Je vais lui prescrire un glucoside cardiaque pour réguler le cœur, plus un diurétique pour contrôler la pression artérielle. Et aussi un régime hyposodé jusqu'à ce qu'elle se soit débarrassée du virus. Il lui faudra du repos pour reprendre des forces, mais, avec un peu de chance, elle n'aura aucune séquelle.

José posa sur elle un regard approbateur.

— *Excelente.* Je vous laisse régler tout ça : elle est en de bonnes mains.

Il s'éloignait quand il se retourna.

— Nous pourrions nous retrouver à la cafétéria de l'hôpital pour déjeuner ? Vous pourrez me dire comment ça s'est passé. Vers 13 heures ?

C'était plus un ordre qu'une suggestion. Mais, apparemment, elle avait réussi le test, pensa Jessie avec un infini soulagement.

— Alors, cette journée ? lui demanda Robert quand, deux heures plus tard, elle entra dans le restaurant situé à l'étage du haut.

Il était presque 13 heures, et il fit la queue avec elle devant le comptoir, garnissant son plateau avec un plat de riz au curry, et un dessert au fruit de la passion.

— Très bien, dans l'ensemble, répondit-elle. Amanda m'a indiqué où se trouvent l'équipement et tout le reste. José m'a montré beaucoup de choses, mais pas tout encore, évidemment.

Ils s'installèrent à une table devant une fenêtre, et Jessie demeura bouche bée devant la vue. Au-delà des collines vertes qui entouraient la ville, elle apercevait le superbe bleu profond de la mer.

A cet instant, José vint les rejoindre, et il posa un regard approbateur sur le ragoût de poulet de Jessie.

— Je suis content de voir que vous prenez un solide repas. Il faut que vous préserviez vos réserves d'énergie dans ce travail.

Tout en mangeant avec appétit un navarin de porc, il écouta Robert et Jessie comparer leurs notes sur le travail du matin, les interrompant parfois pour ajouter un commentaire.

— Comment ça s'est passé avec vos jeunes patients ? demanda Robert. Je sais que vous avez de l'expérience en pédiatrie.

— Les enfants sont adorables, même la petite fille qui s'était enfoncé une perle dans le nez et refusait que je la touche.

Robert pouffa.

— C'est le problème quand on s'occupe de jeunes patients : il faut obtenir leur coopération, ou sinon, on ne peut rien faire.

— J'ai vu la petite qui avait une perle dans le nez, intervint José. Pendant que sa mère parlait avec l'infirmière, le petit frère de la patiente a tiré une perle du diadème de sa sœur, et il a essayé de copier ce qu'elle avait fait. J'ai réussi à l'arrêter *in extremis*.

Ils rirent tous les trois, puis la conversation s'orienta vers la sublime vue sur le port et la côte.

— Est-ce que vous avez pu explorer des îles ? demanda Robert.

— Non, pas vraiment car ça fait à peine deux jours que je suis là… Mon frère m'a montré une plage proche, mais à part cela et une rapide visite des environs de mon appartement, je n'ai guère eu l'occasion d'en voir davantage. Mais je suis impatiente : tout semble si beau ici… Il me tarde vraiment de visiter un peu les îles.

— Il y a une petite anse pas loin d'ici. Je pourrais vous la montrer après le travail si vous n'avez pas d'autres projets, bien sûr, dit Robert.

Jessie allait répondre, mais José intervint posément.

— En fait, j'espérais que Jessie viendrait au récif avec moi en fin d'après-midi. J'ai pensé que le travail que je fais vous intéresserait peut-être, Jessie, puisque vous avez dit que vous auriez besoin d'un revenu complémentaire. Ce serait idéal pour vous.

— Oui… c'est vrai. Mais je n'avais pas pensé…

Il y avait donc une chance de travailler au récif ? Si elle était inquiète à l'idée de passer du temps avec José en dehors du travail, elle n'avait pas songé qu'il pouvait y avoir un avantage.

— Peut-être… Ça me plairait beaucoup d'aller à l'anse avec vous un jour, Robert, mais… je devrais peut-être saisir cette occasion de savoir si je serais capable de travailler au récif ? Un revenu complémentaire me serait vraiment bien utile.

— Bien sûr. Je comprends. Ne vous inquiétez pas, nous irons une autre fois, répondit Robert, tentant de masquer sa déception sous un sourire chaleureux.

José avait-il voulu l'empêcher de passer du temps avec Robert ? se demanda Jessie, pensive. Sa proposition était peut-être dictée par une raison cachée ?

Au fond, ce n'était peut-être pas une mauvaise chose. Elle aurait une occasion rêvée de plaider une fois encore la cause de Ben. José Benitez n'était pas complètement insensible !

— On se retrouve après le travail, alors, murmura-t-elle.

José sourit.

— *Muy bien.*

3.

En fin d'après-midi, ils empruntèrent la sinueuse route côtière dans la décapotable de José pour gagner le port. Ce n'était pas un long trajet, mais Jessie en apprécia chaque minute tant les paysages étaient différents. Après la ville avec ses agréables places de marché ombragées par des tamarins et des palmiers, elle admira les pentes boisées et les douces collines dont les ondulations descendaient jusqu'aux eaux bleu clair de la marina. Le soleil lui caressait le visage, et la douce brise jouait dans ses cheveux.

— Est-ce que le récif se trouve loin d'ici ? demanda-t-elle quand José arrêta la voiture.

— A quelques minutes seulement en bateau.

José prit une mallette dans le coffre, puis ils longèrent les quais où des bateaux de toutes tailles, dont la peinture brillait sous le vif soleil de l'après-midi, étaient amarrés. José s'arrêta près du *Bella Rosa*, un grand yacht blanc au pont bordé d'un bastingage d'acier brillant.

Jessie ouvrit de grands yeux.

— Il est à vous ?

— Oui. Je l'ai acheté il y a environ trois ans pour me promener autour des îles et me rendre au récif quand je le voudrais. Il est magnifiquement équipé. Je pense qu'il vous plaira — je l'espère, en tout cas… Montez à bord, vous me direz ce que vous en pensez.

Il poussa le portillon puis tendit la main pour aider Jessie à gravir la passerelle avec lui. Il était grand, mince, et plein d'énergie, et elle était si près de lui qu'elle sentait sa cuisse la frôler. Quand il la lâcha en haut de la passerelle, elle éprouva une pointe de déception, mais elle s'efforça de chasser ce sentiment. José était son patron et il y avait un problème entre lui et Ben, alors ce ne serait pas très intelligent de se laisser séduire ! Il ne fallait pas s'engager dans une histoire sentimentale : qui pouvait dire que José ne serait pas exactement le même genre que l'homme qui l'avait fait souffrir ?

Mais, pour l'instant, elle demeurait ébahie en détaillant le yacht. Le soleil faisait briller le bois doré et ciré du pont, et des portes vitrées s'ouvraient sur un spacieux salon pourvu de canapés de cuir et d'une table basse. De larges fenêtres offraient une vue panoramique sur le port.

Tout était parfait, et Jessie s'imaginait sans peine assise là, un apéritif à la main.

— Waouh ! Que puis-je dire d'autre que « Waouh » ?

José sembla amusé par son air stupéfait.

— Permettez-moi de vous faire visiter le pont inférieur.

Ils descendirent l'escalier qui donnait accès dans la cuisine où toutes sortes d'équipements étaient dissimulés par un revêtement en chêne clair.

— Il y a une cuisinière, un four à micro-ondes, un réfrigérateur et un congélateur, dit-il. Tout le nécessaire…

Outre la suite du propriétaire, il y avait deux autres cabines habillées de la même boiserie, tout comme le salon principal, où les étoffes luxueuses ajoutaient à l'impression d'opulence. La pièce se prolongeait par une salle à manger, inondée de lumière.

— C'est fantastique ! Je suis impressionnée. Je dois dire que c'est un moyen original de se rendre à son travail !

— La meilleure, je suppose, répondit José, amusé, en prenant une bouteille dans le réfrigérateur.

Ils regagnèrent le pont supérieur où José sortit deux flûtes à champagne d'un placard vitré, et les remplit.

— Malheureusement, ce n'est qu'un pétillant de raisin sans alcool car je dois piloter le bateau et être en forme pour travailler, mais c'est rafraîchissant… Et vous pouvez en boire autant que vous voulez.

Il leva son verre puis le fit tinter doucement contre celui de Jessie.

— *Salud !*

— *Salud !* répondit-elle.

Troublée par le regard intense de José, elle détourna les yeux et sirota lentement sa boisson.

Après avoir vidé son verre, José reporta son attention sur le démarrage du bateau au grand soulagement de Jessie.

Le yacht s'élança sur l'eau en direction d'un affleurement vert et, bientôt, il s'arrêta sur le site de plongée. Plusieurs hommes s'affairaient à bord d'un autre bateau amarré là. En combinaison de plongée ou en short, ils s'affairaient avec l'équipement, les bouteilles d'air comprimé, et les masques.

— *Hola !* Ça va, tout le monde ? dit José.

Les hommes acquiescèrent.

— Parfait, reprit-il. Vous nous autorisez à monter à bord ?

— Oui, venez, répondit le skipper avec un large sourire.

José prit sa mallette et sortit une grosse trousse médicale d'un des placards de son bateau, puis il aida Jessie à passer du yacht au bateau de plongée.

— Espérons que la séance va bien se passer, dit-il.

Debout sur le pont découvert, ils regardèrent les hommes se mettre à l'eau.

— Que cherchent-ils au fond ? demanda Jessie. C'est un projet de sauvegarde…

— Beaucoup de récifs caribéens ont été abîmés au fil des années pour un certain nombre de raisons, expliqua José. Par exemple, le réchauffement de la mer à cause de changements climatiques peut causer la mort du corail.

— Est-ce qu'on peut lutter contre ces problèmes ?

— Oui. Nous réensemençons le récif avec des espèces de corail à croissance rapide. Nous réussissons assez bien ici et, avec un peu de chance, nous parviendrons à inverser le cours des choses.

José désigna de la main une chaise près du bastingage.

— Asseyez-vous, je vous en prie.

S'asseyant à côté d'elle, il ouvrit la mallette qu'il avait apportée, dévoilant un panier en osier pleine d'une nourriture alléchante.

— J'ai pensé que vous auriez peut-être faim à un moment ou un autre, alors je me suis arrêté au restaurant. Servez-vous.

Il lui tendit une assiette, une serviette, et des couverts.

— Quelle gentille attention, dit-elle avec sincérité. Ça a l'air délicieux !

Le panier contenait des mets variés : bouchées de tortilla garnies de poulet, de poivrons, d'oignon rouge, salade de pommes de terre, et pain de maïs aux épices…

— Mm… C'est bon, murmura-t-elle, quelques instants plus tard. J'ignorais que j'avais aussi faim.

Après avoir ouvert une bouteille de vin, José remplit un verre de liquide pétillant qu'il lui tendit.

— Il y a aussi une salade de fruits tropicaux, et des tartes aux fruits.

— Vous avez pensé à tout, répondit-elle en souriant. C'est merveilleux.

Elle lui adressa un regard espiègle.

— C'est comme ça que vous passez *toutes* vos journées de travail sur le récif ?

Il s'esclaffa.

— Pas exactement. Mais, aujourd'hui, c'est un peu différent. Vous êtes là…

Le regard qu'il posait sur elle la fit trembler intérieurement.

— En quoi consiste le travail ? demanda-t-elle pour calmer les ondes étranges qui semblaient vibrer dans l'air.

Il se servit de la salade de haricots rouges et de riz.

— Il faut que je surveille l'état général de santé des plongeurs, et que je règle les difficultés qu'ils peuvent avoir en tenant à jour les comptes rendus de plongée. Pour l'essentiel, il s'agit de problèmes d'oreilles, et parfois, d'éraflures ou d'écorchures. Ces hommes sont des professionnels expérimentés, mais la plongée est une activité dangereuse et nous devons toujours rester en alerte.

Jessie savoura une gorgée de vin tout en contemplant l'eau bleu scintillante.

— Ben me parle parfois de ses plongées, dit-elle. Il dit qu'il y a des montagnes drapées dans des algues qui ressemblent à des arbres et ondulent au gré du courant. Il m'a montré une vidéo sous-marine qu'il a tournée du récif et on voit des palourdes géantes, des anémones de mer, et des gorgones — il y a même une tortue qui essaie de manger une éponge. Apparemment, plonger ici, c'est une expérience merveilleuse.

— C'est vrai. Vous pourriez essayer de plonger vous-même un jour, ou passer un moment sur un bateau à fond vitré pour observer le récif.

— Oui, pourquoi pas ?

Jessie prit une tartelette aux fruits nappée d'abricot, et mordit dedans, savourant le goût délicieux sur sa langue.

— Oh ! j'ai l'impression d'être au paradis ! murmura-t-elle, fermant un instant les yeux.

— Un ange sur la Terre, vraiment, commenta doucement José, la parcourant du regard.

Elle le regarda avec méfiance, même si son cœur s'était soudain mis à battre plus vite. Les attentions de José la flattaient, et ce séducteur éveillait en elle une réaction que son corps, ce traître, ne demandait qu'à exprimer ! Mais dans un coin de sa tête, elle entendait résonner une sorte d'avertissement. Elle n'était pas sûre d'être prête pour n'importe quel genre de flirt. Peut-être devrait-elle se montrer plus prudente avec cet homme-là.

Il dut percevoir son malaise car il reporta son attention sur la nourriture.

— Je me demandais si nous verrions Ben, aujourd'hui, dit-il. Votre frère vient souvent en fin d'après-midi.

— Oui. Avant, il finissait son travail à la distillerie de mon père et, ensuite, il venait ici directement. Ensuite, quand il a commencé de travailler chez vous, il a gardé la même routine… Mais maintenant, c'est différent. Il va chercher du travail aujourd'hui.

Le regard de José s'assombrit.

— Mm… C'est malheureux qu'il perde ainsi ses emplois. Je sais que cela vous affecte, ce qui s'est passé entre lui et moi, mais je ne peux pas prendre le risque d'avoir dans mon équipe quelqu'un de peu fiable. Vous pouvez comprendre ça, je pense ?

— Bien sûr, mais j'espérais que vous lui donneriez une seconde chance. Il traverse une période difficile en ce moment, surtout après ce qui s'est passé avec mon père.

José prit un morceau de pain de maïs et le plongea dans un petit plat de sauce.

— Il ne m'a jamais vraiment raconté ce qui s'est passé — seulement qu'il n'y avait pas de place pour lui à la distillerie de rhum.

Jessie eut une petite moue désabusée.

— Ils se sont disputés. Cela n'avait rien à voir avec le travail de Ben — c'était un problème de relations entre eux qui a commencé quand Ben était petit. Récemment, mon père l'a invité à venir ici, et il a saisi cette chance avec l'espoir qu'en passant du temps ensemble, ils apprendraient à mieux se connaître.

— Mais ça n'a pas marché ?

— Non, malheureusement. Après une énorme dispute, mon père lui a dit de faire sa valise et de partir. Il ne lui a même pas laissé le temps de trouver un autre endroit pour se loger, alors Ben a dû passer la nuit chez Zach, le temps de trouver une solution. D'après ce que m'a raconté mon père, la querelle a commencé pour trois fois rien, comme c'est souvent le cas, et à la fin, Ben a dit à mon père qu'il était nul comme parent, et qu'il n'avait pas le droit de lui dicter sa conduite puisqu'il ne s'était jamais beaucoup occupé de lui depuis ses onze ans.

José esquissa une grimace.

— Aïe ! Ça a dû vexer votre père.

— Oui, il est furieux. Mais je pense que le problème principal maintenant, c'est qu'il s'est remarié, et sa nouvelle jeune femme, Hollie, ne comprend pas pourquoi nous occuperions une grande place dans la vie de mon père. Elle semble assez gentille, mais elle et moi, nous n'avons pas réussi à nous entendre aussi bien que je l'aurais voulu. Elle a sûrement l'impression d'être menacée.

— C'est possible. C'est sûrement une situation difficile pour vous et votre frère… Pour votre père aussi, je suppose… C'est à cause de sa nouvelle épouse que vous n'êtes pas allée habiter chez lui ?

— En partie. Quelque chose me dit qu'elle ne voudrait pas de nous là-bas. Elle nous voit comme des intrus — ce que nous sommes, en un sens. L'autre raison, c'est que je préfère conserver mon indépendance.

— Que comptez-vous faire maintenant, après cette dispute ?

Jessie eut un léger haussement d'épaules.

— Je veux essayer de rétablir la relation pour le bien de tous, à la fois avec mon père et avec Hollie. Il faut que je voie mon père et que j'essaie de lui parler pour arranger les choses, mais c'est difficile. Ni Ben ni moi ne nous entendons très bien avec lui après la manière dont il a traité notre mère avant de nous abandonner tous, mais c'est probablement pour Ben que c'était le plus dur. Il était perturbé et révolté, et, maintenant encore, il a du mal à tourner la page. Je pense que cet épisode récent l'a gravement démoralisé — ça pourrait expliquer pourquoi il s'est mis à boire plus que de raison et à arriver au travail en retard. Ce n'est pas sa manière habituelle de se comporter.

Elle s'essuya les mains sur une serviette et reporta une fois encore son attention vers la mer au moment où quelque chose troublait la surface de l'eau. Une silhouette fendit les vagues près du bateau, s'accrocha au bastingage, et se hissa à bord. Le skipper sortait de la cabine quand José se leva pour aller aider le plongeur.

Celui-ci ôta son masque. Agé d'une vingtaine d'années, il était solide et musclé, mais en cet instant précis, il respirait fort, et une grimace de douleur lui déformait le visage.

Jessie alla rejoindre José et le capitaine pour voir si elle pouvait se rendre utile.

— C'est mon pied, dit l'homme d'une voix rauque. Il y avait beaucoup de courant en bas, et j'ai glissé sur un oursin.

— O.K., Tim, tu vas t'asseoir, dit José.

Avec l'aide du capitaine, il aida le jeune homme à s'installer sur une chaise puis il examina le pied blessé.

— Ce n'est pas joli, dit-il.

Jessie vit que plusieurs piquants s'étaient plantés dans la plante et le côté du pied. Certains s'étaient brisés, laissant leurs extrémités noires sous la peau.

— Il faut que je les extraie au risque qu'ils infectent la blessure, reprit José.

Le pied était déjà rouge et enflé. José ouvrit sa trousse et en sortit le matériel nécessaire : une seringue, une dose d'anesthésique et des pinces fines.

— Est-ce que vous voulez quelque chose pour la douleur ? demanda-t-il.

— Oui, si vous avez, répondit le blessé.

José lui donna deux comprimés avec un jus d'orange pour les avaler.

Tim parvint à sourire.

— Merci, doc. C'est gentil.

— Détendez-vous le plus possible. Il faut que je fasse des injections anesthésiques dans plusieurs endroits du pied, et ensuite, je retirerai les piquants.

Jessie fouilla dans la trousse médicale et trouva un haricot pour y déposer les piquants. Ensuite, elle regarda José les extraire avec soin.

— J'ai retiré tout ce que je pouvais, mais il en reste, dit-il enfin. Comment ça va, Tim ?

— Ça va…

— Bon. Je pense que le mieux, ce serait un bain de pied dans de l'eau chaude additionnée de vinaigre.

Il inspecta une fois encore le contenu de son sac médical pour en sortir triomphalement une bouteille de vinaigre.

— C'est toujours bien d'avoir ça à portée de main.

— Je vais chercher de l'eau chaude et une bassine, dit Jessie.

— Merci.

Le capitaine la conduisit dans la cabine d'où elle revint peu après avec une bassine d'eau.

José versa le vinaigre puis il testa la température du doigt.

— Parfait, dit-il. Il faut laisser votre pied dans le bain pendant une heure environ, Tim.

Celui-ci acquiesça et plongea docilement son pied dans

l'eau. Ils s'assirent tous et bavardèrent pendant quelques minutes, et Jessie découvrit avec étonnement que les pointes noires commençaient à se dissoudre.

— C'est incroyable, dit-elle. Je ne m'attendais vraiment pas à voir ça.

— C'est une autre façon de les enlever, répondit José. Ce n'est peut-être pas tout à fait aussi efficace. En enduisant la zone de cire fondue et en la laissant refroidir, on peut ensuite retirer doucement cette couche de cire, et les piquants partent avec. Mais cela vaut la peine d'essayer d'abord le bain de pieds. Tim, je vais faire une ordonnance d'antalgiques et d'antibiotiques.

Il posa un pansement provisoire sur le pied.

— Pour éviter toute infection…, commenta-t-il.

Tim approuva d'un hochement de tête, et il se leva avec effort quand José eut terminé.

— Je pense que je vais aller me changer dans la cabine.

— C'est une bonne idée, dit José. Et ce serait bien d'attendre un moment avec le pied surélevé.

— O.K.

Tim s'éloigna, soutenu par le capitaine.

— Que diriez-vous de travailler ici régulièrement, Jessie ? demanda José tout en rangeant son matériel. Est-ce que vous pensez que ça vous conviendrait ? Je vous aiderai les premières fois, si vous voulez, pour que vous vous habituiez petit à petit.

— Oui, merci, j'adorerais prendre ça en charge, et ce serait bien que vous m'aidiez au début, le temps que je m'habitue aux différents types de traumatismes.

— Bien. C'est réglé, alors… Voulez-vous manger ou boire encore quelque chose ?

— Non, ça ira, merci.

— O.K. Le reste de l'équipe se fera un plaisir de tout finir. Alors ? Votre premier jour de travail dans les Caraïbes s'est-il passé comme vous le pensiez ?

— Oh non. Pas du tout. Cela a été une expérience

incroyable — le temps a passé très vite et, en venant ici, je n'aurais jamais pu imaginer quelque chose de pareil. Et quelle agréable fin de journée, d'être assise ici sur le pont, à regarder le soleil scintiller sur l'eau, mais… je ne suis pas sûre que toutes les journées seront aussi agréables ! conclut-elle avec un sourire.

— Je suis persuadé que nous pourrions y travailler, si c'est ce que vous souhaitez vraiment.

José avait parlé d'une voix légèrement rauque et très séduisante et, pendant un instant vertigineux, Jessie hésita. Qui pouvait résister à la tentation, à la promesse délicieuse contenue dans ces mots ?

— Eh bien… c'est une idée, répondit-elle.

4.

Tout bien considéré, sa vie dans les Caraïbes prenait un tour agréable, pensa Jessie. Ses journées à l'hôpital se déroulaient à un rythme parfois très soutenu, mais pendant son temps libre, elle pouvait découvrir l'île avec son frère, ou se détendre sur une plage peu fréquentée.

Cela aurait été idyllique s'il n'y avait pas eu ses soucis concernant Ben et leur père, et les sentiments contradictoires que lui inspirait son patron. Comme ce serait facile de succomber aux avances de José ! Cette idée la troublait délicieusement… mais elle ne pouvait pas prendre ce risque. Comment envisager une relation avec un homme qui s'était mis à détester son frère ? Ben ne lui pardonnerait jamais cette trahison, et elle-même, comment pourrait-elle aimer un homme qui restait inflexible alors qu'il savait à quel point la situation la faisait souffrir ? Mieux valait garder avec lui une relation strictement professionnelle.

— Est-ce que ton frère a trouvé du travail ? demanda Robert. Il avait un peu de mal à trouver quelque chose qui lui convenait…

Ils avaient pris un moment pour consulter les dossiers de leurs malades, un jour, en fin de matinée. Après une semaine, Robert était devenu un ami pour Jessie ; il l'aidait à s'adapter au travail, et elle s'était un peu confiée à lui.

— Oui. Il a été engagé par une entreprise qui fabrique du mobilier. Pour l'instant, il effectue du travail basique, mais peu à peu, il va apprendre le métier.

Robert lui adressa un regard empreint de sympathie.

— Ça doit être très différent de ce qu'il faisait avant.

Votre père lui apprenait comment distiller, je suppose ? Il devait accéder à un poste d'encadrement ?

— Oui. C'est ce que nous avions compris, en tout cas. Ça a été difficile pour lui d'admettre l'idée qu'il avait perdu ce travail après sa dispute avec notre père, et ensuite, d'être renvoyé par José. J'ai beaucoup de peine pour lui. Il commence à penser qu'il est nul, et j'ai beau lui dire que rien de tout ça n'est sa faute, il continue de se faire des reproches. Peut-être, si José lui avait donné une chance…

— Vous pensez toujours que votre frère est innocent ? demanda une voix grave, résonnant dans la pièce.

José, entré sans bruit. Sur ses gardes, Jessie se retourna.

— Oui, vous le savez bien. Il n'a pas utilisé votre maison pour la fête. C'était une idée de Zach et Eric. Par ailleurs, les problèmes qu'il avait pour arriver à l'heure au travail étaient dus à son désarroi après un nouveau rejet de la part de mon père — cela devient une habitude. Si vous lui aviez témoigné un peu de compassion et de compréhension, il aurait pu vous prouver qu'il était capable de se ressaisir. Au lieu de ça, vous n'avez fait que l'enfoncer davantage.

José ouvrit des yeux incrédules.

— Alors c'est moi, le responsable ? N'avez-vous pas été rejetée par votre père, vous aussi ? Pourtant, vous ne vous apitoyez pas sur votre sort ! Vous avez fait des études de médecine que vous avez menées à bien.

Jessie leva le menton.

— Ben est plus jeune que moi. C'était encore un enfant quand notre père est parti, et il n'a pas compris ce qui se passait. Il avait besoin de son père et abandonné par lui, il a perdu tout espoir.

— Et à cause de ça, vous le maternez et vous lui cherchez des excuses quand il gâche tout. Vous êtes une sœur aimante, *chica*, mais vous faites fausse route, j'en ai bien peur.

— Et vous, vous vous trompez. Vous êtes dur et inflexible, et je regrette beaucoup que vous ne vous en rendiez pas compte.

Le visage de José exprima la stupéfaction. Peut-être personne n'avait-il jamais contesté son jugement auparavant, mais elle n'allait pas reculer maintenant, et elle soutint résolument son regard.

Soudain, Amanda, l'infirmière chargée du triage, entra dans le bureau, l'air inquiet.

— Il faut que vous veniez tout de suite, docteur Benitez. On vient d'amener deux petites filles. Depuis quelques jours, elles souffrent de la dengue, mais l'état de l'une des deux, Raeni, s'est aggravé. Sa sœur aînée, Shona, a été amenée aussi. Je vais suggérer que les parents restent avec cette dernière pendant qu'on s'occupera de Raeni. Ce serait trop déprimant pour eux de la voir dans cet état.

— Quels sont ses symptômes ? demanda José, immédiatement en alerte.

— Les symptômes habituels de la dengue : douleurs articulaires, température élevée, vomissements, et maintenant, une éruption cutanée — des petits points rouges sous la peau — et des hématomes. Elle est agitée. Pouls faible et rapide.

Robert émit un sifflement silencieux.

— C'est hémorragique, commenta-t-il, inquiet. Et sa sœur ?

— Ça a l'air moins grave. Douleurs musculaires et articulaires, forte migraine, et vomissements.

José se dirigeait déjà vers la porte.

— Plaçons-les en observation. Nous allons faire tous les tests nécessaires : gaz du sang, sérum, enzymes du foie, plaquettes, radio du thorax… Comme vous le savez, cette maladie peut être fatale, et il faut la garder sous contrôle. Jessie, vous vous occuperez de Raeni avec moi. Robert et Amanda, vous vous occuperez de Shona. On y va.

Jessie avait entendu parler de la dengue — une maladie très dangereuse si elle devenait hémorragique car les organes finissaient par ne plus fonctionner. Le problème, pour les médecins, c'était que la maladie était virale à l'origine, et il n'y avait pas de véritable médicament. Tout dépendait de l'aptitude du patient à combattre la fièvre et la douleur, ce qui signifiait que les enfants et les personnes âgées étaient bien plus exposés que les adultes — tout cela, provoqué par la piqûre d'un moustique infecté ! Jessie se sentit envahie par une appréhension qui la glaça. Raeni était en danger.

Elle se dirigea en hâte vers la salle de soins. La petite fille s'agitait sur l'oreiller, le corps moite, pendant que José l'examinait.

— Voulez-vous que je la mette sous perfusion ?

— Oui, s'il vous plaît, répondit José. Lactate de Ringer. Elle a besoin de fluides pour lutter contre la fièvre et pour maintenir la pression artérielle… Je n'aime guère cette ecchymose. Si son état se détériore encore, on la transfusera, alors vérifiez son groupe sanguin.

— Entendu, répondit Jessie.

L'enfant avait l'air si fragile, et si mal en point… Jessie installa rapidement la perfusion puis elle effectua un prélèvement sanguin.

— Je l'envoie au labo, dit-elle, glissant les échantillons dans leurs pochettes avec les formulaires destinés au laboratoire.

— Merci.

José était préoccupé par l'état de sa jeune patiente.

— Sa température est bien trop élevée et elle doit souffrir, dit-il. Du paracétamol devrait la soulager, et faire tomber la fièvre. Peut-être un sédatif serait-il utile pour calmer cette agitation qui résulte sûrement d'une déshydratation.

Il administra de l'oxygène par des canules nasales, et non par un masque qu'aurait mal supporté une enfant stressée et fiévreuse.

Jessie se rendit en hâte au laboratoire, et quand elle revint, José avait la situation bien en main. Raeni était reliée à des moniteurs qui enregistraient son activité cardiaque, sa pression artérielle, sa respiration et son taux d'oxygène. Si un de ses signes vitaux se dégradait, une alarme sonnerait.

— Elle semble plus calme, et sa température a un peu diminué, murmura Jessie. C'est encourageant, non ?

— Oui, mais il ne faut pas s'y fier, répondit José, le regard sombre. Les choses peuvent évoluer très vite et, dans ce genre de cas, il y a toujours un point critique. Le patient va mieux ou… Je vois que vous vous inquiétez pour elle, *querida*, mais il faut vous préparer au pire. Je sais que vous avez beaucoup de sollicitude pour tous vos patients… peut-être un peu trop parfois.

— Je pourrais dire la même chose de vous.

José esquissa un bref sourire.

— Vous n'avez pas tort…

Il ajouta quelques notes à la fiche de Raeni avant de poursuivre :

— J'aime bien savoir ce que deviennent mes patients, c'est vrai. Au fait, comment va la fillette de trois ans qui souffrait du chikungunya… Marisha, je crois ? Je me suis occupé d'elle — il y avait des complications et elle a fait une myocardite. Aujourd'hui, je n'ai pas encore pu en parler avec l'équipe qui la suit.

— Elle était si petite et si vulnérable ! C'était terrible de la voir dans cet état, répondit Jessie. J'ai pris de ses nouvelles. L'inflammation du cœur lui a causé beaucoup de problèmes, mais elle a repris des forces et elle quittera l'hôpital demain, sous conditions : repos à la maison et régime sans sel. Le Dr Morrison pense qu'elle se rétablira sans séquelles.

— Bien. Je suis content qu'elle aille mieux. C'est raisonnable de la renvoyer chez elle pourvu qu'elle revienne ici pour des contrôles réguliers.

— Mm… Je demanderai si c'est prévu, mais je suis sûr que c'est le cas.

Jessie regarda la petite fille qui s'était endormie puis les moniteurs. Les données n'étaient pas bonnes.

— Vous devriez aller déjeuner. Je reste avec elle, dit José.

— Oh ! non… ça ira. Je prendrai ma pause plus tard. Je dois rester au cas où son état se dégraderait.

— Non. Vous n'avez pas arrêté depuis ce matin, et l'heure de votre pause-déjeuner est déjà largement passée. Il y a d'autres médecins disponibles. Allez-y.

Cela ne servirait à rien de discuter, pensa Jessie. Elle obéit donc, non sans réticence, et gagna le vestiaire pour prendre son sac à main et ôter sa blouse en coton.

Elle quittait les urgences quand elle rencontra Robert.

— Salut, Jessie ! Tu vas déjeuner ? Est-ce que ça te dérange si je viens avec toi ?

— Non, pas du tout ! Au contraire, répondit-elle avec un sourire. Comment va Shona ?

— Elle est stable. Nous l'avons mise sous perf et nous lui avons donné des analgésiques, alors elle ne souffre pas pour le moment.

— C'est bien.

Tout en longeant le couloir, Jessie jeta un coup d'œil par la fenêtre qui donnait sur les jardins de l'hôpital.

— Je pensais acheter deux sandwichs à la cafétéria et sortir prendre l'air, si ça te convient.

— Très bonne idée.

A la cafétéria, ils achetèrent donc des sandwichs au poulet et au bacon accompagnés de salade, et des boissons fraîches.

— Je pourrais te montrer la plage à côté, si tu ne l'as pas encore vue, suggéra Robert.

— Oui. Ça me plairait bien. D'habitude, je reste dans le jardin pendant l'heure du déjeuner. Est-ce que c'est loin ?

— Non, à cinq minutes à pied. C'est l'anse dont je te parlais… avant que José nous empêche d'y aller ensemble, dit-il avec un sourire désabusé.

— Ah bon ? C'est ce qu'il a voulu faire ? Je me suis posé des questions.

— Il te regarde tout le temps, en tout cas.

A quelques mètres d'une cabane de bois vendant toutes sortes d'articles de plage et abritée du vent par la falaise, ils mangèrent leur repas, en regardant les vagues se briser sur le sable blanc.

La tête renversée en arrière, Robert termina sa cannette de boisson.

— J'ai remarqué que tu étais assez réticente avec José depuis quelques jours. Je pense que tu fais bien d'être prudente. Les femmes tombent amoureuses de lui, mais il n'a jamais de relation sérieuse.

— Ah bon ?

Robert semblait confirmer ce qu'avait suggéré Ben.

— Comprends ce que je veux te dire… C'est un médecin brillant et un homme bien, mais je vois qu'il s'intéresse à toi et tu pourrais facilement te laisser tenter au risque de souffrir. Je te connais depuis peu de temps, mais je t'apprécie beaucoup.

Elle eut un sourire circonspect.

— Merci de me dire ça, Robert… Merci de me mettre en garde, et de veiller sur moi. En fait, je ne cherche pas du tout à entamer une relation. Là d'où je viens, j'ai eu une mauvaise expérience avec mon ex… et je pense que mes blessures ne sont pas encore cicatrisées.

Si elle nouait une relation avec José, ce serait pire encore : pourquoi la traiterait-il autrement que les autres femmes ?

Robert lui pressa doucement la main pour lui témoigner sa sympathie.

— Cet ex doit être un imbécile pour t'avoir fait du mal. Mais regarde cette mer et ce ciel bleu. Ici, tu es à l'endroit idéal pour essayer de l'oublier. Tôt ou tard, si tu le veux bien, les Caraïbes vont guérir tes blessures.

— Je l'espère, murmura-t-elle.

Une boule douloureuse se formait au creux de son estomac chaque fois qu'elle pensait à Lewis et à sa trahison. Mais, au fond, n'était-il pas comme son père à elle ? Il avait rejeté l'amour de sa mère, et avait préféré sortir en cachette avec d'autres femmes. Est-ce que tous les hommes étaient les mêmes ? se demanda Jessie, gagnée par la nausée.

A leur retour à l'hôpital, quelques minutes plus tard, elle retourna tout de suite dans la salle où Raeni était soignée et Robert l'accompagna.

— Je veux savoir comment elle va, dit-il.

Quand ils entrèrent, José parcourut Jessie de la tête aux pieds, depuis ses cheveux châtains qui retombaient en vagues brillantes et sa robe moulante de couleur claire, jusqu'à ses sandales de cuir. Etrangement, il regarda aussi les pieds de Robert, et se rembrunit.

Etonnée, Jessie suivit son regard et comprit. Des grains de sable brillaient sur ses sandales ainsi que sur les chaussures de Robert. José avait deviné qu'ils étaient allés à la plage ensemble, et cela semblait le contrarier beaucoup.

Cependant, il ne fit aucun commentaire, et Robert disparut pour s'occuper d'une de ses patientes.

Peu après, toutes les interrogations de Jessie furent balayées quand plusieurs alarmes résonnèrent. En regardant Raeni, Jessie sentit l'angoisse l'envahir : du sang perlait aux narines de la petite fille.

José inspecta doucement la bouche de la fillette puis il lui palpa les mains.

— Ses gencives saignent aussi, dit-il d'une voix tendue. Et elle a la peau froide et moite. Etat de choc… Elle a besoin d'une transfusion sanguine, et très vite.

Ils mirent aussitôt la transfusion en place.

— *Pobrecita. Espero que te mejores pronto,* dit José quand ils eurent terminé.

« Pauvre petite. J'espère que tu vas vite aller mieux. » Jessie connaissait assez d'espagnol pour comprendre ce qu'il disait, et elle fut émue par l'inquiétude que trahissait son regard.

— Nous ne pouvons plus rien faire d'autre qu'attendre, ajouta-t-il.

Elle acquiesça. Lui qui était toujours sous contrôle était affecté par l'état de cette enfant.

— Je reste avec elle, dit-elle en lui posant une main sur l'épaule. Peut-être pourriez-vous prendre un café ou grignoter quelque chose pour vous changer les idées pendant un moment ?

Il prit doucement la main posée sur son épaule.

— Non, mais merci pour la proposition. Il faut que je reste là pour l'aider, le cas échéant.

— Alors, je vais vous chercher un café. Je ne serai pas longue.

Jessie gagna la salle du personnel pour utiliser la machine à café de la kitchenette. Amanda était là, en train de prendre sa pause-déjeuner.

— Je viens de faire du café, dit-elle. Il est excellent ici. José l'apporte de la plantation de son grand-père. Il ne veut pas en boire un autre.

— Je ne savais pas — pour la plantation, je veux dire,

répondit Jessie, étonnée. Mais je trouvais quand même le café extraordinaire. Décidément, j'en apprends tous les jours !

Elle remplit une tasse de liquide brûlant.

— C'est pour José, ajouta-t-elle. Il ne veut pas quitter le chevet de Raeni.

— J'ai vu qu'il s'inquiétait énormément… Est-ce qu'elle va si mal ? demanda Amanda, inquiète elle aussi.

— J'en ai bien peur. Il fait tout ce qu'il peut, mais il est très préoccupé.

— C'est un merveilleux médecin. Il a toujours été dévoué et il ferait n'importe quoi pour ses malades. Il mérite d'en être récompensé. Je sais que sa vie privée et son goût pour les aventures sans lendemain choquent certaines personnes, mais parfois, j'ai de la peine pour lui. Ce n'est peut-être pas étonnant qu'il se conduise comme ça après ce qu'il a vécu avec son amie.

— Son amie ? Que s'est-il passé ? Etait-ce quelque chose d'horrible ? Elle était malade ?

— Oh non, non. Ce n'est pas ça du tout. Simplement… mais je crois que j'en ai déjà trop dit. Je ne fais que répéter la rumeur qui a couru à l'hôpital.

— J'aimerais vraiment savoir.

— Il vous racontera peut-être ça lui-même, dit Amanda. Vous pourriez lui poser la question. Il n'en parle pas très souvent, mais ici, tout le monde sait que Rosa, c'était tout pour lui.

Rosa. Ce nom disait quelque chose à Jessie… Soudain, avec un frisson froid dans le dos, elle se rappela… le *Bella Rosa*. C'était le nom du yacht de José. Inexplicablement, elle sentit la tristesse l'envahir. Il aimait tellement cette femme qu'il avait donné son nom à son bateau !

Se ressaisissant, elle retourna dans la chambre de Raeni et posa la tasse sur la table de chevet.

José rafraîchissait doucement le front et la gorge de la fillette avec un linge humide.

— Comment va-t-elle ? Y a-t-il du nouveau ? demanda Jessie.

— Non, malheureusement.

— Quelle tristesse… Est-ce que ses parents sont au courant ?

— Pas encore. Je n'ai pas jugé utile de les inquiéter plus que nécessaire pour l'instant. Si la situation change, je les en informerai.

— La vie peut être si injuste parfois…, murmura Jessie. J'ai pensé que vous aviez peut-être faim.

Elle posa un paquet de sandwichs à côté du café.

— Merci. J'apprécie cette attention.

Il lui sourit, et elle sentit son cœur battre presque douloureusement. Elle ignorait presque tout de cet homme et, pourtant, malgré la prudence qui s'imposait, elle sentait qu'il était comme elle : sous ses dehors professionnels se cachaient d'autres émotions profondément enfouies.

Comme elle, il avait été trahi. Lui aussi portait des cicatrices. Mais ce n'était pas le moment de le questionner à ce sujet…

5.

— Vous avez passé la nuit ici ?

En entrant dans la salle où se trouvait Raeni, le lendemain matin, Jessie s'arrêta net, stupéfaite de trouver, assis près du lit de la petite patiente, un José visiblement épuisé. Ses cheveux bruns étaient ébouriffés comme s'il y avait passé les mains, sa chemise blanche, toujours impeccable d'habitude, était froissée, et ses joues, ombrées par une barbe naissante. Etrangement, Jessie éprouva une envie de le recoiffer avec ses doigts puis de le prendre entre ses bras pour le bercer contre elle.

Il consulta rapidement la montre en or à son poignet.

— Est-ce que c'est vraiment l'heure ?

Il étira ses bras, l'air perplexe.

— Que faites-vous là si tôt ?

Jessie chassa très vite ses pensées et se reprocha de les laisser vagabonder ainsi. Il fallait qu'elle se ressaisisse ou, sinon, elle risquait d'avoir des problèmes.

— Vous n'avez pas voulu que je reste cette nuit, alors je suis venue dès que j'ai pu ce matin. Comment va-t-elle ?

— Elle s'est endormie tranquillement, il y a environ une heure.

José sourit et s'étira encore, faisant rouler ses biceps sous les manches de sa chemise.

— Le saignement semble s'être arrêté. Je crois que le pire est passé.

— Oh ! Dieu merci. Ses parents doivent être ravis, dit Jessie, heureuse pour eux.

— Ils ne sont pas encore au courant. Amanda les a

installés dans la chambre des visiteurs et elle les a persuadés de dormir un peu.

— Ils vont être tellement soulagés !

José la regarda avec intérêt.

— C'est bon de vous voir sourire… Avez-vous des nouvelles de sa sœur ?

— Oui. J'ai croisé Robert en arrivant. Il m'a dit qu'elle allait bien.

— *Excelente.*

Après s'être levé, José appuya sur le bouton d'appel pour qu'une infirmière vienne le remplacer. Quand elle arriva, peu après, il la mit rapidement au courant de l'état de la petite fille.

— Restez avec elle et appelez-moi si son état se détériore, ajouta-t-il.

— Bien sûr.

Il se tourna vers Jessie.

— Je voudrais aller me rafraîchir, dit-il, la prenant doucement par le bras. Venez avec moi dans mon bureau, et nous regarderons le planning de la journée.

Ils quittèrent la salle et longèrent le couloir. Jessie avait du mal à réfléchir car le contact de la main de José faisait courir de petits picotements le long de son bras, et lui faisait palpiter le cœur. C'était déconcertant, et elle dut faire un effort pour se concentrer sur ce qu'il avait dit.

— Le planning ? Je croyais que j'allais travailler avec Robert, aux urgences pédiatriques, comme d'habitude.

— Pendant un moment, mais je dois sortir en visite aujourd'hui, et je me suis dit que ce serait peut-être une bonne idée que vous m'accompagniez. J'ai tout organisé pour qu'un médecin vous remplace aux urgences. De cette façon, vous pourrez voir d'autres parties de l'île. De plus, nous aurons ainsi l'occasion de mieux faire connaissance, et, qui sait, de faire la paix ?

— Faire la paix ? répéta Jessie, stupéfaite. J'ignorais que c'était la guerre entre nous ! Je trouvais que nous nous entendions bien.

— Certes, mais il y a un vague malaise entre nous, ou peut-être une trêve fragile. Evidemment, je suis bien conscient que vos sentiments envers moi sont influencés par mes relations avec votre frère, mais j'espère que nous pourrons classer l'affaire.

Jessie eut une moue sceptique.

— Vous croyez vraiment que ce sera si facile ?

Il lui lâcha le bras pour ouvrir la porte de son bureau et, immédiatement, ce contact chaleureux et intime lui manqua. Agacée de se sentir si faible, elle adopta un ton dégagé.

— De toute façon, en ce qui me concerne, je suis tout à fait satisfaite de la situation telle qu'elle est.

Affichant un sourire oblique, José la fit entrer dans son bureau.

— Je me doutais que vous ressentiriez les choses de cette façon. En ce qui me concerne, je pense que nous ne sommes pas vraiment *simpatico*, et j'aimerais beaucoup changer cet état de fait.

— Je comprends votre point de vue, mais je ne peux m'empêcher de penser que vous avez en tête des idées pas très professionnelles. Vous êtes mon patron, et c'est peut-être une bonne chose que nous ne soyons pas « *simpatico* ». Je pense même que c'est mieux que nous gardions une certaine distance entre nous.

A la grande surprise de Jessie, il opina.

— Au travail, oui, vous avez tout à fait raison. Mais à l'extérieur, nous pourrions apprendre à mieux nous connaître, qu'en pensez-vous ?

L'idée était séduisante, mais sans doute en découlerait-il d'innombrables complications, pensa Jessie.

— Je préférerais que nous nous en tenions à nos relations actuelles.

José eut un regard mi-attristé, mi-amusé.

— *Eso no es bueno*. Pourquoi faites-vous tous ces efforts pour me résister, *querida* ?

— Eh bien… sans doute parce que j'ai entendu parler de vous et du genre d'homme que vous êtes. Les commérages disent que vous n'avez jamais de longues relations avec les femmes, et que vous préférez partir avant que cela devienne sérieux. Peut-être que je ne veux pas risquer de souffrir.

Les épaules de José s'affaissèrent.

— Les gens parleront toujours. C'est inévitable quand on occupe un poste comme le mien. Mais vous ne devez pas vous inquiéter, Jessie. Je pourrais m'engager très sérieusement avec vous si vous acceptiez de me laisser une chance.

Son regard bleu s'était fait chaleureux, l'invitant à accepter sa proposition.

— Vos intentions semblent bonnes, mais combien de temps cela durerait-il ? Etes-vous déjà resté avec une femme longtemps… Assez, en tout cas, pour vraiment vous attacher à elle ?

Un muscle se crispa brièvement dans la joue de José.

— Oui.

De toute évidence, il ne voulait pas en parler, mais elle insista.

— Que s'est-il passé ?

— Ça n'a pas marché.

— Pourquoi ? Qu'est-ce qui a mal tourné ?

Après une hésitation, José se décida enfin.

— Les choses… se sont défaites. J'étais avec cette jeune femme depuis deux ans — nous étions très proches… Nous avions même parlé de nous fiancer.

— Mais vous ne l'avez pas fait ?

— Non… Elle a changé d'avis. Je croyais avoir trouvé la femme qu'il me fallait, celle qui pouvait me rendre heureux, et elle m'a quitté pour partir avec un autre homme.

Jessie le considéra, interloquée.

— Ça a dû être terrible pour vous.

— Ce fut un rude coup, je le reconnais… Y compris pour ma fierté, et quand j'ai découvert qu'elle avait épousé cet homme, cela a été encore pire. Jusqu'alors, j'ignorais tout de la souffrance d'un cœur brisé.

C'était facile d'imaginer ce qu'il avait vécu, pensa Jessie. Elle avait vécu la même douleur profonde.

— C'est pour cette raison que vous ne voulez plus vous engager sérieusement avec une autre femme ?

— Cela fait peut-être partie de l'explication, en effet. « Chat échaudé »… comme on dit. Je n'étais plus un adolescent quand c'est arrivé et, pourtant, je n'arrivais pas à comprendre pourquoi les choses avaient mal tourné. Pourquoi ses sentiments avaient-ils changé si brusquement, lui donnant l'envie de me quitter pour un autre ? Quand je le lui demandais, elle n'arrivait pas à me le dire.

— Ce n'était pas nécessairement dû à quelque chose que vous aviez fait ! commenta Jessie. Les gens volages, ça existe !

Son propre père s'était conduit de cette façon : il était parti quand une proposition plus séduisante s'était présentée.

— Oui. Je m'en suis aperçu.

Il ne voulait s'engager avec aucune femme pour ne plus souffrir, ce qui était compréhensible…

— Vous n'avez plus aucun contact avec elle ?

— Elle est allée vivre sur le continent avec son nouveau mari et, de temps en temps, elle me donne de ses nouvelles.

— Ça doit rendre les choses encore plus pénibles pour vous.

José eut une petite moue évasive.

— Je n'y pense pas. C'est du passé, tout ça.

Il désigna du doigt la machine à café.

— Nous allons boire un café. Avez-vous pris votre petit déjeuner ?

Clairement, il voulait changer de sujet…

— Non, pas encore. Je suis partie très vite de mon appartement.

— Moi, je meurs de faim. Il y a des croissants et de la confiture de fraise dans le placard là-bas. Si vous voulez vous servir… Et vous trouverez un grille-pain sur l'étagère. Il faut que j'aille prendre une douche et me changer, mais cela ne me prendra que deux minutes. Faites comme chez vous !

Il disparut dans une pièce voisine et, peu après, Jessie entendit un bruit d'eau.

Pensive, elle fit réchauffer les croissants et prépara du café.

Elle avait fini de déguster un délicieux croissant au beurre quand José reparut, paraissant détendu. Il se servit un café et alla s'asseoir près du bureau. Ses cheveux noirs encore humides brillaient, et il émanait de lui une vitalité presque palpable. Troublée, Jessie se sentit déçue par sa propre réaction.

Ce n'était pas très encourageant si on considérait les efforts qu'elle faisait pour dresser autour d'elle un rempart invisible !

Optant pour une conversation banale, elle lui demanda quel était son programme pour la journée.

— Vous avez dit que vous aviez une visite à domicile, mais ça n'a pas l'air d'être une véritable urgence, si nous avons le temps de prendre un petit déjeuner. Ces croissants sont très bons.

— Oui. C'est Amanda qui est allée les chercher pour moi. D'habitude, je les apporte tout chauds de la boulangerie. Ou parfois, ma gouvernante confectionne de merveilleuses tartes aux fruits pour me faire plaisir.

— Apparemment, vous êtes très content de l'avoir.

— C'est le cas, effectivement. Elle vient chez moi trois ou quatre jours par semaine. En ce qui concerne la visite, on m'a demandé de voir l'un des jeunes ouvriers de la plantation de café de mon grand-père. Depuis quelque temps, il ne se sent pas bien, mais il n'en a pas tenu compte, disant que c'était un rhume ou un autre virus. Il affirme n'avoir aucun besoin d'un arrêt de travail, mais sa mère commence à s'inquiéter, et mon grand-père a finalement persuadé le garçon de me laisser l'examiner.

— N'aurait-il pas été plus logique qu'il consulte son propre généraliste ?

— Si, peut-être. Je ne sais pas pourquoi le garçon a refusé si longtemps. Mais mon grand-père voulait les aider, lui et sa famille, alors il s'est adressé à moi… et je me fais un devoir de lui rendre service chaque fois qu'il me le demande. J'ai beaucoup de respect pour lui.

— Est-ce que je vais faire sa connaissance ?

— Pas aujourd'hui, malheureusement. Il doit partir voir un de ses distributeurs en ville.

— Je vois. J'ai été étonnée d'apprendre que votre famille possède une plantation de café, mais j'ai hâte de voir ça. Ce sera nouveau pour moi. Je ne connais pas grand-chose sur la production de café.

— Je pense que cela va vous plaire. L'exploitation n'est pas immense, mais nous produisons un arabica de la meilleure qualité, et il est vendu dans tous les cafés de la région, et au-delà. Il est très recherché.

Ses croissants dégustés, José s'essuya les doigts sur une serviette puis il but son café.

— La nuit a été longue, mais maintenant, je me sens beaucoup mieux, dit-il avec un sourire. Mettons-nous en route pour essayer de trouver ce qu'a ce jeune garçon.

— O.K.

Une fois de plus, José conduisit avec la voiture décapotée. Quittant la ville, ils gagnèrent l'intérieur montagneux de l'île. La route leur fit traverser des forêts d'acajous, de gommiers, et de hauts bambous. A travers les arbres, Jessie entrevoyait de magnifiques cascades tombant dans des rivières sinueuses, et il y avait des fleurs partout — de belles orchidées et des héliconias écarlates. C'était sublime.

Il leur fallut moins d'une demi-heure pour atteindre la plantation où la verdure évoquait une oasis.

Un homme — un quadragénaire à la peau cuivrée par le soleil — vint les accueillir et proposa immédiatement à Jessie de lui montrer les lieux.

— Ce ne sera pas nécessaire, Simon, dit José. Je vais le faire. Mais avant, j'aimerais voir Gabriel. Où est-il ?

— Je vous emmène le voir. Il travaille sur les séchoirs.

Ils traversèrent le bâtiment de réception pour gagner la plantation. Sur le sol volcanique riche et sombre, les caféiers poussaient à l'ombre des bananiers. Plus loin, les cerises de café étaient étalées au soleil sur des claies.

— Les baies de café mûres ont été ramassées il y a quelque temps déjà, expliqua José. Les cerises passent dans une machine qui ôte la coque extérieure. Ensuite, elles sont lavées et mises dans des cuves de fermentation pendant deux jours pour ôter le reste de l'enveloppe puis elles ont besoin d'être séchées.

Jessie regardait avec intérêt ce qui l'entourait. Des ouvriers, vêtus de vestes légères et de pantalons, portaient des chapeaux pour les protéger des rayons ardents. Ils ratissaient le café pour le retourner et l'exposer au soleil brûlant. Quand José s'avança, ils le saluèrent en souriant.

José continua d'expliquer les différentes opérations que subissait le café vert, le stockage, et les secrets d'une bonne torréfaction.

Observant la rangée d'ouvriers, il fronça les sourcils.

— Je ne vois pas Gabriel.

Un adolescent de seize ans environ s'arrêta de ratisser le café.

— Il s'est senti mal il y a quelques minutes. Il a dit qu'il avait très mal à la tête et puis il s'est mis à saigner du nez. Ça lui arrive souvent, mais là, il saignait vraiment beaucoup. On l'a emmené dans la maison pour qu'il se repose un moment. La *señora* Benitez s'occupe de lui. Vous allez vous occuper de lui, hein, docteur ? Cette fois, il avait l'air vraiment très mal… et il a dit qu'il avait un problème avec ses yeux.

Visiblement inquiet, José fronça les sourcils.

— Ne t'inquiète pas, Marco. Je vais le voir tout de suite.

Le garçon acquiesça, soulagé. De toute évidence, il faisait confiance à José, et Jessie fut touchée par le rapport qui semblait exister entre lui et les employés de son grand-père. D'autres ouvriers, plus âgés, avaient suivi la conversation, visiblement inquiets eux aussi pour Gabriel.

Elle entra avec José dans la maison — un bâtiment de bois peint en blanc qui possédait une galerie pourvue de sièges confortables, et où l'on pouvait se détendre et profiter de l'air frais et doux.

Quand elle entendit José l'appeler dans le hall, sa grand-mère sortit d'une pièce. C'était une belle femme avec des cheveux argentés qui ondulaient joliment, et qui affichait un large sourire à la vue de son petit-fils.

— Comme je suis contente de te voir.

— Moi aussi, *abuela*.

Il lui donna une accolade et un baiser, puis il se retourna pour présenter Jessie.

— Bienvenue, dit la *señora* Benitez. Ce n'est pas de chance que nous nous rencontrions quand un des garçons est malade, mais je suis contente de penser que deux bons docteurs vont s'occuper de lui. Il avait l'air vraiment très mal et il saignait beaucoup, mais c'est sa mauvaise vue qui m'inquiète le plus.

Elle les emmena à l'étage où Gabriel avait été mis au lit pour se reposer, et elle les présenta au jeune homme.

— José va s'occuper de toi, conclut-elle.

Ensuite, elle se dirigea vers la porte.

— Je m'en vais maintenant, ajouta-t-elle. Si vous avez besoin de quoi que ce soit, appelez-moi.

Gabriel ne devait guère avoir plus de seize ans, pensa Jessie. C'était un beau garçon musclé par le travail, mais, en cet instant précis, il n'allait pas bien du tout : adossé à des oreillers immaculés, il pressait sur son nez un mouchoir en papier taché de sang, et une de ses pommettes était enflée.

José s'approcha de lui.

— Alors ? Comment vas-tu, Gabriel ? Pas très bien, on dirait.

— J'ai très mal à la tête et, depuis quelque temps, il faut toujours que je me mouche, comme s'il y avait quelque chose coincé dans mon nez. Maintenant, en plus, je vois double de l'œil droit et je deviens un peu sourd ! Ma mère pense que je fais exprès de ne pas l'entendre, mais c'est pas vrai.

La dernière phrase, véhémente, fit sourire José.

— Les mères sont comme ça parfois.

Il commença l'examen de l'adolescent — les yeux, le nez, la bouche et les ganglions lymphatiques.

— Tu as eu des problèmes il y a quelque temps, n'est-ce pas… il y a quelques mois ?

— Ouais. Je crois que c'était un virus ou quelque chose comme ça. Ce que j'ai, là, c'est une migraine, docteur ? C'est pour ça que j'ai mal à la tête et que je ne vois pas bien ? Ma mère en a, des migraines comme ça.

— Je ne pense pas que ce soit une migraine. Je peux te donner un médicament pour la douleur, et pour arrêter le saignement, je vais mettre quelque chose dans ton nez.

Il scruta le visage de Gabriel.

— Cette joue enflée, cela fait combien de temps que tu l'as ?

— En fait… il y a quelques jours que je l'ai remarquée.

Ça fait un moment qu'elle est là, je suppose, mais ces derniers jours, elle a grossi.

— Mm…

José se tourna vers Jessie.

— Vous pourriez examiner Gabriel et me dire si, à votre avis, il s'agit d'une migraine ou d'un virus ?

Gabriel accepta que Jessie l'examine, et quand elle glissa une petite lampe à l'intérieur de la cavité nasale, elle crut distinguer une masse d'un bleu rougeâtre.

— Merci, Gabriel, dit-elle, rendant la petite lampe torche à José. Je ne crois pas que la cause soit une des deux que vous venez de mentionner. Je pense qu'il faut un scanner pour voir précisément de quoi il s'agit.

— *Bueno. Mis pensamientos exactamente,* dit José.

C'était exactement ce qu'il pensait…

Si elle voyait juste, conclut mentalement Jessie, Gabriel souffrait d'une maladie qui affectait essentiellement les garçons adolescents et pouvait leur causer un inconfort considérable.

José donna au jeune ouvrier deux comprimés d'analgésique avec un jus de fruits pour qu'il les avale. Ensuite, il lui pansa la narine avec de la gaze pour exercer une pression sur les vaisseaux sanguins depuis l'intérieur afin de stopper l'hémorragie.

— Nous pourrions te ramener avec nous à l'hôpital pour faire les scanners cet après-midi, Gabriel, si ça te convient.

— Déjà ?

— C'est aussi bien. Ça nous évitera un autre aller-retour, répondit José d'un ton dégagé.

— Il faudra que je reste à l'hôpital ?

— Non, pas aujourd'hui. Nous déciderons ce qu'il faut faire dès que nous aurons les résultats du scanner. Qu'est-ce que tu en penses ? On fait ça ?

— O.K. Vous parlerez à ma mère ?

— Je m'en occupe. Je pense qu'elle voudra venir avec toi. Pour l'instant, tu devrais t'allonger et te reposer un moment pour laisser les comprimés agir, tu veux bien ?

— Oui. Merci.

José fit à sa grand-mère le compte rendu de l'examen.

— Je suis vraiment soulagée que tu sois venu le voir, dit-elle.

Il lui tapota l'épaule.

— C'est bien que vous ayez tous été attentifs, *abuela*.

Après avoir parlé à la mère de Gabriel, Jessie et José sortirent de la maison pour l'attendre ainsi que son fils, et ils flânèrent dans les superbes jardins.

— Votre grand-mère vous admire énormément, dit Jessie. Cela se voit à sa manière de vous parler et de vous regarder.

— J'ai toujours été proche de mes grands-parents. Mais parfois, j'ai du mal à répondre à leurs attentes.

— Comment ça ? Vous êtes un bon médecin, vous avez aussi du succès en affaires, et vous faites votre possible pour les aider quand ils vous le demandent. Comment pourriez-vous ne pas correspondre à leurs attentes ?

José esquissa une moue désabusée.

— Je n'ai pas toujours été un bon petit-fils. Dans ma jeunesse, j'étais imprudent, et je suppose que j'ai dû leur causer beaucoup de soucis. La médecine est une carrière solide et bien considérée, mais ce n'est pas ce qu'ils souhaitaient pour moi… Regardez autour de vous. Cette plantation, c'est leur vie, et ils placent leurs espoirs en moi pour la reprendre, mais ce n'est pas ce à quoi j'aspire. Très tôt, j'ai su ce que je voulais faire. Après avoir vu mon cousin blessé dans un accident de la route, j'ai décidé d'être médecin plus tard.

— Ah… C'est un problème. Vous avez dû vous sentir déchiré, et eux, qu'ils aient envie de garder la plantation dans la famille est compréhensible aussi. Mais… vos parents ? Votre père ne voudrait-il pas prendre la suite ?

— Non. Mon père n'a jamais été intéressé par les affaires familiales. Il a toujours été un esprit libre, et il va où sa fantaisie l'entraîne.

— Et votre mère ?

— C'était une femme merveilleuse… Elle est morte, il y a plusieurs années, répondit tristement José.

— Cela a dû être une perte terrible pour vous.

— Oui. Elle me manque. Elle était douce et aimante. Je l'adorais. Je venais juste d'obtenir mon diplôme quand elle est morte d'un virus qui lui a attaqué le cœur. Je me suis senti désarmé, incapable de faire quoi que ce soit pour empêcher la maladie de l'emporter… Mais vous avez perdu votre mère très récemment aussi, n'est-ce pas ?

— Oui. Prise dans un accident, elle a fait une crise cardiaque qui lui a été fatale. Ce fut un choc énorme. Ben, qui n'avait que dix-sept ans, a vraiment beaucoup souffert… On aime toujours se tourner vers sa mère, surtout dans les moments difficiles, ou même quand on a simplement besoin de parler avec quelqu'un, ce que je pouvais faire avec ma mère avant que mon père nous abandonne. Mais, ensuite, elle est devenue renfermée… Est-ce que vos parents étaient proches l'un de l'autre ?

— Oh oui. Très proches. J'ai eu la chance d'être élevé dans une famille pleine d'amour… Mais après sa mort, mon père a décidé de partir d'ici car trop de souvenirs le hantaient. Maintenant, il voyage tout le temps.

— Et donc, vous ne le voyez pas beaucoup ?

— Si, quand même. Il revient régulièrement, et nous restons en contact par le téléphone ou le visiophone.

— C'est pour cette raison que votre grand-père a reporté ses espoirs sur vous. Ce doit être difficile à vivre.

— Oui, parce qu'au final, je détesterais voir tout son travail tomber entre les mains d'étrangers, et je n'aime pas décevoir mon grand-père. Malheureusement, il n'apprécie guère mon mode de vie — le fait que je sois toujours célibataire et pas encore installé avec une nichée à moi le tracasse, mais il y a des compromis que je ne peux pas faire, même pour lui. Je ne sais même plus ce qu'est l'amour. Je pensais le savoir, mais les faits ont prouvé que j'avais tort.

— J'éprouve le même sentiment. Et non, vous ne pouvez pas aller contre vos instincts pour faire plaisir à votre grand-père. A la fin, il faudra que vous fassiez ce qui est bien pour vous.

La grand-mère de José sortit de la maison, accompagnée de Gabriel et de la mère de celui-ci.

— Ils sont prêts à partir, dit-elle. Je sais que vous prendrez soin d'eux.

— Bien sûr, *abuela*.

José gratifia sa grand-mère d'une nouvelle accolade puis il installa ses deux nouveaux passagers dans la voiture.

— Est-ce que tu te sens un peu mieux, Gabriel ? demanda Jessie, quand l'adolescent fut installé sur la banquette arrière.

— Oui, merci. Le mal de tête a presque disparu, et je ne saigne plus du nez.

— Bien, je suis contente.

Quand José démarra, elle agita la main pour dire au revoir à la *señora* Benitez et, bientôt, ils s'enfonçaient une fois encore dans la forêt.

Le trajet pour regagner l'hôpital fut court, et José fit entrer l'adolescent et sa mère dans la salle d'attente. Peu après, le père de Gabriel vint les rejoindre, l'air désemparé.

Bouleversée, Jessie le regarda serrer son fils dans ses bras. Il y avait beaucoup d'amour entre eux, et elle ne put s'empêcher de comparer leur cas au sien. Quand son père l'avait-il prise dans ses bras pour la dernière fois ?

— Je vais demander un scanner pour toi, Gabriel, dit José. Il risque d'y avoir un peu d'attente, mais tu passeras dès que possible.

— Merci. Je pense que ça ira.

Comme l'adolescent adressait à ses parents un regard sceptique, ceux-ci répondirent par un hochement de tête rassurant.

— Bien. Je viendrai te chercher quand nous serons prêts pour ton scanner, ajouta José.

Jessie quitta la pièce avec lui, et ils se dirigèrent vers le bureau.

— J'espère qu'il va s'en sortir, murmura-t-elle. Ses symptômes ne me disent rien qui vaille.

— A moi non plus.

José utilisa le téléphone du comptoir pour prendre rendez-vous avec la radiologie puis raccrocha.

— Ils m'appelleront dès que le scanner sera libre.

— Tant mieux. Mais je crains qu'on trouve quelque chose de grave.

— Je suis triste de voir cet adolescent plein de vie dans cet état. Je l'ai connu bébé.

— C'est merveilleux, cette sollicitude de tout le monde envers lui — sa famille, ses amis, vous, et vos grands-parents. Je regrette seulement…

Elle s'interrompit.

— Ça va ?

José la regardait, et elle tenta de refouler ses larmes.

— Oui, ça va bien. Simplement, je me disais… Ce serait génial si Ben et moi pouvions avoir les mêmes relations avec notre père que Gabriel avec le sien. Il y a tellement d'amour entre eux.

— Mm… Avez-vous beaucoup vu votre père depuis votre arrivée ici ? C'était une des raisons de votre venue, n'est-ce pas ?

— Oui, c'est vrai. Je suis allée le voir plusieurs fois. Je voulais lui parler de Ben pour voir si je pourrais les aider tous les deux à se réconcilier, et j'espérais aussi que nous pourrions nouer une relation père-fille… Il était toujours trop occupé quand j'étais en Angleterre. Notre dernière rencontre date de deux jours.

Jessie baissa la tête pour cacher son émotion.

— Qu'est-ce qui est arrivé ? Ça s'est mal passé ?

Comme José lui soulevait doucement le menton, elle fut obligée de le regarder.

— Ça a été terrible. Alors que je lui parlais de l'appartement trop petit et des choses qui continuent d'aller mal, par exemple les fuites dans le toit et l'installation électrique qui a besoin d'être refaite, la nouvelle femme de mon père, Hollie, a cru que je voulais qu'il nous paye un nouveau logement. Elle imagine que notre but, c'est de soutirer de l'argent à mon père, et saper son influence à elle. Mais c'est faux ! Tout ce que nous souhaitons, c'est… que notre père nous reconnaisse, et qu'il fasse partie de nos vies. Ce n'est pas trop demander, quand même.

— Bien sûr que non.

José referma ses bras autour d'elle et il lui caressa doucement les cheveux alors qu'elle avait la tête posée sur son large torse.

— Rien de tout cela n'est votre faute. Vous essayez

simplement d'arranger les choses et de nouer une relation avec votre père. Je suis sûr qu'il s'en rend compte.

— Non, je ne crois pas, répondit Jessie, refoulant les larmes qui montaient encore. Il dit que Hollie est sa femme, et qu'il ne veut pas la voir contrariée. Alors il m'a demandé de ne plus leur rendre visite. Je ne sais plus quoi faire. J'ai essayé d'arranger les choses, et résultat : elles ne sont jamais allées aussi mal.

— Essayez de ne pas vous en faire, *querida*. Laissez-lui le temps de comprendre qu'il a besoin de vous autant que vous de lui.

Elle se redressa.

— Vous croyez ? Il avait l'air tellement fâché…

— Il vit peut-être un conflit intérieur, et il ne sait pas comment gérer la situation.

— Vous avez sans doute raison. J'espère que nous arriverons à résoudre ça.

Jessie s'essuya le visage avec les mains puis s'écarta de José — à regret.

— Je n'aurais pas dû vous ennuyer avec mes histoires. Excusez-moi, José.

— Ne vous excusez pas. Je serai toujours là pour vous… Vous savez, si vous avez besoin d'un endroit convenable pour vivre, je pourrais vous aider à trouver quelque chose… J'allais vous proposer de jeter un coup d'œil à un de mes logements rénovés… Mais encore mieux, il y aura toujours de la place pour vous dans ma propre maison.

Jessie sentit qu'elle s'empourprait. Qu'attendait-il en retour, au juste ?

— J'y réfléchirai, mais cette invitation n'englobe sûrement pas mon frère, j'imagine ?

José émit un petit rire accompagné d'un léger haussement d'épaules, et il allait répondre quand son téléphone sonna.

Il décrocha et écouta.

— Entendu. Merci de m'avoir appelé, dit-il.

Puis il se tourna vers Jessie.

— L'équipe de radiologie attend Gabriel.

6.

— Alors, vous dites que j'ai une tumeur ?

Une heure plus tard, assis dans le bureau avec ses parents visiblement choqués, Gabriel posait sur José un regard incrédule.

— Mais ce n'est pas possible ! Vous avez dû vous tromper ! C'est… une migraine, ou… un virus.

Jessie s'assit à côté du bureau, près de José.

— Je suis désolé, Gabriel, reprit ce dernier. Les scanners sont très clairs, malheureusement.

— Mais je suis trop jeune pour avoir un truc pareil, non ? Comment c'est possible ?

— Ce que tu as est un type particulier de tumeur qui affecte les garçons adolescents. C'est très rare, mais nous pensons qu'il y a un lien avec certaines hormones que le corps produit à cette période de la vie. Il faut bien garder en tête que c'est bénin — cela signifie que le mal ne va pas gagner d'autres parties du corps, et que ce genre de tumeur grossit lentement.

— Et c'est une bonne chose ? demanda Gabriel.

Jessie éprouva un grand élan de compassion. L'adolescent tentait de bien comprendre la situation, et malgré la présence de ses parents, prêts à le soutenir, il devait se sentir très seul.

— Oui, c'est un point positif. Ça implique aussi que le temps joue en notre faveur, alors nous pouvons réfléchir tranquillement à un traitement.

— O.K… Je vais avoir besoin d'une opération ?

— Oui. Mais je vais te donner des comprimés à prendre pendant quelque temps pour empêcher la tumeur de grossir et, avec un peu de chance, pour la réduire. C'est un médicament qui combat l'androgène responsable, et donc, ce n'est malheureusement pas une chose qu'on peut prendre longtemps. Cela devrait quand même aider ta vision à se rétablir quand la pression de la tumeur diminuera… Nous pourrons examiner les options de traitement une autre fois si tu veux. Pour l'instant, tu aimerais peut-être rentrer chez toi pour parler de tout ça avec tes parents ?

L'adolescent parut soulagé.

— Oui… oui, je voudrais bien.

— D'accord. Bien sûr, si tu as des problèmes ou des interrogations, tu peux m'appeler à n'importe quelle heure. Je vais te donner mon numéro.

José reporta son regard sur les parents de Gabriel.

— Est-ce que vous avez des questions à me poser ?

Mme Torres semblait abasourdie, incapable de parler, et au bord des larmes.

Son mari hésita un instant, comme s'il avait du mal à trouver les mots.

— Est-ce que… l'assurance va tout couvrir ? Nous voulons qu'il ait le meilleur traitement, mais… Est-ce que nous devons avertir la compagnie d'assurances ?

— Je ne veux pas que vous vous inquiétiez pour ça, répliqua doucement José. Mon grand-père et moi allons contacter la compagnie pour vous afin que tout se passe bien. Gabriel recevra le traitement dont il a besoin.

— Merci, dit M. Torres, visiblement soulagé. Merci du fond du cœur.

— De rien.

Quelques instants plus tard, les Torres s'en allaient, très abattus. Après les avoir raccompagnés, Jessie et José regagnèrent le bureau.

— Cela fait beaucoup de choses à assimiler, dit Jessie.

— C'est vrai… Gabriel aura sûrement besoin d'une embolisation, la veille de l'opération, afin de cautériser les vaisseaux sanguins dans la zone concernée, et d'éviter tout risque d'hémorragie. Mais ce n'est pas couvert par toutes les compagnies d'assurances. Comme je l'ai dit, nous ferons en sorte qu'il reçoive le traitement dont il a besoin… et cela inclut l'embolisation.

Donc lui, ou son grand-père, paierait les frais supplémentaires si nécessaire. Les liens qui existaient entre sa famille et les gens qui travaillaient pour eux étaient réels. Jessie le regarda avec un intérêt nouveau.

— Ses parents travaillent pour nous depuis des années. Ce sont des gens bien et Gabriel, qui démarre dans la vie, mérite ce qu'il y a de mieux.

Le téléphone posé sur son bureau sonna, et il se retourna pour répondre.

— Excusez-moi, Jessie. *Hola*, Kiera, *que pasa* ? *Que puedo hacer por ti ?*

A l'intention de Jessie, il articula silencieusement qu'il s'agissait de sa gouvernante.

Par gestes, Jessie lui demanda s'il souhaitait qu'elle sorte, mais il secoua la tête puis il écouta attentivement la réponse.

— Comment est-ce possible ? reprit-il. Vous êtes sûre que vous avez cherché partout ? O.K., je m'en occuperai. Merci de m'avoir mis au courant. *Hasta luego.*

Il reposa le téléphone puis demeura silencieux, pensif et sombre.

— Un problème ? demanda Jessie. Est-ce que je peux faire quelque chose ?

— Non, rien, malheureusement.

— C'est une mauvaise nouvelle, on dirait.

Elle était gênée d'insister, mais elle était ennuyée de le voir si troublé.

— Oui… Quelques objets ont disparu de chez moi… Des objets de valeur.

— C'est grave, en effet. Qu'est-ce qu'on a pris ?

— Deux gravures — une carte marine et une maison de planteur —, avec leurs plaques en cuivre. Elles sont dans la famille depuis des générations. Ce sont des originaux du XVIIe siècle et des pièces uniques qui ont été évaluées à plusieurs centaines de dollars.

— Est-ce que quelqu'un est entré ? Il y a eu effraction ?

— Non, pas du tout. En fait, personne n'a eu accès à la maison depuis le soir de la fête parce qu'ensuite, j'ai fait changer les verrous. Les objets ont disparu le soir de la fête, ou pendant les travaux de rénovation. Vous vous rendez bien compte que votre frère se trouve concerné, je pense ?

Jessie ouvrit des yeux incrédules.

— Ben ? Pourquoi mon frère aurait-il quelque chose à voir dans cette histoire ? Pourquoi est-il le premier visé ?

Un muscle se crispa dans la mâchoire de José.

— Je pense que vous connaissez déjà la réponse, Jessie. C'est parce qu'il était là. Il détenait les clés, alors il était responsable. Il avait accès à la maison plus facilement que n'importe qui d'autre.

— Ça ne fait pas de lui un coupable ! Zach et Eric aussi avaient accès à la maison, aussi bien que d'autres qui s'occupaient de la maçonnerie, et il y avait beaucoup de gens dans la maison le soir de la fête. N'importe qui aurait pu prendre les gravures… Mais pourquoi leur disparition n'est révélée que maintenant ? Vous les avez peut-être simplement rangées dans un endroit inhabituel !

— Non. Elles ont été volées.

— C'est ce que vous dites, mais je ne peux pas le croire. Elles doivent se trouver dans un placard, quelque part, rangées pour la durée des travaux.

— Je ne pense pas, mais je vérifierai en rentrant chez moi.

— De toute façon, comment quelqu'un aurait-il pu les sortir de la maison sans que personne s'en aperçoive ?

— C'est une bonne remarque, mais elles sont toutes petites et elles seraient entrées facilement dans un sac à dos. En fait, elles étaient exposées dans les chambres d'amis, alors il était facile de les prendre. Kiera s'est aperçue de leur disparition en allant faire le ménage dans les chambres aujourd'hui. Comme ces pièces n'avaient pas été utilisées depuis un certain temps, elle ne s'en était pas occupée.

— Je ne comprends quand même pas comment vous pouvez accuser mon frère d'avoir fait une chose pareille.

— Je ne l'accuse pas… Je vous préviens seulement que la police va forcément l'interroger.

Jessie pâlit. Elle eut envie de lui demander de ne pas appeler la police, mais il avait subi un préjudice… Pourtant, s'il le faisait, Ben serait arrêté, interrogé, peut-être même gardé en cellule une nuit, ou plus longtemps, en tant que principal suspect. Comment Ben ferait-il pour prouver son innocence ? Même si on ne retrouvait pas les objets en sa possession, on pourrait dire qu'il les avait vendus. Cela s'annonçait mal pour lui, très mal même, mais que faire pour l'aider ?

José la scrutait avec intensité.

— Cela vous inquiète ? Vous n'êtes pas si sûre de son innocence, après tout…

Elle leva le menton.

— Je pense qu'on fera de lui un bouc émissaire, il sera arrêté et il ne pourra plus travailler, il perdra un autre travail — et cela donnera à mon père une raison de plus pour le critiquer.

— C'est malheureux. Mais n'avez-vous jamais imaginé que votre père peut avoir de bonnes raisons de douter de lui ? Vous n'entendez qu'un son de cloche. Il y en a peut-être un autre.

Jessie sentit sa colère monter d'un cran, et son regard vert braqué sur José étincela. Pourquoi prenait-il le parti de son père ?

— Je connais mon frère, ce qui n'est pas votre cas ! Quant à mon père, je me moque de ce qu'il peut penser. La dernière fois que je lui ai parlé, il semblait persuadé que j'étais venue ici pour lézarder au soleil et faire de la plongée avec Ben, avec, à l'occasion, quelques minutes consacrées à poser des sparadraps sur quelques plaies et bosses !

— Non, Jessie, ce n'est pas ce que je veux dire. Mais restez objective. Je sais que cela vous affecte, mais je me retrouve dans une situation difficile, comprenez-le. Comment devrais-je réagir, à votre avis ?

Que lui répondre ? José avait parfaitement raison et il agissait avec logique. Mais ce qu'elle voulait, c'était qu'il la prenne dans ses bras et qu'il lui dise que tout allait s'arranger, et qu'elle ne devait pas s'inquiéter. Mais cela n'arriverait jamais…

Soudain, c'en fut trop. Elle ne pouvait pas rester, elle ne pouvait pas en entendre davantage.

— Il faut que je remette de l'ordre dans tout ça, dit-elle.

Submergée par l'horreur de la situation, elle se tourna vers la porte et sortit en hâte, se dirigeant vers le vestiaire où José ne la suivrait pas.

Quand elle fut un peu calmée, elle prit son téléphone et appela Ben. C'était la fin de l'après-midi et il devait avoir presque terminé son travail. Peut-être, en parlant avec ses amis, apprendrait-il quelque chose sur les gravures disparues ?

A sa voix, elle comprit qu'il était consterné d'apprendre ce qui s'était passé.

— Je me souviens de les avoir vues, dit-il. Il a fallu que je les déplace quand nous faisions les travaux. J'avais peur qu'elles tombent, ou qu'on les abîme, ou qu'elles se couvrent de poussière de plâtre, mais je les ai remises en place une fois les chambres rénovées… Est-ce qu'il croit vraiment que je les ai prises ?

— Il pense que quelqu'un les a volées le soir de la fête, ou juste avant.

— Et j'avais les clés… J'habite plus près de la maison que les autres, c'est pour ça qu'il m'a donné les clés, et c'est pour ça que je suis le coupable tout désigné, conclut Ben, la voix tendue. Je vais me renseigner auprès de mes amis. J'arriverai peut-être à en savoir plus.

— O.K., Ben. Si tu entends parler de quelque chose, dis-le-moi.

— Promis.

Il raccrocha, et Jessie demeura pensive. Comment arranger tout cela ? C'était un cauchemar…

Sa garde étant terminée pour la journée, elle prit son sac et sa veste, et se dirigea vers la sortie.

— Hé, Jessie ! appela Robert alors qu'elle venait de franchir les portes. Ça va ?

— Oui, ça va.

Il eut une petite moue sceptique.

— Veux-tu que je t'accompagne ? Je comptais aller au marché — ce n'est qu'à cinq minutes d'ici à pied. Veux-tu y jeter un coup d'œil avant de rentrer chez toi ? A moins que tu sois pressée…

Jessie accepta. Cela la distrairait de ses tracas, et lui permettrait peut-être, ensuite, de mettre de l'ordre dans ses pensées. Elle reviendrait chercher sa voiture plus tard.

Alors qu'ils se dirigeaient vers la rue, elle jeta un petit regard en arrière en direction de l'hôpital, et elle aperçut José debout près de l'entrée. Les sourcils froncés, il les regardait partir. Sans doute l'avait-il suivie pour lui parler, mais il était arrivé trop tard. Elle n'avait aucune envie d'entendre ce qu'il voulait lui dire.

Elle flâna dans le marché avec Robert, regardant les nombreux étalages colorés garnis de souvenirs pour les touristes, de colliers, d'articles en cuir et de vêtements. Mais la chaleur du soleil sur ses bras nus ne parvint pas à la réconforter.

Ils achetèrent des fruits et dégustèrent des raisins en écoutant un Steel Band qui jouait dans une cour pavée, mais malgré la décontraction qu'elle affichait, Jessie sentait l'appréhension la tarauder.

Robert bavarda agréablement avec un vendeur de ceintures en cuir, et elle acheta un petit porte-monnaie en perles.

Une demi-heure plus tard, décidant qu'ils en avaient vu assez, ils regagnèrent le parking de l'hôpital.

Alors que Jessie allait s'installer dans sa voiture, Robert prit congé en lui déposant un baiser léger sur la joue.

— Tu es un peu moins pâle maintenant, dit-il. Comme je commence à te connaître, je sais qu'il y a quelque chose qui te tracasse. Tu n'es pas obligée de m'en parler si tu ne le souhaites pas, mais est-ce que ça va aller ?

— Oui, merci. Ça va aller. Je veux seulement rentrer chez moi.

Elle lui adressa un bref sourire et, après quelques secondes d'hésitation, il s'en alla.

Jessie prenait place au volant quand son téléphone sonna.

— Bonsoir, Ben. As-tu réussi à trouver quelque chose ?

— Non… pas grand-chose, seulement qu'Eric est allé chez José aujourd'hui pour prendre un chèque en paiement d'un travail qu'il avait fait, et la gouvernante lui a demandé s'il savait quelque chose au sujet d'objets qui avaient disparu. Mon ami Sam, qui était avec lui, m'a raconté qu'Eric a répondu qu'il n'était au courant de rien… Mais quand ils sont retournés à leur travail, il a dit à Sam qu'il m'avait vu mettre quelque chose dans mon sac à dos ce soir-là. C'étaient juste les plans de construction, mais personne ne me croit, Jessie. On va tout me mettre sur le dos parce qu'on m'avait confié les clés.

— Mais tu n'as rien volé, Ben. Personne ne peut prouver le contraire !

— Ouais, va dire ça à papa. Il m'a déjà appelé, et il m'a demandé ce que c'était, cette histoire de vol à la maison où je travaillais. La nouvelle a dû se répandre comme une traînée de poudre.

— Mais comment l'aurait-il appris ? José lui-même n'a été mis au courant que cet après-midi.

— Papa m'a dit que Hollie avait rencontré la gouvernante à l'épicerie cet après-midi. Il m'a posé des questions comme s'il pensait que j'étais coupable — parce que j'avais perdu un emploi et que j'avais besoin d'argent. Il est mon père, et il pense le pire de moi. Alors la police, tu imagines…

— Tu ne peux pas être accusé sur la base de ragots ! Essaie de garder le moral. Nous savons tous les deux que tu es innocent, et papa finira par le comprendre aussi, et bientôt.

— Je ne crois pas. Selon lui, il n'y a pas de fumée sans feu. Je ne me suis pas laissé faire, et je lui ai répondu que s'il ne m'avait pas fait perdre mon travail et mis à la porte, je ne me serais pas retrouvé dans cette galère. J'étais fou de colère. Il n'en a vraiment rien à faire de moi.

— Ce n'est pas sûr. A mon avis, vous vous êtes laissé emporter par la colère, mais quand il se sera calmé, je suis certaine qu'il regrettera ce qu'il a dit.

— J'en doute. Il n'a pas regretté de m'avoir mis dehors !

— Peut-être que si, peut-être qu'il commençait à regretter,

mais, ensuite, le vol a tout remis en question. Laisse-lui du temps.

— C'est impossible ! répondit Ben, la voix vibrante de désarroi. La police va venir frapper à ma porte en premier ! Ensuite, ils me laisseront croupir dans une cellule pendant qu'ils essaieront de trouver des indices.

— Ecoute, je vais parler à José pour voir si on peut faire quelque chose, dit Jessie.

Quoi exactement ? Elle n'en avait aucune idée, mais il fallait qu'elle essaie, pour l'amour de Ben.

— Souviens-toi d'une chose : tu n'as rien fait de mal, ajouta-t-elle. Garde confiance en toi.

Son frère émit un profond soupir.

— Je vais essayer.

— Bon. Je te vois tout à l'heure et nous en reparlerons. Essaie de ne pas t'inquiéter.

— Oui, ce sera tard : je vais faire des heures supplémentaires ce soir.

Jessie raccrocha, pensive, songeant à ce qu'elle devrait faire. Son cœur battait douloureusement. José voudrait-il seulement l'écouter ?

Elle rentra chez elle, prit une douche rapide et se changea. Si elle devait parler à José, mieux valait que ce soit tout de suite, et en personne. Mais peut-être était-il déjà trop tard. Peut-être avait-il déjà appelé la police…

Elle enfila une jupe moulante et un joli haut. Ensuite, elle appliqua une légère touche de maquillage sur ses joues et se brossa les cheveux jusqu'à ce qu'ils retombent en vagues soyeuses sur ses épaules. Un dernier regard à son miroir la réconforta un peu.

Tout en roulant sur la route côtière en direction de la maison de José, elle essaya de préparer quelques phrases. Comment plaider la cause de Ben ? Et que dire pour faire changer José d'avis ? A sa place, est-ce qu'elle ne ferait pas appel à la police ?

Une fois garée devant la maison, elle quitta à regret l'air conditionné de sa voiture, et remonta l'allée pavée de la belle maison dans la chaleur du soir. Le jardin débordait de fleurs, et des arbustes colorés entouraient des pelouses vertes à l'aspect velouté.

Elle gravit les marches du perron, et elle sonnait à la porte d'entrée quand une bouffée de panique l'envahit. Et si José était en train d'appeler la police, ou s'il ne voulait pas la voir ?

Le battant s'ouvrit.

— Jessie ? Je ne m'attendais pas… Je vous en prie.

— Merci.

José la fit entrer dans le salon, une vaste pièce éclairée par des grandes fenêtres et des portes vitrées qui donnaient sur la terrasse où elle l'avait vu pour la première fois. A l'intérieur, le mobilier était simple, avec des canapés à l'aspect confortable et une table basse. Les poutres au plafond étaient blanches comme l'extérieur de la maison, les tissus d'ameublement et un carrelage de sol sable constituant les seules touches de couleurs douces. Des fougères vertes apportaient à la pièce une impression de fraîcheur.

— C'est très joli, commenta Jessie. Je n'ai pas vraiment pu voir tout cela la dernière fois.

José eut un sourire désabusé.

— Vous auriez eu du mal, avec le monde qu'il y avait partout.

— Oui… c'est vrai.

Jessie se sentit rougir. Elle avait déjà fait une bêtise en lui rappelant cette satanée soirée.

— Je me rappelle que, ce soir-là, je vous ai promis une grande visite. Nous la ferons dans une minute, si vous voulez.

Il la regardait entre ses cils bruns. Comme il était beau, pensa-t-elle. Il avait le pouvoir de faire palpiter le cœur des femmes, et elle ne faisait pas exception. Il l'émouvait plus que de raison.

— Oui, ce serait bien.

— Avant ça, je pourrais vous offrir un verre. Qu'est-ce qui vous ferait plaisir ?

— N'importe quelle boisson, fraîche et sans alcool car je dois conduire.

— J'ai exactement ce qu'il vous faut. Que diriez-vous d'un thé glacé à l'orange et à la mangue ?

— Ce doit être délicieux.

Il se montrait gentil, poli et accueillant. Une trêve qui cesserait lorsqu'il entendrait ce qu'elle avait à lui dire…

Elle le suivit dans la cuisine, une grande pièce bien aménagée avec un îlot central, des éléments en chêne clair et des plans de travail en granit noir poli. Ayant sorti une carafe du réfrigérateur, il mit des glaçons dans un verre puis le remplit de thé glacé avant de le lui tendre.

— Cela devrait vous rafraîchir. Vous avez les joues bien roses. Est-ce que ça va ?

Elle but une grande gorgée.

— Je… oui. Ecoutez… je pense que peut-être je devrais vous dire pourquoi je suis venue.

— Mm… Je me posais la question… Mais je suis content de vous voir sans que vous ayez de raison précise. Est-ce que vous auriez réfléchi à ma suggestion de loger ici ?

Les yeux bleus de José souriaient par-dessus le bord de son verre.

— Eh bien… Non, en fait, ce n'est pas tout à fait ça.

Il la taquinait, et elle ne savait pas comment réagir. La seule idée de passer la nuit sous le même toit que lui la troublait terriblement. Ce n'était pas qu'elle ne soit pas tentée, loin de là. José possédait largement assez de charme pour l'attirer dans son lit, et elle n'était pas loin de rêver d'une nuit avec lui… Mais elle avait déjà gravement souffert. La trahison de Lewis l'avait rendue très méfiante.

Elle termina son verre et le reposa sur le comptoir.

— C'est difficile pour moi, mais… je voulais vous demander d'attendre pour appeler la police. Mon frère ne va pas bien, et je ne sais pas comment il supporterait un séjour en cellule, mais il n'a rien fait de mal, j'en suis sûre. Il existe sans doute un autre moyen de savoir ce qui est arrivé à vos objets de valeur pour essayer de les récupérer… Vous n'avez pas encore appelé la police, n'est-ce pas ?

— Non, pas encore.

— Dans ce cas, accepteriez-vous d'attendre un peu ?

Comme José restait silencieux, Jessie sentit ses espoirs s'envoler.

— Peut-être, répondit-il enfin. Cela vaut la peine d'y réfléchir.

Son regard la parcourut lentement, du corsage en étoffe légère à ses hanches moulées par la jupe. Puis leurs regards se croisèrent et elle sentit qu'elle s'empourprait.

Il posa son verre sur la table, souriant, puis tendit la main.

— Je suis sûr que nous trouverons une solution, dit-il. Puisque vous avez terminé votre verre, montons, voulez-vous ?

Elle ouvrit de grands yeux.

— P-pardon ?

Que suggérait-il ? Elle sentit son cœur s'affoler dans sa poitrine.

Le regard de José pétillait de malice.

— Allons visiter la maison ! Je vous ai proposé une visite et vous avez accepté. J'ai pensé que nous pourrions poursuivre notre conversation pendant ce temps… Vous avez cru que je vous faisais une proposition malhonnête ? Vous croyez vraiment que je serais le genre d'homme à tenter ce genre de chose ?

— Je… n'en sais rien.

Il pouffa.

— Je l'aurais peut-être fait si j'avais imaginé avoir la moindre chance que vous acceptiez.

Le rythme cardiaque de Jessie s'était encore accéléré. Quoi que dise José, elle savait, et lui aussi, que son invitation à monter recelait toutes sortes de sous-entendus. Mais elle avait décliné la proposition…

Que se serait-il passé si elle avait accepté ? Pourquoi ne pouvait-elle pas céder à ses instincts primitifs et goûter au fruit défendu rien qu'une fois ?

Cette pensée fit courir un frisson brûlant dans tout son corps.

— Venez.

Il lui tendit de nouveau la main et, cette fois, elle accepta.

Quittant la cuisine, ils gravirent le grand escalier.

A l'étage, José ouvrit une porte puis une autre.

— Ce sont deux chambres d'amis… Dans chacune de ces pièces, les gravures encadrées et protégées par un verre pour conserver les couleurs se trouvaient accrochées au mur à côté de l'armoire.

Les chambres étaient superbes, et toutes deux pourvues d'une salle de bains attenante.

— La chambre du maître de maison est un peu plus loin, reprit José, l'entraînant dans le couloir. Et il y a encore deux autres chambres. J'ai choisi celle-là pour moi parce que c'est celle qui a la plus belle vue sur la mer. Elle a été rénovée tout de suite après la cuisine. Venez jeter un coup d'œil.

La vaste pièce lumineuse était un véritable rêve avec de hautes portes-fenêtres et un mobilier somptueux — un immense lit, des fauteuils luxueusement capitonnés, placés près d'une coiffeuse et d'un secrétaire.

José désigna une arcade qui s'ouvrait dans le mur entre ces deux meubles.

— Là-bas, il y a un dressing, et à côté, une salle de bains.

— Je n'ai jamais rien vu d'aussi parfait, commenta Jessie, impressionnée.

Apparemment satisfait, il sourit et, la prenant par la taille, il l'entraîna.

— Venez admirer cette vue magnifique, murmura-t-il. Je viens ici chaque matin et je me dis que j'ai beaucoup de chance de profiter de tout cela.

— Ce n'est pas une question de chance, mais plutôt le résultat d'un travail acharné, vous ne croyez pas ? Vous n'avez pas dû obtenir tout ça en un jour, j'imagine.

— Non, c'est vrai. J'ai étudié pendant des années pour devenir spécialiste et, ensuite, quand j'ai gagné de l'argent, je l'ai investi le plus possible dans l'immobilier. Les choses ont bien tourné pour moi.

Depuis le balcon, la vue, à couper le souffle, donnait sur la courbe de la baie où les eaux bleues des Caraïbes se brisaient sur le rivage rocheux. Plus près de la maison, la plage se déployait en une large bande de sable doré où des palmiers ondulaient doucement sous un ciel d'azur.

José laissa son bras autour de la taille de Jessie qui ne fit rien pour le décourager. Elle aimait sentir sa large main sur sa hanche.

— J'étais sérieux quand je vous ai proposé de loger ici, murmura-t-il. Vous pourriez occuper une des autres chambres et regarder cette vue tous les jours, si vous vouliez.

Elle sourit.

— C'est très tentant, et j'aimerais vraiment accepter, mais vous savez que je ne le peux pas. Les gens jaseraient…

— Quelle importance ?

— Pour moi, ça en a. Je ne veux pas alimenter les commérages. De plus, Ben a besoin de moi en ce moment.

— Il est adulte. Il peut se débrouiller… Il faut seulement que vous le laissiez le faire.

— Vous ne comprenez pas. Quand il m'a envoyé un e-mail en Angleterre, c'était un appel au secours. Je ne pourrais pas le laisser se défendre tout seul. Il a dû accepter de perdre son père et, ensuite, il a perdu notre mère aussi. Il fait de son mieux, mais il aura besoin de soutien pendant quelque temps encore, ce qui implique que je reste près de lui.

— Il a beaucoup de chance d'avoir une sœur comme vous pour veiller sur lui.

Lentement, il l'obligea à se tourner vers lui, laissant ses bras autour d'elle.

— J'espère seulement qu'il mérite la confiance que vous lui accordez.

Elle le regarda droit dans les yeux.

— Bien sûr. Je n'ai jamais eu de doutes sur ce point.

Il la scruta en silence avant de répondre.

— Je crois que je suis jaloux.

— Jaloux ? Comment ça ?

Le regard de José s'arrêta sur ses lèvres.

— Je me demande comment ce serait d'avoir quelqu'un qui veille sur moi de cette façon, qui ait une totale confiance en moi, et qui me donne ce sentiment sécurisant de me savoir aimé et désiré… Je ne crois pas que cela m'arrive un jour.

Il avait aimé, pensa Jessie, émue, et son univers s'était écroulé, comme le sien. On ne se remettait pas complètement de ce genre de trahison, elle le savait d'expérience, et elle resta étonnée par la force d'un homme qui n'hésitait pas à dévoiler devant elle sa vulnérabilité. Sans savoir pourquoi, elle éprouva une envie de le prendre dans ses bras pour lui apporter le réconfort dont il avait besoin.

Mais elle n'eut même pas le temps de l'envisager car il inclina la tête et prit doucement ses lèvres.

Son baiser fut une tendre exploration, et quand elle laissa échapper un soupir entrecoupé, il la rapprocha de lui, la pressant légèrement contre son corps dur et musclé.

Envahie par des vagues successives de sensations, Jessie perdit toute notion du temps et de l'espace. Tout ce qu'elle savait, c'était qu'elle aimait sentir les mains de José sur elle, sur son dos qu'il caressait, et sur les courbes de son corps.

— Je rêvais de faire ça depuis le soir de notre rencontre, murmura-t-il contre sa joue. Vous embrasser et vous tenir dans mes bras. Vous ne pouvez pas savoir combien je vous désire. Quand vous êtes sortie avec Robert, tout à l'heure, j'ai eu l'impression de recevoir un coup de poignard.

— Mais nous travaillons ensemble, Robert et moi. Nous sommes amis ! Je ne vois pas pourquoi nous ne pourrions pas passer quelques moments ensemble, lui et moi.

— Je sais que ça peut paraître fou, mais c'est ce que je ressens. Je vous veux toute à moi.

Il l'embrassa de nouveau sur les lèvres, sur la joue, puis il enfouit le visage dans son cou, traçant un chemin de baisers du lobe de son oreille à la naissance de son épaule.

Elle plongea dans un délicieux vertige sensuel. Son corps frissonnait d'un plaisir dont elle aurait aimé qu'il ne prenne jamais fin… Mais la réalité refit peu à peu surface, et elle commença à s'alarmer des conséquences de ses actes.

— José… Je me suis peut-être laissé emporter… mais c'est impossible. Vous vous inquiétez de me voir en compagnie de Robert ? Eh bien, moi, c'est avoir une relation avec quelqu'un, qui me fait peur, et encore plus avec un collègue de travail.

— Vous ne croyez pas que c'est un peu trop tard pour ça, maintenant, *querida* ? Il y a quelque chose entre nous. Vous n'avez pas pu me le cacher… Je sais que vous me désirez autant que je vous désire.

— Mais je n'aurais pas dû laisser cela arriver, et nous ne

pouvons pas aller plus loin. J'ai déjà souffert, José, et je ne veux pas affronter ça encore une fois. Je ne suis pas prête.

— Vous pensez que je vous ferais du mal ? demanda-t-il, le regard sombre.

— Pas volontairement, mais cela arriverait… J'ai besoin de temps pour y voir plus clair dans mes sentiments.

Il s'écarta légèrement.

— Si cet homme vous a fait du mal, il ne vaut pas la peine que vous pensiez à lui.

— J'ai besoin d'apprendre à vivre sans lui.

— Quel meilleur moyen pour cela qu'un autre homme ? Je saurais vous le faire oublier, je vous le promets.

— C'est sûrement vrai, mais je ne veux pas prendre le risque d'un nouvel échec.

— Même pour aider votre frère ? Même s'il ne s'agit que d'un rôle que vous joueriez ?

— Un… rôle ? Que voulez-vous dire ?

— Cela m'aiderait beaucoup si vous acceptiez de jouer pendant quelque temps le rôle de mon amie. Mon grand-père se plaint de n'avoir aucun descendant et s'inquiète de ne pas me voir casé. Nous nous disputons pour cette raison, c'est fatigant pour lui, et je ne veux pas le contrarier davantage. Je le désespère déjà parce que je ne veux pas diriger la plantation, et j'aimerais faire quelque chose pour améliorer nos relations. S'il pensait que j'ai une amie, il s'inquiéterait peut-être un peu moins.

— Comment savez-vous que je lui conviendrais ?

Le regard bleu se remit à pétiller.

— Comment pourriez-vous ne pas lui plaire ? De plus, ma grand-mère pense déjà le plus grand bien de vous.

— Ah bon ? Mais nous ne nous sommes vues que quelques minutes…

— Cela a suffi. Elle a été touchée par l'aide que vous avez apportée à Gabriel, en lui parlant et en le rassurant, et elle a aimé faire connaissance avec vous. De plus, elle trouve que nous allons bien ensemble : elle me l'a dit. C'est une incurable romantique, et je parierais qu'elle pense déjà mariage.

Il caressa doucement les bras de Jessie.

— Que pensez-vous de ma proposition ? En retour, je promets de ne pas appeler la police au sujet du vol.

— Et mon frère n'aura pas d'ennuis, pour le moment du moins ? Je ne pense pas que vous abandonniez l'idée de découvrir l'auteur du vol puisque vous tenez beaucoup à ces gravures…

— Bien sûr, je vais faire tout mon possible pour les retrouver. Déjà, je demanderai aux commissaires-priseurs de la région d'ouvrir l'œil. Il y a une chance que je les récupère de cette façon si elles n'ont pas déjà été vendues.

Le regard de José se fit scrutateur.

— Si, par hasard, votre frère est mêlé à cette affaire, il est possible qu'il soit sur la sellette quand les gravures réapparaîtront… Vous en êtes bien consciente, j'espère ?

— Oui, mais il n'a rien à voir avec ça, alors je n'ai aucune inquiétude.

Pourtant, si les gravures réapparaissaient, elles porteraient les empreintes digitales de Ben puisqu'il les avait manipulées, ce qui suffirait à l'incriminer, pensa Jessie.

La voix grave de José interrompit sa réflexion.

— Tant que vous êtes consciente de la possibilité…

— Vous ne voulez même pas envisager la possibilité qu'il soit innocent !

— J'espère qu'il l'est, pour vous, *querida.* Mais tout ce qui compte pour moi, c'est que vous et moi, nous sommes *simpatico.* Ce que je peux vous dire, c'est que s'il est confirmé qu'il a quelque chose à voir avec ça, je ne le poursuivrai pas. Marché conclu ?

Quel choix avait-elle ?

— Marché conclu…, murmura-t-elle.

7.

Ben arpentait nerveusement le salon de l'appartement.

— Je regrette que tu aies dû accepter ça, Jessie. Pourquoi faudrait-il que tu fasses semblant d'être son amie ? Je n'ai rien fait de mal, alors je ne vois pas pourquoi tu dois accepter cette supercherie. Ce n'est pas juste.

— La justice n'a rien à voir avec ça. C'était ça, ou un coup de fil de José à la police — je te l'ai expliqué. Je gère très bien, Ben. N'aie aucun souci pour moi.

Jessie vérifia rapidement son reflet dans le miroir puis se tourna pour prendre son sac à main.

— C'est plus fort que moi, Jess. Je te dois déjà tellement.

Elle posa une main rassurante sur le bras de son frère.

— Ce ne sera pas un problème…

Pourtant, elle éprouvait une vague angoisse étrangement mêlée à une pointe d'excitation. Elle repensait encore au baiser de José — à ses bras autour d'elle, à son grand corps musclé, et à la douceur de ses lèvres sur les siennes, son cou, et ses épaules nues…

Ces souvenirs la firent frissonner, et elle se hâta de les chasser.

— De toute façon, je ne fais qu'aller avec lui à la plantation aujourd'hui, et nous ne serons pas seuls. Son grand-père s'inquiète parce qu'il y a un problème avec la récolte, et José profitera de son passage là-bas pour voir deux ouvriers.

Elle jeta un coup d'œil par la fenêtre et aperçut la voiture de José qui s'arrêtait dans la rue devant la résidence.

— Il est là. Il faut que j'y aille.

— Sois prudente, et ne le laisse pas t'obliger à faire ce que tu ne veux pas.

— Promis. Tout ira bien.

Assise sur le siège du passager, Jessie coula un regard rapide en direction de José quand il fit démarrer la voiture. Il était très élégant — un pantalon sable et une chemise d'un blanc immaculé dont il avait laissé le col ouvert. Ses mains légèrement bronzées reposaient sur le volant et une superbe montre en or brillait à son poignet. Le simple fait de le regarder fit battre plus fort le cœur de Jessie.

— Ainsi, votre grand-père vous a rappelé ce matin, dit-elle, essayant d'oublier son trouble. Il doit être très inquiet.

Il acquiesça de la tête, et son regard bleu la parcourut, approbateur, avant de se reporter sur la route devant eux. Jessie se sentit rougir. Elle savait que son jean et son haut sans manches mettaient ses courbes en valeur, et ses longs cheveux retombaient sur ses épaules en un rideau soyeux.

— La rouille a attaqué une partie de la récolte. Si on n'arrête pas sa progression, cela pourrait devenir un désastre pour la plantation et pour les emplois des ouvriers.

— Je comprends… La situation est préoccupante.

— Oui, c'est un mauvais coup du sort. Il faut que nous trouvions rapidement une solution, répondit José.

Dès qu'ils empruntèrent l'allée de la maison, son grand-père sortit pour les accueillir. Grand, avec des yeux bleus au regard vif, et des cheveux blancs coiffés avec soin, il portait un pantalon bien coupé associé à une chemise et à une veste légère qui lui donnaient un air digne. C'était visiblement un homme ayant l'habitude de commander.

Il posa les mains sur les épaules de José et lui donna une brève accolade.

— Je suis content que tu aies pu venir aussi vite, dit-il. Je ne savais pas si tu serais de garde.

— Pas ce week-end. Je suis content de te voir, *abuelo,* répondit José en souriant.

Le vieil homme se retourna et, comme il posait sur Jessie un regard intéressé, José se hâta de faire les présentations.

— Voici notre nouveau médecin : Jessie Heywood. Elle nous apporte une aide considérable, et nous l'apprécions beaucoup à l'hôpital.

En entendant le dernier commentaire, le *señor* Benitez haussa un sourcil, l'air pensif, puis il prit la main de Jessie.

— Très content de faire votre connaissance. *Mi esposa* m'a déjà un peu parlé de vous. Soyez la bienvenue chez moi.

— Merci. Je suis contente aussi de faire votre connaissance.

— *Abuelo*, nous devrions peut-être aller voir les plants qui posent problème, intervint José.

Le regard du vieil homme trahit son inquiétude.

— Oui. Venez avec moi. Je vais vous montrer. Ils se trouvent dans la parcelle nord.

Ils empruntèrent des sentiers entre les caféiers, et au bout d'un moment, José entreprit d'examiner les feuilles avec soin. Des taches de rouille constellaient le vert, et les nouvelles cerises de café qui devaient former la seconde récolte de la saison, devenaient grises, et non rouges.

— Est-ce qu'on peut faire quelque chose ? demanda Jessie avec inquiétude.

— Il va falloir enlever les parties abîmées de la récolte et asperger le reste de fongicide à une distance de trente mètres environ. Grand-père, je sais que tu n'aimes pas faire ça, mais je ne pense pas que tu aies vraiment le choix. Si tu sacrifies quelques plants pour favoriser l'ensoleillement des autres, la parcelle sera peut-être moins sujette à ce genre de désastre. Ensuite, bien sûr, nous devrons replanter avec des espèces plus résistantes.

Jessie considéra José avec un respect nouveau. Il affirmait ne pas vouloir trop s'impliquer dans la gestion de la plantation, mais il semblait s'y connaître en matière de culture.

— Je redoutais ça, répondit son grand-père. Pendant toutes ces années, j'ai été contre l'usage des pesticides et tout ce qui n'est pas bio dans la culture.

— Je comprends, mais au final, tu obtiendras de meilleures productions si tu fertilises avec de l'azote et du phosphore. Les plants seront plus sains et moins sensibles aux maladies. Les dégâts sont restreints pour le moment, et tu peux étouffer la maladie dans l'œuf. Pourquoi est-ce que tu n'essaies pas, *abuelo* ?

Les épaules du vieil homme s'affaissèrent un peu.

— Tu as sûrement raison. Il est sans doute temps que j'évolue… Tu devrais peut-être envisager de prendre le relais, José. Tu es jeune et tu as des idées nouvelles. C'est ce qu'il nous faut ici.

José eut un sourire.

— Tu ne renonces jamais, hein ?

— Et pourquoi est-ce que je renoncerais ? rétorqua son grand-père. Tu es mon petit-fils et je place de grands espoirs en toi — plus que dans ton père, en tout cas… Rentrons. Ta grand-mère a préparé des cookies pour toi.

— O.K.

José plaça un bras autour des épaules de Jessie et tous les trois longèrent l'allée qui menait vers la maison. Elle sentait le regard du vieil homme posé sur eux. José voulait que son grand-père les croie plus liés que de simples collègues de travail, et elle devait bien admettre que, dans son cœur, elle aurait voulu que ce soit vrai. Comment était-ce arrivé ? Elle l'ignorait, mais elle aimait José chaque jour davantage…

Le *señor* Benitez s'arrêta quand un des ouvriers agricoles l'appela pour lui parler.

— Salut, Ramirez, dit-il. Qu'est-ce qui vous arrive ? Rentre avec Jessie, José. Je vous rejoins.

José salua Ramirez puis il acquiesça.

— Entendu, mais je pense que nous devrions aller voir nos patients avant de nous relaxer. Je suis sûr que grand-mère comprendra. Nous ne serons pas longs.

Le *señor* Benitez hocha brièvement la tête.

— Je le lui dirai.

— Merci. Est-ce que Gabriel a repris le travail ?

— Oui. Mais si tu veux voir Marco avant, je l'ai envoyé s'allonger dans la salle de repos. Il s'est fait mal au dos en soulevant un gros sac de café. Je lui ai dit qu'il devait plier les genoux quand il soulève du poids, mais tu connais ces jeunes — ils n'écoutent pas toujours.

Tout en s'éloignant, José murmura à l'oreille de Jessie :

— Je soupçonne que tout ça n'était qu'un stratagème pour me faire venir ici de façon à tenter de me convaincre encore une fois. Je suis certain qu'il sait très bien comment gérer le problème d'attaque de rouille. Il a peut-être l'air innocent, mais c'est un vieux renard.

Quand il lui posa doucement une main sur la hanche, Jessie se sentit profondément troublée par la pression de sa paume qui la rapprochait de lui à chaque pas.

— Je m'en doutais, répondit-elle. Mais il adore ce domaine, ça se voit. Ce n'est pas difficile de comprendre qu'il détesterait le laisser tomber entre les mains d'étrangers.

La main de José lui caressa doucement la hanche.

— Je le sais.

Son grand-père les regardait s'éloigner, et elle ne put s'empêcher de se demander si cette caresse était une nouvelle tentative de José pour montrer qu'elle était la nouvelle femme de sa vie. Cette pensée l'attrista... Elle s'habituerait facilement à sentir les bras de José autour d'elle. Cela lui donnait le sentiment d'être en sécurité et d'être aimée, comme si sa place était tout naturellement là, près de lui...

Il la regarda.

— Est-ce que ça va ?

— Oui, bien sûr, répondit-elle, chassant ces pensées mélancoliques. J'aime bien votre grand-père, et je compatis, c'est tout.

— Croyez-moi, je ne ferais rien qui puisse lui faire du mal. Je veux lui procurer une totale tranquillité d'esprit, mais je ne peux pas mettre ma carrière de côté pour m'occuper de la plantation. Vous comprenez cela, je pense ?

— Oui, bien sûr, mais je suis triste pour lui, c'est tout.

José sourit.

— Vous vous apercevrez qu'il est beaucoup plus fort que vous ne le croyez. Maintenant, voulez-vous que nous allions voir Marco ?

— Bonne idée.

José lui prit la main pour l'entraîner vers des dépendances en briques.

— C'est notre dispensaire pour les premiers secours. Il y a toujours une infirmière de garde.

A l'intérieur, l'ouvrier était allongé sur un lit et adossé à des oreillers. Quand il essaya de bouger, il grimaça de douleur. José salua chaleureusement l'infirmière puis il s'approcha du lit.

— Bonjour, Marco. Tu t'es blessé, il paraît. Peux-tu te lever et me montrer où tu as mal exactement ?

L'adolescent acquiesça, et avec l'aide de l'infirmière et de José, il parvint à se mettre debout et à se redresser.

— C'est au niveau des reins.

— O.K., voyons ce qui ne va pas.

José palpa doucement la colonne vertébrale jusqu'à ce qu'il trouve le point douloureux quand Marco se raidit.

— Ah… C'est exactement là.

— Mmm. La zone autour de ton articulation sacro-iliaque. Tu as besoin d'un anti-inflammatoire. Sarah, je crois que nous avons du Diclofenac ici ?

— Oui, répondit l'infirmière.

— Bien. Marco, tu vas prendre un cachet tout de suite avec du lait — il vaut mieux ne pas le prendre l'estomac vide et du lait fera l'affaire. Quand le médicament agira, ce serait bien que tu fasses quelques étirements en douceur. L'infirmière t'indiquera les mouvements, et je te donnerai une brochure que tu emporteras chez toi.

— Merci, docteur.

— De rien. Prends deux semaines pour te reposer et pour que ton dos se remette… Et n'oublie pas de faire attention dorénavant quand tu soulèveras une charge. Si elle est trop lourde, demande à quelqu'un de t'aider.

— Promis.

— A la bonne heure… Assieds-toi et repose-toi, le temps

que nous trouvions quelqu'un pour te ramener chez toi, répondit José avec un sourire.

Il n'était pas étonnant que le *señor* Benitez soit tellement attaché à cette entreprise, se dit Jessie. C'était une affaire de famille — tout le monde se connaissait et se souciait des autres. José, lui, ne vivait pas sur place, mais il devait venir régulièrement car il connaissait bien tout le monde.

Il parla pendant quelques minutes avec Marco et l'infirmière avant de se retourner vers Jessie.

— Je pense que tout est réglé ici. Si nous allions rendre visite à Gabriel ?

— Oui. J'aimerais voir comment il va.

— Vous le trouverez près des séchoirs, dit Marco. Il a l'air d'aller beaucoup mieux.

— C'est bien. Je suis content d'entendre ça. Merci.

Comme l'avait dit Marco, Gabriel ratissait les cerises de café de façon à ce qu'elles sèchent bien au soleil.

José emmena le garçon dans un coin tranquille où ils s'assirent pour parler.

— Comment te sens-tu ?

— Pas trop mal, répondit le garçon. Mais ça fait drôle de se dire qu'on a un mauvais truc, à l'intérieur, qui veut continuer de grossir. Ça fait un peu peur.

Il regarda Jessie qui approuva d'un signe de tête.

— Je sais. C'est très angoissant pour toi.

— Mais les comprimés te soulagent ? demanda José. L'enflure semble avoir un peu diminué.

— Ouais. Et je vois un peu mieux.

— C'est bien. Nous allons programmer ton opération.

— Oh ! oui… Je serai content d'en finir.

— Bien sûr. Cela se comprend.

Ils prirent congé, et Gabriel alla rejoindre ses amis tandis que José entraînait Jessie hors de la zone de séchage.

— Prenons un moment pour nous, suggéra José. Vous n'avez pas encore vu les jardins, je crois ? Je voudrais vous montrer la tonnelle… Je pense que vous allez aimer.

Il prit Jessie par la main pour l'emmener de l'autre côté de la maison. Un portail en fer s'ouvrait sur un jardin clos où poussait un superbe assortiment de buissons, d'arbres et des fleurs aux couleurs vives : belles-de-jour bleues, gardénias d'un blanc de neige et bougainvilliers rouge vif. Un parfum délicat flottait dans l'air, et Jessie le respira avec délectation.

— Ce doit être votre endroit préféré.

— C'est exact. Je viens souvent ici pour m'isoler un moment. C'est apaisant. Je m'assieds sur le banc là-bas, pour réfléchir.

— Comme chez vous, sur votre balcon. Vous avez beaucoup de chance… Vous le savez ?

Ils se dirigèrent vers un canapé en rotin installé sous une tonnelle recouverte de jasmin.

— Oui, j'en suis bien conscient.

Ils s'assirent, et José prit Jessie dans ses bras.

— Je suis content que vous soyez venue. C'est bon de vous voir sourire.

— Comment ne pas apprécier tout cela ? Dans les Caraïbes, tout est une révélation pour moi. J'aime chaque minute de ma vie ici.

Et chaque seconde qu'elle passait dans ses bras. Pourquoi avait-elle perdu tellement de temps à tenter de fuir l'inévitable ?

— Je veux que vous soyez heureuse. Si vous refusez d'emménager chez moi, laissez-moi au moins tenter de régler vos problèmes de logement. Je pourrais parler à votre propriétaire, le persuader de suivre la réglementation en matière de construction, et mon équipe pourrait réparer la fuite dans le toit ainsi que tout ce qui a besoin d'être réparé.

— Vous feriez ça pour moi ? demanda Jessie, sceptique.

— Bien sûr. Il n'y a rien que je ne ferais pas pour vous.

— Vous êtes très attentionné… Je vous ai observé, j'ai vu comment vous vous comportez avec les gens. Vous êtes bon et gentil avec tout le monde, pas seulement avec moi.

José lui sourit.

— Mais tout particulièrement avec vous, je pense. Vous réveillez ce qu'il y a de meilleur en moi. Quand j'ai dit à mon grand-père que vous êtes une personne à part, je le pensais…

Il hésita, et quand il reprit, sa voix n'était qu'un murmure :

— *Pienso que me estoy enamorado.*

Jessie le fixa, stupéfaite, mais il soutint son regard, et elle se sentit bouleversée. Etait-il sérieux ?

— Comment pourrais-je ne pas tomber amoureux de toi, Jessie ? Tu es belle, attentionnée, chaleureuse — tout ce que je peux désirer chez une femme.

Il se pencha pour déposer sur ses lèvres un baiser léger.

— Mmm… Tes baisers aussi sont divins. Tu es mon ange à moi.

Il l'embrassa de nouveau, l'étreignant avec passion, éveillant en elle une fièvre délicieuse. Des frissons naissaient sous la large main possessive qui lui caressait lentement le dos.

— J'adore ça, dit-elle d'une voix entrecoupée. Comment fais-tu ? Je n'ai jamais ressenti ça avant.

Elle se blottit contre lui, gagnée par un désir puissant. Passant les bras autour de son cou, elle caressa la ligne de ses larges épaules et ses biceps tendus.

— Ça faisait si longtemps que j'en rêvais, murmura José en déposant une pluie de baisers sur sa gorge. J'ai tellement envie de te tenir dans mes bras, de t'embrasser… Que tu sois à moi. Je ne comprends pas ce qui m'arrive et je ne sais pas comment je vais supporter d'être loin de toi.

Les doigts de Jessie s'immobilisèrent sur le torse musclé.

— Que veux-tu dire ? Tu as l'intention de partir ?

Il déposa un dernier baiser sur ses lèvres puis il s'écarta un peu d'elle, le regard sombre et encore voilé par le désir.

— Oui, malheureusement. Il faut que j'aille en Floride.

— En Floride ? Quand ?

— Dans deux jours.

Il appuya sa joue contre la tempe de Jessie.

— Je sais, j'aurais dû te le dire plus tôt. Je me suis engagé dans la construction d'un nouvel hôpital là-bas. On en est aux dernières étapes et il faut que j'aille régler les derniers détails.

Jessie se rembrunit. Quel choc… Elle avait pris l'habitude de le voir. Comme il allait lui manquer…

— Pour combien de temps pars-tu ?

— Deux semaines… Une éternité loin de toi. Je serai

de retour pour le soixante-quinzième anniversaire de mon grand-père. Tu le fêteras avec nous.

Pour toute réponse, elle l'embrassa avec passion. C'était si nouveau, si inattendu…

8.

— Je croyais que tu sortais avec tes amis, Ben, dit Jessie. Tu ne te prépares pas ?

— J'ai encore tout le temps.

Elle comprit qu'il s'inquiétait encore pour les gravures volées chez José ; depuis une heure, il semblait ressasser de sombres pensées.

— D'accord…

Après avoir mis la dernière touche à son maquillage, elle vérifia son image dans le grand miroir de l'entrée.

— Qu'en dis-tu ?

Il la parcourut rapidement du regard.

— Tu es bien. Tu es toujours bien.

— Pas sûr. C'est la première fois que je mets cette robe. Elle est peut-être trop décontractée pour cette fête. Les grands-parents de José sont toujours si élégants…

C'était une robe fluide dont le bas volanté dansait autour de ses jambes — une jolie tenue sans prétention à laquelle quelques broderies argent ajoutaient une touche de glamour.

Elle jeta un autre regard en direction du miroir et décida que sa tenue irait.

— Effectivement, mais sans doute est-ce par respect envers le personnel, répondit Ben. Tu sais, depuis la disparition, rien n'est réapparu en salle des ventes. Celui qui les a volées a dû abandonner l'idée de les écouler, ou alors, il s'en est débarrassé tout de suite après le vol.

Jessie enfila des sandales à hauts talons et consulta sa montre. Il était presque 19 heures et José serait là d'une minute à l'autre, pensa-t-elle, envahie par un agréable sentiment d'anticipation.

— Tu as peut-être raison, mais José pense qu'ils attendent que les choses se calment.

— A propos de José, je n'aime guère ce marché qu'il t'a imposé. Faire semblant d'être sa fiancée… Combien de temps est-ce que ça va durer ?

— Je n'en sais rien. Jusqu'à ce qu'on trouve le coupable.

Un muscle se crispa dans la mâchoire de Ben.

— Tu veux dire, jusqu'à ce que j'aie prouvé mon innocence ?

Il poussa un soupir.

— Je suis vraiment désolé de t'avoir entraînée dans cette histoire, Jess.

— Ne sois pas désolé. Tout va bien. Beaucoup mieux que je ne l'espérais.

Ben fronça les sourcils.

— Tu es tombée amoureuse de lui ? Méfiance… Il plaît aux femmes, mais il paraît qu'il ne reste avec aucune.

— Je l'aime bien… Bon, j'avoue qu'il m'a beaucoup manqué pendant son séjour en Floride, ajouta-t-elle. Mais, de toute façon, dans quelques semaines, quand mon contrat à l'hôpital prendra fin, je n'aurai plus à jouer ce rôle. Il faudra que je trouve un autre travail ou que je rentre au Royaume-Uni, je ne sais pas encore.

— Je devrais peut-être envisager de rentrer, moi aussi. Avec papa, la situation est bloquée. Il n'a pas très envie de me voir, apparemment… J'en sais sûrement davantage sur José que sur notre père.

— Tu le penses vraiment ? demanda Jessie, interloquée.

— Oui. José, je le vois chaque fois que je vais au récif. Avec moi, il est toujours poli et assez amical, malgré le vol… Mais, tu le sais, puisque tu étais avec lui la dernière fois. Je suppose que c'est un homme bien, en définitive. En tout cas, il a persuadé notre propriétaire de réparer la fuite d'eau et de régler tout le reste.

— C'est vrai. Je ne sais pas comment il s'y est pris.

— Il lui a peut-être rappelé qu'il avait des devoirs. Beaucoup d'étudiants résident dans ces appartements, et les propriétaires ont des normes à respecter… Quelle que soit la raison, c'est pour toi qu'il a fait tout ça.

— Je n'en sais rien.

Elle se montrait évasive, mais Ben avait déjà senti qu'il se passait quelque chose entre elle et José. Avait-il deviné qu'elle l'aimait ?

— Comment ça se passe avec ses grands-parents ? Est-ce qu'ils croient vraiment que tu es son amie ?

— Je le pense. Je suis allée deux fois à la plantation, et ils semblent m'avoir acceptée. Ils n'ont pas dit grand-chose sur le fait que nous soyons ensemble — si l'on peut dire — et José n'a pas beaucoup insisté. Il sait que l'idée de les décevoir me met mal à l'aise, et je ne veux pas que ce soit le cas quand arrivera finalement notre fausse rupture. Je les aime bien.

Quelques instants plus tard, José frappait à la porte. Elle ouvrit, et il lui sourit, l'air approbateur.

— *Eres bella, querida*, murmura-t-il.

— Merci.

L'idée qu'il la trouvait belle fit naître en elle une douce chaleur. Il lui avait manqué et, à présent, elle avait le cœur qui palpitait. Pourquoi avait-il cet effet sur elle ?

Ben et José se regardèrent avec circonspection.

— Prenez soin de ma sœur, dit Ben d'un ton d'avertissement. Traitez-la bien.

— Bien sûr. Tu peux me faire confiance.

Etre le sujet de conversation entre les deux hommes agaça Jessie, et ceux-ci s'en aperçurent peut-être, car ils n'ajoutèrent rien, échangeant un regard qui semblait sceller une sorte d'accord.

Jessie quitta l'appartement avec José et monta dans le taxi qui les attendait. Le chauffeur emprunta la rue principale pour sortir de la ville et se diriger vers la côte.

— L'autre jour, j'ai entendu dire que Gabriel venait passer un scan, dit-elle. Est-ce que tu as vu les résultats ?

— Oui. Les comprimés font de l'effet. La tumeur a légèrement régressé et la vision est plus claire. Tout ça est positif.

— C'est certain… Est-ce que tu as fixé une date pour l'opération ?

— On l'opère demain. J'ai exposé le cas au chirurgien et il a effectué l'embolisation avant-hier. L'intervention sera délicate, comme tu le sais, mais le médecin est excellent. C'est l'homme qu'il faut pour cette opération.

— Espérons-le.

Ils arrivèrent au port quelques minutes plus tard, et le taxi les déposa près du quai.

José entraîna Jessie le long de la jetée.

— Où allons-nous ? demanda-t-elle. Je croyais que la fête aurait lieu dans un hôtel ou dans un bar.

— Ce sera un peu plus luxueux que ça — c'est quand même le soixante-quinzième anniversaire de mon grand-père ! Ma grand-mère a décidé de donner du style à la fête.

Jessie ouvrit de grands yeux en apercevant plus loin un yacht illuminé. Elle pouvait déjà entendre de la musique salsa et des rires.

— A qui appartient ce bateau ? demanda-t-elle.

— A mon père. Il n'était pas sûr d'être là aujourd'hui, mais il a tout organisé… Je regrette que ma mère nous ait quittés. Elle aurait adoré ce luxe et ce glamour.

Quand ils furent montés à bord, un serveur portant un plateau de verres remplis de vin blanc les accueillit. José prit deux verres et en tendit un à Jessie.

— *Salud*, dit-il.

Ils burent une gorgée.

— *Salud*, répondit Jessie. Mm, c'est bon… Et la soirée ne fait que commencer.

José sourit.

— Ce vin vient de la cave de mon père — il a voulu ce qu'il y a de mieux pour mon grand-père. Il adore mon *abuelo*, mais il n'a jamais supporté les contraintes. C'est un pigeon voyageur… certains disent : un franc-tireur. On ne peut pas compter sur lui pour s'occuper de la plantation. Il préfère dessiner des bateaux.

— Donc ce bateau est une de ses créations, je suppose ?

— Oui.

Ils terminèrent leurs boissons et gagnèrent le salon principal où se tenaient les invités et le groupe de musiciens.

— Ah, vous voilà…

La grand-mère de José ouvrit les bras et donna à son petit-fils une chaleureuse accolade.

— Ça faisait longtemps ! Quinze jours ? Il faut venir nous voir plus souvent.

José afficha un air contrit.

— Je sais, *abuela*, mais j'ai dû aller en Floride pour mon travail. Cela dit, la clinique est presque terminée, alors je n'aurai plus besoin de m'y rendre aussi souvent.

— Ah… tu devrais dire ça à ton grand-père. Tu lui manques beaucoup.

— Je le lui dirai.

— Il sera content. Il s'inquiète pour le torréfacteur. Des problèmes, toujours des problèmes ! C'est son anniversaire, et il s'inquiète quand même.

Elle se tourna vers Jessie et lui prit la main pour la serrer avec effusion.

— Je suis contente de vous voir, Jessie. Vous êtes très belle. Je vous conduis auprès de mon mari. Pendant ce temps, moi, je vais m'occuper du gâteau. Tu veux bien venir m'aider, José ? J'ai prévu que nous l'apportions sur le chariot, toi et moi, au lieu des serveurs. Ton grand-père soufflera les bougies.

— O.K.

José mit un bras autour de la taille de Jessie.

— Allons féliciter le roi de la soirée.

Celui-ci était confortablement assis sur un canapé au bout du salon. Il parlait avec des amis qui s'écartèrent, quand Jessie et José s'arrêtèrent devant lui.

— Il était temps que tu arrives ! grommela-t-il. Tu me laisses dans les ennuis quand mes machines font des leurs. Je prends de l'âge, tu sais. Je ne pourrai pas continuer éternellement, garde bien ça en tête !

José afficha un large sourire.

— Joyeux anniversaire, *abuelo*. Je vois que tu es en pleine forme et tu sais très bien que tu as au moins vingt ans devant toi encore. Pourquoi n'appelles-tu pas Nick pour qu'il contrôle le torréfacteur ? Tu le paies pour ça.

Ce fut sa grand-mère qui répondit, levant les yeux au ciel.

— Parce que ton grand-père a décidé qu'il réparerait lui-même ! Allez, viens. Je t'emmène pour un moment. Je vous promets de ne pas le retenir trop longtemps, Jessie.

Comme José s'éloignait avec la vieille dame, le *señor* Benitez tapota le siège à côté de lui pour inviter Jessie à s'asseoir.

— Mon petit-fils a besoin de stabilité, dit-il. Il a trop fait la fête avec des femmes qui ne convenaient pas du tout, mais il fallait s'y attendre, sûrement.

Jessie éprouva un pincement d'inquiétude. Est-ce qu'il l'incluait dans sa condamnation ?

— Qui ne convenaient pas du tout ? Dans quel sens ? murmura-t-elle.

— Elles veulent son argent, ou sa position sociale… ou bien juste prendre du bon temps. Quand il était jeune, José a fait beaucoup de bêtises, ce qui n'était pas étonnant : il n'avait pas de père pour le guider. C'est un vrai miracle qu'il ait si bien tourné !

Se détendant un peu, Jessie parvint à sourire.

— Vous estimez qu'il a réussi, alors ?

Le *señor* Benitez la scruta pensivement.

— Je le crois. Et je pense que vous l'aiderez à se stabiliser.

Embarrassée, Jessie remua sur son siège, mais le vieil homme ne parut pas le remarquer.

— Il faut qu'il se prépare à reprendre la plantation, ajouta-t-il.

— Est-ce qu'elle ne devrait pas appartenir à son père ? demanda Jessie.

— Bah ! Son père se moque bien de tout ça… Mais José, c'est quelqu'un de bien. Il fera ce qu'il faut, j'en suis sûr. Il a juste besoin qu'on le pousse un peu.

Un brouhaha les interrompit et, levant les yeux, Jessie aperçut José et sa grand-mère qui poussaient un chariot portant une énorme pièce montée à trois étages, décorée de bougies allumées, dans leur direction.

Quand tout le monde entonna « Joyeux anniversaire », le regard du *señor* Benitez s'embua. Une fois les invités rassemblés autour de lui, il souffla les bougies.

— Il est heureux, dit José qui l'observait. Ne fais pas trop attention à son côté grognon, Jessie. Sous sa carapace, c'est un tendre.

— Je m'en suis aperçue.

Il lui sourit, et la prenant au dépourvu, déposa un baiser sur ses lèvres entrouvertes.

— Je savais que vous vous entendriez bien, toi et lui, ajouta-t-il. Je vous ai vus parler tous les deux. Il souriait, c'est bon signe…

Il l'embrassa de nouveau, en prenant son temps cette fois, puis il l'entraîna vers le canapé où il s'assit avec elle dans les bras.

— Ma beauté…, murmura-t-il entre deux baisers. Tu m'as manqué, toi, ton sourire adorable, et tes lèvres — j'ai besoin d'y goûter tous les jours, de sentir leur douceur de miel.

— Les gens vont nous voir, José.

Son regard pétilla d'amusement.

— C'est bien le but recherché, non ? Il faut que mes grands-parents voient que nous formons un couple. C'est probablement le plus beau des cadeaux pour mon grand-père. Embrasse-moi, ma chérie. Montre-moi combien tu m'aimes.

Cette fois, les sens l'emportèrent sur la raison. Toute frissonnante, elle se pressa contre José, et répondit avec ferveur à ses baisers.

— Sortons d'ici, dit-il quand il s'écarta de nouveau. Allons prendre l'air sur le pont. Nous pourrons danser là-bas, si tu veux.

— D'accord, répondit-elle, ravie.

C'était une belle nuit caribéenne pleine d'étoiles, avec les rayons d'argent de la lune miroitant sur l'eau. Le ciel était d'un bleu sombre, et sur le yacht, le parfum des fleurs embaumait l'air. C'était magique. Alors, à quoi bon tenter de résister ? pensa Jessie. Pourquoi ne pas céder à son instinct ?

L'orchestre jouait une mélodie romantique, et quand José l'attira contre lui, l'emprisonnant entre ses bras, ils ne formèrent qu'un seul être et se laissèrent bercer par la musique, ne pensant plus qu'à eux deux. La tête appuyée contre le large torse, elle se laissa emporter par la musique. De nouveau, José l'embrassa, et ce baiser très doux la fit rêver à un avenir possible…

Elle était tombée amoureuse de lui et c'était pure folie. Comment était-ce arrivé ? En tout cas, elle avait l'impression d'être emportée par un courant rapide et irrésistible.

Ils dansèrent, s'interrompant de temps en temps pour goûter un des nombreux mets servis sur le pont arrière.

La fête fut un grand succès, et le *señor* Benitez et son épouse passèrent un merveilleux moment à en juger par leurs visages souriants. Mais la soirée s'étirant, ils prétextèrent la fatigue pour se retirer dans une des chambres. Quelques-uns de leurs amis passeraient la nuit à bord et, le matin, la fête continuerait.

— Si nous sortions d'ici ? dit José un moment plus tard. Il y a trop de gens. Je veux être seul avec toi.

— Excellente idée. Où allons-nous ?

— Chez moi. A ton appartement, il y a Ben…

— Mm… Tu ne devrais pas prendre mal ce qu'il dit, tu sais. Il ne fait que veiller sur moi.

— Je sais. En fait, je pense que c'est un garçon bien. Plus je le connais, et plus je pense qu'il n'a rien fait de mal — ce n'est guère possible puisqu'il a hérité des mêmes gènes familiaux que toi.

Interloquée, elle ouvrit de grands yeux.

— Tu es sérieux ?

— Oui.

Il profita de ses lèvres entrouvertes pour l'embrasser avec une telle expertise qu'elle sentit ses genoux flageoler et tout son corps s'enflammer…

— Laisse-moi te regarder, dit José dès qu'il eut refermé la porte. Je n'arrive pas à croire que je t'ai toute à moi. Tu es superbe…

Jessie ne put réprimer un doux sourire plein de désir, et

José dut comprendre le message car il la prit entre ses bras, faisant tomber sur le parquet la pochette qu'elle tenait.

— Tu es tout ce dont j'ai toujours rêvé, dit-il doucement.

— Vraiment ? murmura-t-elle, taquine.

Elle prit José par la nuque, et passa les doigts dans la soie de ses cheveux. Elle aimait son cou solide, ses épaules et ses bras musclés…

Tandis qu'elle caressait son torse, il défit adroitement les boutons du corsage de la robe, dévoilant la dentelle blanche du soutien-gorge qui mettait en valeur le galbe des seins.

— Comme tu es belle… Exquise…

Puis il l'embrassa de nouveau, ses pouces lui taquinant les seins, et elle émit un soupir tremblant. Savait-elle vraiment ce qu'elle faisait ? Etait-elle prête pour lui ? Mais si elle devait en croire son corps tremblant de désir, n'était-il pas déjà trop tard pour hésiter ?

— Montons à l'étage, murmura José. Nous pourrons nous allonger plus près des étoiles et faire l'amour, bercés par le bruit de la mer.

Il lui prit la main pour l'entraîner dans l'escalier, mais à peine avaient-ils gravi quelques marches qu'ils entendirent le bruit d'une voiture dans l'allée.

Ils s'arrêtèrent.

— Qui ça peut être à cette heure de la nuit ? demanda Jessie. Est-ce que tu en as une idée ? Une urgence peut-être ? Mais on t'aurait téléphoné…

— Je n'en sais rien.

La sonnette de l'entrée résonna avec insistance, et une voix féminine leur parvint.

— José ! Il faut que je te parle. S'il te plaît. C'est important.

D'une main tremblante, Jessie reboutonna sa robe.

— Tu devrais répondre, José. C'est sûrement quelqu'un que tu connais et ça a l'air urgent.

— C'est probable, pour être là en pleine nuit…

Jessie redescendait déjà l'escalier.

— De toute manière, ce que nous faisions… ce n'était peut-être pas une bonne idée, murmura-t-elle.

Combien de femmes pouvaient venir sonner ainsi à la porte

de José ? Un certain nombre, à en croire le *señor* Benitez. Comment avait-elle pu imaginer qu'elle pourrait tenir une place spéciale dans son cœur ?

Il la rejoignit.

— Veux-tu te faire du café pendant que je règle ça ?

— Non… Vas-y, elle s'impatiente.

A présent, la visiteuse frappait au battant d'un poing décidé. José alla ouvrir, et parut stupéfait en découvrant la femme devant lui, et celle-ci sembla soulagée de le voir. Malgré son désarroi évident, c'était une très jolie femme, avec des yeux bleus, et de longs cheveux blonds.

— José, il faut que je te parle, dit-elle d'une voix tremblante. Ça fait deux jours que j'essaie de te joindre. Je suis vraiment désolée d'arriver comme ça, sans prévenir, mais je ne savais plus quoi faire. Il fallait que je te voie.

— Rosanne, dit enfin José. Rosa… Qu'est-ce que tu fais là ?

Un instant, Jessie crut que son cœur cessait de battre. Rosa ? N'était-ce pas cette femme que José avait adorée — la femme qui lui avait brisé le cœur, et l'avait quitté pour un autre ?

Il jeta un coup d'œil en direction de la rue où était garée la voiture de Rosanne.

— Est-ce que ton… mari est avec toi ?

— Non. Je suis seule. Je l'ai quitté… Je regrette. Je regrette tellement tout ce qui s'est passé… Est-ce que je peux entrer ?

Sans répondre, paraissant sous le choc, José s'effaça et Jessie se sentit incapable de supporter ce qui allait suivre. Comment pourrait-elle rester là pendant que José retrouvait l'amour de sa vie ?

Elle ramassa son sac et le fouilla pour trouver son téléphone.

Rosa lui adressa un regard nerveux.

— Excusez-moi. Je vous dérange…

— Non… Non, tout va bien, mais il vaut mieux que je m'en aille. Vous avez beaucoup de choses à vous dire.

Trouvant son téléphone, Jessie se détourna pour composer le numéro afin de dissimuler le tremblement de ses doigts.

— Tu n'es pas obligée de partir ! intervint José.

Mais il semblait complètement dépassé par les événements, alors elle n'avait plus qu'une seule envie : s'en aller.

— Je pense que si. Ne t'inquiète pas. Je vais aller attendre mon taxi dehors car j'ai besoin d'air. Je te verrai lundi à l'hôpital.

9.

— Tu n'as pas dit un mot pendant tout le déjeuner, Jessie. Qu'est-ce qui ne va pas ? demanda Ben. Tu ne t'es pas amusée à la fête, hier soir ?

Jessie reposa sa tartine grillée. Elle n'avait pas faim.

— La soirée était très bien. Il y avait beaucoup d'invités, de la bonne musique, et le buffet était délicieux — il y avait un choix incroyable.

Ben fronça les sourcils.

— Alors c'est à cause de José… Qu'est-ce qu'il a fait ? Il t'a fait du mal ?

Elle se leva pour empiler la vaisselle dans l'évier.

— Non. Tout va bien. Et moi aussi je vais bien.

— Bien ? Tu étais de bonne humeur hier et, aujourd'hui, on dirait que le monde s'est écroulé autour de toi. Tu devais jouer le rôle de petite amie, mais je crois que tu es tombée raide dingue de lui. De toute évidence, il y a un problème entre vous. Tu vas continuer de le voir en dehors du travail ?

— Eh bien… je n'en sais rien.

Ben émit un juron indistinct.

— Tu sais qu'il a une réputation de séducteur ? Il ne s'est jamais engagé avec une femme. Tu es mieux sans lui, Jess.

— Tu as sûrement raison…, répondit-elle sans conviction. Il faut que j'aille travailler maintenant. A plus tard, Ben.

Le travail lui permettrait de penser à autre chose. Se concentrer sur le bien-être de ses patients serait la seule façon de lutter contre le choc dévastateur qu'elle avait subi.

Gabriel représentait sa priorité numéro un. L'adolescent devait être opéré dans la journée, et elle voulait savoir comment il se portait. Les quelques semaines précédentes avaient dû être difficiles pour lui et ses parents.

Quand elle passa le voir pendant sa pause du matin, il était adossé à ses oreillers, dans le service de chirurgie. Pour l'instant, elle n'avait pas revu José, retenu par une urgence, et d'une certaine façon, elle était soulagée d'avoir évité ce face-à-face.

— Comment te sens-tu, Gabriel ? demanda-t-elle.

— Pas trop mal. On m'a fait une piqûre, alors j'ai un peu envie de dormir. Le médecin a dit que la tumeur était beaucoup trop grosse pour m'opérer en mettant un… tube… dans mon nez. Je ne sais plus comment ça s'appelle.

— Un endoscope. Parfois, les médecins opèrent avec des instruments minuscules, mais dans ton cas, ils vont faire une incision sur le côté de ton nez.

— Je vais être horrible après !

Gabriel avait peur, et Jessie se hâta de le rassurer.

— Non, pas du tout, je te le promets. Il pourra rester une toute petite cicatrice, mais rien qui puisse gâcher ton beau visage. Le chirurgien saura très bien comment s'y prendre. Le seul problème peut-être, ce seront les premières semaines après l'intervention. Tu auras probablement des hématomes, il faut t'y attendre, et ne pas t'inquiéter.

L'adolescent se rasséréna.

— Trois ou quatre semaines, ça ne me dérange pas. J'avais peur de me retrouver défiguré.

— Je sais. N'aie aucune inquiétude.

— Merci. Merci d'être venue me voir.

— Je reviendrai après l'opération, si tu n'y vois pas d'inconvénient.

— Pas du tout, au contraire.

En sortant, Jessie croisa les parents de Gabriel.

— Bonjour, docteur, dit sa mère. Je suis contente que vous soyez venue le voir. Le Dr Benitez est passé tout à l'heure pour réconforter Gabriel… Vous avez été tellement gentils tous les deux.

Jessie se hâta de regagner les urgences pour reprendre son travail de la journée, et elle consulta sa liste de patients.

Robert feuilletait des dossiers.

— Salut, dit-il. Comment vas-tu ?

— Bien. Et toi ?

— Bien aussi. Mais José, lui, n'a pas du tout l'air en forme.

Avant de poursuivre, il désigna du regard José debout derrière le comptoir de l'accueil.

— Ce matin, il avait l'air distrait. J'ai entendu dire que son ex était revenue. C'est incroyable, les rumeurs et les commérages qui peuvent se répandre ici. Mais, quand même, il a dû subir un choc : dans le vestiaire, ce matin, il paraissait complètement sens dessus dessous.

Jessie jeta un nouveau regard en direction de José. Il parlait avec une femme qui venait d'arriver. Celle-ci portait un petit garçon qui, visiblement malade, avait du mal à respirer.

Soudain, le petit garçon s'affaissa dans les bras de sa mère. Ses lèvres avaient bleui. Aussitôt, José le prit pour l'emporter dans la salle de soins.

— Je vais voir s'il a besoin d'aide, dit Jessie, inquiète. Amanda est descendue au labo et les autres infirmières sont occupées.

— D'accord, répondit Robert. J'emmène la mère en salle d'attente, et j'essaierai de trouver quelqu'un pour rester avec elle.

Jessie se hâta de gagner la salle de soins, et s'adressa à José.

— Qu'est-ce que je peux faire ?

Il avait déjà placé l'enfant sous oxygène et sous monitoring. Le taux d'oxygène dans le sang était dangereusement bas. Le garçon était en pleine crise d'asthme.

— Donne-lui du salbutamol en nébulisation et du bromure d'ipratopium toutes les vingt minutes. Je vais lui injecter de l'hydrocortisone par intraveineuse.

— O.K.

— Comment tu te sens, Jack ?

L'enfant avait repris conscience, mais il ne répondit pas.

— On administre le salbutamol par intraveineuse et on le met sous perfusion, ajouta José. Même chose pour l'aminophylline. Nous verrons si cela améliore les voies respiratoires. On va faire aussi une radio des poumons et un test sanguin pour voir s'il n'y aurait pas une infection quelque part. On ajoute un antibiotique par précaution. Si tout ça ne suffit pas, nous le transporterons en soins intensifs.

Mais une réaction se produisit enfin. Les signes vitaux s'améliorèrent, le taux d'oxygène dans le sang remonta un peu, et la respiration se ralentit sensiblement.

— Dieu merci..., murmura Jessie, soulagée.

— Oui. C'était inquiétant, dit José.

Jessie le revit avec l'enfant dans les bras. C'était un homme attentionné, cela ne faisait aucun doute. Quel père ferait-il ? A cette pensée, elle éprouva un pincement douloureux au cœur.

A cet instant, Amanda entra dans la salle.

— Comment ça va ici ? demanda-t-elle. Je m'occuperai de lui si vous voulez aller parler à ses parents qui sont dans la salle d'attente. Ah, José, il y a aussi quelqu'un qui vous attend dans l'autre salle d'attente.

José parut l'air préoccupé.

— Merci. Veux-tu venir avec moi, Jessie ?

C'était plus un ordre qu'une question, et Jessie éprouva un sentiment de malaise. Et s'il s'agissait de Rosanne ?

— Tu veux vraiment que je vienne ? Je veux dire... Si c'est Rosanne qui t'attend, je ne suis pas sûre de vouloir rester. Tu ne peux pas me demander d'assister à tes retrouvailles avec ton ex, quand même ?

— Bien sûr que non ! Je regrette vraiment ce qui est arrivé, hier, mais je ne pouvais pas la renvoyer alors qu'elle était en plein désarroi, et avait besoin de mon aide. Tu n'aurais pas voulu que j'agisse autrement, je pense ?

— Non... sans doute... mais il faut que je sache si elle va faire partie de ta vie dorénavant. Je veux savoir où je me situe exactement.

— Je comprends... Mais elle a beaucoup de problèmes en ce moment et elle a besoin de moi. Son mariage ayant sombré, elle se retrouve seule, et elle n'arrive pas à gérer la situation. Il faut que je sois là pour elle.

— Mais pourquoi toi ?

— A cause de nos liens passés.

— Et qu'est-ce que je deviens, moi, dans tout ça ?

— Tu connais mes sentiments pour toi. Ils n'ont pas changé.

— Vraiment ? murmura Jessie, sceptique.

Elle ne se sentait pas du tout rassurée. Il faudrait combien de temps à Rosa pour regagner l'affection de José ?

Ils se dirigeaient vers la salle d'attente où se trouvaient les parents de Jack quand Jessie vit une silhouette familière sortir de la deuxième salle d'attente.

— Ben ? dit-elle, stupéfaite. Que fais-tu là ? Tu es malade ? Quelque chose ne va pas ?

— Tout va bien, à part le fait que tu es ici avec lui, Jessie. Je regrette que tu doives travailler avec lui.

— Ben, tu n'es pas obligé de…

— Si, Jess.

Les sourcils froncés, José intervint.

— Retournons dans la salle d'attente, voulez-vous ? Ensuite, tu pourras nous dire ce qui se passe, Ben.

— Comme si vous ne le saviez pas.

Il y avait longtemps que Jessie n'avait pas vu son frère aussi furieux. Le visage tendu, il posait sur José son regard vert brillant de mépris. Il regagna quand même la salle — un lieu plus discret —, mais dès que la porte se referma derrière eux, il considéra de nouveau José d'un air furibond.

— Est-ce qu'il s'agit des gravures ? demanda ce dernier. Tu es en colère parce que j'ai douté de toi ?

— Ça n'a rien à voir avec le vol, mais puisque vous en parlez… Dès le début, vous m'avez mis tout ça sur le dos, vous ne m'avez laissé aucune chance. Eh bien, je vais vous dire… En fait, j'ai décroché ces gravures pour les mettre en sécurité pour le temps des travaux, donc si vous les récupérez, il y aura mes empreintes dessus. Ça ne prouve rien…

— Il y a eu de bonnes nouvelles à ce propos. La police m'a appelé en début de matinée… Les gravures sont réapparues hier dans une vente aux enchères. Par chance, on avait demandé au commissaire-priseur de rester vigilant et il a donc pris la précaution de brancher les caméras de surveillance, ce qui nous a permis d'avoir des images de l'homme qui les lui a apportées.

Le regard de Ben s'assombrit.

— Qui était-ce ? Sûrement pas moi.

— Un ouvrier indépendant qui a rejoint l'équipe de maçons. Il travaille dans la région depuis six mois, et au cours de cette période, plusieurs propriétaires ont remarqué qu'il manquait des choses chez eux. Le commissaire-priseur a donc appelé la police, et l'homme a été arrêté. On a retrouvé chez lui un certain nombre d'objets volés… Je regrette vraiment d'avoir douté de toi, Ben. J'avais tort. Je te présente mes excuses.

— Je n'en ai rien à faire, répliqua Ben d'un ton tranchant. Je n'avais rien fait de mal et j'avais la conscience nette. Mais vous… vous avez fait bien pire. Vous avez fait du mal à ma sœur. Je ne sais pas exactement ce qui s'est passé entre vous, mais vous l'avez fait souffrir et elle ne mérite pas ça.

José dirigea vers Jessie un regard indéchiffrable.

— Jamais je ne ferais délibérément une chose pareille.

Elle se sentait très mal à l'aise. Il valait mieux que José ne sache pas à quel point il l'avait fait souffrir. C'était embarrassant et humiliant.

— S'il te plaît, Ben. Il ne faut pas dire ça.

— Si. Je ne veux pas le laisser te faire du mal.

Ben se retourna vers José et ajouta :

— Je vous préviens que si vous posez un seul doigt sur elle, vous le regretterez.

— Si je lui ai fait de la peine, je le regrette.

— En tout cas, gardez bien en tête que si ça arrive encore, vous aurez affaire à moi. Et toi, Jess, s'il t'ennuie, tu n'auras qu'à me le dire.

Ben consulta sa montre.

— Il faut que je m'en aille. Jessie, je te vois tout à l'heure au récif, je crois ?

— Oui. Je suis de garde aujourd'hui.

Son frère quitta la pièce, la laissant mortifiée. Il avait voulu bien faire, mais quelle idée il avait eue de venir là !

— Il n'aurait pas dû dire tout ça…

— Il voulait te protéger, ce qui est une bonne chose, répondit José. Je suis content que tu l'aies pour veiller sur toi.

— Oui, je lui en suis reconnaissante… Et pour les gravures,

c'est une bonne nouvelle, ajouta-t-elle, préférant changer de sujet. Finalement, ta patience a payé.

José posa sur elle un regard scrutateur.

— C'est vrai. Jessie… Pour hier soir… Je regrette que les choses aient tourné de cette façon.

— On ne pouvait pas faire grand-chose pour empêcher ça, je suppose… Est-ce que Rosanne est revenue pour de bon ?

— C'est possible. Comme son mariage est rompu, elle a décidé de vivre chez ses parents. Elle est sur l'île depuis quelques jours, semble-t-il.

Et la première personne vers laquelle Rosanne s'était tournée avait été José. Voilà qui en disait long ! pensa Jessie.

Le pager de José vibra. Son visage s'assombrissait à mesure qu'il lisait le texto.

— Qu'est-ce qui se passe ? C'est Jack ? Un problème ?

— C'est Gabriel. Il a fait une hémorragie pendant l'intervention. Il faut le transfuser.

Jessie sentit l'inquiétude l'envahir.

— Oh non… Je pensais qu'avec l'embolisation, ça n'arriverait pas…

— Si, apparemment. Dans les cas graves, rien ne garantit qu'une embolisation empêche l'hémorragie.

Ce fut au tour du pager de Jessie de sonner, et elle consulta le message.

— Il faut que je me sauve : on amène une urgence.

— O.K… Nous parlerons plus tard ?

Elle acquiesça d'un hochement de tête, mais il n'y avait plus rien à dire ! José avait retrouvé son grand amour — et une chance de tout recommencer se présentait, alors il n'allait pas laisser Rosanne partir une seconde fois !

Jessie alla s'occuper de ses patients et traita des fractures, des poussées de fièvre et d'autres types d'urgences jusqu'à la fin de sa garde. Pendant tout ce temps, elle évita José, dont la présence l'empêchait de penser clairement et l'emplissait d'une tristesse insupportable.

Son travail terminé, en fin d'après-midi, elle gagna directement le récif en utilisant la vedette mise à la disposition des visiteurs. Elle s'y était déjà rendue deux fois sans José, et elle commençait à avoir l'habitude des incidents qui se produisaient. Il s'agissait rarement de choses graves, mais elle avait emporté sa trousse complète au cas où surviendrait un problème sérieux.

Quand elle arriva et monta à bord du bateau de plongée, Ben se préparait déjà à plonger. Il l'accueillit en levant les pouces, et elle répondit par un sourire.

— Bonjour ! lança le capitaine. Content de vous avoir à bord, docteur.

— Et moi, je suis heureuse d'être là. Des problèmes à signaler ?

— Aucun pour l'instant.

Elle se dirigea vers le groupe de plongeurs pour effectuer quelques contrôles de base avant qu'ils enfilent leurs combinaisons.

— O.K. Vous pouvez y aller, leur dit-elle.

Ils finirent de se préparer, vérifièrent leurs équipements, et ensuite, l'un après l'autre, ils se mirent à l'eau.

— Ils ne plongeront pas très profond aujourd'hui, dit le skipper. Je pense qu'ils resteront en bas pendant une demi-heure environ. En attendant, vous pouvez vous asseoir pour admirer le paysage. Je vais vous chercher quelque chose à boire.

— Merci.

Alors qu'elle sirotait sa boisson fraîche tout en contemplant le récif qui affleurait, non loin de là, dans l'eau bleue, elle tenta de ne pas penser à José — en vain. Son esprit vagabondait, et elle se rappelait tous les bons moments qu'elle avait passés à bord du yacht avec José qui lui montrait les magnifiques paysages et les oiseaux audacieux qui se posaient sur le bastingage.

Soudain, comme si elle l'avait fait surgir par magie, il apparut, voguant vers elle, debout à la proue de son yacht, les cheveux au vent. Quand elle comprit qu'elle ne rêvait pas, elle sentit son cœur s'emballer. Que faisait-il là ?

Deux minutes plus tard, il était à bord de la vedette et saluait le skipper.

— Vous faites une garde supplémentaire, docteur ? demanda le skipper sur le ton de la plaisanterie.

— Non, je suis juste venu pour donner un coup de main, répondit-il en s'asseyant à côté de Jessie. Je me suis dit que nous devrions parler. Cela m'ennuie vraiment que la soirée d'hier se soit terminée de cette manière.

— Rosa était désemparée, cela se voyait, murmura Jessie. Tu as fait ce que tu devais faire.

— Je suis content que tu comprennes.

Elle eut un haussement d'épaules embarrassé.

— En fait, je ne suis pas sûre que ce soit le cas. Elle a dit qu'elle t'aimait, mais elle t'a quitté, et malgré ça, tu as l'air prêt à l'accueillir chez toi comme si rien ne s'était passé !

— Je n'avais pas le choix.

— As-tu l'intention de la revoir ?

Un muscle se crispa dans la joue de José.

— C'est inévitable... Comme elle est revenue vivre chez ses parents, je...

Elle n'entendit pas la suite parce qu'il y eut des remous dans l'eau, et un plongeur émergea, soutenant un autre plongeur. Il appela le skipper à la rescousse.

— Ça ne va pas du tout ! dit-il. Il a dû remonter trop vite et il a du mal à respirer.

José et le capitaine se précipitèrent pour hisser le jeune homme à bord, et Jessie ouvrit des yeux horrifiés en reconnaissant le plongeur : son frère.

Lorsque José lui ôta son masque avec précaution, Ben se mit à tousser, les mains crispées sur la poitrine. Il souffrait et respirait mal, et un filet de sang s'échappait de ses lèvres.

Très inquiète, Jessie saisit sa trousse d'urgence et se plaça à genoux près de lui.

— Je vais te mettre sous oxygène, dit-elle.

José était déjà allé chercher la bouteille d'oxygène à bord du yacht, et Jessie la relia au masque qu'elle posa sur le visage de Ben. Toussant toujours, il fit de son mieux pour inhaler.

Après l'avoir examiné rapidement, Jessie constata avec

inquiétude que la trachée était déformée et que les veines du cou saillaient. Il n'était pas difficile de deviner ce qui s'était passé… Les alvéoles des poumons devaient s'être dilatées à cause d'une remontée trop rapide ou d'un manque d'oxygène — jauge à oxygène défectueuse, ou mauvaise vérification des bouteilles. De l'air s'était alors infiltré dans la cavité pleurale qui entourait le poumon et le comprimait.

— C'est un pneumothorax, dit-elle. Il faut que je fasse une thoracotomie.

Sans soins immédiats, Ben manquerait gravement d'oxygène, et ce serait l'état de choc puis l'arrêt cardiaque.

— Je vais désinfecter la zone, dit José.

— Merci.

Tandis qu'ils travaillaient de concert, Jessie essayait de rassurer Ben, au bord de la syncope.

— Je vais t'injecter un anesthésique pour que tu ne sentes rien puis j'introduirai un tube pour diminuer la pression sur le poumon et lui permettre de se gonfler de nouveau.

L'injection faite, elle palpa doucement la poitrine pour trouver l'espace intercostal où insérer le tube. Une fois celui-ci en place, de l'air en sortit.

— Comment ça va ? demanda-t-elle.

— Beaucoup mieux. J'ai moins mal, et j'arrive à respirer.

— C'est bien. Je vais fixer le tube pour qu'il reste bien en place et poser un pansement sur l'incision, puis nous t'emmènerons à l'hôpital.

L'inquiétude de Jessie monta d'un cran quand Ben toussa et que la douleur le fit grimacer. Il n'y avait pas une minute à perdre.

— On le transporte sur mon yacht, dit José. Ma voiture étant garée sur le quai, nous devrions être à l'hôpital dans moins d'une demi-heure. Je vais les prévenir.

— Merci, répondit Jessie avant de se retourner vers le skipper. Il nous faut un brancard.

Une fois Ben transporté à bord du yacht, José et le skipper l'installèrent confortablement dans la cabine puis ce dernier retourna sur la vedette d'où il salua leur départ d'un geste de la main.

Jessie s'assit à côté de son frère, et José lança le moteur du yacht à pleine vitesse.

Robert et son équipe les accueillirent dans le sas des ambulances.

— Nous allons le prendre en charge, pour un examen complet et une radio, Jessie, dit Robert. Attends dans le bureau de José, et je te tiendrai au courant. Pour l'instant, tu ne peux rien faire de plus.

— Mais il faut que je reste avec lui !

José l'entraîna dans le couloir, en direction de son bureau.

— Robert a raison. Tu dois leur faire confiance. Toi, tu as fait ta part — tu as sauvé la vie de Ben.

— Je l'espère. Pourvu qu'il s'en sorte…

Ils entrèrent dans le bureau qu'elle se mit à arpenter nerveusement.

— Tu vas t'épuiser ! protesta José. Ton frère est en de bonnes mains avec Robert et son équipe. Ils n'ont pas perdu de patients — enfin, pas aujourd'hui, du moins.

Elle émit un petit rire sans joie.

— Comment peux-tu plaisanter dans un moment pareil ? Il s'agit de mon frère.

— Je sais… mais on dit que le rire est la meilleure des thérapies, non ? Et je pense vraiment que Ben va s'en sortir.

Jessie se réfugia entre ses bras. Là, elle se sentait comme miraculeusement protégée du monde extérieur…

Mais quelqu'un frappa à la porte, et elle se dégagea. A regret, José la lâcha pour aller ouvrir. Amanda se tenait sur le seuil.

— Il y a une jeune femme qui veut vous voir, José, dit-elle. Est-ce que je peux la faire entrer ?

En voyant Rosanne qui attendait dans le couloir, Jessie sentit chaque parcelle de son corps se révolter. Ce n'était pas possible ! Pas maintenant ! Comment cette femme se débrouillait-elle pour faire irruption à chaque moment d'intimité ? Et pourquoi José permettait-il cela ?

— Oui. Entre, Rosa, dit-il.

Les genoux flageolants, Jessie s'assit sur une chaise. Cette fois, elle ne s'enfuirait pas. José allait devoir décider qui il voulait — elle-même, ou Rosa !

Mais un autre choc l'attendait. Rosa n'entra pas seule dans la pièce : un beau petit garçon de trois ou quatre ans l'accompagnait, intimidé, jetant autour de lui des regards curieux. Il était pâle et un peu trop mince, mais c'étaient ses cheveux noirs et ses grands yeux bleus qui attiraient l'attention.

Etait-il possible qu'il soit le fils de José ? Celui-ci avait dit qu'il avait acheté son bateau, le *Bella Rosa*, trois ans auparavant alors il était possible que Rosa ait déjà été enceinte de lui quand elle l'avait quitté.

Celle-ci s'adressa à Jessie.

— Veuillez m'excuser de vous déranger encore. Mais mon petit garçon, qui souffre d'un problème cardiaque congénital, ne va pas bien et il faut que José l'examine. Il a été si gentil… Je ne savais pas vers qui d'autre me tourner. Mais je peux m'en aller, si vous le souhaitez…

José lui toucha le bras.

— Non, reste, je t'en prie. Assieds-toi. Il y a des jouets là-bas, Mattie. Va prendre ce que tu veux.

Visiblement intéressé, l'enfant alla s'asseoir à la table basse sur laquelle attendaient des petites voitures et un jeu de construction.

— Je vais faire du café, reprit José.

— Pas pour moi, dit Jessie. Il faut que j'aille appeler mon père pour lui expliquer ce qui est arrivé à Ben.

— Oui, bien sûr. Il faut le mettre au courant. Reviens après.

Elle acquiesça, mais elle savait qu'elle ne le ferait pas. Rosa avait un enfant ! Comment rivaliser ? Si Mattie était le fils de José, Rosa avait gagné — haut la main.

10.

Le lendemain, un rire d'enfant fut la première chose qu'entendit Jessie quand elle entra aux urgences. Ensuite, en se dirigeant vers l'une des salles de soins, elle aperçut José debout devant la fenêtre avec Mattie dans les bras. Sous le regard de sa mère, le petit garçon riait, la main plaquée sur la bouche, de quelque chose que disait José. Rosanne regardait la scène, un sourire aux lèvres.

Jessie sentit son cœur chavirer. Tout ce dont elle avait rêvé se trouvait réuni dans ce petit tableau… Mais elle n'en faisait pas partie. Cet enfant n'était pas le sien et elle n'était pas la femme que José voulait dans sa vie.

Comment avait-elle pu penser qu'il la placerait au-dessus de toutes les femmes ? Ce souhait ne se réaliserait jamais, et ce rêve brisé était atrocement douloureux. Si seulement elle n'avait pas rencontré José, tout cela ne serait pas arrivé…

Tentant de chasser la scène de son esprit, elle se dirigea vers le comptoir de l'accueil et elle aperçut Robert qui la regardait bizarrement.

— Ça va ? demanda-t-il.

— Oui, bien sûr. Pourquoi est-ce que ça n'irait pas ?

Visiblement mal à l'aise, il soupira.

— Je t'ai vue avec José, à l'instant. J'ai essayé de t'avertir, quand tu es arrivée ici, le premier jour, tu t'en souviens ? J'avais peur que tu tombes amoureuse de lui, et ce que je craignais est arrivé, n'est-ce pas ?

— Je suis la seule responsable de ça. Comme tu le dis, je me suis jetée dans cette histoire, stupidement, sans réfléchir… Sais-tu pourquoi Rosanne et son petit garçon sont là ?

— Je pense qu'elle était inquiète parce que l'enfant n'allait pas bien — il doit subir bientôt une intervention pour réparer un défaut cardiaque, et elle avait peur que les médecins ne puissent pas l'effectuer.

— Je vois.

L'enfant était pâle et un peu plus petit que la moyenne, mais c'était souvent le cas chez les enfants atteints de problèmes cardiaques. Un sentiment de compassion envers l'enfant envahit Jessie. La vie pouvait être parfois très injuste.

— Eh bien, j'espère que José est parvenu à la tranquilliser. Ils ont quand même l'air plutôt heureux.

Pour ne pas trop penser, Jessie prit un dossier sur le comptoir et se mit à le feuilleter.

— Je devrais aller voir mes malades…, murmura-t-elle. Cet endroit va me manquer quand je partirai. J'ai beaucoup appris, et vu tellement de jeunes que j'ai pu aider…

Mais voilà : elle ne pouvait pas continuer à travailler avec José maintenant que tous deux n'avaient aucun avenir !

Robert parut choqué.

— J'avais oublié que tu n'étais là que pour quelque temps… Il faudrait faire quelque chose pour changer ça. Je ne suis pas sûr que la collègue que tu remplaces revienne un jour, et même si c'est le cas, nous avons besoin d'un pédiatre supplémentaire. Nous trouverons un moyen pour que tu restes.

— Je ne crois pas, mais, pour l'instant, j'ai du travail.

Elle désigna le dossier médical qu'elle consultait.

— J'ai un petit patient qui a un fil enroulé autour de l'orteil et, apparemment, personne n'arrive à le lui enlever. L'orteil est rouge et enflé.

— Comment vas-tu faire ?

Elle sourit.

— Il faudra de l'ingéniosité et de la patience. Une anesthésie et un scalpel vont probablement bien aider aussi.

— Tu as ta petite idée, on dirait, commenta-t-il en riant. Je préfère que ce soit toi qui t'en charges !

Jessie passa le reste de la matinée à s'occuper de ses patients, et quand la salle d'attente fut vide, elle put enfin s'octroyer une pause-déjeuner.

José la rejoignit au restaurant de l'hôpital.

— Tu n'es pas revenue au bureau hier, dit-il, s'asseyant en face d'elle. Je t'ai attendue, et ensuite, je suis parti à ta recherche, mais tu avais disparu. J'étais inquiet, d'autant plus que tu ne répondais pas au téléphone.

— La journée avait été longue, alors je l'avais éteint… Je suis allée voir Ben une fois qu'il a été installé et, ensuite, j'ai rendu visite à mon père pour lui annoncer la mauvaise nouvelle de vive voix.

— C'était sûrement mieux. Comment a-t-il pris la chose ?

— Ça a été un choc pour lui. Il m'a semblé que même Hollie était inquiète. Ce genre de drame réactive le sens de la famille, apparemment…

José découpa une bouchée de lasagnes avec sa fourchette.

— C'est vrai. Il va venir le voir ?

— Oui. Il est avec lui, en ce moment. On va garder Ben pendant quelque temps, jusqu'à ce qu'on puisse lui ôter le tube, et on le laissera sous oxygène et antibiotiques pour éviter toute infection.

— Est-ce qu'il sait comment c'est arrivé ? Et ce qui a provoqué le barotraumatisme ?

— D'après le skipper, il a dû manquer d'air suite à une petite rupture du tuyau. Peut-être l'a-t-il éraflé contre quelque chose quand il se trouvait sous l'eau.

José ouvrit des yeux horrifiés.

— En un sens, il a eu de la chance que cela ne se soit pas passé pendant une plongée en profondeur : il n'aurait pas réussi à remonter.

— Je sais.

Jessie repoussa son assiette et but une gorgée de café. Elle voulait savoir ce qui se passait entre lui et Rosa, mais elle n'osait pas aborder le sujet de manière directe.

— Robert m'a dit que le fils de Rosa devait subir une intervention. Je t'ai vu avec le petit garçon ce matin. Il s'est pris d'affection pour toi, apparemment, ajouta-t-elle avec un sourire forcé.

— Oui, on le dirait bien.

— Quel genre de problème cardiaque a-t-il ? Rosanne semble très inquiète.

— Il est né avec un trou dans le cœur, mais ses problèmes surviennent depuis l'année dernière seulement. Il se fatigue vite, fait beaucoup d'infections respiratoires, et récemment, ses jambes se sont mises à enfler. Les médecins ont décidé qu'il était temps de régler ça avant que les complications deviennent irrémédiables.

— Pauvre petit, murmura Jessie.

Si cette ouverture ne se refermait pas après la naissance, trop de sang chargé en oxygène arriverait aux poumons, et moins de sang oxygéné dans le reste des tissus du corps. L'afflux de sang dans les poumons provoquerait un souffle cardiaque décelable au stéthoscope.

— Pas étonnant que Rosa soit inquiète.

— Oui. C'est pour cette raison qu'elle a fait appel à moi.

— Est-ce qu'elle recherche une aide médicale ou un soutien affectif ?

— Un peu les deux, je pense… Elle se débat entre la maladie du petit, les avis des médecins, les demandes de son assurance, et l'échec de son mariage. Elle a l'air un peu perdue, et c'est pour ça qu'elle s'accroche à moi.

— Mais même si son mariage a capoté, on pourrait penser qu'elle et son mari se soutiendraient mutuellement dans une situation pareille, non ? Au lieu de lui demander de l'aide, c'est vers toi qu'elle s'est tournée… Qu'est-ce que tu en penses ?

— Je ne sais pas trop… C'était inattendu, et j'essaie de gérer la situation au jour le jour… Je regrette pour l'autre soir. On peut dire que… c'est mal tombé.

— Pas forcément. Ça m'a fait réfléchir. Après tout, j'ai fait une erreur, et je ne veux pas recommencer.

Le regard de José s'assombrit.

— Ce n'était pas une erreur, Jessie ! Tu ne le crois pas, quand même ?

— Ce que je crois, c'est qu'entre toi et Rosa, ce n'est pas terminé. Elle a besoin de toi et tu es là pour elle. Tu le seras peut-être toujours.

Jessie se leva et rassembla sur un plateau la vaisselle de son déjeuner.

— Je dois m'en aller. Je veux rendre visite à Gabriel avant de commencer mon après-midi et, si j'ai le temps, j'irai voir aussi Jack.

— Je t'accompagne.

— Non. Reste et termine ton dessert. Il faut que je me sauve. J'espère que mon père sera encore avec Ben.

Elle s'éloigna en hâte : l'image de José et Rosa enlacés la hantait comme un cauchemar.

C'est avec soulagement qu'elle trouva son père encore au chevet de Ben quand elle entra dans la chambre. Il lui adressa un sourire gêné.

— Je suis content que tu m'aies appelé, dit-il. Après la manière dont s'est passée ta dernière visite, je ne pensais pas que tu me téléphonerais un jour.

Elle s'approcha du lit et serra doucement la main de Ben.

— Ça ne s'est pas très bien passé, papa, c'est vrai, mais Ben est ton fils, alors j'ai estimé normal que tu saches ce qui se passait.

Son père émit un profond soupir.

— Oui. J'ai très mal géré la situation. Je ne voulais pas que ça tourne si mal entre nous, mais je m'emporte vite… Et ton frère aussi… Ben, je regrette ce que j'ai dit. J'aurais dû t'écouter et tenir compte de tes sentiments. Tu es mon fils. Je n'aurais jamais dû te mettre dehors. Je t'ai placé dans une situation impossible par rapport à ton travail et tout ça.

Ben posa sur lui un regard intrigué.

— Qu'est-ce qui t'a fait changer d'avis ? Tu n'avais aucun scrupule avant.

Jessie vit son père réfléchir pour trouver les bons mots.

— Le problème, c'est qu'avec Hollie… Tu comprends, elle a toujours besoin d'être rassurée. J'essaie de veiller sur elle et de faire de mon mieux, mais ça a obscurci mon jugement, en quelque sorte, ce dont je me rends compte, maintenant. J'ai compris qu'il fallait changer certaines choses. Tu es mon fils. Il est temps que je rattrape ces années perdues… Et toi, Jessie, ces choses que je t'ai dites… C'était dans le feu de l'action. Je ne suis pas un saint, je suis stressé, avec le travail, les demandes de tout le monde et je blesse des gens autour de moi. Je sais que tu fais un travail utile. Tu as été là pour Ben quand il a eu besoin de toi. Et… ce n'est pas facile à dire, mais… j'ai honte de la manière dont je me suis comporté avec vous deux.

Jessie lui jeta un regard circonspect.

— Oui, ce serait bien si les choses pouvaient changer.

— Elles vont changer. Ecoute, Ben, tu pourrais revenir vivre à la maison, et reprendre ton travail.

— Je ne crois pas. Ça ne marcherait pas. Comme tu l'as dit, nous avons le sang chaud tous les deux et nous ne tiendrions pas une semaine sous le même toit sans nous disputer. Par ailleurs, Hollie a besoin d'espace.

Ben marqua une pause pour reprendre son souffle.

— Je suis content de vivre à l'appartement, et j'aime bien mon travail actuel. Je pense que je vais m'y intéresser sérieusement et passer quelques diplômes, peut-être même créer ma propre entreprise un jour. Mon patron pense que je serai assez bon. Alors, merci… Mais non merci.

Son père parut stupéfait, mais il le considéra d'une manière différente.

— D'accord, je comprends ton point de vue. Tu me laisseras peut-être t'aider pendant tes études, pour les frais, et le reste.

Ben lui sourit.

— Waouh ! Voilà une proposition à étudier de près…

Rassurée, Jessie les quitta et alla voir Jack, le petit garçon de quatre ans qui souffrait d'asthme, et le trouva beaucoup mieux. Ses signes vitaux s'étaient considérablement améliorés et les antibiotiques agissaient sur l'infection rampante qui avait provoqué la crise. Le pneumologue avait décidé d'effectuer un suivi régulier le concernant.

Gabriel, lui, allait moins bien. Après l'intervention, il

souffrait, pâle et épuisé d'avoir perdu beaucoup de sang. Jessie essaya de le rassurer, mais il était fatigué et elle le laissa pour qu'il essaie de dormir.

L'intervention de Mattie était prévue pour le lendemain, et Jessie pensa beaucoup à lui au cours des quelques heures qui suivirent. Que devait ressentir José si le petit garçon était réellement son fils ?

Le lendemain matin, elle croisa José qui sortait d'une salle de soins. Il téléphonait — apparemment pour vérifier que tout était prêt pour Mattie.

— Est-ce que tout est planifié ? demanda Jessie quand il eut raccroché.

— Oui. En fin d'après-midi, tout sera terminé. On va le préparer à l'heure du déjeuner.

— Ce ne sera pas une opération à cœur ouvert, alors ?

— Non, une intervention par cathéter, heureusement. Mais c'est quand même stressant pour les parents.

— C'est sûr, répondit Jessie.

Et lui, que devait-il ressentir ? Il paraissait serein, mais en tant que médecin, il avait l'habitude de contrôler ses émotions quand il s'agissait d'un patient…

Dans ce cas précis, Mattie recevrait une anesthésie puis le chirurgien pratiquerait une petite incision dans l'aine. Un mince tube serait inséré dans une veine jusqu'au cœur et, ensuite, un dispositif de type ombrelle serait glissé dans le tube. Une fois positionné de part et d'autre de l'orifice, il s'ouvrirait en se plaquant contre lui. Au début, les battements le maintiendraient en place, mais au fil du temps, le tissu du cœur entourerait la prothèse qui deviendrait ainsi une réparation permanente.

— C'est une procédure très sûre, ajouta-t-elle pour le réconforter.

— Oui, mais Rosa n'en est pas convaincue, alors je lui ai promis de venir la voir quand on emmènerait Mattie au bloc, et je vais peut-être l'installer ici en bas dans le bureau pour le temps de l'intervention. Robert a dit qu'il me remplacerait ici. Je lui revaudrai ça.

— J'espère que tout va bien se passer.

— Merci, Jessie.

José consulta sa montre.

— D'ici là, j'ai encore quelques patients à voir.

Il lui toucha brièvement le bras, faisant naître en elle une myriade de sensations puis il s'en alla, la laissant frustrée par ce contact trop bref. Qu'éprouvait-il pour elle ? Il n'avait jamais vraiment parlé d'amour autrement que par allusions, et son passé de séducteur pesait lourd…

Au cours de la matinée, elle fit une pause-café pour aller voir Gabriel. Celui-ci paraissait plus chaleureux que la dernière fois où elle l'avait vu.

— Salut, dit-il, essayant de sourire malgré tous les pansements posés sur son visage. Je fais peur à voir, non ?

— Je suis sûre que tu es toujours aussi beau en dessous, répondit-elle, amusée. Tu as l'air d'aller beaucoup mieux aujourd'hui. Tu as les joues plus colorées — à ce que je peux en voir.

— Oui. Le chirurgien m'a dit qu'il avait enlevé toute la tumeur, mais il faudra une radiothérapie par précaution. José pense que, dans trois ou quatre semaines, je pourrai m'en aller.

— Les filles n'ont qu'à bien se tenir, alors. Gabriel revient !

Pendant les quelques heures qui suivirent, les patients se succédèrent sans interruption. Jessie soigna une petite fille avec la clavicule cassée, et envoya un enfant qui avait avalé une pile bouton au service d'endoscopie afin qu'on l'extraie.

Robert passa la voir alors qu'elle posait le dernier point de suture sur une plaie au pied d'un jeune garçon.

— Tu n'as pas déjeuné, alors profites-en pour aller manger quelque chose. C'est assez tranquille pour l'instant.

— Entendu. Je prendrai un sandwich et j'irai voir mon frère. Il sort aujourd'hui : je pourrai le ramener à la maison après le travail.

— C'est une bonne nouvelle, ça !

— Oui, excellente.

Elle posa sur la plaie suturée un pansement autocollant orné d'un smiley, et laissa l'enfant avec sa mère et Amanda.

En passant devant le bureau de José, elle jeta un coup d'œil par la porte ouverte pour voir s'il était là. La procédure de Mattie devrait être bientôt terminée. Rosa et José étaient-ils remontés à la salle de cathétérisme ?

Elle les aperçut dans le bureau et elle vit que José consultait son pager avant de se lever pour adresser quelques mots à Rosa qui pâlit. Tremblante, elle posa une main à plat sur le torse de José qui la prit dans ses bras pour la bercer contre lui.

Jessie les regardait, incrédule : avait-il besoin de tenir son ex ainsi ? La jalousie la taraudait, mais, en même temps, elle avait honte de réagir de cette façon : Rosa vivait une expérience horrible avec son fils dans un état aussi préoccupant.

Mais peu importaient les raisons pour lesquelles José tenait Rosa dans ses bras. Il tenait *une autre femme* dans ses bras. Cette pensée était insupportable !

— Jessie ?

Après une brève hésitation, José s'écarta un peu de Rosa, mais sans la lâcher.

— Je vais voir Ben, répondit-elle, très vite pour ne pas se trahir. J'espère que tout va bien pour Mattie ?

— Une légère arythmie s'est déclarée après l'intervention. Ça arrive quelquefois. On le garde en observation.

— Je suis sûre que tout ira bien.

Puis elle s'éloigna d'un pas rapide, et prit l'ascenseur pour remonter à l'étage où se trouvait Ben. Tant pis pour le sandwich. De toute façon, elle n'avait pas faim.

— Comment vas-tu ? demanda-t-elle en arrivant près du lit de son frère.

Elle venait de parler avec l'infirmière qui s'était montrée rassurante.

— Beaucoup mieux. On m'a dit que je pourrais rentrer à la maison si ma température et ma pression sanguine étaient stables.

— Il faudra que tu restes te reposer quelques jours, mais ton patron n'y verra pas d'inconvénient, je pense ?

— Oui. Il est très gentil depuis le début. Mais j'ai vraiment hâte de sortir d'ici. Ne te vexe pas, je sais que c'est ton travail et tout ça, mais…

— Il n'y a pas de mal, répondit Jessie, amusée. Je sais ce que tu veux dire. Je vais commencer à faire ta valise, ensuite, je te laisserai t'habiller et je reviendrai te chercher plus tard, après ma garde. Je t'ai apporté un journal pour te distraire en attendant.

— Merci. Tu es un ange… Comment ça se passe entre toi et José ? Est-ce qu'il a parlé de ce qui se passera à la fin de ton contrat ici ?

Jessie sortit les vêtements du placard, les plia, et les rangea dans le sac de son frère, lui laissant un jean et un T-shirt pour s'habiller.

— Non, mais je vais chercher un autre poste — peut-être sur une autre île où il y a un service d'urgences comme celui-ci. De cette façon, je resterai assez près pour venir vous rendre visite, à toi et papa.

Et assez loin de José pour être sûre qu'elle ne le verrait plus !

— Est-ce qu'ils ne pourraient pas te trouver un travail ici, à l'hôpital ? Ils auraient bien besoin de quelques médecins de plus aux urgences, d'après ce que tu m'as dit.

— Je doute qu'on en embauche davantage. De toute façon, ce sera bien d'avoir une autre expérience ailleurs. Et je pourrai quand même garder un œil sur toi.

Il se mit à rire.

— C'est sûr ! J'ai intérêt à bien me conduire, alors.

Jessie le laissa et regagna les urgences pour terminer sa garde. Elle fut soulagée de ne pas y trouver José ; Robert lui expliqua qu'il traitait une crise cardiaque.

— Rosanne se trouve en salle de réveil avec son petit garçon, ajouta-t-il. Elle pourra le ramener à la maison avec elle dans la journée.

— Je suis contente qu'il aille bien, répondit Jessie.

Avant de terminer sa garde, elle réussit à télécharger quelques offres d'emploi intéressantes sur internet, avec des formulaires de candidature qu'elle imprima. Elle les étudierait pendant le week-end et essaierait de trouver de bons arguments pour qu'on l'embauche.

L'idée de partir la désolait, mais elle refusait de rester là, à se lamenter. José avait réussi à la rendre amoureuse de lui sans jamais lui dire qu'il l'aimait. N'était-elle rien de plus qu'une conquête parmi d'autres ? Ou tout avait-il mal tourné parce que Rosa était revenue ?

En tout cas, elle ne resterait pas là, les bras croisés, à attendre qu'il veuille bien prendre une décision !

11.

— Tu crois que je pourrai encore plonger ? demanda Ben, le lendemain, en regardant Jessie rassembler les ingrédients pour une salade.

C'était le week-end et elle était censée se reposer aussi, mais elle éprouvait un besoin permanent de s'activer.

— Ce ne serait pas prudent de plonger avant d'être complètement guéri, répondit-elle. Il faut aussi que tu aies le feu vert du médecin.

En voyant l'air dépité de son frère, elle se hâta de le rassurer.

— Mais tu es jeune, fort et en pleine santé en temps normal, alors je pense que, d'ici peu, tu pourras remettre ta combinaison de plongée.

Elle parsema de crevettes grillées un lit de feuilles de salade mêlées à des morceaux d'avocat et de la mangue.

— Je ne vois pas pourquoi tu ne pourrais pas nager, d'ici là.

Un sourire apparut sur les lèvres de Ben.

— Mm… Si j'arrive chez papa avec mon maillot de bain et ma serviette de plage en disant que je viens piquer une tête dans sa piscine, tu penses que ça pourrait marcher ?

Jessie s'esclaffa.

— Très bien, je pense.

Elle prépara une sauce au citron vert et à la coriandre, et y ajouta de la moutarde, de la sauce adobo à base de piments rouges, de l'huile d'olives et un soupçon de miel.

— Je vais mettre ça au réfrigérateur, et nous pourrons le manger plus tard.

Puis elle nettoya le plan de travail avant de s'essuyer les mains.

— D'ici là, je vais étudier les formulaires de candidature que j'ai téléchargés. Qu'est-ce que tu as prévu pour le reste de ta journée ? Rien de trop fatigant, j'espère ?

— Non. Je vais aller traîner avec Tim — tu l'as vu sur le site de plongée, je pense ?

— Oui. Il est sympathique… Je suis contente que tu t'entendes bien avec lui.

— Et toi ? Tu ne vas pas passer tout l'après-midi à remplir ces formulaires, quand même ? Tu es dans les Caraïbes ! Il y a toutes sortes de choses agréables à faire.

— J'irai peut-être me promener sur la plage dans un moment. Il y a un coin en bas des rochers que je n'ai pas encore exploré.

— Bonne idée…

Ben se leva et se dirigea vers la porte.

— Tu sembles vraiment décidée à remplir ces formulaires. Il n'y a aucune chance que tu changes d'avis ? Tu n'as même pas envisagé d'autres solutions en restant à l'hôpital d'ici.

— J'ai besoin de changer d'air.

— Mm…

Après le départ de son frère, Jessie étudia les deux emplois proposés. Comme ils semblaient correspondre à ce qu'elle cherchait, elle remplit avec soin les formulaires et les glissa dans des enveloppes ; il ne resterait qu'à ajouter les photos d'identité demandées avant de poster le tout.

Puis elle sortit et prit le chemin de l'anse qu'elle ne connaissait pas encore.

Un sentier ombragé puis des marches taillées dans la falaise menaient à une longue bande de sable doré. Un beau lieu tranquille, avec des cocotiers et des raisiniers qui protégeaient de l'ardeur du soleil.

Mais elle était incapable de savourer le bonheur d'être dans ce lieu paradisiaque, obsédée qu'elle était par José, si charmant, si gentil, si sensuel, et qui avait su trouver le chemin de son cœur. Maintenant, elle regrettait le jour où elle l'avait rencontré car elle avait dû dire adieu à sa tranquillité d'esprit.

Elle s'assit sur un rocher plat et contempla les claires eaux turquoise qui s'étendaient jusqu'au lointain récif de corail.

Peut-être n'y retournerait-elle jamais avec José et que tout cela appartiendrait au passé.

— Jessie, enfin… Je te cherche depuis quelques minutes.

La voix de José ! Stupéfaite, elle se retourna, et son cœur battit plus vite. Elle était ravie de le revoir et, en même temps, elle paniquait.

— Tu avais l'air à des kilomètres d'ici, perdue dans tes pensées !

— C'était le cas. Mais je ne m'attendais pas à te voir ici ! Tu me cherchais ?

— Oui.

— Comment as-tu su où me trouver ?

— Ben m'a dit où chercher.

— Ben ? Mais… comment ? Il est allé voir son ami Tim.

— Il est peut-être avec Tim maintenant, mais avant, il est venu me voir… Il a l'air de s'inquiéter beaucoup pour toi.

— Ah bon ? Je ne vois pas pourquoi.

José s'assit sur le rocher à côté d'elle.

— Il t'aime beaucoup.

— Je sais. C'est réciproque… Tu es venu parce qu'il t'a dit quelque chose ?

— Oui, en un sens. Il m'a annoncé que tu pensais t'en aller et il a estimé que je devais en être informé. Est-ce que c'est vrai ?

— Oui. Quand mon contrat à l'hôpital arrivera à échéance, il faudra que je trouve autre chose, alors j'ai examiné certaines possibilités.

Jessie se pencha pour ramasser quelques coquillages sur le sable qu'elle essuya pour les débarrasser du sable avant de les relancer machinalement.

— Tu n'as pas besoin de chercher un autre poste. Je pourrais te trouver un poste permanent au Mont Sainte-Helene.

— Tu es parti à ma recherche pour me proposer un travail ?

— Non, *chica*. Je suis venu te demander pourquoi tu envisages de partir. Nous nous entendons si bien… Je pensais qu'il y avait quelque chose entre nous, et voilà que tu décides de me quitter. Est-ce que je ne mérite pas une explication ?

— Je ne sais pas, répondit Jessie, perplexe. Mais je m'interroge sur ta relation avec Rosa.

— C'est terminé depuis longtemps !

— Vraiment ? Elle a peut-être besoin qu'on le lui rappelle.

— Elle s'inquiétait pour Mattie et elle avait besoin de se tourner vers quelqu'un. Est-ce que je suis censé la rejeter parce que nous ne sommes plus ensemble ?

— Bien sûr que non. Mais es-tu sûr que ce soit vraiment fini entre vous ? Elle s'inquiète parce que son fils est malade, mais elle a l'air d'attendre de toi un peu plus que de l'aide.

— Tu m'as vu la réconforter, et ça t'a choquée ?

— Oui. Qu'est-ce que tu ressentirais si tu me voyais dans les bras de Robert ?

— J'aurais envie de l'étrangler ! Tu ne le laisserais pas faire, j'espère ?

Jessie ignora délibérément la question.

— Donc, tu comprends ce que j'essaie de te dire, José. Moi aussi, ça me choque. Je te l'ai dit, j'ai déjà souffert une fois. J'en ai assez des hommes qui trompent et qui mentent, et je ne veux plus jamais connaître ça. Jamais…

Quand il l'enlaça par la taille, elle tenta de se dégager, mais il resserra son emprise.

— Tu veux me faire croire que tout va bien alors qu'il y a un problème, ajouta-t-elle.

— C'est faux. Rosa a toujours été un peu dépendante. Je soupçonne que c'est ce qui a fait échouer son mariage. Elle ne pouvait plus supporter que son mari ne soit pas souvent là, surtout quand Mattie est tombé malade.

— Je suis étonnée qu'il n'ait pas été là avec son enfant dans un moment comme celui-là… A moins, évidemment, qu'il ne soit pas le véritable père.

Elle regarda José droit dans les yeux, le mettant au défi de dire la vérité.

— Elle et toi, vous étiez ensemble quand Mattie a été conçu, non ? poursuivit-elle. Ou est-ce que je me trompe dans les dates ?

José eut une moue désabusée.

— Tu as beaucoup réfléchi à la question, on dirait ?

Elle acquiesça d'un hochement de tête.

— Eh bien, tu as raison sur ce point, reprit-il, la dévisageant. Elle était avec moi quand Mattie a été conçu, mais il n'est pas mon fils. La vérité, c'est qu'elle m'a trompé, et quand je l'ai découvert, nos routes se sont séparées.

— Tu as dû être très malheureux, commenta Jessie, gênée et euphorique à la fois.

Mattie n'était pas l'enfant de José !

— Ma fierté a été atteinte, je le reconnais. Mais depuis un certain temps, ça n'allait plus entre nous. Je pense que la rupture finale a été un soulagement.

— Vraiment ? Les gens disent qu'après cette rupture, tu as eu beaucoup d'aventures.

— Il ne faut pas croire tout ce qu'on entend…, répliqua-t-il, grimaçant. Mais je veux bien reconnaître que j'ai eu un problème de confiance après ma relation avec Rosa.

— Cela peut se comprendre, dit Jessie, sincère. Et pourtant, tu as donné son nom à ton bateau…

Il éclata de rire.

— Non, non. Tu te trompes complètement, *querida*. Rosa, c'est le prénom de ma mère ! J'ai baptisé ainsi mon bateau en souvenir de sa mémoire.

— Oh… Pendant tout ce temps, j'ai cru…

— Tu as imaginé des choses. Et en ce qui concerne le père de Mattie, le mari de Rosa, j'ai entendu dire qu'il est en route pour venir les rejoindre. C'est un marin, et il était en mer, mais il s'est débrouillé pour prendre un congé. Malheureusement, les choses ont pris un peu plus de temps que prévu.

— Tu crois qu'ils vont reprendre la vie commune ?

— Je le crois, oui. Il l'aime. Ils vont trouver un moyen.

Il fixa Jessie pensivement avant de poursuivre :

— Comment as-tu pu penser que Mattie était mon fils ? Crois-tu vraiment que je pourrais abandonner mon propre enfant ?

— Je n'en sais rien… Parfois, ça arrive.

— Je ne pourrais jamais abandonner mon enfant.

Envahie par le soulagement, Jessie sourit.

— Donc, tu veux des enfants à toi ?

— Oh oui, *querida*… si c'est avec toi. Je t'aime, Jessie. Je t'ai aimée dès le début, mais je ne parvenais pas à le croire car tomber amoureux comme ça ne m'était jamais arrivé. Je veux vivre avec toi, et te garder toujours près de moi. Crois-tu que tu pourrais éprouver la même chose pour moi ?

— Oh oui… Moi aussi, je suis tombée amoureuse de toi, José. J'ai essayé de lutter contre mes sentiments, de toutes mes forces, mais tu as fini par gagner, et j'ai compris que je t'aimais, désespérément, follement… Ensuite, le pire est arrivé, et j'ai pensé que j'étais en train de te perdre.

— Crois-moi, ça n'arrivera jamais.

José l'embrassa avec tendresse, et elle s'abandonna à son baiser. Elle était la femme la plus heureuse du monde…

— J'en suis content…, dit-il doucement.

Elle le regarda, perplexe.

— Est-ce que j'ai parlé tout haut ?

— Oui. Tu as dit que tu étais la femme la plus heureuse du monde… Maintenant, il n'y a qu'une seule chose qui puisse rendre ma vie encore plus belle.

— Quoi donc ?

— Que tu donnes à ma question la réponse qui convient.

— Quelle question ?

— Veux-tu m'épouser ?

— Oui… Oh oui !

Il l'embrassa de nouveau.

— Et maintenant, je suis l'homme le plus chanceux du monde… Mes grands-parents vont être ravis. Ils pensent le plus grand bien de toi.

Elle lui caressa la joue.

— Tu sais, il faudra que tu t'occupes de cette plantation car tu ne peux pas laisser ton grand-père s'inquiéter comme ça.

José s'esclaffa.

— Il m'avait bien dit que tu me ramènerais à la raison, et tu as déjà trouvé les mots ! Je vais installer un directeur là-bas, et superviser les choses à distance. Est-ce que tu penses que ça ira ?

— C'est parfait. Tout est réglé. Alors est-ce que tu veux bien m'embrasser encore… s'il te plaît ?

BLANCHE

HARLEQUIN

Retrouvez en octobre 2020, dans votre collection

BLANCHE

Ce héros inattendu, d'Alison Roberts - N°1506

Grand, ténébreux, viril. Voilà les mots qui viennent à l'esprit de Kelly lorsqu'elle fait la connaissance d'Ari Lawson. Or, sous ses airs de mauvais garçon, cet homme cache une vraie sensibilité. N'a-t-il pas embrassé la carrière de sage-femme, une spécialité si rarement choisie par la gent masculine ? À mesure qu'elle le fréquente, Kelly sent naître pour Ari des sentiments troublants... et interdits. Car tous deux se doivent de garder leur relation professionnelle !

Le rival de son cœur, d'Annie Claydon

Depuis l'échec de son mariage, le Dr Anna Caulder se protège des affres de l'amour. Pourtant, au contact de son confrère Jamie Campbell-Clarke, elle sent les battements de son cœur redoubler... Leur rivalité, leurs joutes verbales, cette connexion entre eux est si intense qu'elle a soudain envie de baisser les armes. Mais peut-elle avouer ses sentiments à Jamie, sans lui révéler son secret ?

Conquise par le Dr Cardoza, de Tina Beckett - N°1507

SÉRIE : UN ÉTÉ À SAO PAULO - 3/3

Kinésithérapeute de talent, Amy est invitée à séjourner trois mois dans le plus prestigieux hôpital de Sao Paulo. Très vite, elle est séduite par le Dr Roque Cardoza, directeur du *Paulista*, et se prend à rêver d'une aventure entre ses bras. Comment espérer davantage, alors qu'elle doit bientôt rentrer en Floride ? Hélas, Amy est cruellement déçue car, alors même qu'il semble attiré par elle, le très secret Roque Cardoza s'obstine à garder ses distances...

Idylle à Hawaï, de Julie Danvers

Honolulu. La mer, le soleil, le sable... Voilà le nouveau cadre de vie du Dr Kat Murphy ! Abandonnée au pied de l'autel par son fiancé, licenciée du jour au lendemain, elle avait grand besoin de retrouver confiance en elle, aussi ce poste à l'hôpital général d'Oahu est-il une chance inespérée. Mieux encore, sa rencontre avec Jack, son sublime collègue, a de quoi alimenter ses rêves de bonheur. Hélas, il serait imprudent de s'attacher à cet homme rétif à toute forme d'engagement...

Leur mission : sauver des vies.
Leur destin : trouver l'amour.

BLANCHE

Chirurgienne et princesse, de Karin Baine - N°1508

La princesse Kaja est bouleversée. Il y a cinq ans, elle a dû quitter le Dr Seth Davenport, chirurgien tout comme elle, pour remplir ses obligations royales. Et c'est un crève-cœur de retrouver au palais d'Alderisi cet homme qu'elle a tant aimé, accompagné d'une petite fille dont elle n'est pas la mère… Bien malgré elle, les regrets l'assaillent, dévastateurs. Se pourrait-il qu'elle ait commis l'erreur de sa vie, en faisant passer son devoir avant son bonheur ?

Le retour d'un époux, de Sue MacKay

Cole est de retour. Longtemps, Vicki a ardemment souhaité découvrir son mari sur le pas de leur porte. Mais il est trop tard. Médecin dans l'armée, celui-ci lui a tant manqué qu'elle a fini par le quitter, désespérée par sa solitude. Alors qu'elle essaye depuis des mois de se reconstruire sans Cole, le revoir la bouleverse au plus haut point, car Vicki l'aime encore… Sera-t-elle assez forte pour lui résister, alors qu'il ne lui cache pas son intention de la reconquérir ?

Un irrésistible médecin, d'Amalie Berlin - N°1509

Si Imogene a accepté ce poste d'infirmière dans un cabinet médical perdu dans les Appalaches, c'est uniquement pour rendre service à sa meilleure amie. Et elle n'y restera que six mois ! Mais, lorsqu'elle rencontre son nouveau patron, le Dr Wyatt Beechum, elle tombe sous le charme. À tel point qu'elle, la voyageuse infatigable, pourrait presque s'imaginer poser enfin ses valises au côté de cet homme. À condition qu'il partage ses sentiments….

Un véritable mariage d'amour, de Lilian Darcy

Excédée d'être délaissée par son mari, médecin à l'hôpital, Alicia décide de partir. Elle est toujours folle amoureuse de lui, mais est convaincue que ses sentiments ne sont plus réciproques. Alors, quand quelques semaines plus tard elle le voit frapper à sa porte et lui promettre de tout tenter pour la reconquérir, elle est stupéfaite. Même si elle en meurt d'envie, peut-elle de nouveau le croire ?

HARLEQUIN

Leur mission : sauver des vies.
Leur destin : trouver l'amour.

HARLEQUIN
www.harlequin.fr

BLANCHE

HARLEQUIN

Un nouveau bonheur pour Samantha, d'Amy Ruttan - N°1510

Samantha n'a qu'une hâte : commencer sa nouvelle vie d'infirmière des airs à Thunder Bay, au côté de son fils, Adam, qu'elle élève seule depuis la disparition de son mari. Mais, pour cela, il faut d'abord qu'elle s'acquitte d'une dernière mission : former George Atavik, son stagiaire. Sauf que, dès qu'elle pose les yeux sur ce dernier, un curieux trouble s'empare d'elle, comme si son cœur dégelait après un trop long hiver…

Un chirurgien à apprivoiser, de Melanie Milburne

Quand Jemina apprend que le Dr Alessandro Lucioni est le tuteur de la petite Claudia, une de ses élèves, elle est sous le choc. Car il n'est autre que l'homme qu'elle a follement aimé, cinq ans plus tôt, avant qu'il lui brise le cœur. Or ces retrouvailles imprévues ne se déroulent pas comme l'imaginait Jemina : au lieu d'ignorer froidement Alessandro, elle ne peut s'empêcher de fondre à nouveau sous son regard sombre…

Leur mission : sauver des vies.
Leur destin : trouver l'amour.

Composé et édité par HarperCollins France.

Achevé d'imprimer en août 2020.

CPi
BLACK PRINT

Barcelone

Dépôt légal : septembre 2020.

MIXTE
Papier issu de sources responsables
FSC® C108412
FSC
www.fsc.org

Pour limiter l'empreinte environnementale de ses livres, HarperCollins France s'engage à n'utiliser que du papier fabriqué à partir de bois provenant de forêts gérées durablement et de manière responsable.

Imprimé en Espagne.